Harald Keller

MORDS PENSUM

Ein gutes Buch ist wie ein kleiner Urlaub...

Harald Keller

19.8.2022

Der junge Bursche versuchte sich an einem charmanten Lächeln.
»Aber sagen Sie mal – sind Sie nicht zu attraktiv für diesen harten Beruf?«
Die Kommissarin blieb unbeeindruckt. »Jedenfalls bin ich hart genug für diesen attraktiven Beruf.«
»Oho! Schlagfertig ist sie auch noch ...«

Zum Inhalt:
Eine niedersächsische Kreisstadt Mitte der 80er-Jahre. In der Kanalschleuse schwimmt eine Tote. Einige Tage später stirbt ein Barbesitzer.
Zwei Fälle, zwei Mordkommissionen. Einer der Ermittler: Kommissar Karl-Heinz Gräber. Erfahren, erfolgreich – beiseitegedrängt. Kommissarin Sabine Kühne ist neu beim Kriminaldienst. Berufsanfängerin. Von den Männern belächelt, mit Nebentätigkeiten abgespeist.
Gräber und Kühne – zwei Außenseiter nehmen die Spur auf: Einem Immobilienkönig gefallen ihre Fragen nicht.
Ein Teenager zeigt ihnen die kalte Schulter.
Die Militärpolizei der Britischen Streitkräfte beobachtet das Geschehen.
Und der MI6 hört mit ...

Ein spannender Krimi mit Schauplätzen in Deutschland, Großbritannien, Dänemark und dem Zeitkolorit der 80er-Jahre.
Videokassetten, Rollerskates, Schallplatten. Im Radio Nena, Paul Young, Robert Palmer, Eddy Grant, U2, Ina Deter.
Polizeiarbeit ohne Smartphones, Computer, DNA-Analytik.
Fax statt Mail, Pager statt SMS, Straßenkarte statt Navi.
Umständlich.
Aber nicht aussichtslos.

MORDS PENSUM

Ein 80er-Jahre-Krimi

Über den Autor

Harald Keller ist gebürtiger Osnabrücker, freier Journalist und Verfasser von Sachbüchern und Romanen. Schon von Jugend an beschäftigt er sich mit Krimis. Als Leser, später als Kritiker und Literaturwissenschaftler. Seit einigen Jahren auch als Autor.
Die Achtzigerjahre hat er selbst durchlebt.
Zeitweise auch durchlitten.

Weitere Veröffentlichungen

„Ein schöner Tag für den Tod", Nordholland-Krimi
„Die Nacht mit dem Holenkerl", Niedersachsen-Krimi
„Rendezvous mit dem Ropenkerl", Osnabrück-Krimi
„Tod auf dem Zauberberg – kuren, kneippen, sterben", Reha- und Taunus-Krimi
„Die Geschichte der Talkshow in Deutschland", illustriertes Sachbuch

Impressum

© 2021 Oktober Verlag, Roland Tauber
Am Hawerkamp 31, 48155 Münster
www.oktoberverlag.de
Alle Rechte vorbehalten
Druck: Westfalenfleiß GmbH
Arbeitsbereich Digitaldruck und Papierverarbeitung,
Kesslerweg 38-42, 48155 Münster

Umschlag und Satz: Keller-Kultur-Kommunikation
Umschlagfoto: Harald Keller
Gestaltung Schriftzug: Olga Hopfauf
ISBN: 978-3-946938-63-7

Inhaltsverzeichnis

Gräber rast davon 11
Besuch bei Bredemeijers 18
Gräber rutscht aus 32
Große-Klefarth findet Blut 41
Werschemöller interveniert 52
Schonebeck triumphiert 54
Gräber wird ausgebootet 62
Delaneys letzte Flasche 69
Kühne asserviert 77
Halgelage springt vom Sitz 87
Thorbecke tritt beiseite 98
Nieporte tauscht Erinnerungen 105
Wachowiak zeigt kein Gefühl 111
Kapitän Kruse sorgt für Wirbel 118
Marc Thomas kalter Blick 122
Fünfgeld rechnet ab 134
Kein Urlaub für Spratte 138
Delaneys Bauchgefühl 151
Tamara ist nicht echt 156
McCormick nimmt die Fährte auf 163
Brewster kennt sich aus 172
McCormick zahlt die Zeche 179
Spratte und die Bombenidee 182
Abernathy atmet auf 186
Gräber kommt zu spät 192
Schöningh macht Überstunden 197
Stoßzeit bei Semmler 206
Mit Gräber raus aufs Land 213
Kühne und das freche Früchtchen 223
Gräber spendet Trost 241
Dr. Rohloff obduziert 250
Die Kommissarin kann nicht schlafen 258
Gräber verschluckt sich 262
Wachowiak wird sentimental 272

Kühne schluckt Staub 284
Mrs. Pritchard beschimpft die Polizei 291
McCormick führt ein Ferngespräch 299
Kühne tischt auf 303
Jaschke verliert das Bewusstsein 310
Schonebeck geht ein Licht auf 314
Gräber ist unerwünscht 318
Warten auf Wachowiak 321
Empfangskomitee für Juhnke 326
Kühne geht ins Rennen 330
Werschemöller grollt 337
Glossar 342

Hinweis:

Diese Geschichte ist ein Produkt schriftstellerischer Fantasie. Viele der beschriebenen Schauplätze existieren in der Realität, sie wurden jedoch mit frei erfundenen Figuren besiedelt, die in ebenso frei erfundene Geschehnisse geraten. Ähnlichkeiten mit realen Personen oder Ereignissen, Übereinstimmungen von Namen und Daten wären rein zufällig und sind in keinster Weise beabsichtigt.

Hund wird Wolf, Licht Zwielicht, Leere verwandelt sich in allgegenwärtige Drohung ...

Thomas Pynchon, „V"

Fallakte I: MoKo Schleuse

Gräber rast davon

Gräber beschlich ein mulmiges Gefühl, als er auf die schmalen Stufen trat. Auf den feuchten und schlüpfrigen Trittflächen war Vorsicht geboten. In einigen Mauerritzen hing grünlicher Schmodder. Der modrige Geruch abtrocknender Wasserpflanzen drang in seine Nase. Er suchte die Sicherheit des eisernen Handlaufs, als er langsam zwischen den engen Wänden die steile Treppe hinunterkletterte.

Der Nebel im unteren Lauf des Stichkanals hatte sich aufgelöst. Nur einzelne Schwaden zogen noch ziellos über die unbewegt ruhende Wasseroberfläche. Die Sonne ging gerade auf. Obwohl hinter weißgrauen Wolken verborgen, hatte sie die Dämmerung größtenteils vertrieben. Hier unten jedoch, am Rande des Schleusenschachts, bei niedrigem Wasserstand, herrschte noch immer ein unangenehmes Halbdunkel.

Gräber fröstelte.

Schonebeck befand sich ein paar Stufen über ihm. »Wenn ich jetzt ausrutsche, dann landen wir beide in der dreckigen Brühe.«

Der lockere Spruch erntete kein Lachen. Gräber war an diesem trüben Septembermorgen nicht nach Witzeleien zumute.

Schwimmen hatte er schon in der Schule gelernt. Vor Wasser war ihm nicht bange. Aber die Vorstellung, in der schmalen Schleusenkammer in dieser jauchigen, mit Öllachen bedeckten Suppe zu landen, unter sich eine unbestimmte Tiefe, über sich die hohen Backsteinwände, die den Himmel verengten, eine Leiche nur wenige Schwimmzüge entfernt, bereitete ihm größtes Unbehagen. Er erschauerte erneut.

»Noch ganz schön kalt heute Morgen, hm?«, hörte er Schonebeck hinter sich sagen.

Gräber antwortete mit einem vagen Knurren.

Er hatte die kleine Plattform am Ende der Treppe erreicht, konnte aber den toten Körper von dort aus nicht ohne Weiteres ausmachen, sondern musste sich bis über die Wasserfläche vorbeugen.

»Was zu sehen?«, fragte Schonebeck, der weiter oben stehengeblieben war. Unten auf Höhe des Wasserspiegels gab es gerade mal Platz für einen.

In die Schleusenmauer waren in regelmäßigen Abständen stählerne Steigleitern eingelassen. Ein Feuerwehrmann balancierte auf der untersten Sprosse. Er sicherte den im Wasser schwebenden Körper mit einem Einreißhaken, damit er nicht davontrieb, während einer seiner Kollegen das weiter oben herabgelassene Schlauchboot an der Wand entlang langsam näher heranpaddelte.

An Bord waren der Notarzt und Heiko Große-Klefarth vom Erkennungsdienst. Dem Kollegen schien nicht ganz wohl in seiner Haut. Er klammerte sich beidhändig an die seitlichen Tragegriffe. Als das Boot heran war und sich der Feuerwehrmann und der Arzt rechts über den Gummiwulst beugten, blieb Große-Klefarth an der linken Außenwand, um für ein Gegengewicht zu sorgen. Offenbar fürchtete er ein Kentern des Bootes, obwohl das im stehenden Wasser des Stichkanals nahezu ausgeschlossen war.

»Gehen wir zurück nach oben«, sagte Gräber. »Das bringt hier nichts. Die sollen erst mal bergen.«

Doch Schonebeck wollte ebenfalls einen Blick in die Schleusenkammer werfen. Gräber ging in die Hocke und fühlte sich gleich um einiges sicherer. Schonebeck schien völlig angstfrei. Über Gräbers Schultern hinweg streckte er sich, nur von einer Hand gehalten, weit hinaus über das Wasser, pendelte sogar einige Male jungenhaft hin und her und nahm die Eindrücke in sich auf.

Der Arzt untersuchte gerade das menschliche Bündel, soweit es die Umstände zuließen. Von oben waren nur die Rückenpartie und die an der Oberfläche treibenden Schöße eines Mantels zu sehen gewesen. Alles andere befand sich unter Wasser. Schonebeck sah, wie der Notarzt den Kopf schüttelte.

»Nichts mehr zu retten«, rief er nach oben zu den einsatzbereit wartenden Feuerwehrleuten.

Der Mann beherrschte die Routine. Er zog ein Thermometer aus seiner Tasche und maß die Wassertemperatur. Dann bat er den Feuerwehrmann, ihm behilflich zu sein. Sie hoben den Leichnam an der Taille an, deckten ihn notdürftig ab, und der Arzt ermittelte durch Einführen des Thermometers die Körperwärme.

Unverzichtbare Daten, um im Nachgang den Todeszeitpunkt bestimmen zu können.

Heiko Große-Klefarth kroch vorsichtig auf allen Vieren an die Seite des Arztes. Er inspizierte, was von dem toten Körper sichtbar war, ließ den Blick über die Wasseroberfläche wandern, suchte nach verwertbaren Spuren.

»Hast recht«, sagte Schonebeck und zog sich mit einem eleganten Schwung zurück zwischen die Treppenwände. »Da zeigt sich nichts. Also 'rauf. Zurück ans Tageslicht.«

Oben erwartete sie der Einsatzleiter der Feuerwehr mit fragendem Blick. Gräber nickte. »Holt sie mal 'rauf. Da unten werden wir keine Spuren sichern können.«

Ein Mann in blauem Arbeitsanzug trat auf sie zu.

»Da kommt Herr Seifert«, sagte der Löschmeister, »der Schleusenbetreuungshauptwart.«

»Das ist doch mal ein Amtstitel ... Daneben wirkt *Kommissar* ja richtig bescheiden ...«

Der Angesprochene hatte den Wortwechsel mitbekommen und einen Vorschlag zu bieten. »Sie müssen die Leiche nicht hochziehen. Ich kann die Schleuse fluten. Dann wird sie hochgespült.«

»Gute Idee«, freute sich Schonebeck.

Gräber schüttelte den Kopf. »Danke für das Angebot, aber ich glaube, das lassen wir lieber. Wenn Sie Wasser reinpumpen, entstehen Strudel und Wellen. Wenn es am Körper und der Kleidung überhaupt noch Spuren gibt, wollen wir die nicht noch fahrlässig wegwaschen.«

Schonebeck verzog schweigend die Mundwinkel.

Seifert nickte. »Verstehe«, sagte er mit belegter Stimme. »Ja, klar. Daran habe ich nicht gedacht. Ist mir ja neu, so was. Das hab' ich in sechzehn Jahren noch nicht erlebt ...«

»Sie können uns aber mit ein paar Auskünften behilflich sein. Ist es richtig, dass die Schleuse nachts nicht besetzt ist?«

»Achtzehn Uhr ist hier Feierabend.«

»Wann haben Sie denn heute Morgen mit der Arbeit begonnen?«

»Um sechs Uhr, wie immer. Ging gleich los. Da wartete schon einer. Die *Maria Marie*. Die hatten einen Maschinenschaden und waren deshalb gestern nicht mehr durchgekommen –«

Gräber fiel ihm ins Wort. »Was? Heute ist schon einer durch?«

»Ja, klar. Hatten es eilig.«

»Mensch, warum haben Sie das denn nicht schon früher gesagt?«, fuhr Gräber den Schleusenwärter an, der bestürzt zurückprallte. Der arme Mann rang nach Worten. Sein Gestammel verlor sich in der kühlen Morgenluft.

»In welcher Richtung ist das Schiff unterwegs?«

»Auf Talfahrt.«

»Was heißt das, zum Teufel?«, schnauzte Gräber ungeduldig.

»Na, Richtung Mittellandkanal, zur Hollager Schleuse ...«

Schonebeck sah den Kollegen fortrennen und rief ihm nach, erhielt aber nur eine fahrige Geste zur Antwort.

Gräber schwang sich in ihren Dienstwagen, startete, trat das Pedal durch. Der Motor jaulte auf. Er wollte keine Zeit verlieren, ließ den alten Opel Rekord aufbocken. Der Kavalierstart hatte den Zweck, die Fahrertür zu schließen. Die durchdrehenden hinteren Reifen warfen Fontänen aus Split, Laub, Unrat auf, als Gräber von der Freifläche auf den Schleusenweg preschte. Wo eben noch das zivile Dienstfahrzeug geparkt gewesen war, trübte jetzt eine graublaue Staubwolke die frische Morgenluft.

Schonebeck, der Gräbers Gespräch mit dem Schleusenwärter nur halb mitbekommen hatte, schüttelte den Kopf. »Ist der jetzt endgültig übergeschnappt?!«

Der Wagen schwankte, die Stoßdämpfer gaben schlagende Geräusche von sich, als Gräber über die mit Pfützen übersäte Elbestraße jagte. Er musste ohne Blaulicht und Sirene auskommen und deshalb Vorsicht walten lassen. Im Zorn darüber schlug er einmal aufs Lenkrad.

Gräber raste der Einmündung in den verkehrsreichen Fürstenauer Weg entgegen. Links war frei, von rechts näherte sich ein blauer Gelenkbus. *Forsmann Reisen* stand in großen Buchstaben an der Seite, *Linie 8* auf der Anzeige an der Front. Gräber schätzte die Entfernung, das Tempo des Busses – und wagte es. Er gab Gas.

Der Busfahrer erschrak, als er so unerwartet geschnitten wurde. Reflexartig stieg er auf die Bremse. Ein Fahrgast, der verbotenerweise für ein Schwätzchen neben ihm gestanden hatte, prallte gegen die Windschutzscheibe.

Der Fahrer hupte lang und wütend.

Im Rückspiegel sah Gräber, wie der bullige Mann schimpfend die Faust aus dem Fenster reckte. »'schuldigung«, murmelte er. Dann konzentrierte er sich auf das, was vor ihm lag.

Die Hochgeschwindigkeitsfahrt wurde von einem schnellen rhythmischen Pochen des Fahrwerks begleitet, ausgelöst von den wulstigen Fugen zwischen den Betonplatten des Fahrdamms. Bis zu den Hängen des Piesbergs, der früher das Ende des Stadtgebiets markiert hatte, war die Strecke als Panzerstraße ausgebaut worden. Sie wurde regelmäßig von Konvois schwerer Militärfahrzeuge genutzt, um zum britischen Manövergelände in der Heide bei Achmer zu gelangen.

Gräber schlängelte sich mit reduzierter Geschwindigkeit durch die engen Haarnadelkurven hinauf zum Piesberg. Jenseits der Kuppe fiel die Straße schnurgerade bergab. Endlich Gelegenheit, das Tempo kräftig, bis über die Grenze des Erlaubten hinaus, zu erhöhen.

Der Fahrer eines langsam dahinrollenden Bäckerwagens erlebte einen frühmorgendlichen Schrecken, als Gräber in einem gewagten Überholmanöver an ihm vorbeizog.

Die Bäckerei Feldkamp kam in Sicht. Hier musste er scharf links in eine schmale Teerstraße, die zwischen Wiesen und Feldern hindurch talwärts in Richtung Kanal führte. Gräber jagte ein Stoßgebet gen Himmel mit der Bitte, nicht gerade jetzt ein landwirtschaftliches Gespann seinen Weg kreuzen zu lassen.

Die letzten Kilometer nötigten ihm Geduld ab. Mehrmals rechts vor links – stoppen, zweimal abbiegen, durch kurvige Seitenstraßen. Immer wieder schalten. Nervöse Finger trommelten Sechzehntelnoten auf dem abgewetzten braunen Knauf der Sportschaltung.

Endlich erreichte er den von Bäumen gesäumten großen Vorplatz des Ausflugslokals *Tante Anna*. Er parkte an der

Westseite, oberhalb der einspurigen Brücke über den Stichkanal. Gräber wollte die Durchfahrt nicht blockieren. Die geplante Maßnahme konnte länger dauern.

Besuch bei Bredemeijers

Gräber flankte über den Jägerzaun, der das Schleusengelände umfing. Rot umrandete Schilder verboten den Zutritt. Gräber sah, wie ein Binnenschiff von Süden her langsam die offen stehende Schleuse ansteuerte. Der Name des Schiffes prangte in weißen Buchstaben am Bug: *Maria Marie 2*. Im Sprint erreichte er das einstöckige Schleusenwärterhaus. Die Tür stand offen.

Er hatte die Dienstmarke schon in der Hand, als er ohne anzuklopfen eintrat. Der Schleusenwärter setzte zu einer zornigen Zurechtweisung an. Gräber schnitt ihm das Wort ab.

»Kriminaldienst Osnabrück. Ich brauche Ihre Mitarbeit. Wenn das Schiff da eingelaufen ist, schließen Sie das hintere Tor. Aber dann unterbrechen Sie. Sie senken das Wasser nicht ab. Ich muss erst mit den Leuten vom Schiff sprechen. Haben wir uns verstanden? Der Pott bleibt in der Schleuse, bis Sie von mir etwas Anderes hören.«

Die Miene des Schleusenwärters verriet Missbilligung, aber er nickte. »Wenn Sie es sagen.«

Gräber ließ ihn stehen und grub in seiner Jackentasche nach der Zigarettenschachtel. Nach der hektischen Autofahrt brauchte er etwas zur Beruhigung und sog den Rauch tief in die Lungen, während er die *Maria Marie 2* dabei beobachtete, wie sie langsam näher glitt.

Von der vordersten Ladeluke aus behielt ein Matrose aufmerksam Steuer- und Backbord im Blick. In den Händen hielt er einen massiven Bugsierstab, mit dem er das Schiff notfalls von der Mauer abstoßen konnte. Er brauchte nicht einzugreifen. An beiden Seiten blieben nur wenige Handbreit, aber der Mann am Steuer hielt das Schiff ohne anzuecken genau in der Mitte.

Eine beachtliche Leistung, wie Gräber anerkennend feststellte.

Das Deck des tief im Wasser liegenden Schiffes hob sich nur wenig über den Schleusenrand. Ein federnder Schritt aufwärts brachte Gräber an Bord.

Der Matrose bemerkte ihn. Er schnauzte etwas Unverständliches und fuchtelte mit den Armen.

Gräber antwortete mit einer beschwichtigenden Handbewegung, kümmerte sich nicht weiter um den Mann, sondern drehte ihm den Rücken zu. Er strebte zur Brücke.

»Ahoi! Sind Sie der Kapitän?«

Der stämmige Schiffsführer blickte kurz über seine Schulter, ohne das gewaltige hölzerne Steuerrad loszulassen, dann sah er sofort wieder nach vorn. »Ich bin der Eigner, ja. Knut Bredemeijer. Was tun Sie auf meinem Schiff? Es ist üblich, dass man vorher fragt, ob man an Bord kommen darf.«

»Mache ich beim nächsten Mal, versprochen. Im Moment gibt es Dringenderes zu erledigen. Gräber mein Name, vom Kriminaldienst Osnabrück.« Er hob mechanisch seine Dienstmarke.

Alle Aufmerksamkeit des Kapitäns war auf die Schiffsbewegungen gerichtet. Er gewährte Gräber wiederum nur einen schnellen Seitenblick. »Pah«, machte er verächtlich. »So eine Blechmarke punze ich Ihnen in fünf Minuten aus einem Stück Konservendose. Haben Sie auch einen richtigen Ausweis? Mit Foto und Stempel und so?«

»Natürlich.« Gräber seufzte, fingerte aber seine Brieftasche heraus, klappte sie auf und hielt sie dem Schiffsführer vor die Augen. »Zufrieden?«

»Sieht ja halbwegs echt aus«, knurrte Bredemeijer. »Was wollen Sie jetzt eigentlich von mir?«

»Sie sind heute Morgen durch die Haster Schleuse gefahren?«

Gräber wurde von einem erneuten Blick getroffen. Länger diesmal. Prüfend. »Stimmt. Warum? Haben wir was beschädigt?«

»Dazu gleich. Wie groß ist Ihre Besatzung?«

Der Kapitän prustete spöttisch. »Wir sind hier nicht bei der Hochseeschifffahrt, mein Bester. Ich habe einen Matrosen. Und meine Frau ist mit an Bord und packt mit an. Für mehr Leute gäbe es gar keinen Platz.«

»Aha. Ich brauche die Personalien und muss jeden kurz sprechen. Sie auch.«

»Aber doch wohl nicht jetzt?! Sie sehen doch, dass wir gerade durchgeschleust werden!«

»Keine Sorge«, korrigierte Gräber. »Ich habe den Schleusenwärter angewiesen, das Wasser vorerst nicht abzulassen. Erst müssen wir unsere Angelegenheiten klären.«

Der Kapitän wurde lauter. »Meister, wir haben nicht viel Zeit. Wir fahren auf Termin. Die nächste Ladung wartet schon. Wenn ich nicht pünktlich einlaufe, zahle ich 'ne saftige Konventionalstrafe. Wer kommt denn dafür auf? Sie vielleicht? Oder Ihre Behörde?«

»Eher nicht. Dann würde ich sagen: Bringen wir es zügig hinter uns, dann können Sie eventuell weiterschippern.«

»Eventuell? Was heißt das nun wieder?«

»Erkläre ich gleich.« Gräber war um einen beruhigenden Tonfall bemüht. »Das muss ja alles gar nicht lange dauern. Wo ist denn ihre Frau?«

Der Kapitän tat einen schnellen Ausfallschritt in Richtung Heck und rief in die tiefer gelegenen Wohnräume: »Mia! Kommst du mal rauf? Hier will dich einer sprechen.«

Unten blieb es still. Dem Kriminalisten Gräber stellte sich die Frage, ob er der Kapitänsgattin an diesem Morgen nicht vielleicht schon begegnet war. Die Wasserleiche im Haster Schleusenbecken war weiblichen Geschlechts.

Der Kapitän stand wieder am Steuer und griff nach einem Mikrofon. Über einen schnarrenden Außenlautsprecher gab er eine Anweisung an den Matrosen durch: »Stani!! Mach fest!«

Gräber sah den Matrosen verwundert herüberspähen. Er hielt demonstrativ eine Hand an die rechte Ohrmuschel.

Bredemeijer wiederholte seinen Befehl.

Der Matrose hob ergeben die Arme. Dann begann er, ein schweres Seil aus einer Art Kasten zu ziehen. Vorn hatte es eine Schlinge, die er zielsicher über einen eisernen Poller auf dem Schleusenkai warf.

Gräber beobachtete es und behielt im Gedächtnis, dass der Mann über reichlich Kraft verfügen musste.

Der Matrose wiederholte das Manöver, bis das Schiff backbord wie steuerbord von je zwei Seilen in Position gehalten wurde. Erst als es an beiden Seiten vorne und hinten fest vertäut war und unbeweglich im Becken lag, nahm der Kapitän die Hände vom Steuerrad.

Gräbers Gedanken wanderten zwischenzeitlich zurück zu seinem kürzlichen Besuch im *Spieloversum* in der Lotter Straße, einer Filiale dieser neuen Automatenketten mit Billardabteilung und elektronischen Münzspielgeräten. An einem davon konnte man gegen Einwurf von zwei Mark mit einem Steuerknüppel Kriegsschiffe übers Meer schicken und aufeinander feuern lassen. Gräber überlegte, ob man nicht auch echte Schiffe mit so einem handlichen Schalthebel steuern konnte. Und zwar genauer und bequemer als mit dem hölzernen Riesenrad –

Jemand klopfte an die Seitentür.

»Stani! Komm rein«, sagte der Kapitän. »Hier ist jemand von der deutschen Polizei. Der will mit uns sprechen.«

Der Matrose zuckte zurück. »Mit meine Papiere alles gut«, rief er mit einem Anflug von Furcht in der Stimme.

»Keine Sorge, darum geht es nicht«, sagte Gräber schnell. »Ich brauche nur Ihre Personalien und eine Auskunft. Haben Sie einen Ausweis oder Reisepass verfügbar?«

Nachdem er sich umständlich die Hände abgewischt hatte, öffnete der Matrose seinen Overall, griff in den Ausschnitt seines Hemds und zog einen Brustbeutel aus Segeltuch hervor. Mit seinen groben und abgearbeiteten Fingern bereitete es ihm Mühe, den Pass aus dem engen Behältnis zu ziehen. Der Kapitän kam ihm zu Hilfe und reichte das Dokument an Gräber weiter. Die Arbeitserlaubnis folgte.

»Stanislas Komorowsk«, las der Kommissar laut vor. »Geboren in Plock an der Weichsel.« Er überflog die Arbeitserlaubnis und übertrug die Daten in seinen Notizblock. »Was hat Sie in die Bundesrepublik getrieben, Herr Komorowsk?«

»Getrieben?«, fragte der Pole verständnislos.

»Entschuldigung. Warum sind Sie in der Bundesrepublik Deutschland und nicht zu Hause in Polen?«

»Ach, warum Deutschland? Wegen Arbeit. Ist besser hier. Mehr Lohn. Kann zu Hause Familie stützen.«

»Er meint *unterstützen*«, erklärte Kapitän Bredemeijer hilfsbereit.

»Hatte ich schon verstanden«, brummte Gräber.

»Wenn ich das vielleicht erklären darf – es gibt in der BRD zu wenig gelernte Matrosen. Das will keiner mehr machen. Zu unattraktiv. Man muss aufs Schiff, weg von Familie und Freunden. Die Arbeitszeiten sind lang. Keine Zeit für die Disko und so. Darum werben wir Arbeitskräfte im Ausland an, mit Hilfe unseres Bundesverbands und mit Unterstützung der Regierung. Viele davon sind Polen. Die sprechen meist schon ein bisschen Deutsch und sind in der Regel fleißig und zuverlässig. Stani hier ist schon fünf Jahre bei uns. Er gehört quasi zur Familie. Wenn Sie mich fragen, gibt es keinen Grund zur Klage.«

Stanislas Komorowsk ließ ein bescheidenes Lächeln sehen und nickte stumm.

Bredemeijer stemmte die Arme in die Hüften. »Ehe wir weiterreden, erklären Sie jetzt aber erst einmal, was Sie von uns wollen. Was soll das eigentlich alles?«

»Sie haben recht. Ich hätte das gleich ansprechen sollen«, sagte Gräber entschuldigend. »Aber ich bin so fasziniert – ich war noch nie auf einem Schiff.«

»Ist auch nur ein Arbeitsplatz. Also, getz mal raus mit der Sprache.«

»Ich bin dabei. Sie sind ja heute Morgen durch die Haster Schleuse gefahren. Kurz darauf wurde dort eine Wasserleiche entdeckt. Deshalb muss ich von Ihnen wissen, ob bei Ihnen an Bord jemand vermisst wird.«

Bredemeijer sah ihn ungläubig an. »Eine Leiche? In der Schleuse?«

Gräber nickte.

»Kann ich mir gar nicht vorstellen. Das hätten wir doch gesehen.«

»Sie haben nichts bemerkt?«

»Nein, alles normal gelaufen. Stani, hast du was Ungewöhnliches gesehen?«

Ratlos sah der Pole zwischen den beiden hin und her. Er schüttelte den Kopf.

»Am Ufer vielleicht?«, hakte Gräber nach. »Irgendwelche Personen? Fahrzeuge oder sonstige Auffälligkeiten?«

»Nein«, sagte Komorowsk abwehrend. »Ich habe Arbeit gemacht. Ganz normal. Schleusenwärter war da. Oben in Steuerhaus. Hat gewunken. Vielleicht kann er helfen?!«

»Ich würde mich gern in Ihren Räumlichkeiten kurz mal umsehen«, sagte Gräber.

»Müssen Sie dazu nicht einen Durchsuchungsbefehl vorlegen?«

»Einen Durchsuchungsbeschluss, so nennt man das. Den kann ich beantragen und mir bringen lassen. Das würde aber dauern. Ich müsste Ihren Pott so lange festsetzen. Ehe Sie fragen: ja, das darf ich. Das Verfahren wäre so: Ich müsste die Kollegen hier in Wallenhorst informieren. Die besorgen uns den Beschluss. Das geht aber nicht so auf die Schnelle. Wenn wir den dann haben, kommen die Kollegen gleich mit und würden hier die Möbel umrücken und unter jeden Teppich gucken. Die sind dabei nicht zimperlich. Ich rede ja immer, aber man kriegt diese Leute nicht dazu, hinterher wieder aufzuräumen. Dazu sind wir auch nicht verpflichtet. Ihre Frau wird nicht erfreut sein ... Übrigens, wo bleibt sie eigentlich? Sie hatten doch nach ihr gerufen.«

»Weiß ich doch nicht«, moserte der Kapitän. »Vermutlich räumt sie irgendwo auf oder macht das Mittagessen. Meinetwegen, kommen Sie. Ich zeige Ihnen, wo wir wohnen. Stani, du übernimmst die Wache.«

Er ließ Gräber vorangehen, eine schmale Stiege hinunter, die auf einen Korridor in dem auf Deckshöhe liegenden Wohnbereich führte. Gleich gegenüber gewährte eine offene Tür Einblick in eine erstaunlich geräumige Küche.

Die Einbauten standen hinter denen einer festen Behausung nicht zurück. Gegessen wurde an einer Eckbank, die zusammen mit der Bestuhlung ohne weiteres Platz für sechs Personen bot. Der Tisch war abgewischt und abgeräumt, bis auf eine Blumenvase und eine Garnitur aus Zuckerdose, Salz- und Pfefferstreuer, alle reliefartig mit grünen Girlanden, blauem Zopfmuster und lachenden Enten mit ausgebreiteten Flügeln verziert.

An beiden Außenwänden zogen sich niedrige Fenster entlang. Noch ließen sie nicht ausreichend Tageslicht ein. Unter einem der Küchenschränke brannte eine Leuchtstofflampe. Die Kaffeemaschine war eingeschaltet und gab gelegentlich ein schwaches Gurgeln von sich. In der Kanne stand ein Rest des tiefschwarzen Suds und simmerte leise vor sich hin. Frühstücksgeschirr für drei Personen stand unabgewaschen auf dem gewellten Abtropfblech der Spüle.

Es war niemand zu sehen.

»Ihre Gattin scheint nicht da zu sein«, bemerkte Gräber, brachte den Schiffer damit aber nicht in Verlegenheit.

»Wir haben auch noch andere Räume. Ich geh mal gucken, wo sie steckt.«

In dem Moment hörten sie hinter sich ein leises Poltern. Dann ertönte eine warme, weibliche Stimme. »Warum hast du mir denn nicht Bescheid gesagt, dass wir Besuch haben?!« Maria Bredemeijer drohte ihrem Mann schelmisch mit dem Saugrohr ihres Staubsaugers, den sie gerade so vernehmlich abgesetzt hatte.

»Besuch ist das nicht«, knurrte ihr Ehemann. »Der Herr kommt von der Polizei. Das ist Maria, meine Frau.«

»Freut mich«, sagte Gräber. Beinahe wäre ihm noch herausgerutscht »... Sie lebend anzutreffen.« Er biss sich auf die Zunge, dann stellte er sich förmlich vor und erläuterte knapp den Grund seines Kommens. »Ist Ihnen vielleicht heute Morgen beim Durchschleusen etwas aufgefallen?« Er deutete auf die umlaufenden Fensteröffnungen. »Sie haben nach hinten raus ja eine ganz gute Sicht.«

»Nach achtern, ja. Aber ich hab' morgens keine Zeit, mir die Landschaft zu begucken. Außerdem war es dunkel, als wir durch die Schleuse sind.«

»Ich verstehe, selbstverständlich. Ich war noch nie auf einem Schiff«, sagte Gräber wie zur Entschuldigung. »Ihr

Mann hat mir einen kleinen Rundgang durch Ihr Zuhause angeboten. Ich hoffe, Sie haben nichts dagegen ...«

Sie sah ihren Mann vorwurfsvoll an. »Mensch, Ebi. Es ist doch noch gar nicht aufgeräumt.«

»Der Herr Kommissar hat darauf bestanden«, entschuldigte sich der Kapitän.

Gräber kam ihm zu Hilfe. »Das stimmt.«

Maria Bredemeijer zeigte sich gnädig. »Na, dann kommen Sie mal.«

Sie traten wieder hinaus auf den Korridor. Die Kapitänsgattin öffnete die nächste Tür. »Hier nebenan ist das Badezimmer.«

»Das muss hier oben sein. Damit das Dreckwasser nach unten ablaufen kann. Von selbst, ohne Pumpe oder so«, erklärte ihr Mann.

»Nach unten?«

»Ja, da haben wir noch eine Etage. Habe ich einbauen lassen, als unsere Tochter kam, die Marie. Sie sollte nicht in einer Zigarrenschachtel aufwachsen. Geht zwar auf Kosten des Laderaums, aber wir kommen auch so zurecht. Und der Abwassertank ist auch da unten.«

»Deshalb der Name des Schiffes – Maria nach Ihrer Frau und Marie nach Ihrer Tochter?«

»Genau.«

»Und warum die Zwei?«

»Weil das unser zweiter Pott ist.« Er zog mit dem rechten Zeigefinger einen seiner Tränensäcke nach unten und lächelte stolz. »Den ersten habe ich noch von meinem Vater übernommen. Anfang der Siebziger haben wir uns dann verbessert, von tausendachthundert auf zweitausendeinhundertsiebzig Tonnen. Hat uns viel Geld gekostet, aber der Kredit ist inzwischen abbezahlt. Und wir hatten dann auch ausreichend Platz für eine Kabine für Marie.«

»Was transportieren Sie eigentlich?«

»Hauptsächlich Schüttgut. Splitt, Schotter, Schlacke, Kies, alles so was. Auch mal Dünger oder Schrott. Den liefern wir häufig hier nach Osnabrück. Für das Stahlwerk.«

Seine Frau übernahm wieder die Führung. »Hier gegenüber wohnt unser Matrose, der Stani.«

»Da würde ich auch gern kurz hineinsehen.«

»Das ist privat, da müssen wir ihn erst fragen. Ich kann da nicht so einfach aufmachen.«

Ihr Mann hob beschwichtigend die Hand. »Das geht schon klar. Stani hat nichts dagegen.«

Maria Bredemeijer sah ihren Mann zweifelnd an. »Wenn du das so sagst ...«

»Jau, ich sach das so.«

Die Tür war unverschlossen. Der Kapitän öffnete sie für den Kommissar. Dahinter befand sich ein einfaches, fensterloses Zimmer. Ein Kleiderschrank und ein schmaler Tisch aus schlichtem Holz. Eine Koje mit penibel gemachtem Bett. Auf dem runden, schon leicht abgetretenen Teppich zwei Stühle, ein Polstersessel. Auf einer Anrichte ein tragbarer Fernseher mit aufgestellter Antenne. Auf einem Bord über dem Bett ein paar Bücher mit polnischen Titeln, zumeist zerfledderte Paperbacks, ein Atlas, eine Bibel.

Gräber verhandelte nicht lange, trat rasch ein, sah kurz in den Kleiderschrank. Er fand dort weiter nichts als die Garderobe des Mannes. Arbeits- und unscheinbare Alltagskleidung.

»Wissen Sie, ob Herr Komorowsk in Deutschland eine Freundin hat?«

»Wo sollte er die denn herhaben? Wir sind doch ständig unterwegs.«

»Gut, hier war's das dann. Gucken wir doch noch schnell nach unten.«

Am Ende des Korridors befand sich eine weitere Stiege, die Gräber nicht hatte sehen können. In der unteren Etage waren das Elternschlafzimmer und das Zimmer der Tochter untergebracht.

»Ihre Tochter ist zurzeit nicht an Bord?«

»Nein. Seit der fünften Klasse ist sie im Internat. Nur einen Teil der Ferien und manche Feiertage verbringt sie noch an Bord.«

Gräber schwieg einen Moment lang. Dann fuhr er mit bedeckter Stimme fort: »Sicher nicht leicht für eine Familie, so voneinander getrennt zu leben ...«

Bredemeijer war anderer Meinung. »Nö, wieso? Das ist nun mal so unter uns Binnenschiffern. Ich war doch auch im Internat. Hat mir nicht geschadet. Im Gegenteil. Wenn ich auf dem elterlichen Schiff geblieben wäre, hätte ich nie meine Frau kennengelernt. Und wer würde mir dann den Haushalt machen?« Er lachte mit leisem Vergnügen.

Maria Bredemeijer sah beiseite. Ihre Miene verriet, dass sie die Meinung ihres Gatten nicht teilte.

Sie behielt ihre Gedanken für sich.

»Lassen Sie uns wieder nach oben gehen«, bat Gräber.

In Begleitung des Kapitäns schritt er einmal rund um das Schiff. Er suchte an der Bordwand und auf dem Deck nach auffälligen Spuren. An vielen Stellen gab es Kratzer, Schrammen und Ausbesserungen. Aber nichts, was auf einen kürzlichen Kampf oder dergleichen hingedeutet hätte.

»Wohin geht es jetzt als nächstes?«, wollte er von dem Schiffseigner wissen.

»Erst mit Schotter rüber nach Rheine. Für die Autobahnbaustelle. Danach ins Emsland. Da nehmen wir Torf auf. Damit kommen wir dann in drei Tagen hier wieder vorbei.«

»Das ist gut zu wissen, falls sich noch Fragen ergeben sollten. Tun Sie mir doch den Gefallen und rufen Sie mich an, wenn Sie in erreichbarer Nähe sind. Ich gebe Ihnen ein Kärtchen mit meiner Nummer.«

»Kann ich machen. Aber wir haben keine langen Liegezeiten. Wenn wir gelöscht haben, geht es zackig weiter.«

»Ich weiß, ich weiß. Vielleicht ist ja gar kein weiteres Gespräch nötig. Ich möchte nur Vorsorge treffen.«

Nicht alle Zweifel waren ausgeräumt, als Gräber wieder auf dem Schleusenkai stand und den Bredemeijers eine Verabschiedung zurief. Die Personalien aller Besatzungsmitglieder hatte er aufgenommen. Mehr ließ sich vorerst nicht ausrichten. Gräber instruierte den Schleusenwärter, dass die *Maria Marie 2* ihre Fahrt fortsetzen könne.

Zurück am Fahrzeug, sah er sich noch einmal um und verfolgte fasziniert, wie das Frachtschiff langsam vor seinen Augen im Schleusenbecken versank. Einen Moment lang hielt der Vorgang seine Aufmerksamkeit gefangen. Dann riss er sich los. Er musste schnellstens zurück zum Auffindeort.

Den Rückweg bewältigte er in zügiger Fahrweise. Die scharfen S-Kurven, die vom Piesberg hinab in die Ebene führten, zwangen ihn zu einer Geschwindigkeitsreduzierung. Unten, auf Höhe des Kaffeehauses Urlage, trat er aufs Gas, um einen Müllwagen zu überholen.

Mit schnellen Seitenblicken sondierte er die Situation auf dem Freigelände rechter Hand. Vor einigen Tagen erst war er dort mit mehreren Kollegen von der Besonderen Aufbauorganisation Rauschgift im Einsatz gewesen. Die konzertierte Aktion mehrerer Fachkommissariate hatte der Drogenszene gegolten, die sich zwischen Fürstenauer Weg und Stichkanal angesiedelt hatte, nachdem die Diskothek *Hyde Park* aus einem ehemaligen Ausflugslokal im Westen der Stadt vorübergehend hierher in einen provisorisch errichteten Zeltbau umgezogen war.

Den Betreibern konnte kein Vorwurf gemacht werden. Verdeckt operierende Ermittler hatten berichtet, dass ertappte Dealer und Konsumenten umgehend vor die Tür gesetzt wurden und Hausverbot bekamen. Die Belegschaft hatte jedoch wenig Einfluss auf das, was sich draußen auf den Parkplätzen abspielte. Zudem wurde der Handel vorwiegend außerhalb der Öffnungszeiten am Nachmittag betrieben.

Die Dealer hatten ein schlaues System ausgeheckt und die einzelnen Schritte des Handels auf mehrere Köpfe verteilt. Die Ware, Kokain und weiche Drogen, wurde in Erddepots unter den Bäumen oberhalb des Kanals versteckt.

Die Kunden kamen in der Regel mit dem PKW, gaben bei einem Anbahner ihre Wünsche an und zahlten bei einem Kassenwart.

Auf dessen Signal hin bekamen sie ihre Päckchen von einer dritten Person ausgehändigt.

Der Uferweg des Kanals bot bei Gefahr im Verzuge eine ideale Fluchtmöglichkeit. Darum hatten Gräber und einige Kollegen im Rahmen der Razzia in der Vorwoche ihre Fahrzeuge am Ende der Elbestraße abgestellt und waren von dort zu Fuß vorgegangen. Als sie ihre Position eingenommen hatten, rückten die übrigen Einsatzkräfte vom Fürstenauer Weg her vor.

Wie erwartet, machten sich die im Unterholz versteckten Depothalter in Richtung Kanal davon, sahen sich aber einem Trupp uniformierter und ziviler Polizisten gegenüber. Es kam zu Rangeleien, einer der Verdächtigen hechtete in den Kanal und hoffte, das andere Ufer zu erreichen.

Auch daran hatte die Einsatzleitung gedacht und vorsorglich von der Feuerwehr ein Schlauchboot ausgeliehen. Der Außenbordmotor war nicht sonderlich leistungsstark, reichte aber vollends aus, um den flüchtigen Schwimmer zu überholen.

Gräber lachte leise vor sich hin, als er daran dachte, wie er und Schonebeck den Rauschgifthändler auf dem westlichen Kanalufer in Empfang genommen hatten, als der pitschnass und völlig außer Atem, bei weitem zu erschöpft, um weitere Fluchtversuche zu unternehmen, aus der schmutzig trüben Brühe gekrochen kam.

Gräber rutscht aus

Der Rekord rumpelte über den unzureichend befestigten Schleusenweg. Bei jeder Delle in der Fahrspur wippte der durchgesessene Fahrersitz, und die abgenutzten Metallfedern unter dem Polster gaben ein leise Ächzen von sich. Vor sich sah Gräber einen bordeauxroten Volvo P1800 E. Ein schnittiges Sportwagenmodell aus den frühen Siebzigern des sonst für kantige Gebrauchslimousinen bekannten schwedischen Herstellers. Eine Rarität. In Osnabrück war nur ein Exemplar dieses Typs registriert.

Gräber wusste, wem es gehörte: Dr. Reinhold Werschemöller von der Abteilung 11 der Osnabrücker Staatsanwaltschaft.

Werschemöller war erst wenige Wochen im Amt. Der junge Jurist hatte Konrad Sattler abgelöst, der in den Ruhestand gegangen war. In Polizeikreisen hatte man den Wechsel im Stillen begrüßt. Dem bei Gericht und im Vollzugsdienst geschätzten Sattler waren in den letzten Jahren vor seiner Pensionierung mehrfach grobe Fehler unterlaufen und hatten verminderte Freiheitsstrafen oder sogar Freisprüche zur Folge gehabt. Er vergaß entscheidende Beweisanträge, ließ Indizien unberücksichtigt, verlor bei Zeugenbefragungen den Faden.

Es gab Gerüchte, die von einer geistigen Störung wissen wollten, einem krankhaften Gedächtnisverlust. Gräber hatte sich an diesen Spekulationen nie beteiligt, sah aber der Zusammenarbeit mit dem neuen Staatsanwalt hoffnungsfroh entgegen.

Werschemöller, Schonebeck, der Einsatzleiter der Feuerwehr und Moorkamp, der Polizeiführer vor Ort, standen in einer kleinen Gruppe beisammen.

Werschemöller und Schonebeck steckten die Köpfe zusammen und tauschten ein Grinsen. Gräber wunderte sich über dieses Verhalten. Es erschien ihm unpassend in Anbetracht des Umstands, dass hier ein Mensch verstorben war.

Man hatte die Tote mittlerweile geborgen und den durchweichten Leichnam auf eine Plane gelegt, wo er vom Notarzt und von Kollegen des Spurendienstes umringt wurde.

Werschemöller hatte Gräbers Ankunft bemerkt. »Kommissar Gräber!«, grüßte er aufgesetzt liebenswürdig und eine Spur zu laut. »Schön, dass Sie sich zu uns gesellen.«

Verwundert über die seltsame Begrüßung, warf Gräber einen fragenden Blick in Richtung Schonebeck. Der zuckte unbeteiligt mit den Schultern.

»Guten Morgen, Herr Staatsanwalt. Ich komme gerade von der Hollager Schleuse.«

Schonebeck hob den Kopf. »Warst du auf einen Kaffee bei *Tante Anna*? – Ein Ausflugslokal«, fügte er für den Staatsanwalt, der erst vor kurzem nach Osnabrück gezogen war, erklärend hinzu.

Gräber überhörte den spitzen Unterton. »Leider nicht. Ich habe gerade noch die *Maria Marie 2* erwischt.«

»Wer soll das sein?«

»Das ist der Name eines Frachtschiffs, das heute Morgen als erstes durchgeschleust wurde. Es lag im Bereich des Möglichen, dass die Tote zur Besatzung gehörte. Außerdem war nicht auszuschließen, dass jemand an Bord vielleicht etwas Wichtiges beobachtet hatte. Leider hat sich das bei meinen Vernehmungen nicht bestätigt. Trotzdem habe ich natürlich die Personalien festgehalten. Vielleicht brauchen wir die Schiffersleute doch noch als Zeugen. Fürs Erste habe ich sie weiterfahren lassen. Ich sah keine Handhabe, um sie festzuhalten.«

»Das hätten Sie mit mir absprechen müssen«, fand der Staatsanwalt. Von weiteren Sticheleien sah er vorerst ab.

Hinter seinem Rücken wagte Schonebeck ein schnelles Grinsen und nickte Gräber aufmunternd zu.

Gräber sah stirnrunzelnd auf die Tote hinab, die gerade von Heiko Große-Klefarth untersucht wurde. Wenngleich das kalte Wasser ihrem Körper die Farbe entzogen und die Haut ausgelaugt hatte, war doch noch zu erkennen, dass sie sich regelmäßig einer Höhensonne ausgesetzt hatte. Ihre Haare, obwohl klatschnass, wirkten strohig. Unzählige Blondierungen hatten ihnen zugesetzt.

»Der Mantel ... Was ist das für eine Farbe?«

»Hellgrün?«

»Ich meine die Modefarbe. Da gibt es doch sicher noch eine andere Bezeichnung. Lindgrün? Ich möchte es für den Bericht genau haben.«

»Das ist Mint«, meldete sich eine Schutzpolizistin zu Wort.

»Mint«, wiederholte Gräber nachdenklich, während er es in sein Notizbuch schrieb, und dann gleich noch einmal, als ob er es sich einprägen wollte. Gräber deutete auf die uniformierten Kollegen, die das Umfeld der Schleuse absuchten. »Haben wir sonst schon etwas vorliegen?«

»Drüben am anderen Ufer liegt ein altes Fahrrad in den Blüsen«, berichtete der Polizeiführer Moorkamp. »Irgendein Schrott. Vielleicht von einem Schiff runtergeworfen –«

»Das gucke ich mir mal an. Wir müssen ja sowieso auf den Rechtsmediziner warten. Weiß jemand, wann der Doktor eintrifft?«

Als Antwort bekam er nur unverbindliches Kopfschütteln. Er bat Schonebeck um die Leica, die Kamera des Kommissariats.

»Muss das sein? Vielleicht brauchen wir die hier, wenn sich was Neues ergibt.«

»Wenn das passieren sollte, ruf mich einfach. Ich bin doch nur ein paar Meter weiter.«

Schonebeck trug die Spiegelreflexkamera an einem Lederriemen über der Schulter. Widerstrebend nahm er sie ab und reichte sie an Gräber weiter.

Die Schutzpolizistin erbot sich, Gräber den Fundort zu zeigen. Gemeinsam schritten sie über die schmale Brücke, die nördlich der Schleuse die Ufer miteinander verband.

Das Fahrrad lag versunken zwischen trockenem Röhricht und immergrünen Uferpflanzen, denen die kühlen Temperaturen des anbrechenden Herbstes nichts anzuhaben vermochten. Die Böschung fiel steil ab bis hinunter zu den aufgeschütteten Steinen, die das Kanalbett säumten. Gräber schoss vom Brückengeländer aus ein erstes Foto, um die genaue Lage des Rades zu dokumentieren.

Er bewegte sich seitlich, als er langsam hinabstieg. Vorsichtig tastete er mit dem rechten Fuß nach festen Grasbüscheln, die seinem Tritt Halt boten. So kletterte er Handbreit um Handbreit tiefer, bis er ausreichende Sicht auf das wie verrenkt daliegende Rad gewonnen hatte. Es zeigte unübersehbare Gebrauchsspuren und auch Rost, sah jedoch nicht so aus, als ob es längere Zeit der Witterung ausgesetzt gewesen wäre. Das Vorderrad hatte sich verdreht und wies zum Himmel.

Gräber fiel auf, dass mehrere Speichen des hinteren Rades auf übereinstimmende Weise V-förmig verbogen waren. Um Balance bemüht, machte er weitere Fotos und wechselte dabei die Blickwinkel, soweit es seine unsichere Position zuließ. Dann zog er vorsorglich die teure Kamera unter die Jacke, um sie bei einem etwaigen Sturz vor Schaden zu bewahren und reckte sich hinunter.

Er angelte eine weiße, unbedruckte Plastiktüte vom Gepäckträger. Drinnen befanden sich ein paar Lebensmittel. Würstchen, zwei gebratene Frikadellen, angetaute Pommes. Nicht eben appetitlich, aber keineswegs vergammelt.

Gräber nickte zufrieden. Seine Annahme hatte sich bestätigt.

Er trat den Rückweg an, zog sich an Grasbüscheln hoch, setzte die Füße dort ab, wo er zuvor schon Halt gefunden hatte. Doch einer der Wurzelballen hatte sich aus der Erde gelöst und rutschte unter seinem Halbschuh weg. Gräber fiel auf sein rechtes Knie. Zwar konnte er sich an einem Strunk festklammern und ein Abgleiten gerade noch verhindern, aber seine Hose war verdreckt.

Gräber fluchte. Von oben reichte ihm ein mitleidig dreinschauender Wachtmeister die Hand. Als er nahe genug heran war, nahm Gräber die Hilfe gerne an.

Auf dem Uferpfad angekommen, klopfte er sich das Hosenbein ab. Ohne sichtbaren Erfolg. Er kehrte zu der Gruppe zurück. Der Staatsanwalt musterte den auffälligen breiten Fleck auf Gräbers Hose. Gleichgültig gegenüber den zuckenden Mundwinkeln Werschemöllers, erstattete Gräber Bericht.

»Das Fahrrad muss gesichert und auf Spuren untersucht werden. Auch die Umgebung. Vermutlich liegt hier irgendwo eine Eisenstange oder ein massiver Holzknüppel. Ich denke, dass der Täter etwas dergleichen zwischen die Speichen gerammt und die Radfahrerin so zu Fall gebracht hat. Da könnten Fingerabdrücke drauf sein.«

»Klingt plausibel«, lobte Werschemöller gönnerhaft. »Aber warum liegt das Fahrrad drüben unterhalb der Brücke, während die Leiche im Schleusenbecken schwimmt?«

»Das werden wir herausfinden müssen.«

Werschemöller winkte den Polizeiführer herbei, informierte ihn über Gräbers These und bat ihn, seine Leute nach einem entsprechenden Gegenstand suchen zu lassen.

Der Schutzpolizist runzelte skeptisch die Stirn. »Wenn ich der Täter wäre, hätte ich den Knüppel in den Kanal geworfen.«

»Schon möglich. Herr Gräber, sollen wir dann vielleicht Taucher kommen lassen?«, unkte Werschemöller.

»Warum nicht? Wenn es der Wahrheitsfindung dient –«

Der Staatsanwalt hüstelte schwach. In Gräbers Ohren klang es wie »Tölpel«.

Zwischenzeitlich hatte Heiko Große-Klefarth die Besitztümer der Toten eingetütet und registriert.

»Heiko, lass doch mal sehen.«

Der Erkennungsdienstler präsentierte den Kollegen eine Damenarmbanduhr, deren goldene Beschichtung ihren Glanz verloren hatte. Am Grad der Abnutzung gemessen, war sie schon jahrelang getragen worden. Auf der Rückseite entdeckte Gräber eine Gravur, sehr klein, nicht leicht zu entziffern: *To My Woman of Gold. L. W.*

Gräber las die Zeilen laut vor. »Ist das ein Zitat? Kennt das jemand?« Er erntete nur Kopfschütteln und verneinendes Gemurmel.

Große-Klefarth hatte in den Manteltaschen ein Kellnerportemonnaie und ein Schlüsselbund gefunden. »Leer, bis auf ein paar Münzen«, sagte Gräber und hielt das Portemonnaie so, dass die anderen es sehen konnten.

»Raub«, gab sich Schonebeck überzeugt. »Habe ich ja eben schon gesagt. Während du unterwegs warst.«

Gräber kam nicht dazu, zu antworten.

»Das ist doch –«, sagte jemand hinter ihnen. Ein Schutzpolizist, der herangetreten war, um einen Blick auf die Leiche zu werfen.

»Sie kennen die Tote?«

»Was heißt kennen –. Aber ja. Das ist Marga Thomaschewski. Die hat den Imbisswagen an der Klöcknerstraße.« Er hob die Hand und deutete vage in Richtung der westlich des Kanals gelegenen Kläranlage, an die sich ein Industriegebiet anschloss. »In der Nähe vom Winterquartier von Zirkus Althoff.«

»Imbiss, hm?!«, brummte Gräber. »Klar, Mensch. Deswegen die alten Pommes in der Tüte. Wie schreibt man den Namen?« Der Schutzmann buchstabierte ihn.

»Sie kennen Sie wohl doch besser, oder?«, fragte Schonebeck.

»Würde ich so nicht sagen. Der Name steht auf ihrer Konzession. Die hängt groß an der Wand vom Imbisswagen. Ich hole da öfter mal Pommes. Unsere Kinder können nicht genug davon kriegen.«

Gräber vervollständigte seine Notizen. Dann griff er den Asservatenbeutel mit dem Schlüsselbund.

»Was machst du?«, fragte Schonebeck.

»Heiko, du hast die Schlüssel doch registriert?«

»Was denkst du denn ...«

»In Ordnung. Dann leihe ich sie mir jetzt eine Zeit lang aus. Ludwig, lass uns mal rüberfahren. Ich möchte mir den Imbisswagen anschauen.«

»Jetzt?«, fragte Staatsanwalt Werschemöller.

»Gleich. Vorher muss ich aber noch telefonieren. Wo ist der Schleusenwärter?«

Schonebeck wies in Richtung des Wärterhäuschens. Dort stand Seifert und sah den Polizisten interessiert bei der Arbeit zu.

Gräber ging hinüber und bat um die Erlaubnis zur Benutzung des Telefons.

»Wenn es kein Ferngespräch wird.« Der Wärter klang mürrisch. Es schien ihm nicht zu gefallen, dass der Kommissar seine Arbeitsräume betreten wollte. Vielleicht lag es an den leeren Bierflaschen, die in einer Ecke lagen.

Der Apparat hing an der Wand neben den Hebeln und Rädern, mit denen man die Pumpen und Tore der Schleuse von fern bedienen konnte. Gräber rief die Kriminalwache an und ließ sich mit Konrad Nieporte verbinden.

»Moin. Gräber. Ich bin mit Schonebeck an der Haster Schleuse. Wir haben hier eine Wasserleiche. Weiblich. Name ist bekannt. Ich gebe ihn dir durch, schreib mal mit.«

Er nannte den Namen der Toten und buchstabierte ihn, machte alle weiteren Angaben, die er bis jetzt hatte sammeln können, auch die über die Schifferfamilie. »Melderegister, Vorstrafen, guck mal, was wir zu den Leuten haben«, bat er. »Und noch eines. Sie trug eine Uhr, möglicherweise ein Geschenk von jemandem mit den Initialen L. W. Achte doch bitte darauf, ob es in ihren Unterlagen jemanden gibt, dessen Name dazu passt.« Er las dem Kollegen den Vers vor, der auf dem Uhrgehäuse eingraviert war. »Kennst du das? Ist das ein Gedicht? Irgendwas Klassisches?«

Nieporte überlegte, konnte aber die Zeile auch nicht einordnen. »Vielleicht weiß es einer der Kollegen. Ich frage mal rum.«

»Ist übrigens ein Elfer«, fügte Gräber noch an.

Damit wusste der Kollege, dass der Fall in die Zuständigkeit der Abteilung 11 der Staatsanwaltschaft fiel, in die Verantwortlichkeit von Reinhold Werschemöller.

»Wir kommen nachher rein. Ich will aber vorher noch zu dem Imbisswagen, der dem Opfer gehörte oder den sie gepachtet hatte. Das müssen wir auch noch klären. Alles Weitere dann später.«

Als er das Wärterhäuschen verließ, stand Schonebeck draußen und rauchte eine Zigarette. »Auch eine?«, fragte er und hielt Gräber die Packung hin.

»Nein, danke dir. Ich versuche gerade aufzuhören.«

»Ach ja, hatte ich vergessen. Entschuldige.«

»Klappt auch noch nicht so ganz.«

Schonebeck schloss den Deckel und versenkte die Schachtel in der Tasche seines Anoraks. »Definitiv Fremdeinwirkung«, sagte er mit versonnenem Blick auf die Tote. »Wir werden eine Kommission zusammenstellen müssen.«

»Sehe ich auch so.«

»Wen würdest du da reinholen? Vieregge?«

»Holger? Ja, wir brauchen jemanden vom Raub. Jürgen Linsebrink vielleicht. Konrad Nieporte wäre ein guter Aktenführer. Und Franz-Dieter Haucke.«

»FdH? Warum?«

»Der *Hyde Park* mit der Drogenszene ist nicht weit. Franz kennt sich da aus. Denk nur an unseren Einsatz letzte Woche.«

Sie hatten sich in Bewegung gesetzt und gesellten sich wieder zu den anderen.

»Ludwig, wollen wir dann los?«

Der Staatsanwalt mischte sich ein. »Ich halte es für besser, wenn einer von Ihnen hierbleibt und mit mir auf den Rechtsmediziner wartet. Gräber, Sie fahren. Herr Große-Klefarth, wie weit sind Sie mit Ihren Spuren?«

»Für den Moment habe ich alles.«

»Dann fahren Sie mit Gräber zum Imbiss. Gucken Sie, ob Sie was Brauchbares finden können.«

»Natürlich.«

»Nehmen Sie die Kamera mit. Machen Sie Ablichtungen, wenn nötig, und lassen Sie den Film gleich entwickeln. Wir sehen uns dann zur Besprechung im Kommissariat.«

Große-Klefarth findet Blut

Der gesuchte Imbisswagen war nicht schwer zu finden. Ein mobiler Verkaufsanhänger, wie man ihn auf Markt- und Kirmesplätzen findet. Gekrönt von einer Leuchtreklame mit den Worten *Marga's Imbiss*, stand er verschlossen am Straßenrand, wie beschrieben einige Meter hinter der Einfahrt zum früheren Landgestüt, das seit einigen Jahren dem Zirkus Carl Althoff in der Winterpause als Quartier diente.

Große-Klefarth parkte auf dem Seitenstreifen. Als sie ausstiegen, hielt vor ihnen ein orangefarbener Pritschenwagen der Stadtwerke. Die Arbeiter in der Doppelkabine schauten enttäuscht, als sie den geschlossenen Imbisswagen erblickten. Der Mann am Steuer machte eine hilflose Geste, dann fuhr er langsam an und weiter in Richtung Stadt.

Der Einstieg befand sich oberhalb der Deichsel. Gräber zückte das Schlüsselbund, aber Große-Klefarth hielt ihn zurück. »Warte einen Moment.« Er öffnete seinen Materialkoffer und hielt Gräber einen Spender mit Einweghandschuhen hin. »Ich will mich vorsichtshalber nach Spuren umsehen.«

»Recht hast du.«

Beide legten die engen Gummihandschuhe an. Gräber spreizte die Finger, öffnete und schloss sie.

»Ich finde die Dinger dermaßen unangenehm – ein Gefühl, als ob einem das Blut abgeschnürt wird.«

Große-Klefarth lachte leise. »Man gewöhnt sich dran. Manche Leute genießen es sogar. Habe ich neulich in der

‚Psychologie heute' gelesen. Es gibt da so eine erotische Fetischisierung –«

»Ähhh ... Lass gut sein.« Gräber schüttelte sich. Er war damit beschäftigt, unter den am Bund befestigten Schlüsseln den richtigen auszumachen, indem er sie der Reihe nach durchprobierte. Nach zwei Fehlversuchen hatte er ihn gefunden und öffnete die Tür. Man sah wenig. Das Innere wurde durch das einfallende trübe Tageslicht des herbstlichen Septembertages nur unzureichend erleuchtet.

Große-Klefarth kam das gerade recht. Er hatte die Luminol-Lösung und das Wasserstoffperoxid aus seinem Koffer genommen und in eine Sprühflasche gefüllt, die er kräftig schüttelte, während er auf das Riffelblech des Einstiegs trat. Er beugte sich vor und sah hinein.

»Sehr sauber«, sagte er anerkennend. »Aber irgendwas bleibt immer übrig.«

Er drückte beherzt auf den Gummiball des Fläschchens. Sprühnebel sank auf den Boden des schmalen Ganges zwischen Ausgabetresen und Küchenzeile. Der Kriminaltechniker zog die Tür halb zu, um das Sonnenlicht abzuhalten. Nach einem Moment des Wartens meldete er seine Beobachtung.

»Da ist was.«

Gräber folgte ihm auf die oberste Stufe und lugte durch den Türspalt. Auf dem Boden leuchteten schwach mehrere bläuliche Punkte. Alle etwa gleich groß. Die Durchmesser schätzte Gräber auf einen halben bis einen ganzen Zentimeter. Sie wirkten zusammengehörig, beschrieben einen Bogen, der der Halbkreisbewegung eines angewinkelten menschlichen Arms nahekam. Zum Ende des Bogens hin wurden die Flecken stetig kleiner.

»Nichts Flächiges«, urteilte Große-Klefarth und beugte sich tiefer. Er brummte unzufrieden. »Das sind Spritzer oder Tropfen. Ich kann es nicht eindeutig ausmachen. Vielleicht hat sie sich nur geschnitten. Oder die Haut aufgerissen ... Ohne Luminol hätten wir nichts davon gesehen.«

»Die Verletzung kann auch durch Gegenwehr entstanden sein. Nimm es auf jeden Fall auf. Das sollte mit dem Befund der Rechtsmedizin abgeglichen werden.«

»Selbstverständlich. Greif doch mal bitte in meinen Koffer und reich mir das Skalpell, eine Handvoll Aufsteller und einen Glasbehälter.«

Gräber stieg hinunter und suchte nach den gewünschten Utensilien. »Hier sind mehrere Glasdinger.«

»Gib mir eines von denen mit Schraubdeckel.«

Gräber sah zu, wie Große-Klefarth gewissenhaft den Boden abschabte und den aufgenommenen Abrieb vorsichtig am Rand des Glases abstrich, das er sorgfältig verschloss. Die zugehörigen Angaben notierte er in seinem Feldbuch.

»Ich hab's dann so weit.«

Gräber betätigte den Lichtschalter. Mit einem dumpfen Geräusch schlugen die Starter der Neonlampen an. Die Leuchtröhren flackerten auf und begannen zu summen. Die Einrichtung erstrahlte in gleißendem Licht. Feuchtigkeit schoss in Gräbers Augen, und er musste blinzeln, um sich an die schmerzende Helligkeit zu gewöhnen. Ärgerlich wischte er die Tränchen mit dem Ärmel beiseite. Dann öffnete er die Verkaufsklappe, um das erträglichere Tageslicht einzulassen.

Gräber sah sich um. Auch im Hellen wurde Große-Klefarths erster Eindruck nicht widerlegt. Arbeits- und Ausgabebereich waren blitzblank. Keine Fettreste, der Mülleimer geleert und gereinigt. Große-Klefarth hatte an den Blutflecken Zifferntäfelchen aufgestellt. Gräber griff zur Leica und machte mehrere Fotos, sodass sie, wenn nötig, die Formspur später rekonstruieren konnten.

»Wir werden hier wohl kein Glück haben«, sagte Große-Klefarth, der in einem Unterschrank eine Sammlung von

Putzmitteln entdeckt hatte. »Scharfes Zeug«, kommentierte er. »Aber hier – das ist interessant.« Er deutet auf das Inhaberschild an der hinteren Wand. Der uniformierte Kollege vom Einsatzort hatte es erwähnt. Es enthielt die Konzessionsdaten und Namen und Adresse der Inhaberin: Margaretha Thomaschewski, An der Netter Heide 23, 4500 Osnabrück.

»Da hätten wir ja schon mal die Privatadresse der Dame«, murmelte Gräber und übertrug die Angaben in sein Notizbuch. »Dort sollten wir uns dann als nächstes umsehen.«

Während Große-Klefarth den Inhalt von Schränken und Schubladen inspizierte, befasste sich Gräber mit der Registrierkasse, die, unerreichbar von außen, ihren Platz ein Stück rechts neben der Ausgabe hatte. Sie war nicht zu betätigen, wurde durch einen Schließmechanismus blockiert. Gräber ließ die Schlüssel der Toten durch seine Finger gleiten und fand ein passendes Modell, das tatsächlich zur Kasse gehörte. Er öffnete die Seitenklappe und betätigte den dort verborgenen Druckknopf. Die Geldschublade sprang auf.

Große-Klefarth meldete einen Fund. »Hier! Das Kassenbuch!« Er blätterte es durch. »Der letzte Eintrag ist von gestern Abend. Sie hat fünfhundertfünfzehn Mark eingenommen.«

»Interessant. Dann vergleichen wir doch mal.« Gräber zählte die Banknoten in der Kasse. Fünf Fünfer, fünf Zehner, fünf Zwanziger. Dazu sechzig Mark in Münzen. »Zweihundertfünfunddreißig Mark. Genau abgezähltes Wechselgeld. Differenz also –«

»Zweihundertachtzig Mark«, half Große-Klefarth.

Gräber lachte. »Danke dir. Im Kopfrechnen war ich schon in der Schule ein Versager. Mangelndes Vorstellungsvermögen, meinte mal einer meiner Lehrer.« Er sah sich um. »Gibt es hier irgendwo einen Tresor oder so etwas?«

»Definitiv nicht. Ich habe alle Schränke durch.«

»Vielleicht im Kühlschrank. Alter Gastwirtstrick. Den kenne ich von meinem Onkel. Der hatte ein Dorfgasthaus auf dem Lande. Da kam man nicht jeden Tag zur Sparkasse. Er hat deshalb das Bargeld immer zwischen den eingefrorenen Lebensmitteln versteckt.«

Große-Klefarth öffnete die Tür des Gefrierschranks. Der Inhalt ließ sich leicht überschauen, die Vorräte waren stark zur Neige gegangen. An der Seite hing an einem Häkchen mit Saugnapf ein Block mit Bestellzetteln. Das erste Blatt war von Hand ausgefüllt. Demnach mussten Würste, Koteletts, Schnitzel, halbe Hähnchen, Pommes frites aufgefüllt und Mayonnaise sowie Ketchup nachbestellt werden.

Große-Klefarth hatte alles einmal angehoben. »Brrr, kalt.« Er hauchte mehrmals auf seine froststeifen Finger. »Da ist nichts. Kein verstecktes Bargeld.«

»Dann müsste sie es also bei sich gehabt haben, als sie nach Hause fuhr.«

»Hatte sie aber nicht. Das wäre mir nicht entgangen.«

»Gucken wir noch mal genau.« Zusammen nahmen sie sich erneut die gesamte Einrichtung vor, leerten die Schränke, zogen Schubladen ganz aus ihrer Führung. Selbst im Ofen sahen sie nach. Ohne Ergebnis.

Schließlich setzte sich Gräber auf den zerschlissenen Hocker, die einzige Sitzgelegenheit in dem beengten Raum. Grüblerisch ließ er die Blicke schweifen.

»Scheiß Job«, murmelte er nach einer Weile.

»Was meinst du?«

»Wie lange hat der Imbiss geöffnet?«

»Bis halb zwölf.«

»Und das jeden Tag – Kein Ruhetag?«

»Nein. Nur nachmittags eine Pause zwischen drei und fünf.«

»Morgens oder nachmittags in der Pause einkaufen und vorbereiten. Dann bis spät abends bedienen, aufräumen, putzen, Kasse machen. Wann wird sie da Feierabend haben?«

»Wohl kaum vor ein Uhr –«

»Schätze ich auch. Das dürfte so ungefähr unsere Tatzeit sein. Sie fährt gegen eins hier mit dem Fahrrad los. Der Täter beobachtet sie und folgt ihr. Oder er kennt ihre Gewohnheiten und wartet an der Schleuse. Eine günstige Ecke, um ihr aufzulauern.«

»Könnte so gewesen sein«, bestätigte Große-Klefarth. »Sie hat die Tageseinnahmen mitgenommen«, schloss er. »Also war es Raubmord.«

Gräber gab ihm recht. »Es sieht zumindest danach aus. Ja.«

Auf ein Klopfen an der Eingangstür hin drehte er sich um.

»Mahlzeit! Macht ihr gleich auf?«, wollte ein Mann im ölverschmierten blauen Monteursanzug wissen.

»Nein«, beschied ihn Große-Klefarth. »Es gab einen Todesfall in der Familie. Der Imbiss bleibt vorerst geschlossen.«

»Och, das tut mir leid. Dann fahren wir mal weiter. Zur Natruper, da ist auch noch ein Imbiss. Aber bei euch hier schmeckt es besser. Wenn ihr wieder aufhabt, kommen wir wieder.«

»Das wissen wir zu schätzen«, erwiderte Große-Klefarth.

Gräber schaltete sich ein. »Einen Moment noch, bitte.« Er stieg hinaus und zeigte seine Dienstmarke vor. »Eine Frage: Hat die Chefin den Imbiss alleine geführt oder wurden hier auch Aushilfen beschäftigt?«

Der abgewiesene Gast nahm den Oberkörper zurück. Sein Ton wurde distanzierter. Vorsichtig fragte er: »Was ist denn los? Ist der Marga etwas passiert?«

»Das können wir im Moment noch nicht sagen. Es gibt Ermittlungen. Es würde uns helfen, wenn Sie meine Frage beantworten.«

Der Befragte zögerte noch. Dann sagte er: »Ja, gelegentlich hat hier eine junge Frau ausgeholfen. Beate.«

»Kennen Sie auch ihren Nachnamen?«

»Nö. Ich muss dann jetzt auch weiter, wenn ich in der Mittagspause noch was zu essen kriegen will.«

Grußlos drehte er sich um und trottete zu seinem Wagen. Der Beschriftung zufolge das Werkstattfahrzeug einer örtlichen Sanitär- und Heizungsfirma.

Vorsorglich notierte Gräber den Namen des Betriebs und das amtliche Kennzeichen.

Ein Baumarkt, ein Handel für Fahrzeugteile, eine Tankstelle, schmucklose Lagerhallen, mittendrin eine Diskothek namens *Subway*, eine Reifenfirma, ein Großmarkt für Bodenbeläge, nachts bekanntermaßen Arbeitsplatz einer Dame vom ambulanten Gewerbe ... Vor Gräbers halb geschlossenen Augen zogen die Betriebe und wenigen Privathäuser der Pagenstecherstraße vorbei. Eine triste Kulisse. Er hatte das Steuer Große-Klefarth überlassen und dachte noch einmal darüber nach, wen er ins Team holen sollte, sofern man ihm die Leitung der Mordkommission übertragen würde.

Große-Klefarth unterbrach seine Gedanken. »Was hälst du von dem neuen Staatsanwalt?«, fragte er, als er hinter einem Rechtsabbieger, der mehreren Radfahrern den Vorrang lassen musste, zum Stehen kam. Als die linke Spur frei wurde, umkurvte er den Vordermann.

»Es ist noch ein bisschen früh für eine Einschätzung«, erwiderte Gräber zurückhaltend.

»Stimmt wohl. Auf jeden Fall ist er deutlich zackiger als der alte Sattler.«

»Den Eindruck könnte man haben. Ja ...«

»Und ziemlich ehrgeizig. Mein Neffe kennt ihn. Die haben zusammen in Münster studiert.«

»Ach. Ist nicht wahr ... Da sieht man wieder, die Welt ist kleiner als man denkt. Und was erzählt dein Neffe über den Kameraden?«

Große-Klefarth dachte über eine passende Antwort nach. »Der Junge hält sich da eher zurück. Scheint aber auf Werschemöller nicht gut zu sprechen zu sein. Da war irgendwas mit dem Thema seiner Doktorarbeit. Im Studium haben die sich wohl gut vertragen, gemeinsam das Repetitorium besucht und zusammen gelernt. Aber nach dem Staatsexamen haben die sich irgendwie zerstritten.«

»Interessant«, murmelte Gräber. »Was macht dein Neffe?«

»Der ist nach Lingen gegangen und hat sich selbstständig gemacht.«

»Warum gerade Lingen?«

»Wegen der Nähe zur Grenze. Der Junge spricht Niederländisch. Seine Mutter kommt aus Enschede. Er hat sich auf deutsch-niederländische Rechtsfälle spezialisiert.«

»Ein pfiffiger Bursche«, kommentierte Gräber anerkennend. »Diesen Service bietet sicher nicht jede Klitsche.«

Das Gespräch versandete. Große-Klefarth wurde durch den dichter werdenden Verkehr beansprucht. Linksabbieger, haltende Lieferwagen, jähe Überholmanöver übermütiger Sportwagenfahrer.

Gräber nahm die Leica zur Hand, drückte die Entriegelung an der Unterseite des Gehäuses und spulte den Film zurück. Die Entwicklung von Schwarzweißfilmen erledigten die eigenen Laboranten an der Hannoverschen Straße. Bei Gewaltverbrechen aber nutzten die Ermittler Farbnegativfilme. Deren Verarbeitung war komplizierter. Darum wurde sie einem Fachlabor überlassen.

»Denkst du dran, dass wir den Film zur Entwicklung bringen müssen?«

Große-Klefarth nickte. Zum Fotohändler mussten sie in die Innenstadt. Am Rissmüllerplatz fuhr er geradeaus in die Bierstraße. Ein Fehler.

Hinter dem Café Brüggemann wurde die enge Einbahnstraße von einem Getränkelaster versperrt. Ein Ausweichen oder Umkehren war unmöglich. Unbeeindruckt vom drängenden Gehupe luden die Bierkutscher ihre Fässer ab. Zügig, aber ohne übertriebene Eile.

Gräber öffnete die Tür. »Ich steige schon mal aus und laufe zu Fuß. Ich warte dann am Nikolaiort am Taxistand. Sammel mich da ein, wenn du hier durch bist.«

»Okidoki«, meldete Große-Klefarth und schob den Sitz zurück, um es sich ein wenig gemütlicher zu machen. »Frag mal die Jungs da vorne, ob sie nicht ein Bier spendieren. Wenn ich schon auf sie warten muss.«

»Ich frage nach, ob sie ein Mineralwasser dabeihaben. Wir sind ja im Dienst.«

»Bääh. Nee, dann lass mal.«

Gräber brauchte nur wenige Minuten bis zu Foto Koltzenburg am Nikolaiort. Die Fotoverkäuferin hatte ein rundliches, urlaubsgebräuntes Gesicht und grüßte mit einem netten Lächeln. Der hässliche Grasfleck auf seiner Hose musste ihr aufgefallen sein, aber sie ließ sich nichts anmerken.

Gräber reichte ihr die Filmpatrone. »Ein Sechsunddreißiger-Kodak. Einmal entwickeln und Abzüge bitte.«

Die Angestellte war ungewöhnlich hochgewachsen und stand auf hohen Absätzen. Sie musste ihren Rücken krümmen, als sie sich hinunterbeugte, um die Auftragstasche auszufüllen.

»Neun mal Dreizehn? Glänzend oder matt?«, wollte sie wissen.

»Nein, je zweimal Dreizehn Achtzehn ohne Rand. Und glänzend, bitte.«

Sie hatte auf der Auftragstasche automatisch ein Kreuz neben der Standardgröße Neun mal Dreizehn gesetzt. Sie strich es aus und korrigierte die Angabe.

»Wie lange?«, wollte Gräber wissen.

Die Verkäuferin stülpte die Lippen vor, während sie die Filmpatrone in die Arbeitstasche fallen ließ. »Die Neun-mal-Dreizehn dauern normalerweise ein bis zwei Arbeitstage. Bei Dreizehn-Achtzehn kann es ein Tag mehr werden.«

»Schreiben Sie drauf, dass es eilig ist. Und können Sie uns anrufen, wenn der Auftrag da ist?« Er gab der Verkäuferin die Durchwahl des Kommissariats, die sie auf der Arbeitstasche notierte.

»Auf welchen Namen?«

»Kripo Osnabrück.«

Sie stutzte nur eine Sekunde, fand aber schon im nächsten Moment zurück zu ihrer üblichen Routine.

Gut geschultes Personal, dachte Gräber. »Die Bestellgenehmigung bringe ich bei der Abholung mit.«

Sie reichte ihm den Abholschein. Darauf hatte sie ein K notiert, die Abkürzung für Kripo. Und das aktuelle Datum.

Das eines trüben Tages im September 1984.

Beim Hinausgehen wanderte sein Blick über die in den Schaufenstern ausgestellten Kameras. Die Kollegen vom Videotrupp kamen ihm in den Sinn. Sie nahmen auf Magnetband auf und konnten die Ergebnisse sofort auswerten. Gräber überlegte. So etwas als Fotoapparat wäre eigentlich praktisch ... Andererseits ... wie sollte man die Aufnahmen anschauen und an die Kollegen für Ermittlungszwecke weiterreichen oder der Akte beigeben? Wohl doch eine Schnapsidee –

Große-Klefarth wartete wie verabredet am Taxistand vor dem Eingang zur Fußgängerzone.

»Alles erledigt«, vermeldete Gräber. »Wir können.« Er zog sein Hosenbein hoch und deutete auf die grünlich-graue

Verfärbung. »Fahr aber bitte noch schnell bei mir zu Hause vorbei. Ich muss mich umziehen. Dauert nicht lange. Liegt ja quasi auf dem Weg.«

Werschemöller interveniert

Nachdem er und Schonebeck die erste Einschätzung des Oldenburger Rechtsmediziners entgegengenommen hatten, war Staatsanwalt Werschemöller von der Haster Schleuse auf direktem Weg durchgefahren bis zum Kriminaldienst an der Braunschweiger Straße. Schwungvoll nahm er die wenigen Stufen zum Hochparterre. Eine Angestellte, einen Stapel Laufakten wie einen Schutzschild vor die Brust gedrückt, kreuzte seinen Weg.

»Kann ich Ihnen behilflich sein?«, fragte sie und musterte den jungen Mann im eleganten Anzug, der ihr durch seinen suchenden Blick aufgefallen war.

»Oh, ja. Sie kommen wie gerufen. Ich suche das Büro von Kriminaldirektor Halgelage.«

Sie wies ihm den Weg. Eine Etage höher, das letzte Büro auf der rechten Seite. Auf halber Höhe der Treppe hielt er inne und sah sich rasch nach ihr um, aber sie war bereits in der Tiefe der Büroflucht verschwunden. Enttäuscht kniff er den linken Mundwinkel zusammen. Er liebte es, wenn Frauen ihm nachblickten.

Er fand das Büro des Kriminaldirektors ohne Mühe. Name und Rang waren unter der Raumnummer auf einer grauen Gummirillentafel aus Steckbuchstaben zusammengesetzt worden. Werschemöller klopfte zweimal, kurz und hart, dann trat er auch schon ein. Halgelage saß über einen Ordner mit Dienstplänen gebeugt. Er schob seine Brille auf die Nasenspitze und lugte neugierig über deren Rand.

»Herr Staatsanwalt!«, sagte er, mit einer Hebung der letzten Silbe, wie bei einer Frage. Es war seine dezente Art, Missbilligung über das unaufgeforderte Eintreten auszudrücken. »Kann ich Ihnen behilflich sein?«

Werschemöller fiel auf, dass der Direktor exakt dieselbe Wortfolge gebrauchte wie die junge Mitarbeiterin im Parterre, und überlegte, ob sie die Redensarten ihres Chefs wohl unwillkürlich oder mit Absicht übernahm.

Der Kriminaldirektor wartete seine Antwort nicht ab. Mit freundlichem Lächeln fuhr er fort: »Sie sind, glaube ich, zum ersten Mal hier – oder irre ich mich? Wollen Sie sich einen Eindruck von unseren Fazilitäten verschaffen? Ich bin leider beschäftigt, aber ich könnte Sie herumführen lassen. Fotografieren Sie? Wir haben im Keller ein hervorragend ausgestattetes Fotolabor –«

Werschemöller unterbrach den Kriminaldirektor mit einer ungeduldigen Handbewegung. »Ein andermal vielleicht. Ich komme gerade vom Einsatzort am Kanal. An der Schleuse in Haste. Dort wurde eine Frauenleiche gefunden.«

»Ich weiß.« Halgelage nickte bekümmert. »Ich hatte gehofft, eine Meldung über einen Unfall zu erhalten. Aber aus Ihrem Kommen schließe ich, dass sich ein Gewaltverbrechen ereignet hat.«

»Sehr richtig. Fremdverschulden steht quasi außer Frage. Ich leite ein Ermittlungsverfahren ein. Wir müssen eine Mordkommission zusammenstellen.«

»Ich hatte es kommen sehen und bin gerade bei der Personalplanung.«

»Das passt ja gut. Da hätte ich gern ein Wort mitgesprochen.«

Schonebeck triumphiert

Es war früher Nachmittag, als sich Gräbers und Schonebecks Wege auf dem Flur der Kriminalwache kreuzten.

»Ich brauche dringend einen Kaffee, ehe die Besprechung losgeht. Du auch einen?«

Schonebeck winkte ab. »Danke für das nette Angebot. Aber ich habe noch eine angebrochene Cola im Büro stehen.«

Im Eingang zur Teeküche stieß Gräber beinahe mit Wischott von der Sitte zusammen, der leise vor sich hin fluchte. »Keine Filtertüten mehr da«, erklärte er und gab wüste Beleidigungen von sich in Richtung der Kollegen, die nicht rechtzeitig für Nachschub gesorgt hatten.

Gräber sah auf seine Timex. Halb vier. Es war noch zu schaffen.

In flottem Trab lief er hinüber zum Stahlwerksweg zu dem kleinen Tante-Emma-Laden. Er griff sich eine Großpackung Filtertüten und nahm im Vorübergehen auch noch einen Liter H-Milch mit.

Dann ergab sich eine ärgerliche Verzögerung, mit der er nicht hatte rechnen können. Vor der Kasse hatte sich bereits eine kleine Schlange gebildet. Die Kassiererin mühte sich, die Papierrolle der Registrierkasse zu wechseln. Offenbar machte sie das zum ersten Mal.

Endlich schien es gelungen. Sie verriegelte die Klappe und gab einen Betrag ein, aber der Mechanismus war blockiert. Sie seufzte auf, öffnete das Gehäuse erneut und zog die Rolle heraus. Dann legte sie den Papierstreifen noch einmal von

Neuem in die Führungen und Rollen ein und zog ihn oben durch den Schlitz über der gezackten Schiene.

»Jetzt müsste es aber gehen«, sagte sie. Es klang eher verzweifelt als hoffnungsvoll.

Die wartenden Kunden schauten mitleidig, verdrehten ungehalten die Augen oder sahen wie Gräber ungeduldig nach der Uhr. Endlich ertönte das ersehnte Klingeln einer erfolgreichen Buchung. Dann war auch Gräber an der Reihe.

»Drei Mark vierundvierzig.«

Gräber hatte schon drei fünfzig abgezählt. Mit einem knappen »Stimmt so« eilte er davon.

Es war drei Minuten vor vier.

Im Vorbeigehen warf Gräber seine Einkäufe in die Teeküche. Für einen Kaffee war keine Zeit mehr. Die Besprechung hatte bereits begonnen.

Er schob sich leise durch die Tür. Kriminaldirektor Halgelage stand vorn neben Staatsanwalt Werschemöller. Er hatte den Nachzügler bemerkt und warf ihm einen strafenden Blick zu. Gräber hob entschuldigend die Hände und zuckte mit den Schultern. Er fand noch einen freien Stuhl und setzte sich so geräuschlos wie möglich.

Halgelage hatte ein paar Worte der Begrüßung gesprochen und Werschemöller vorgestellt, der noch nicht allen Anwesenden von Angesicht bekannt war. Gerade eben kam der Kriminaldirektor auf die anstehende Ermittlung zu sprechen.

»Ich fasse zusammen, was bislang vorliegt. Heute am frühen Morgen wurde im Becken der Haster Schleuse ein weiblicher Leichnam entdeckt. Den ersten Erkenntnissen zufolge liegt Fremdeinwirkung vor. Wir werden also eine Mordkommission zusammenstellen. Sie firmiert unter dem Namen MoKo Schleuse.«

Gräber machte sich bereit, zu übernehmen.

Es kam anders.

Werschemöller ergriff das Wort. »Der Kollege Schonebeck konnte schon erste Erkenntnisse gewinnen.« Er winkte den Hauptkommissar nach vorn.

Gräber lehnte sich zurück und wartete ab.

Schonebeck grüßte knapp und begann seinen Vortrag. »Eine Identifizierung der Toten konnte bereits erfolgen. Es handelt sich um die neununddreißigjährige Gastwirtin Margaretha Thomaschewski. Rufname *Maggie* oder auch *Marga*. Sie betreibt ein Schnellrestaurant an der Klöcknerstraße, *Marga's Imbiss*. Die Obduktion erfolgt morgen. Dann erfahren wir Genaueres.«

Er beschrieb die Auffindesituation und die mutmaßlichen Tatumstände gemäß den von Gräber angestellten Schlussfolgerungen, ohne dessen Namen zu nennen. »Wir haben es also höchstwahrscheinlich mit einem Raubmord zu tun. Ob das Opfer zufällig oder gezielt ausgewählt wurde, werden wir ermitteln müssen. Wenn wir Pech haben, ist der Täter bereits über alle Berge.«

Gräber räusperte sich. »Ich bin mir nicht so sicher, ob es sich um einen vorsätzlichen Raubmord handelt. Der Täter hat dafür ungewöhnlich viel Mühe aufgewendet. Das Fahrrad gestoppt, die Frau erschlagen, sie in die Schleuse geworfen – das wäre alles gar nicht nötig gewesen, wenn es ihm nur um das Geld gegangen wäre. Ein Einbruch in den Imbiss oder ein Raubüberfall mit vorgehaltener Waffe oder auch nur unter Androhung von Gewalt hätten ausgereicht.«

Schonebeck kniff skeptisch die Augenlider zusammen. »Das lässt sich doch alles sehr leicht erklären. Der Tod des Opfers war vermutlich tatsächlich nicht geplant. Vielleicht schrie sie um Hilfe, nachdem sie vom Fahrrad gestürzt war. Oder sie war bewusstlos, er hielt sie für tot, geriet in Panik und wollte Leiche und Fahrrad schnell verschwinden lassen. Nicht sonderlich durchdacht, aber er war wahrscheinlich aufgewühlt. Oder unter Drogen. Der Szenetreffpunkt am *Hyde Park* ist nur ungefähr einen Kilometer Luftlinie entfernt. Da liegt Beschaffungskriminalität ja buchstäblich nahe. Oder, was meinst du, Franz? Du bist doch Experte auf dem Feld.«

Franz-Dieter Haucke wiegte bedächtig den Kopf. »Ausschließen kann man das nie. Muss man halt gucken«, sagte er unbestimmt. Zu einem so frühen Zeitpunkt und bis zum Vorliegen weiterer Erkenntnisse schien ihm noch Vorsicht angebracht.

Staatsanwalt Werschemöller äußerte sich deutlich entschiedener. »Eine Affekthandlung. Das klingt in meinen Ohren sehr plausibel.«

Schonebeck ließ diese Bestätigung seiner Ausführungen im Raum stehen und wechselte das Thema. »Konrad, was hast du uns zu bieten?«

Nieporte hatte keine Zeit verloren und vorausschauend einen Fahrer zum Katasteramt geschickt, um Pläne des Schleusengeländes zu besorgen. Eine Kopie hatte er an der Weichfasertafel befestigt und von dem Erkennungsdienstler Große-Klefarth, der an Ort und Stelle gewesen war, Leichen- und Spurenfundorte mit Stecknadeln unterschiedlicher Farbe markieren lassen. Eine große Hilfe für Kriminaldirektor Halgelage, der bei seinem Vortrag jeweils auf die örtlichen Gegebenheiten gedeutet hatte.

Auch mit ersten Ermittlungen zur Person des Opfers konnte Nieporte bereits aufwarten. »Wie Ludwig schon sagte, lautet der Name des Opfers Margaretha Thomaschewski. Geboren 1945 in Espelkamp. Die Eltern waren Vertriebene. Beide sind verstorben. Die Thomaschewski war zuletzt wohnhaft An der Netter Heide 23. Von Beruf Gastwirtin. Familienstand ledig.«

»Haben wir noch was?«, fragte Staatsanwalt Werschemöller.

»Also ich nicht«, antwortete Nieporte. Es klang wie eine Entschuldigung.

»Das ist doch schon einiges. Darauf kann man aufbauen«, merkte der Kriminaldirektor an. »Kommen wir zur Zusammensetzung der MoKo. Ich habe die Leitung KHK Schonebeck übertragen.«

Die Ankündigung brachte Bewegung in die Anwesenden. Stuhllehnen knarrten. Halgelage und Werschemöller bemerkten die Überraschung in manchen Gesichtern. Einige der Altgedienten drehten unverhohlen die Hälse in Richtung Gräber. Andere hielten sich zurück, neigten die Köpfe, als ob sie auf dem Boden etwas suchen würden und schielten verstohlen aus den Augenwinkeln zu ihm hinüber.

Gräber schien nicht beeindruckt. Gleichmütig folgte er Halgelages Ausführungen. Kein Anzeichen einer Kränkung, weil er trotz seiner langjährigen Erfahrung und vieler Erfolge in der Bearbeitung von Tötungsdelikten bei der Aufgabenverteilung übergangen worden war.

Ein haarfeines Lächeln erschien auf seinem Gesicht. Er nickte kaum merklich. Große-Klefarth hatte ihn beobachtet. Und begriff. Gräbers Lächeln war kein Ausdruck von Belustigung. Es zeigte an, dass er den Vorgang erst mit Verzögerung durchschaut hatte.

Halgelage hatte weitergesprochen. »Bitte, Kollege Schonebeck, übernehmen Sie jetzt die Organisation.«

Schonebecks Tonfall wurde amtlich. »Große-Klefarth bleibt beim Spurendienst. FdH, du guckst bitte mal genauer, ob es Verbindungen zur Drogenszene am *Hyde Park* gibt. Stichwort Beschaffungskriminalität. Hatten wir ja schon. Jürgen und Holger, die Thomaschewski hatte eine Aushilfe. Wir kennen nur ihren Vornamen: Beate. Versucht mal, mehr über sie herauszukriegen. Und treibt Stammgäste auf, vor allem welche, die Sonntagabend noch am Imbiss futtern waren. Vielleicht ist denen was aufgefallen, was uns von Nutzen sein könnte. Haltet vor allem nach Zeugen Ausschau, die Thomaschewski rund um ihren Feierabend noch lebend gesehen haben. Karl-Heinz, du machst bitte die Aktenführung. Ich selbst fahre morgen nach Oldenburg zur Rechtsmedizin.«

»Da bin ich dabei«, erklärte Staatsanwalt Werschemöller.

»Wegen der Leichenschau fällt die morgendliche Besprechung aus. Wir sehen uns dann erst am Nachmittag wieder. Wie immer um sechzehn Uhr. Und hoffentlich mit ersten Ergebnissen.«

Gräber meldete sich zu Wort. »Ludwig, ich würde mir gern die Wohnung des Opfers anschauen und brauche den Schlüssel.«

»Du bist doch für das Tätigkeitsbuch eingeteilt.«

»Kein Problem. Ich schaffe beides.«

Staatsanwalt Werschemöller brummte unwillig. »Wieso wollen Sie dahin? Wir haben es doch ziemlich eindeutig mit einem Raubmord zu tun. Was glauben Sie denn, werden Sie in der Wohnung des Opfers finden?«

»Es sieht alles nach Raubmord aus, ja. Aber wir sollten nichts außer Acht lassen.«

Der Kriminaldirektor nickte zustimmend. »Der Kollege Gräber hat nicht unrecht. Wir wollen kein Präjudiz schaffen. Wir ermitteln in alle Richtungen. Ich erwarte dann Ihren Bericht.«

Im Raum kam Unruhe auf. Die meisten nahmen an, die Besprechung sei zu Ende, schoben scharrend ihre Stühle zurück, packten ihre Notizblöcke ein, langten nach ihren Aktenmappen und Jacken.

»Einen Augenblick noch, bitte.« Der Kriminaldirektor hob seine Stimme, um die Geräuschkulisse zu übertönen. Die Kollegen, die schon auf dem Weg zum Ausgang waren, machten einige Schritte zurück in den Raum.

»Ich möchte noch Kommissarin Kühne begrüßen. Fräulein Kühne hat ihre Ausbildung abgeschlossen und wird uns ab heute unterstützen, wofür ich in Anbetracht unserer angespannten Personalsituation sehr dankbar bin.«

Die junge Frau, die bescheiden im Hintergrund Platz genommen hatte, erhob sich und wurde mit allgemeinem Gemurmel begrüßt.

Sie sah die Blicke der Männer auf sich gerichtet. Die meisten neugierig, einige wohlwollend, gönnerhaft, andere taxierend. Oder auch herablassend. Sie wusste es nicht mit letzter Sicherheit zu trennen. Ein Anflug von Röte stieg in ihr Gesicht. Sie nickte höflich in die Runde.

»Da wir zum Glück Mordermittlungen nicht zu unserer täglichen Arbeit zählen, werden wir die Gelegenheit nutzen und Fräulein Kühne entsprechende Erfahrungen sammeln lassen.«

Er blickte in Richtung Schonebeck. Nicht nur der verstand seine Worte als konkrete Anweisung.

»Herzlich willkommen«, sagte Schonebeck. »Ich freue mich ebenfalls. Wir können personellen Zuwachs gut gebrauchen. Ich werde Sie KHK Gräber zuteilen. Er ist im Bereich Gewaltverbrechen einer unserer erfahrensten Ermittler. Karl-Heinz, du nimmst bitte die neue Kollegin unter deine Fittiche.«

Gräber, der aufgestanden war, um ein Fenster zu öffnen und frische Luft einzulassen, drehte sich um und starrte Schonebeck an. »Aber in unserem Büro ist doch gar kein Platz –«

»Das ist schon alles veranlasst«, unterbrach Schonebeck. »Ich werde ein eigen... – ein anderes Büro beziehen. So kannst du in Ruhe an der Fallakte arbeiten und Fräulein Kühne nach und nach mit unseren Abläufen bekanntmachen.«

Gräber hatte einen Widerspruch auf der Zunge, aber Halgelage kam ihm zuvor. »Eine gute Idee, Schonebeck.«

Gräber hielt es für besser zu schweigen.

Die Kollegen strömten hinaus. Sabine Kühne wartete neben dem Ausgang, unsicher, ob sie sich erneut dem Kriminaldirektor oder aber Kommissar Gräber anschließen sollte. Gräber half ihr aus der Verlegenheit, nannte ihr die Raumnummer seines Büros und schickte sie voraus.

»Ich muss noch kurz mit dem Kriminaldirektor reden. Sie können ja schon mal für uns beide einen Kaffee kochen. Die Teeküche ist am Ende des Flurs. Für mich stark und mit Milch und Zucker. Im Hängeschrank über der Kaffeemaschine ist eine Packung gemischte Kekse mit meinem Namen drauf. Bedienen Sie sich, wenn Sie wollen.«

Mit diesen Worten ließ er sie stehen und ging davon.

Gräber wird ausgebootet

Gräber schritt langsam über den Korridor. Kollegen kreuzten seinen Weg, grüßten mit freundlicher Miene oder knapp und unverbindlich. Gräber fragte sich, was sie dachten. Ob sie wussten ...

Vor Halgelages Tür stellte er sich an das gegenüberliegende Fenster und sah hinaus in den sonnigen, aber bereits herbstlich kühlen Septembertag, über den Innenhof hinweg zu den Kollegen an der Hannoverschen Straße, in deren Fenstern sich Wolken und blauer Himmel spiegelten. Er beließ es bei einem kurzen Eindruck. Er wollte den Kriminaldirektor keinesfalls verpassen.

Halgelage kam mit flotten Schritten den Flur herunter. Unter dem Arm trug er eine Kopie der Fallakte. Gräber stellte sich ihm entgegen.

»Herr Kriminaldirektor, kann ich Sie noch einmal kurz sprechen?«

Halgelage sah demonstrativ zur Normaluhr, die am Schwibbogen über dem Ausgang zum Treppenhaus angebracht war. »Aber wirklich nur kurz. Ich habe gleich einen wichtigen Termin.«

Gräber erwartete, dass der Kriminaldirektor ihn in sein Büro bitten würde, doch Halgelage musterte ihn nur mit herabgezogenen Brauen, bis er schließlich fragte: »Was liegt denn an?«

Gräber suchte nach den Worten, die er sich zurechtgelegt hatte.

»Herr Kriminaldirektor ... Ich verstehe, dass Sie jüngeren Mitarbeitern leitende Positionen anvertrauen wollen. Ich bin da absolut derselben Meinung. Ich halte es ebenfalls für wichtig, damit die Leute Erfahrungen sammeln und die besonderen Fähigkeiten der Kollegen einzuschätzen lernen. Wie Sie sich vielleicht erinnern, hatte ich das auch schon einmal angeregt.«

»Sie beziehen sich jetzt gerade auf KHK Schonebeck?«

»Richtig. Ein bewährter Ermittler.«

»Dann sollte es doch keine Probleme geben.«

»Nicht im Hinblick auf die Besetzung der Kommissionsleitung. Aber sehen Sie ... Ich bin all die Jahre im Außendienst tätig gewesen und habe mich, meine ich, dort bewährt. Oft mit Schonebeck an meiner Seite. Deshalb ... Offen gestanden ist mir nicht erklärlich, dass er mich in den Innendienst steckt und das Tätigkeitsbuch führen lässt.«

»Kollege Gräber, Staatsanwalt Werschemöller hat sich für KHK Schonebeck als Ermittlungsleiter starkgemacht, und ich bin seinen wohlbegründeten Empfehlungen gefolgt. Auch Schonebecks Entscheidungen finden meine Billigung. Wie ich höre, haben Sie sich während des Auswertungsangriffs vom Einsatzort entfernt.«

»Das ist richtig und hatte auch einen guten Grund. Morgens vor der Entdeckung der Leiche war schon ein Schiff, die *Maria Marie 2*, durch die Schleuse gebracht worden. Ich bin ihm nach und konnte es an der nächsten Schleuse, in Hollage, noch antreffen, vor der Weiterfahrt die Besatzung befragen und die Personalien aufnehmen.«

Halgelage schlug die Fallakte auf. »Davon steht aber nichts im Tätigkeitsbericht«

»Das wundert mich. Ich habe KHK Schonebeck und Staatsanwalt Werschemöller noch direkt am Einsatzort informiert, außerdem die Angaben zum Schiff und seiner

Besatzung bereits von unterwegs an den Kollegen Nieporte durchgegeben. Im Büro habe ich einen Bericht erstellt. Konrad – also KHK Nieporte hat das Blatt in meinem Beisein abgeheftet.«

Halgelage blätterte noch mal durch die Akte und schüttelte unwillig den Kopf. »Nein. Ist hier nicht enthalten.«

»Wer hat Ihnen die Zweitakte ausgehändigt, wenn ich fragen darf?«

»Kollege Schonebeck. – Ich würde dem aber keine übermäßige Bedeutung zumessen. Vermutlich handelt es sich schlicht um ein Versehen beim Kopieren. Das kann zu Beginn einer Ermittlung mal vorkommen. Sie kennen das doch sicher aus eigener Erfahrung.«

»Mit Verlaub, aber das sehe ich anders. Die Ermittlungen der ersten Stunden und Tage sind die wichtigsten und bedürfen besonderer Sorgfalt. Darauf baut unter Umständen später vor Gericht der ganze Fall.«

Halgelage schnaubte scharf. »Ich gebe Ihnen ja vollkommen recht. Dergleichen sollte nicht passieren. Aber wir alle machen Fehler. Ziehen Sie eine Kopie von Ihrem erwähnten Bericht und reichen Sie ihn bei meiner Sekretärin ein. Ich gebe ihr Bescheid.«

»Sicher. Das fällt ja ab sofort in meine Zuständigkeit.«

»So ist es. Ihre Gewissenhaftigkeit imponiert mir. KHK Schonebeck scheint also doch die richtige Wahl getroffen zu haben.«

»Aber dann habe ich auch noch diese Azubine zugewiesen bekommen ...«

»Ich bitte um ein eine andere Ausdrucksweise. Die Kollegin Kühne ist nicht mehr in der Ausbildung, sondern regulär im Dienst. Sie muss sich einfinden, das steht außer Frage. Aber bei wem könnte sie die Praxis besser erlernen als bei Ihnen? Ich kann mich nur wiederholen: In meinen Augen hat KHK

Schonebeck eine wohlüberlegte Personalentscheidung getroffen. Im Übrigen ist das auch eine Frage der Gruppendynamik. Vielleicht ist es an der Zeit, eingefahrene Strukturen aufzuweichen, etwas zu bewegen.«

»Gruppendynamik? Eingefahrene Strukturen? Was soll das jetzt bedeuten?«

»Dahinter verbirgt sich eine Anregung des neuen Staatsanwalts. Wir probieren das mal aus.«

Halgelage sah sich um. Mit gesenkter Stimme fuhr er fort: »Mal unter uns: Ich möchte Ihnen raten, sich etwas diplomatischer und offener zu verhalten. Mehr auf Gegenseitigkeit zu bauen. Die Zeiten der befehlshaberischen Mannschaftsführung, der Feldwebeltöne und der knorrigen Einzelgänger sind ein für allemal vorbei.«

»Ich denke nicht, dass ich mir in dieser Hinsicht etwas vorzuwerfen hätte.«

Halgelage seufzte. »Ich werde für Sie veranschaulichen, was ich meine. Der Kollege Schonebeck hat sich die Zeit genommen und sich dem neuen Staatsanwalt bei dessen Amtsantritt vorgestellt. So schafft man gleich vom ersten Tag an ein gutes und kollegiales Arbeitsklima.«

»Was hat er?«

Halgelage spreizte Daumen und Mittelfinger und schob mit einer gezierten Geste den linken Jackett-Ärmel mitsamt der Hemdmanschette über das Handgelenk, um seine Armbanduhr freizulegen und die Signalwirkung des folgenden intensiven Blicks aufs Zifferblatt zu unterstreichen.

»Und jetzt entschuldigen Sie mich bitte. Ich muss zu meinem nächsten Termin. Setzen Sie sich mit KHK Schonebeck ins Benehmen, wenn es unterschiedliche Auffassungen geben sollte. Ich möchte nicht, dass private Reibereien unseren Ermittlungen im Wege stehen. Haben Sie einen schönen Tag.«

Mit diesen Worten verschwand er in seinem Büro und zog kräftiger als nötig und entsprechend lautstark die Tür hinter sich zu.

Gräber ließ sich Zeit für den Rückweg, hielt sich eine Weile auf der Herrentoilette auf, wusch sich das Gesicht mit kaltem Wasser. Auf dem Gang rauchte er, seine guten Vorsätze beiseiteschiebend, in Ruhe eine Zigarette.

Als er schließlich sein Dienstzimmer betrat, fuhr er überrascht aus seinen Gedanken auf. Vor den beiden zusammengerückten Schreibtischen stand eine junge Frau und spielte verlegen mit dem Riemenende ihrer Umhängetasche. Sabine Kühne.

»Ach Gott. Jetzt habe ich Sie völlig vergessen. Zumindest für einen Moment«, brummte er. »Entschuldigung.«

Gräber musterte Kühnes Garderobe. Praktische Stoffhose, feste Schnürschuhe mit flachem Absatz, weiter Lederblouson, unter dem sich das Holster mit der Dienstwaffe nicht abzeichnen würde. »Gut«, sagte er.

Kühne wusste nicht, worauf sich seine Äußerung bezog. Es erschien ihr klüger, nicht nachzufragen.

»Setzen Sie sich doch.« Er zeigte auf den Bürostuhl, der bislang Schonebecks knochigen Hintern gestützt hatte. »Das ist jetzt Ihrer.« Er bemerkte ihr Zögern.

»Ach so«, sagte er. »Natürlich.« Schonebeck hatte seine Papiere bereits entfernt, aber noch einige persönliche Gegenstände auf dem Schreibtisch zurückgelassen. »Warten Sie.« Gräber verließ den Raum.

Sie drehte sich ein wenig und musterte verstohlen ihr Aussehen in der Spiegelung der Fensterscheibe, hinter der der Schatten des gegenüberliegenden Gebäudes bereits für vorabendliche Dunkelheit sorgte.

›Gut‹, dachte sie. ›Finde ich auch.‹

Gräber trottete zum Kopierraum, in dem auch das Büromaterial gelagert wurde. Er sah sich um, leerte einen angebrochenen Karton mit Kopierpapier, stapelte den Inhalt im Vorratsschrank und nahm ihn mit. Zurück im Büro, fegte er Schonebecks Eigentum in den Behälter und entnahm den Schubladen, was nicht der Dienststelle gehörte. Nur bei den ledergerahmten Familienfotos ließ er Vorsicht walten. Die legte er behutsam obenauf. Dann stellte er den Karton neben die Tür.

»Den kann der Herr ja bei Gelegenheit abholen. Aber wahrscheinlich schickt er einen Laufburschen. Zuzutrauen wäre es ihm.«

Er deutete erneut auf den Stuhl gegenüber seinem eigenen. »Bitte schön. Ihr neuer Arbeitsplatz. Richten Sie sich ein.«

Sabine Kühne nahm Platz und begann damit, die Büroutensilien nach ihrem Gusto zu ordnen.

Die Türöffnung verdunkelte sich. Gräber wandte den Kopf. Er hatte mit Schonebeck gerechnet, aber es war Nieporte, der verlegen auf der Schwelle stand.

»Karl-Heinz ... Ich bringe die Fallakte. Ich soll sie ja an dich abgeben.«

Gräber nahm den Ordner entgegen und schlug ihn auf. Wie er erwartet hatte, war das von ihm verfasste Protokoll seiner Fahrt zur Hollager Schleuse darin enthalten.

»Die ersten Maßnahmen und Erkenntnisse sind schon dokumentiert«, erklärte Nieporte beflissen.

»Ich seh's«, erwiderte Gräber. »Hast du gut gemacht. Wie immer.«

Nieporte schwieg. Einige Augenblicke verstrichen. Er verharrte unschlüssig im Raum. Wartete schweigend, ob Gräber noch eine Frage stellen würde. Schließlich wandte er sich zum Gehen. Unter der Tür drehte er sich noch einmal um.

»Karl-Heinz ... Es tut mir leid«, sagte er leise.

Dann verschwand er auf dem Gang.

Gräber blätterte durch den Ordner. Dann schloss er ihn, erhob sich und reichte ihn über den Schreibtisch.

»Nehmen Sie. Sie müssen ja auch wissen, wo wir stehen ... Noch sehr am Anfang, könnte man sagen.«

Er löste die Sperre an der Rückenlehne seines Bürostuhls, presste sie weit zurück, bis beinahe in eine liegende Position und starrte an die Decke.

Kühne begann mit der Lektüre, arbeitete sich in den Fall ein, der besondere Bedeutung für sie besaß. Vielleicht würde sie sich lebenslang an die Vorgänge erinnern, weil sie ihren Eintritt in den Berufsalltag als Vollzugsbeamtin markierten.

Es wurde fünf Uhr, Feierabendzeit, und Gräber hatte noch immer kein weiteres Wort gesprochen.

Sabine Kühne stand auf, legte die gelesene Akte zurück und nahm Jacke und Handtasche vom Haken, warf einen kurzen Abschiedsgruß in den Raum und verließ das Büro.

Delaneys letzte Flasche

Geoffrey McCormick trat vor das Gebäude der Militärpolizei und schüttelte eine Chesterfield aus der Verpackung. Er behielt sie zwischen den Fingern, ohne sie anzuzünden. Er genoss den Duft frisch gebackenen Brotes, der von einem leichten Westwind herübergetrieben wurde. Gegenüber in der Bäckerei arbeitete man auf Hochtouren.

Er setzte sich in Bewegung. Sein Ziel war ein Gebäude abseits der übrigen Kasernenbauten. Nach außen hin ein gewöhnlicher Verwaltungsbau, zu dem allerdings nur ausgesuchte Kräfte Zugang hatten. Der Weg dorthin führte einmal quer über das gesamte Kasernengelände, ein knapper Kilometer. Trotzdem ließ er seinen Vauxhall Cavalier stehen. Nach einem langen Tag im Büro mit viel Schreibarbeit war ihm nach einem Spaziergang zumute.

Vor der kleinen Baumgruppe aus Eschen und einer alten Roteiche gegenüber den Panzerhallen hatten sich mehrere junge Soldaten versammelt. Einer löste sich aus der Gruppe, in der einen Hand einen zerschlissenen Turnschuh, in der anderen einen Hammer. Er ließ die Nägel wippen, die er sich in den Mundwinkel gesteckt hatte. Den Turnschuh schlug er unter den anfeuernden Rufen der anderen an die alte Roteiche, zwischen die Überreste anderer Schuhe, zwei Handbreit unter einem Transparent mit den Worten *HOME OF THE LOST SOLES*.

Zerfledderte Slipper hingen dort, verschlissene Basketballstiefel, verwitterte Armeetreter. Manchmal war nur noch die

Sohle mit einem Rest des Schafts übrig oder ein schiefer Absatz ohne Vorderteil. Irgendjemand hatte sogar einen lindgrünen Damenschuh hinterlassen.

Es war eine alte Tradition: Soldaten, die einen Marschbefehl erhalten hatten, befestigten einen ausgedienten Schuh am *Schuhbaum* der Garnison. Das Gegenstück nahmen sie mit. Der Aberglaube besagte, dass das Schicksal das Paar eines Tages wieder zusammen- und den Besitzer unbeschadet nach Hause führen würde.

Die meisten Schuhe waren erkennbar vor langer Zeit angebracht worden, neuere Modelle die Ausnahme. Ein großer Teil der jüngeren Kameraden wollte gar nicht zurück nach Osnabrück. Viele nannten den niedersächsischen Truppenstandort *Osnatraz*, in Anlehnung an die berüchtigte kalifornische Gefängnisinsel Alcatraz. Sie fühlten sich fremd hier, eingesperrt und isoliert. Die Gefahr terroristischer Anschläge und die nötig gewordenen Sicherheitsmaßnahmen hatten ihre Bewegungsfreiheit weiter eingeschränkt und die Situation somit nicht besser gemacht.

»Wo wird es hingehen, Soldat?«, fragte McCormick.

Der Angesprochene drehte sich um und nahm Haltung an.

»Nordirland, Sir.«

»Stehen Sie bequem.« McCormick nickte anerkennend. »Sie leisten einen großen Dienst, Soldat. Für Queen und Vaterland.«

»Für Queen und Vaterland«, hallte es vielstimmig zurück.

»Weitermachen«, sagte McCormick und hob nachlässig grüßend die Hand an die Schläfe. Die verstohlen hinter den Rücken versteckten Flaschen mit alkoholischen Getränken hatte er geflissentlich übersehen.

Kein Wunder, dass dieser Soldat nach Osnabrück zurückzukehren hoffte. Nordirland war ein gefährliches Pflaster in diesen Tagen. Militante Gruppen attackierten britische Militäreinrichtungen. Scharfschützen nahmen einzelne Soldaten ins Visier. Da war das von größeren Attentaten bislang verschont gebliebene *Osnatraz* bei weitem vorzuziehen.

Nachdenklich wanderte McCormick über das Gelände und sog an seiner Zigarette. Am Kricketfeld wurde gerade das Flutlicht eingeschaltet. Gleich würden die Mannschaften zum Training antreten.

Das außerhalb der Absperrung gelegene Gebäude mit dem Tonnendach kam in Sicht. McCormick hatte erzählt bekommen, dass es sich um eine ehemalige Flugzeughalle handeln sollte. In den Zwanziger- und Dreißigerjahren war die Netter Heide von der Lufthansa angeflogen worden. Heute stand der Hangar unter Denkmalschutz und beherbergte eine Baufirma. McCormick überlegte, ob zwischen diesen Umständen vielleicht ein Zusammenhang bestand.

Sein Ziel befand sich nur wenige Meter entfernt von dem Relikt der deutschen Luftfahrtgeschichte, anders als jenes diesseits der Umzäunung. Früher einmal hatte es hier ein Schwimmbad geben. Nun überquerte McCormick offenes Grasland. Er wusste, dass er von drinnen gesehen wurde.

Von außen nicht erkennbar, warteten hinter dem Eingang drei Wachsoldaten, die nicht den gewöhnlichen Truppen angehörten, sondern dem MI6 unterstellt waren. Zwei von ihnen kontrollierten gleich hinter der Außentür, ließen sich die Kennkarte zeigen und fragten mit strenger Miene die Tageslosung ab. Auch von Mitarbeitern, deren Gesichter sie kannten, weil sie täglich die Sperre passierten.

An diesem Tag lautete sie *Porky und Bess*. McCormick hatte sich immer schon gefragt, ob die Kodes in der Garnison in Osnabrück oder im Londoner Hauptquartier festgelegt wurden. Jetzt war er sich sicher: Der kreative Kopf befand sich in Osnabrück. Denn die Zugangsworte waren eindeutig eine freche Anspielung auf die überfütterten Hunde des Standortkommandanten, die auf die Namen Corky und Bess getauft worden waren.

Hinter einer Panzerglasscheibe stand ein dritter Posten. Er trug wie die anderen die komplette Einsatzbewaffnung und überwachte die Monitore mit Übertragungen der unauffällig angebrachten Außenkameras, die eine Rundumsicht auf die Umgebung ermöglichten. Seine Hauptaufgabe bestand darin, im Falle eines Angriffs einen Notruf abzusetzen und Verstärkung anzufordern.

Der Wachsoldat befolgte seine Vorschriften. Zu beanstanden hatte er nichts. Zum Abschluss salutierte er. »Sir!!« Mit minder harter Stimme fügt er an: »Mr. Delaney erwartet Sie in der *Kammer*, Sir.«

McCormick dankte und betrat die Treppe, die tief ins Untergeschoss zur dort gelegenen *Kammer* führte.

Die *Kammer* war durch eine besondere Panzerung geschützt. Hinter Stahltüren und dicken Betonmauern, darauf ausgelegt, einem direkten Bombentreffer und Druckwellen, sogar einer Giftgasattacke und radioaktivem Fall-out standzuhalten, saßen an langen Tischen eigens ausgebildete Abhörspezialisten vor ihren Geräten. Sie hörten Funkwellen ab und und schalteten sich stichprobenartig oder auf konkreten Verdacht hin in die eigenen oder auch in deutsche Telefonleitungen ein. Sie arbeiteten in Wechselschichten rund um die Uhr.

Eine große Beschriftung an der Wand befahl *Ruhe!* In etwas kleineren Lettern wurden empfindliche Disziplinarmaßnahmen angedroht. Die Konzentration der Abhörexperten durfte nicht gestört werden.

Andrew Delaney stand, wie immer in Zivil gekleidet, in der Mitte und nahm gerade ein Bündel Papiere aus der Ausgangsablage. Die Tagesprotokolle.

Er hob knapp die Hand zum Gruß, als Zeichen, dass er McCormick wahrgenommen hatte, und wies mit dem Kopf Richtung Tür.

Er wollte eben dem bereits wieder hinausstrebenden McCormick hinterhereilen, als sich einer der Funker umdrehte und eine der beiden Kopfhörermuscheln vom Ohr weg nach hinten schob.

McCormick konnte nicht hören, was gesagt wurde, sah nur, dass Delaney ein weiteres Schriftstück in die Hand gedrückt bekam. Er wandte sich ab und ging langsam voraus.

Am oberen Ende der Treppe holte Delaney ihn ein.

»'n Abend, alter Junge.« Er seufzte. »Tut mir leid, ich muss noch mal nach oben ins Büro.«

»Macht ja nichts. Ich hab's nicht eilig.«

»Komm doch eben noch mit.«

Sie stiegen hinauf in den ersten Stock. McCormick setzte sich in den Besucherstuhl. Delaney begab sich hinter seinen Schreibtisch und legte die Papiere ab. »Schon mal einen Abendschoppen zum Anwärmen?«

»Du kennst mich, da kann ich nicht nein sagen.«

Delaney lachte. »Warum frage ich überhaupt noch –«

Er trat an einen Büroschrank, eines dieser Modelle, die einen Rollladenkasten als Sockel hatten. Zum Verschließen des Schranks zog man die Lamellen hinauf, bis sie in einem Schloss einrasteten. Wenn man ihn wieder öffnete, musste man auf der Hut sein, damit das bewegliche Teil nicht in einem Rutsch nach unten krachte.

In dem Schrank befanden sich vor allem Aktenordner. Delaney kippte einen zu sich heraus. Er enthielt keine Papiere, Delaney zog eine dunkel getönte Flasche zwischen den Pappdeckeln hervor. Nachdenklich wog er sie in der rechten Hand.

»Mein letzter Glenlochy«, sagte er mit Wehmut in der Stimme. »Der Nachschub ist abgerissen.«

»Warum? Was ist passiert?«

»Die Destille hat dichtgemacht. Schade drum. An mir hat es nicht gelegen. Ich war einer ihrer besten Kunden. Ich mag diesen Malt. Verstehe nicht, dass die sich nicht halten konnten.«

»Es wird sich eine andere Sorte finden. Wir sollten einmal eine gepflegte Degustation abhalten. Mit allen Marken, die wir kriegen können. Einer unserer Offiziere ist Schotte. Der soll mal seine Beziehungen spielen lassen.«

Delaney lachte auf. »Gute Güte – das kann ja nur böse enden. Wir sollten vorsichtshalber vorher zwei Tage Urlaub beantragen.«

»Aber mindestens.«

Delaney kam zurück an den Schreibtisch und setzte die Flasche ab. Die Gläser verwahrte er in einer der Schubladen. Er stellte zwei davon auf die Tischplatte und schenkte ein. Dann hob er eines der Gefäße, als ob er es McCormick reichen wollte. Der streckte ihm die Hand entgegen, aber Delaney zog seine zurück. McCormick sah, dass dessen Blick auf die beiden Uhren über der Tür gerichtet war. Die eine zeigte die deutsche Zeit an, die andere war auf die Greenwich-Zeit eingestellt, eine Stunde früher. Auf der deutschen Uhr wanderte der Sekundenzeiger gerade am kleinen Zeiger vorbei, der ganz knapp vor der Fünf stand, kletterte die andere Seite hinauf und holte den großen Zeiger ein, der auf die Zwölf sprang, als beide deckungsgleich waren.

McCormick verstand. Es war noch nicht fünf Uhr, sie befanden sich demnach nominell noch im Dienst.

»Jetzt«, sagte Delaney lächelnd, »tea time!« Es klang wie ein Aufatmen, als die fünfte nachmittägliche Stunde erreicht war. Er schob McCormicks Glas über den Tisch und führte seines an die Lippen. »Cheers!« Er gönnte sich einen guten Schluck. »Junge, das war nötig.«

»Was ist denn los? Schlechten Tag gehabt?«

»Besser gesagt: gar keinen Tag gehabt. Immer nur Papierkram, trockene Berichte geschrieben, aus dem Fenster geguckt ... Ich fürchte, aus meinen Memoiren wird nie ein aufregender Agentenkrimi.«

McCormick nickte verständnisvoll. »Genau wie bei mir. Ich bin schon neidisch auf den Kollegen von der Wache, der heute einen Turnschuhdiebstahl bearbeiten musste. Der kam wenigstens mal raus.«

Beide lachten. Delaney sortierte seine Papiere in seine Ablagen.

»Was sagen denn die Horchposten in der *Kammer*? Ist da nicht vielleicht was für mich dabei?«

Delaney fächerte die Formulare noch einmal auseinander. »Doch ... warte mal. Vielleicht ist da tatsächlich was dabei ... Hat mir einer der Kollegen gerade noch in die Hand gedrückt ... Wo hab' ich's denn ... Hier!« Er überflog den handschriftlichen Bericht.

»Genau – ein Fall der deutschen Kollegen. Heute Morgen wurde drüben an der Kanalschleuse eine weibliche Leiche entdeckt. Nach dem, was wir mithören konnten, kein Unfall. Vielleicht Raubmord. Oder Notzucht. Oder beides ... Mehr haben wir im Moment noch nicht. Du kannst dich ja mal einklinken. Für den Fall, dass einer unserer Jungs beteiligt war.«

McCormick verzog das Gesicht. »Bloß das nicht. Bei aller Langeweile – möge dieser Becher an uns vorübergehen. Wäre nicht gut für unser Ansehen bei der Bevölkerung. Der Kommandant spränge im Dreieck. Und der arme Abernathy. Der täte mir jetzt schon leid.«

»Sean? Der ist schon fast zehn Jahre Verbindungsoffizier. Der ist Kummer gewohnt.«

»Das war garstig, Andrew.«

Delaney seufzte. »Ja, ich weiß. Die Zeiten sind aber auch danach. Stoßen wir an – auf das Wohl von Sean Abernathy.«

»... und aller anderen Verbindungsoffiziere. Cheers!«

Kühne asserviert

Sabine Kühne hielt nach den Hausnummern Ausschau, als Karl-Heinz Gräber, der am Steuer saß, in die Straße An der Netter Heide einbog. Er hatte wieder den Opel Rekord zugeteilt bekommen.

Kühne hatte es erst für einen Scherz gehalten, als er auf das betagte Fahrzeug zuging. Sie musste sich eines Besseren belehren lassen.

Als sie die Beifahrertür öffnete, drang ihr das Aroma langjähriger Benutzung entgegen. In dieser Fahrzeugkabine waren unzählige Zigaretten geraucht worden, und ihre Rückstände hatten sich am Himmel als unappetitlich gelbe Patina abgesetzt. Während nächtlicher Überwachungen hatte man Imbissfutter verschlungen und Kaffee aus der Thermoskanne getrunken. Sabine Kühne dachte lieber nicht darüber nach, welche Ausdünstungen noch zu dieser männertypischen Geruchsmischung beigetragen hatten.

Ihre Strecke führte einmal quer durch die Stadt. In den ersten Minuten herrschte Schweigen zwischen den beiden Ermittlern. Gräber brach es, als er zum wiederholten Male an einer roten Ampel halten musste.

»Haben Sie eigentlich einen Spitznamen? Nennt man Sie Bine?«

Kühnes Antwort kam betont trocken. »Auf der Polizeischule gab es ein geflügeltes Wort: Noch so'n Spruch – Kieferbruch. Das gilt in meinem Fall auch für jede Verhunzung meines Namens.«

»Na, gut, dass ich das noch rechtzeitig erfahren habe«, erwiderte Gräber kantig. Sein heimliches Amüsement wusste er gut zu verbergen.

Links erstreckte sich die lange Reihe staubgrauer, kastenförmiger Kasernenbauten der britischen Roberts Barracks. Ein krasser Gegensatz zu dem ruhigen Wohnviertel, das rechter Hand hinter einer kleinen Parkanlage seinen Anfang nahm. Dessen Charakter wurde von bürgerlichen Ein- oder Mehrfamilienhäusern geprägt. Kleine Wiesenflächen und Reste eines alten Baumbestandes erinnerten an die ländliche Vergangenheit des Vorortes Haste, der vor der Eingemeindung selbstständig gewesen war.

Es gab Traditionskneipen wie das *Winkelhausen Eck* oder *Zur Linde*, die heute vorwiegend von britischen Soldaten aufgesucht wurden. Nur wenige Meter weiter lag das Hotel Riemann, versteckt hinter einer hohen Mauer und geborgen unter den Kronen dicht belaubter Kastanien. Auf dem Taxistand befand sich nur eine Droschke, keines der üblichen Mercedes-Modelle, sondern ein Ford Granada. Der Fahrer, der eine altmodische Schiebermütze und eine dunkle Sonnenbrille trug, saß ans Seitenfenster gelehnt. Er schien zu schlafen.

Eine Bebauungslücke gab den Blick frei auf eine Wiese und auf ein kleines älteres Häuschen, eine Art Kotten. Im Oberlicht über dem Eingang konnte Gräber das aus Klebebuchstaben geformte Wort *Bahai* ausmachen. Er wusste, dass es sich bei den Bahai um eine Religionsgemeinschaft handelte. Mehr nicht. Er nahm sich vor, den Begriff später im Lexikon nachzuschlagen. Man konnte nie wissen, welche Verbindungen sich im Zuge einer Mordermittlung noch auftun würden.

Kurz bevor die Netter Heide in den Fürstenauer Weg mündete, jenseits dessen sich die Rugbyfelder und andere Sportanlagen der britischen Armee befanden und sich die

Wälder von Gut Honeburg bis zu den Hängen des den Horizont einnehmenden Piesbergs hinzogen, erhob sich ein markantes Apartmenthaus um einige Etagen über die Häuserflucht. Mit seiner Höhe und modernen farbigen Gestaltung wirkte es wie eine Wegmarke, wie die moderne Version eines Wehrturms, der ankommenden Reisenden vor Augen führte, dass sie die Stadtgrenze erreicht hatten.

Der Parkstreifen vor dem Haus bot Stellplätze genug. Der Haupteingang befand sich an der Seite zum Nachbargrundstück, einige Schritte von der Straße entfernt. Niemand war zu sehen.

Während Gräber prüfend Thomaschewskis Schlüssel durch die Finger gleiten ließ, wanderte Kühnes Blick über die Briefkastenaufschriften. Sie fand den Namen Thomaschewski und deutete auf das aus dem Schlitz ragende bunte Papier. »Sie hat Post.«

»Nehmen Sie's raus.«

Die Ausbeute fiel dünn aus. Sie hielt die aktuelle Ausgabe der Tageszeitung in Händen und den Wurfzettel einer Videothek, die mit Sonderangeboten lockte. Kühne las die Werbung aufmerksam durch. »Drei Mark. Das ist günstig.«

»Drei Mark wofür?«

»Leihmiete pro Film. Die Videothek hat neu aufgemacht.«

»Wo?«

»An der *Bramscher-, Ecke Bramstraße* steht hier.«

»Das ist zu Fuß fünf bis zehn Minuten von hier.«

»Vielleicht sollte ich mich da anmelden –«

»Wohnen Sie denn hier in der Gegend?«

»Nein. Am anderen Ende der Stadt. Am Kalkhügel.«

»Das lohnt sich doch dann gar nicht. Dann müssen Sie für die Leihe und die Rückgabe jedes Mal durch die ganze Stadt.«

»Macht doch nichts. Wenn ich übers Wochenende drei Filme ausleihe, sind das neun Mark. In der Innenstadt zahle ich einundzwanzig Mark. Oder ich kriege Schrottkassetten mit grisseligem Bild und Laufstreifen. Da habe ich doch den Sprit locker wieder raus. Und die Fahrt macht mir nichts. Ich fahre gerne Auto.« Sie wendete das Blatt. »Die Rückseite ist auf Englisch. Die hoffen wohl auf Engländer als Kunden.«

»Das könnte klappen. In ihrer Freizeit schieben vor allem die jungen Soldaten oft Langeweile. Die Schutzleute können ein Lied davon singen.«

»Wieso das?«

»Die Rekruten gehen gern einen trinken und geraten dann häufig aneinander. Am Bahnhof gibt es eine Engländer-Diskothek, das *Saskatchewan*.« Er lachte. »Da geht häufiger was zu Bruch. Die bekommen bestimmt Mengenrabatt bei ihrem Einrichter. Ich habe mich schon gefragt, ob deren Versicherung das noch mitmacht ...«

Gräber hatte durch Probieren den Haustürschlüssel gefunden. Im zweiten Stock vor der Wohnung der Toten wiederholte sich die Prozedur.

Die beiden Ermittler traten ein, schlossen die Tür hinter sich, blieben aber knapp jenseits der Schwelle stehen, um sich zunächst einen allgemeinen Überblick zu verschaffen.

Sabine Kühne hatte auf Gräbers Bitte hin einen Spender mit Einweghandschuhen eingesteckt, den sie jetzt aus ihrer Schultertasche zog. Gräber bediente sich, auch die Kommissarin legte Handschuhe an und verschränkte die Finger, um das Gummi zu straffen.

Das Apartment war nur wenige Quadratmeter groß, vom Architekten auf einen Einzelbewohner zugeschnitten. Rechter Hand befand sich eine Kochnische. Davor eine Esstheke und drei hohe, rot bezogene Hocker mit kurzer Rückenstütze. Die Stühle waren offenbar schon länger in Benutzung, vielleicht gebraucht gekauft. In Gräbers Augen passte das Modell eher in eine Nachtbar als in eine Küche.

Gegenüber, gleich links von ihnen, hatte man einen Einbauschrank untergebracht. Daneben führte eine Tür ins Bad. Ein paar Schritte weiter gab es eine zweite Tür. Gräber ging vor und sah hinein. Vor ihm lag das Schlafzimmer.

Sabine Kühne entdeckte gleich neben der Eingangstür ein niedriges offenes Schuhregal. Obenauf standen wie ausgestellt drei Paar elegant wirkender Stöckelschuhe. Hochhackig, das eine samtig blau, das andere schwarz, das dritte mit silbrig glitzerndem Material bezogen. Schuhe für Tanzbälle, Theaterpremieren, Empfänge. Aber erkennbar nicht neu. Das Leder hatte kleine Fältchen und haarfeine Risse. Die Sohlen waren abgenutzt.

Kühne hielt eines der Paare in die Höhe. »Im Imbiss hat sie die bestimmt nicht getragen«, kommentierte sie.

»Das entzieht sich meiner Beurteilung«, erwiderte Gräber trocken. »Beim Thema Damenmode bin ich außen vor.«

Im unteren Regalfach fanden sich, weit nach hinten geschoben, beinahe unsichtbar, zwei Paar bequeme Halbschuhe mit flacher Sohle. Ein Allerweltsfabrikat, untere Preisklasse, schon leicht ausgetreten. Erkennbar seit längerem in Gebrauch. Eines der Paare war wohl kürzlich erst ausgebessert worden. Durch die Absätze zogen sich Keile von dunklerer Farbe, das Profil war noch nicht abgelaufen.

Ähnliche Fußbekleidung hatte Margaretha Thomaschewski am Tage ihres Todes getragen. Alltagsschuhe, geeignet für lange, im Stehen verbrachte Arbeitstage in ihrem Imbisswagen. Passende Treter für den leidigen Solotanz zwischen Kühlschrank, Grillplatte, Fritteuse, Ausgabetresen.

Gräber hatte das Schlafzimmer betreten und öffnete als erstes den Kleiderschrank. Die Garderobe auf den Bügeln an der Stange war deutlich nach Gebrauchszweck geteilt. Links hingen die edlen Stücke. Elegantere, frivole Kleidung. Miniröcke mit Tiger- und Leopardenfellmuster. Eine Lederhose.

Weite Tafthosen mit Schnürung an den Beinenden. Chiffon-Blusen mit Ausschnitt, Bustiers, Oberteile aus Lastex. Gräber fühlte sich bei deren Anblick an die Siebziger erinnert. Glam-Rock und Disco kamen ihm in den Sinn ... Auf der anderen Seite zusammengeschoben die praktischen Stücke. Jeans, bequeme Stoffhosen, legere Blusen im Stil von Männerhemden. Und weiße Kittel. Berufskleidung für Imbissverkäuferinnen.

Sein Blick fiel auf ein funkelndes Etuikleid. Schick. Für die Oper, Empfänge oder ähnliche Anlässe war es jedoch bei weitem zu kurz. Er musste unwillkürlich lächeln. Seine Großmutter hätte es »schamlos« genannt und seine Trägerin ein »Flittchen«. »Flittchen« – das sagte inzwischen fast niemand mehr. Einige ältere Kollegen manchmal noch. Aber das Wort schien auszusterben.

Er sah die Nachttischschubladen durch. Der übliche Krimskrams, bedeutungslos. Weitere Möbel gab es nicht.

Nebenan hatte Kühne ihre Umhängetasche abgelegt und widmete sich dem Inhalt eines Sideboards. Es stand nahe dem Fenster, wo die Verstorbene aus einfachen Arbeitsböcken und einer schmalen Holzplatte einen Schreibtisch gebaut hatte. An der Wand darüber hingen in schmale, walnussfarbene Holzrahmen eingefasste Fotos. Alle zeigten einen Jungen, jeweils in anderem Alter. Mit ungefähr drei Jahren, mit fünf, sieben und vielleicht zehn. Auf dem letzten schaute er sehr ernst in die Kamera. Fast schon erwachsen.

Die Kommissarin nahm sich einige Ordner und Schnellhefter mit geschäftlichen und privaten Papieren vor. Sie sah auf, als Gräber zurück in den Hauptraum trat.

»Ich habe mir gerade die Kontoauszüge angesehen. Viel verdient hat sie nicht.«

»Anderenfalls würde sie wohl auch nicht in dieser Kaninchenfalle wohnen.«

Kühne schüttelte innerlich den Kopf über Gräbers pampige Bemerkung. Sie traf ins Schwarze, aber in der Wohnung einer Toten erschien sie Kühne unangebracht.

Gräber trat an den Phonoschrank. Neben einem einfachen Dual-Plattenspieler stapelten sich ein paar Single-Platten von Gruppen und Sängern, die Gräber aus den Siebzigerjahren kannte. An das Gerät angeschlossen war ein kleiner Kassettenrekorder. Ein älteres Modell der Marke Philips.

»Das ist interessant«, meldete Kühne. »Sie hat ein Insolvenzverfahren hinter sich. Mit einem Nachtlokal namens *Tiki-Tuka-Bar*.«

Gräber wurde aufmerksam. »Eine Nachtbar?« Da hatte er die Erklärung für die eigenwillige Zusammenstellung im Kleiderschrank nebenan. »Dann hat sie womöglich noch einigen Leuten Geld geschuldet. Dem müssen wir nachgehen. Die Akten nehmen wir mit.«

Er trat näher und nahm sich ebenfalls einen Geschäftsordner vor. Kühne hob ein Hängeregister auf den Tisch und griff zu einer Ablage mit der Aufschrift *Privat*. Eine Zeitlang blätterten beide schweigend durch die Papiere. Kühne durchbrach die Stille mit einem leisen Pfiff.

»Das hätte ich nun wirklich nicht gedacht.«

»Was?«

»Frau Thomaschewski hat einen Sohn. Vorname Marc. Mit *c* am Ende.«

»Ach du Scheiße«, entfuhr es Gräber. »Hoppla. Entschuldigung für die Wortwahl. – Wo ist der Junge? Wir müssen ihn benachrichtigen.«

Auf ihre beschwichtigende Gebärde reagierte Gräber mit einer auffordernden Kopfbewegung.

»Der Junge wohnt nicht bei der Mutter. Er lebt in einem Internat in Westerkappeln.«

»Trotzdem, da muss jemand hin. Wie alt?«

»Geboren im Mai 1973. Als Vater ist ein Lorenz Wachowiak eingetragen.«

»Ist nicht wahr.« Ungläubig blickte er über ihre Schulter, um sich selbst zu überzeugen. »Doch nicht *der* Lorenz Wachowiak?«

»Ich weiß nicht – wen meinen Sie?«

»Wachowiak macht ganz groß in Immobilien und Projektentwicklung.«

»Hm ... Das wird er wohl sein. Die Zahlungen laufen über eine Immobilienfirma in der Innenstadt, die Immowa.«

»Aber ja. Das ist er. Immobilien-Wachowiak.«

»Warten Sie ...« Kühne schlug einen Ordner auf, den sie schon durchgesehen hatte. »Wusst' ich's doch. Das Haus hier gehört auch der Immowa. Ich hatte mich schon gewundert. Die Miete ist erstaunlich günstig.«

Gräber war ehrlich verblüfft. Selbst kühnste Gedankenflüge hätten ihn nicht auf diesen Zusammenhang gebracht. Der Name Wachowiak stand für Immobiliengeschäfte großen Stils. Und war gerade in den letzten Monaten immer wieder in der Presse aufgetaucht, weil Wachowiaks Firma Immowa ein großes Einkaufszentrum in der Innenstadt entwickelt und nach langen Verhandlungen bei der Stadt durchgesetzt hatte.

Kühne blätterte weiter in den Unterlagen. »Der Sohn heißt aber anders. Nur noch Thoma. Also Marc Thoma. Das wurde auf Antrag der Mutter amtlich geändert.«

»Alles einpacken. Auch darum müssen wir uns kümmern«, sagte Gräber. Sie würden mehrmals laufen müssen, um alle Akten zum Auto zu transportieren. Gräber nahm den ersten Stapel und ging voraus.

Sabine Kühne sah sich noch einmal in der Wohnung um. Sie trug einen Stuhl ins Schlafzimmer, stieg hinauf und schaute von oben auf den Kleiderschrank. Sie entdeckte einen Karton mit Zeitschriften, Zeitungsausschnitten, Ausklapp-

Postern, die meisten aus den Siebzigerjahren. Berichte über damalige Pop-Bands. Wizzard, The Sweet, David Cassidy, Slade, Suzi Quatro, Mud. An einige davon konnte sie sich erinnern. Suzi Quatro hatte sie als Teenager oft im Fernsehen gesehen. Den größten Umfang hatte die Sammlung zu einer Gruppe namens T. Rex. Die schien es Margaretha Thomaschewski besonders angetan zu haben. Sabine Kühne musste lachen, als sie einen *Bravo*-Starschnitt auseinanderfaltete. Er zeigte zwei Männer mit langen Haaren. Ihr ernster Kamerablick wollte nicht recht zu ihrer Garderobe passen. Der eine trug eine hautenge grüne Jeans mit weitem Schlag und ein Micky-Maus-T-Shirt, der andere eine kanariengelbe Hose und dazu ein Jackett mit Schmetterlingsmuster.

Sabine Kühne musste an ihre letzte Karnevalsparty denken.

Sie blätterte weiter, stülpte schließlich den Karton einmal um in ihre flache Hand.

»Guck mal an«, murmelte sie vor sich hin. Unter den alten Zeitschriften war ein verblichener Umschlag versteckt. Er enthielt einige Fotos unterschiedlicher Größe, in Schwarzweiß und in Farbe. Vorwiegend Amateurbilder, manche sehr körnig, manchmal unscharf, besonders die Abzüge, die mit einer Pocket-Kamera aufgenommen worden waren, erkennbar an dem Format neun mal elf und den roten Augen in den Gesichtern.

Eines betrachtete Kühne genauer. Es zeigte in verwaschenen Farben, aber ansonsten guter Qualität die ermordete Marga Thomaschewski in jüngeren Jahren. Künstlich gebräunt, in aufreizendem Bardamen-Look, ein Glas Sekt in der Hand. In Gesellschaft mehrerer ähnlich knapp bekleideter junger Frauen und zweier siegesgewiss grinsender Männer. Die trugen helle Hosen mit Schlag und breiten Gürteln, dünne Halskettchen, die Hemden, eines davon gerüscht, offen bis fast zum Bauchnabel oder nach Piratenart unter den

Rippen zusammengebunden. Der Playboy-Schick der Siebziger.

Kühne kletterte zurück auf den Boden. Gerade streckte Gräber den Kopf durch die Tür. Sie machte ihn auf ihre Funde aufmerksam.

Er warf einen schnellen Blick darauf. »Alles zu den Asservaten«, knurrte er. »Diese Dame wird ja immer interessanter.«

Halgelage springt vom Sitz

Nach der Rückkehr ins Büro erwarteten sie die Aufgaben, die für Gräber zu den ungeliebten Seiten seines Berufs zählten. In der Eingangsablage fand sich ein Stoß A4-Blätter – die ersten Berichte von Holger Vieregge und Jürgen Linsebrink, die noch am Vortag in der Nachbarschaft des Imbissstandes mit einer Tür-zu-Tür-Befragung begonnen und diese am Morgen fortgesetzt hatten.

»Machen wir uns an den Papierkram«, grummelte Gräber, mehr an sich selbst gerichtet als an Kühne. Dann besann er sich auf seine Pflichten als Ausbilder. Er schloss den Büroschrank auf, holte die Fallakte hervor und legte sie aufgeschlagen und mit geöffneter Ringmechanik auf der Schreibplatte ab.

»Unsere Arbeit besteht natürlich nicht nur darin, irgendwelche Blätter wegzusortieren«, dozierte er. »Das könnte auch die Putzfrau erledigen. Aber wir sind Sachbearbeiter und leisten einen wichtigen Beitrag bei der Aufklärung.«

Er nahm die Formulare und hielt sie so, dass Sabine Kühne mit hineinschauen konnte. »Wir lesen alles, was reinkommt. Bei uns laufen sozusagen die Fäden zusammen.«

Sabine Kühne hörte aufmerksam zu. »Worauf müssen wir denn achten?«

»Besonders auf vermeintlich unwichtige Kleinigkeiten und auf Zusammenhänge, die der einzelne Ermittler womöglich übersieht, weil der jeweils speziellen Fragen nachgeht. Daraus können sich neue Spuren ergeben. Sofern der Kommissionsleiter bei den Lagebesprechungen nicht selbst eine Zusammenfassung geben kann oder geben möchte, ist das unsere Aufgabe. Was bedeutet, dass wir immer auf dem neuesten Stand und gut vorbereitet sein müssen.« Er reichte ihr einen Teil der Berichte. »Also legen wir eine kleine Leserunde ein. Eine Hälfte für Sie, eine für mich. Wenn Sie durch sind, tauschen wir. Vier Augen sehen mehr als zwei.«

Sie studierten die Aktenvermerke der Kollegen. Die Gespräche mit den Beschäftigten der nahen Industriebetriebe hatten nichts Nennenswertes erbracht. Der Tattag war ein Sonntag. Arbeitsfreie Zeit.

Einige Unternehmen beschäftigten Pförtner oder Nachtwächter. Auch in dieser Gruppe hatten Vieregge und Linsebrink nichts in Erfahrung bringen können, allerdings noch nicht alle Mitarbeiter der Nachtschicht erreicht. Ergiebiger waren die Auskünfte eines Tierpflegers aus dem Winterlager des Zirkus Althoff, ein Stammkunde von Thomaschewskis Imbiss. Laut Viereggees Protokoll hatte der Mann am Sonntagabend gegen neunzehn Uhr dort für sich und einige Kollegen mehrere Gerichte und sechs Flaschen Bier geholt.

»Alles zum Mitnehmen. Ich hatte ein halbes Hähnchen und Pommes.«

»Waren Sie der einzige Kunde?«, hatte Vieregge gefragt.

»Wo denken Sie hin? Sonntags tobt da die Luzie. Ich musste mich hinten anstellen. Aber Marga ist fix. Die kann zwei Kunden gleichzeitig bedienen.«

»War sie denn allein? Hatte sie keine Hilfskraft?«

»Das hat mich gewundert, ja. Sonntags ist immer viel los, da hat sie normalerweise eine Aushilfe. An dem Abend aber nicht. Stimmt, das war anders als sonst. Aber ich habe mir nichts dabei gedacht. Vielleicht war die junge Dame krank oder so. Geht ja schon wieder los mit der Schnupfenzeit.«

»Kennen Sie den Namen der Mitarbeiterin?«

»Warten Sie mal ... da muss ich überlegen ... Bärbel? Nein ... Aber irgendwas mit B ... «

»Brigitte? Birgit? Barbara? Was gibt es denn noch – Bettina? Vielleicht Bianca?«

»Nein, auch nicht ... Aber Beate. Genau, die heißt Beate.«

»Und der Nachname?«

»Keine Ahnung. Die hat kein Namensschild getragen. Marga hat sie immer nur Beate oder Bietie oder Bietelchen oder so genannt.«

Gräber zeigte Kühne, wie man einen Eingangsvermerk anlegt und überließ ihr die weitere Bearbeitung, sah ihr aber wachsam über die Schulter.

»So«, sagte er, als die Fallakte vervollständigt war, »jetzt müssen wir noch unsere eigenen Tätigkeitsberichte abfassen. Können Sie Schreibmaschine?«

»Aber ja. Zehnfingersystem. Das haben wir schon in der Realschule gelernt.«

»Na sehr gut. Ausnahmsweise Schulwissen, das man später im Leben tatsächlich gebrauchen kann. Dann nehmen Sie mal an der Schreibmaschine Platz.«

Er wies auf den niedrigen Schreibmaschinentisch, auf dem ein Gerät der Marke Olympia bereitstand. Sie machte sich mit der Maschine vertraut und legte ein Formular mit Durchschlagspapier ein. Dann ließ Gräber sie eigenständig ein Protokoll ihrer morgendlichen Ermittlungsergebnisse nebst Durchschlag schreiben.

Als sie fertig war, prüfte er das Schriftstück, ordnete ein paar Korrekturen an, machte Verbesserungsvorschläge.

Sie schrieb den Bericht noch einmal.

Mit der zweiten Fassung war er zufrieden. Er unterzeichnete und heftete die Blätter eigenhändig in der Fallakte ab.

»Das ist in Ordnung so«, urteilte Gräber. »Wir haben uns eine kleine Pause verdient. Gönnen wir uns rasch noch einen Kaffee, ehe wir rüber zur Lage müssen.«

Es war noch deutlich vor fünfzehn Uhr, aber die meisten Angehörigen der MoKo Schleuse hatten sich bereits zu der vorgezogenen Besprechung versammelt. Man scherzte oder tauschte sich aus, und die in gedämpfter Tonlage geführten Gespräche addierten sich zu einem ununterbrochenen, mal an-, mal abschwellenden schwachen Summen.

Gräber war auf einen der vorderen Plätze aus und zwängte sich zwischen der Fensterfront und der seitlichen Sitzreihe hindurch. Sabine Kühne folgte in seinem Windschatten. Zu spät bemerkte sie, dass vorn nur noch ein Stuhl verfügbar war. Gräber nahm ihn in Beschlag, ohne auf seine Partnerin zu achten.

Schon auf der Polizeischule in Hannoversch Münden hatte sie lernen müssen, mit solchen Situationen umzugehen. Sie setzte ein belustigtes Gesicht auf, als habe sie sich bei einem Irrtum ertappt, und kehrte um. Die freien Sitze an der Längsseite ließ sie links liegen und zog sich in die letzte Reihe zurück. So vermied sie das ungute Gefühl, hinterrücks männlichen Blicken ausgesetzt zu sein.

»Ist hier noch frei?«

Sabine Kühne registrierte erst mit Verzögerung, dass die Frage ihr galt. Vor ihr stand ein jüngerer Kollege in Jeans und Lederblouson und deutete auf ihren Nebensitz, auf dem sie ihre Tasche abgelegt hatte.

»Sicher, Entschuldigung«, sagte sie und zog die Tasche auf ihren Schoß.

»Kein Grund zur Entschuldigung«, sagte der junge Mann mit freundlicher Miene und nahm Platz. »Torben Meinecke, vom Raub«, stellte er sich vor.

»Sabine Kühne, Erstes Fachkommissariat. Novizin.«
»Freut mich, Novizin Kühne.«
Sein Lächeln gefiel ihr.

Schonebeck kam kurz nach vier, Werschemöller fast gleichzeitig. Als Gräber den beiden entgegenblickte, bemerkte er Kriminaldirektor Halgelage, der sich stillschweigend in den Raum gedrückt und auf einen der rückwärtigen Plätze gesetzt hatte.

Schonebeck pochte kurz und heftig mit den Fingerknöcheln auf die Tischplatte. »Guten Tag, Kollegen. Vielen Dank, dass Sie sich alle eingefunden haben.«

Im Raum kehrte Ruhe ein. Schonebeck hielt sein Notizbuch so, dass er zwischendurch hineinblicken konnte.

»Ich will keine Zeit verlieren. Kommen wir gleich zur Sache. Wie Sie wissen, geht es um ein tödliches Gewaltdelikt zum Nachteil der Imbissbetreiberin Margaretha Thomaschewski. Staatsanwalt Dr. Werschemöller und ich haben heute die Obduktion des Opfers begleitet. Die Untersuchung durch die Obduzenten Dr. Rohloff und Dr. Werremeyer hat unsere Annahmen zum Tathergang bestätigt. Der Leichnam wies linksseitig an Armen und Beinen Hautabschürfungen, Prellungen und Blutergüsse sowie am Unterarm eine Verrenkung auf. Nach Einschätzung der beiden Ärzte typische Merkmale eines Fahrradunfalls – man kippt zur Seite, versucht den Sturz abzufangen und verletzt sich dabei durch die Wucht des Falls. Wo der Körper unvermindert auf dem Boden aufschlägt, kommt es zu entsprechenden Verletzungen. – Nachvollziehbar ... Das deckt sich mit den Schäden an der Kleidung der Toten. Todesursache sind schwere Schädelverletzungen. Keine Folgen des Unfalls, sondern laut Expertise der Mediziner eindeutig fremdverschuldet. Tatwaffe war ein fester, stumpfer Gegenstand. Durchmesser circa drei bis maximal fünf Zentimeter. Dr. Werremeyer tippt auf eine

Eisenstange. Es könnte sich auch um eine Art Knüppel handeln. Der müsste dann aus sehr festem Holz bestehen oder mit festem Lack versiegelt worden sein, denn in den Wunden konnten keine Späne oder Splitter gefunden werden. Die Schläge wurden mit großer Heftigkeit ausgeführt. Eine Affekthandlung, vielleicht ein Wutausbruch oder dergleichen, ist somit nicht auszuschließen. Das Umfeld des Auffindeortes wurde abgesucht, aber es konnte kein entsprechender Gegenstand gefunden werden. Wir können nicht ausschließen, dass die Waffe in den Kanal geworfen wurde.«

»Sollten wir dann nicht Taucher hinzuziehen?«, wollte Vieregge wissen.

Gräber dachte daran, dass er den Vorschlag schon am Vortag gemacht und dafür Spott geerntet hatte. Offenbar war sein Gedanke doch nicht so abwegig gewesen.

Schonebeck schüttelte den Kopf. »Ich habe mit einem Polizeitaucher gesprochen. Das Kanalwasser ist so verdreckt, dass man unten nicht die Hand vor Augen sieht. Die Suche wäre sehr mühsam und zeitraubend und müsste über eine beträchtliche Strecke erfolgen. In und außerhalb der Schleusenkammer. Darum habe ich entschieden, dass wir vorerst auf den Tauchereinsatz verzichten. Wenn die Tatwaffe auf dem Kanalboden liegt, kommt sie nicht weg. Es handelt sich ja nicht um ein Fließgewässer.«

»Könnte man nicht das Wasser in der Schleuse ablassen?«, schlug Nieporte vor. »Dann hätten wir in der Hinsicht doch schon einmal Gewissheit.«

Schonebeck warf Werschemöller einen fragenden Blick zu. Der Staatsanwalt nickte.

»Das sollten wir versuchen. Herr?«

»KHK Nieporte.«

»Herr Nieporte, übernehmen Sie das doch bitte. Setzen Sie sich mit dem Wasser- und Schifffahrtsamt ins Benehmen.«

Nieporte nickte.

»Gut, also du übernimmst das«, sagte Schonebeck. »Heiko, machst du weiter?«

Große-Klefarth erhob sich, ging aber nicht nach vorn, sondern sprach gleich von seinem Platz aus. »Gerne. Der Auffindeort liegt nahe am Tatort. Das ist jetzt sicher. Wir haben auf der Brücke der Haster Schleuse Blutspuren gesichert. Die Blutgruppe stimmt mit der des Opfers überein. An der Kanalböschung wurde ein Fahrrad entdeckt. Am Rad gab es keine Blutspuren, aber Fingerabdrücke des Opfers. An den typischen Stellen, an den Handgriffen, am Sattel, am Gepäckträger. Wir können also davon ausgehen, dass das Rad dem Opfer gehörte. Zumal sich auf dem Gepäckträger eine Plastiktüte befand, deren Inhalt mit ziemlicher Sicherheit aus ihrem Imbiss stammte. Das war's von mir.« Er setzte sich, von beifälligem Gemurmel begleitet.

Gräber hatte noch eine Frage. »Was war denn mit dem Blut aus dem Imbisswagen?«

»Ach ja, hatte ich vergessen. Das war Schweineblut. Vielleicht von einem aufgetauten Kotelett, das auf den Boden gesuppt ist.«

Einige Kollegen grienten und murmelten belustigt.

»Was hat die Zeugensuche bislang ergeben? Der Aktenführer, bitte«, bat der Staatsanwalt in resolutem Ton, der das Gelächter zum Verstummen brachte.

Gräber fasste zusammen, was die Kollegen in Erfahrung gebracht hatten.

»Das bringt uns also nicht wesentlich weiter«, resümierte Werschemöller.

Schonebeck gab weitere Anweisungen. »Die Kollegen vom Raub prüfen bitte weiterhin, ob es bundesweit Raubüberfälle mit ähnlichen Tatmerkmalen gab. Holger und Jürgen, ihr macht endlich diese Imbisshilfe ausfindig. Nehmt euch die

Akten vor. Es muss doch Lohnabrechnungen geben. Das war's dann?«

»Nicht ganz. Es gibt noch eine wichtige Sache. Die Kommissarin Kühne und ich sind da auf etwas gestoßen.«

Schonebeck und Werschemöller stutzten. Sie waren in Aufbruchstimmung und hatten sich bereits erhoben. Der Staatsanwalt wurde bei Gericht erwartet, der MoKo-Leiter erwartete einen Anruf von der Wasserschutzpolizei in Bergeshövede. Jetzt wanderte ihre Aufmerksamkeit noch einmal zurück zu Gräber.

»Und das wäre?«, fragte Schonebeck, der von Gräber keine weiteren Ergebnisse erwartet hatte.

»Margaretha Thomaschewski ist Mutter. Sie hat einen minderjährigen Sohn.«

Sabine Kühne sah aus dem Augenwinkel, wie Kriminaldirektor Halgelage hochschoss, als wäre ihm eine gelöste Sprungfeder durchs Sitzpolster hindurch tief in den Allerwertesten gefahren.

»Wo ist denn das Kind?«, rief er besorgt. »Kümmert sich jemand um den Jungen? Wie alt ist er?«

Gräber hob zur Beruhigung die Hand. »Der Junge heißt Marc, Marc mit c. Er ist elf Jahre alt und in einem Internat untergebracht. Wir haben noch keinen Kontakt aufgenommen. Ich denke, man sollte erst mit seinem Vater sprechen.«

»Das haben Sie noch nicht gemacht?«

»Das steht mir als Aktenführer nicht zu. Der MoKo-Leiter muss über diese Schritte entscheiden.«

Alle Augen richteten sich auf Schonebeck.

Der schien im ersten Moment überrumpelt, fasste sich aber schnell. »Richtig. Haben wir die Adresse vom Vater und von diesem Internat?«

»Ja. Der Vater ist stadtbekannt. Es handelt sich um Lorenz Wachowiak, den Immobilienmakler.«

Ein Raunen ging durch die Gruppe.

»Wachowiak hat ein Kind mit einer Imbissbetreiberin?«

Gräber zuckte mit den Schultern. »So steht es in den Unterlagen, die wir in der Wohnung des Opfers gefunden haben. Einschließlich der Geburtsurkunde des Jungen. Und Wachowiak zahlt für die Internatsunterbringung.«

»Da muss jemand hin«, ordnete Halgelage an. »Ich gebe dem Kollegen Gräber recht. Erst informieren wir Herrn Wachowiak und verständigen uns mit ihm, wer mit dem Kind reden soll. Dies noch heute, damit die Beteiligten nicht aus den Zeitungen vom Mord erfahren. Wer übernimmt das?« Er sah Schonebeck auffordernd an.

»Karl-Heinz, mir wäre es sehr recht, wenn du Wachowiak aufsuchen könntest. Du hast die Verbindung entdeckt und kennst bereits alle Details. Wenn sich jemand anderer erst einarbeiten muss, verlieren wir nur Zeit. Außerdem habe ich noch einen Termin. Ich will mich an der Schleuse mit einem Experten der Wapo treffen und muss noch die genaue Uhrzeit vereinbaren.«

Staatsanwalt Werschemöller mahnte: »Aber, Herr Gräber, bitte mit Fingerspitzengefühl. Schließlich handelt es sich um eine hochrangige Persönlichkeit des öffentlichen Lebens dieser Stadt.«

»Selbstverständlich.«

»Frau Kühne, Sie können den Hauptkommissar begleiten. Aber Sie halten sich im Hintergrund.«

»Gewiss. Ich schaue nur zu.«

»Also, dann verfahren wir so. Verlieren wir keine Zeit mehr. Die Besprechung ist beendet.«

Einige Kollegen blieben noch im Raum und standen beieinander, um sich auszutauschen. Meinecke wurde von einer Gruppe hinzugebeten. »Viel Glück«, sagte er leise. »Wir sehen uns ja sicher noch.«

»Bestimmt«, konnte Kühne gerade noch antworten, dann war er schon außer Hörweite.

Gräber bedeutete ihr mit einer ruckartigen Kopfbewegung, ihm zu folgen.

Einer der Kollegen vom Raub, ein blasser Kerl mit Gesichtsmerkmalen wie ein Wiedehopf und einer öligen Lache, stierte der jungen Kollegin unverhohlen hinterher. Die modische Stonewashed-Jeans brachte ihre Kruppe vorteilhaft zur Geltung.

»Heh, Bertie«, sagte Meinecke, und er ließ es harmlos klingen.

»Was?«

»Nimm 'ne kalte Dusche.«

»Halt du doch den Mund, du Emskopp.«

»Wie ist das heute in der Ausbildung – wird da über das Überbringen von Todesnachrichten gesprochen?«, wollte Gräber wissen, als sie in Richtung ihres Büros gingen.

»Doch, schon ... in Psychologie. Die Grundlagen. Immer persönlich informieren, nicht per Telefon. Nicht mit der Tür ins Haus fallen. Umsicht walten lassen. Auf Schocksymptome achten. Notfalls einen Arzt hinzuziehen. So was halt.«

»Alles richtig«, brummte Gräber.

»Kommt es oft vor, dass Sie ... oder wir eine Todesnachricht überbringen müssen?«

»Ich kann Ihnen da keine Zahl nennen. Wenn's schlecht läuft, mehrmals im Monat. Manchmal ein halbes Jahr lang gar nichts. Und dann ist auch unterschiedlich, wen es trifft. Wer zuerst am Einsatzort ist, ob gleich dort schon Kontakt mit den Angehörigen aufgenommen wird oder erst später.« Mit dem Gedanken an Schonebeck setzte er hinzu: »Manche haben immer irgendwie Glück und müssen nur selten raus.«

Er bemerkte ihre umwölkte Miene. »Keine Sorge, nachher werde ich das übernehmen. Aber irgendwann wird so ein

Gespräch auf Sie zukommen. Es gibt ein paar Dinge, die Sie beachten sollten. Informieren Sie sich vorher möglichst über die Familienverhältnisse. Stellen Sie sicher, dass Sie die richtige Person vor sich haben. Halten Sie Augenkontakt und sprechen Sie überlegt, aber offen. Reden Sie nicht lange drumherum. Geben Sie den Leuten Zeit, sich zu fassen. Bleiben Sie verfügbar, für den Fall, dass Hilfsmaßnahmen nötig werden.«

»Ich verstehe.«

»Eins noch, das ist besonders wichtig.«

»Was denn?«

»Versprechen Sie im Falle eines Verbrechens nie, dass Sie den Täter fassen werden. Das ist purer Leichtsinn. Kummer und Schmerz der Hinterbliebenen werden nur größer, wenn Sie Ihr Versprechen nicht einhalten können. Und machen wir uns nichts vor, wir sind ja unter uns – es kommt vor, dass ein Fall nicht gelöst werden kann.«

Thorbecke tritt beiseite

Die Immowa firmierte unter einer Adresse an der Möserstraße, hinter einer verschnörkelten Fassade in einem der wenigen Vorkriegsbauten, die die Bombardements des Zweiten Weltkriegs überstanden hatten. Vom Parkplatz auf dem Stresemannplatz waren nur ein paar Schritte zurückzulegen.

»Im vierten Stock?«, entfuhr es Kühne, als sie im Hauseingang standen und die in blankes Messing gefassten Klingelschilder überflogen. Welcher Immobilienmakler bezieht denn ein Büro im vierten Stock?«

Gräber hob andeutungsweise die Arme und ließ sie wie kraftlos an die Hüften fallen. »Wenn man es sich leisten kann und auf Laufkundschaft nicht angewiesen ist«, sagte er müde.

Sie nahmen die Treppe. Gräber war vor Jahren in einem Aufzug steckengeblieben und erst nach Stunden befreit worden. Deshalb bedurfte es schon der vollzähligen Boxequipe des Polizeisportvereins, um ihn in eine Fahrstuhlkabine zu zwingen. Und selbst unter solchen Umständen würde er sich noch sträuben.

Auf jeder Etage gab es je zwei Türen. Bei einigen verrieten Messingschilder mit schwarzer Gravur den Namen des Mieters. Andere schienen auf Anonymität bedacht und besaßen nicht einmal ein schlichtes Klingelschild.

Die Immowa dagegen machte unbescheiden mit einem beinahe mannshohen Firmensymbol auf sich aufmerksam. Auffällig auch, dass es im vierten Stock nur eine weiterführende Tür gab. Offenbar nahm Wachowiak die gesamte Etage in Anspruch.

Gräber betätigte die in eine Bakelitfassung eingelassene Klingel. Auf ein leises Surren hin drückte er den Türknauf.

Nach dem Eintreten standen sie in einer beeindruckenden Vorhalle, auf deren Grundriss sein Wohn- und Schlafzimmer nebeneinander bequem Platz gefunden hätten. Das taghelle Licht der hohen Fenster fiel in einen Raum, der trotz üppiger Möblierung noch reichlich Bewegungsspielraum bot. Vor sich sahen sie den Schreibtisch der Empfangssekretärin. Eine Frau Ende zwanzig, mit einer modischen Kurzhaarfrisur, wie man sie in letzter Zeit öfter sah.

Sabine Kühne dachte an junge Sängerinnen wie Ina Deter, Vera Kaa, Nina Hagen und diesen quirligen Teenager, der sie vor einigen Tagen in der Fernsehsendung *Bananas* so begeistert hatte ... Nena hieß die Sängerin.

Kühne hatte sich den ungewöhnlichen Namen gemerkt und gleich am Montag nach der Sendung die Platte gekauft. *Irgendwie, irgendwo, irgendwann.* Sie hatte den Refrain wieder im Ohr. Dazu fiel ihr unversehens der Kollege Meinecke ein. Sie wischte den Gedanken rasch beiseite. Sie durfte sich jetzt nicht ablenken lassen.

Rechter Hand befand sich die obligatorische Sitzecke mit Freischwingern und einem runden Glastischchen, auf dem säuberlich aufgefächerte, vierfarbige Hochglanzportfolios und Faltprospekte auslagen.

Die Bar gegenüber mit der verspiegelten Rückwand und einem auf Seiten der Gäste gepolsterten, mit scharlachrotem Kunstleder bezogenen Tresen, ganzen Batterien teils originell geformter Flaschen und farblich abgestimmten Barhockern mit angedeuteten Rückenlehnen schien ein Überbleibsel eines früheren Mieters, aber noch immer in Benutzung. Es musste hier einmal sehr gastlich zugegangen sein.

Zentrum des Ganzen und die Hauptattraktion aber war das dreidimensionale Modell des jüngsten Bauvorhabens der Immowa. In realitätsgetreuer Ausfertigung und natürlich maßstabsgetreu nahm es eine bestimmt vier Quadratmeter große Platte ein, die auf verchromten bogenförmigen Stelzen mitten im Raum stand und sofort die Blicke der Eintretenden auf sich zog. Buchstaben aus weißem Styropor, fünfzehn, vielleicht zwanzig Zentimeter hoch, jedenfalls kaum zu übersehen, bildeten das Wort *Hanse-Etageria*. Der Name des Objekts, das an zentraler Stelle am traditionsreichen Neumarkt entstehen sollte.

Die Empfangssekretärin hatte ihr verbindliches Lächeln aufgesetzt. »Guten Tag, die Herrschaften. Mein Name ist Roswitha Ripke. Wie darf ich Ihnen behilflich sein?«

Gräber hielt seine Dienstmarke bereits in der Hand. Kühne folgte seinem Beispiel.

»Mahlzeit. Wir hätten gern einmal den Herrn Wachowiak gesprochen.«

Die Rezeptionistin verstand ihr Metier. Sie ließ sich nichts anmerken, aber Gräber erkannte die geschärfte Wachsamkeit in ihren Augen.

»Ich weiß nicht, ob Herr Wachowiak im Hause ist«, sagte sie mit vorweggenommenem Bedauern.

»Wo sollte der Herr sonst sein?«, fragte Gräber.

Frau Ripke blieb freundlich. »Wir haben gerade ein großes Bauprojekt am Neumarkt kurz vor der Fertigstellung.« Stolz deutete sie auf die Miniaturversion. »Die Eröffnung ist schon ganz genau geplant. Wir erwarten prominente Gäste, auch von auswärts. Darum ist Herr Wachowiak beinahe täglich vor Ort und hat ein Auge darauf, dass alles wie vorgesehen ausgeführt und hergerichtet wird. Außerdem ziehen bereits die ersten Mieter ein. Da ergibt sich auch immer mal die eine oder andere Frage.«

Gräber bezweifelte, dass der Osnabrücker Immobilienmagnat seinen Mietern persönlich beim Einrichten behilflich war, sparte sich aber einen entsprechenden Kommentar.

Die Vorzimmerdame griff zum Telefonhörer und drückte den ersten aus einer Reihe anthrazitfarbener Knöpfe. »Herr Thorbecke, hier sind zwei Herren von der Polizei. ... Ja, genau, aber in Zivil. ... Ja, einen Moment, bitte, ich frage nach –« Sie hielt die Hand über die Hörmuschel und wandte sich an die beiden Kommissare. »In welcher Sache möchten Sie Herrn Wachowiak denn sprechen?«

»In einer dienstlichen«, antwortete Gräber, streng genug, um weitere Nachfragen zu unterbinden.

Die Angestellte nahm sich einen missbilligenden Blick heraus und hob den Hörer wieder ans Ohr, sagte nichts, lauschte nur. Dann legte sie auf. »Es kommt gleich jemand«, beschied sie die beiden Ermittler, immer noch ihre aufgesetzte Freundlichkeit wahrend. »Nehmen Sie doch bitte Platz«, sagte sie mit einem Wink in Richtung Sitzgruppe. »Darf ich Ihnen etwas anbieten? Einen Kaffee vielleicht? Oder ein Wasser?«

Gräber lehnte dankend ab, und Kühne tat es ihm gleich. Sie setzten sich nicht, sondern traten weiter in den Raum hinein und betrachteten das imposante Modell. Der zentrale Verkehrsknotenpunkt Neumarkt war leicht zu erkennen. Mit dem Neubau vergleichen konnten sie noch nicht, denn dessen Fassade verbarg sich in der Wirklichkeit noch hinter schweren Planen.

Gräber hatte von dem Bauprojekt gelesen, das die Direktrice angesprochen hatte. Wachowiak hatte südlich des Neumarkts mehrere Grundstücke in erster und zweiter Reihe aufgekauft, darunter das ehemalige Hertie-Kaufhaus. Die bestehenden Häuser waren entkernt und völlig umgestaltet worden. Hier sahen die beiden Ermittler en miniature, wie sich der Bereich zwischen Neumarkt, Johannisstraße und Seminarstraße in Zukunft präsentieren würde. Der Häuserblock schloss an der Ecke Johannisstraße und Neumarkt nicht mehr rechtwinklig ab, die Ecke an dieser Stelle war quasi gekappt worden. Ein einladendes, nach innen gewölbtes Halbrund öffnete den Block für die Besucher. Über dem ebenerdigen Eingangsbereich begann oberhalb eines schmalen weißen Gesims eine moderne, elegant geschwungene Glasfassade und reichte bis hinauf zur Traufe.

Die Plexiglasplatte auf dem Modell gewährte einen freien Blick in das Innenleben der Immobilie. Der Architekt hatte einen radikalen Umbau vorgenommen. Inmitten des Gebäudes gab es nun einen Lichthof. Eine gläserne Pyramide auf dem Dach ließ das Tageslicht bis ins Erdgeschoss strömen. Rundum verliefen Galerien, auf denen die Kunden an den Geschäften vorbeiflanieren konnten, die sämtlich an die Außenwände gelegt worden waren. Wenn die Mieter dies wollten, konnten sie Tageslicht in ihre Räume lassen.

Im vierten Stock gab es einen abweichenden Grundriss. Hier waren im Modell winzige Tische und Stühle eines Café-Restaurants zu sehen, aufgestellt vor einer großflächigen Glasfront, die den Gästen freien Blick auf das Treiben unten auf dem Neumarkt und die Dachlandschaft der nördlich gelegenen Innenstadt gewährte, sofern sie einen Platz nahe der Panoramafenster ergattert hatten.

Wachowiak hatte das Projekt entwickelt, fungierte als Bauträger und würde nach Fertigstellung die Verwaltung des Objekts übernehmen. Das Kapital aber stammte von anderen, von Investoren und Immobilienfonds. Einer der Hauptgeldgeber war Eduard Jaschke, der mit seiner Wohn- und Gewerbebaugesellschaft außer über etliche Wohneinheiten noch über zahlreiche hochprofitable Objekte in der Innenstadt verfügte.

Selbst eine Pleite des neuen Einkaufszentrums würde ihn nicht in die Armut stürzen.

»Junge, Junge«, hörte Kühne ihren Kollegen murmeln. »Osnabrück wird Großstadt.«

Eine schwere gepolsterte Tür wurde geöffnet und ein Mittdreißiger trat ein. Auf ein Jackett hatte er verzichtet, aber dunkelblauer Golfpullover, auberginefarbener Hemdkragen und eine passend gestreifte Krawatte ließen den gehobenen Herrenausstatter erkennen.

›Vermutlich von *Zangenberg*‹, dachte Gräber. Ein Modegeschäft mit Preisen weit jenseits seiner Besoldungsklasse.

»Sie müssen die Herren von der Polizei sein«, sagte der Mann freudestrahlend, als erwartete ihn die Provision aus einem Millionengeschäft.

»Das stimmt. Und Sie sind Herr Wachowiak?«

Der junge Mann war ohne Zweifel schauspielerisch begabt. Das Bedauern in seiner Miene wirkte annähernd echt. »Es tut mir leid, nein. Mein Name ist Ulf Thorbecke. Ich bin Prokurist der Unternehmensgruppe Wachowiak.«

»Prokurist«, sinnierte Gräber. »Eine verantwortungsvolle Position. Da sind Sie sicher mit allen Belangen des Unternehmens vertraut?«

Thorbecke blieb unbeirrt. »Wie kann ich helfen?«

»Wie Sie sicher schon mitbekommen haben, würden wir gern mit Herrn Wachowiak sprechen. Und ehe Sie fragen – die Angelegenheit ist amtlich und sehr persönlich. Außerdem dringend. Sie sollten uns also jetzt nicht länger aufhalten.«

Gräbers deutliche Ansprache zeigte Wirkung. Das falsche Lächeln blieb, aber Thorbeckes Gesicht war um eine Nuance blasser geworden. »Bitte entschuldigen Sie mich«, sagte er eilig. »Ich werde den Konsul informieren.«

Er pirouettierte auf dem Absatz und ging. Um einige Schritte schneller, als er gekommen war.

Kühne riskierte ein schmales Lächeln. »Der Hausherr wird offenbar von vielen Seiten in Anspruch genommen.«

»Ich hoffe doch sehr, der Herr Konsul wird uns trotzdem eine Audienz gewähren. Und wenn nicht, mache ich mich gleich selbst auf die Suche. Wo kommen wir denn hin, wenn –«

In diesem Moment kehrte Thorbecke zurück. »Sie haben Glück – der Herr Konsul ist soeben eingetroffen. Er nimmt sich gerne ein paar Minuten Zeit für Sie.«

»Du liebes bisschen, da können wir ja wirklich von Glück sprechen«, tat Gräber erfreut. »Wir möchten natürlich niemanden von wichtigen Verhandlungen abhalten.«

Ganz kurz nur und kaum merklich rümpfte Thorbecke die Nase. Gräber hegte keinen Zweifel, dass der dienstfertige Prokurist die Ironie verstanden hatte.

»Haben Sie sich unser Projekt schon ansehen können?«, wechselte Thorbecke das Thema und deutete auf das Neumarkt-Modell.

»Wir hatten schon Gelegenheit für einen ersten Blick. Sehr ambitioniert«, erwiderte Gräber mit einem Anflug von Anerkennung.

»Für Osnabrück ganz neue Dimensionen«, bestätigte Thorbecke stolz. »Ein Bauprojekt dieser Größe hat es in der Stadtgeschichte noch nicht gegeben.«

»Was ist mit dem Iduna-Hochhaus?«, wandte Kühne ein.

Thorbecke prustete belustigt. »Pah. Lächerlich. Weder vom Bauvolumen noch von der Nutzfläche her mit unserem Einkaufszentrum zu vergleichen. Und die vermieten inzwischen doch an jeden. Wie man hört, auch an Nut... an Damen des Gewerbes. So weit wird es mit unserem Projekt nie kommen.«

»Was halten Sie von der *Hanse-Etageria*?«, dröhnte es hinter ihrem Rücken.

Unbemerkt war der Firmeninhaber Lorenz Wachowiak eingetreten.

Nieporte tauscht Erinnerungen

Mit einem schnellen Blick überzeugte sich Schonebeck, dass Nieporte den Türknopf der Beifahrertür gedrückt hatte und stieg ebenfalls aus. Während er abschloss, ertönte hinter ihm ein metallisches Schleifen. Er sah sich um. Auf dem Schienenstrang jenseits der Elbestraße setzten sich mit einem dumpfen Rucken der Puffer einige Güterwaggons in Bewegung. Fasziniert beobachtete Schonebeck, wie eine Rangierlok der Hafenbahn die mit Planen bezogenen Tiefladewaggons auf einem Nebengleis in Richtung des Kasernengeländes verschob.

Sie wurden von einigen Soldaten erwartet, die das über die Schienen reichende schwenkbare Tor geöffnet und Wachstellung eingenommen hatten.

»Guck mal, die Limeys haben groß eingekauft und kriegen Nachschub. Vielleicht ein Sonderposten Porridge«, witzelte Schonebeck.

»Wohl eher nicht«, meinte Nieporte, der um den Wagen herumgekommen war und Schonebecks Blicken folgte. »Das sind Militärfahrzeuge. Panzer. Bestimmt der Challenger.«

»Challenger?«

»Ein neues Kettenfahrzeug, das die Briten gerade in Dienst stellen. Der Vorgängertyp soll nach und nach ausgemustert werden.«

»Woher hast du deine Kenntnisse?«

»Kam im Radio. BFBS. Höre ich oft im Auto. Na ja, und manchmal bei der Arbeit, wenn ich ehrlich bin.«

Schonebeck grunzte anerkennend. »Da wird doch nur Englisch gesprochen?! Respekt. Und die Panzer kommen mit der Bahn?«

»Ja, sicher. Die haben nur vierhundertfünfzig Kilometer Reichweite. Mit der Bahn geht es schneller und ist vor allem unauffälliger. Die Russen sollen ja nicht alles mitkriegen. So eine Kolonne mit ein paar Dutzend Panzern ist kaum zu übersehen.«

Seine gestreckten Finger wiesen himmelwärts, und er verdrehte vielsagend die Augen. »Wer weiß, was die Sputniks so alles mitkriegen.«

Nieporte sollte recht behalten. Die Waggons hielten neben einer gemauerten Rampe. Die Planen wurden gelöst und zurückgezogen. Ein Soldat öffnete die Fahrerluke des ersten Panzers und schlängelte sich ins Innere. Mit dröhnendem Gebrüll startete der Motor. Das fast zwölf Meter lange Monstrum, bei dem das Kanonenrohr für den Transport entfernt worden war, drehte sich mit rasselnden Ketten nach rechts und wurde langsam von der Ladefläche auf die Rampe gelenkt. Die anderen Kettenfahrzeuge folgten nach und nach und verschwanden hinter den Werkstattbauten auf dem Gelände.

»Ob das Spaß macht, so ein Ding zu fahren?«

Nieporte zuckte mit den Schultern. »Ich würde sagen Ansichtssache. Ich für mein Teil kann auf diese Erfahrung gut verzichten.« Er sah auf die Uhr. »Sollen wir dann mal? Es ist schon nach halb fünf.«

Schonebeck nickte.

Das weiß-blaue Polizeiboot mit der Kennzeichnung WSP 12 war bereits eingetroffen, hatte gewendet und am stählernen Steg unterhalb der Schleuse festgemacht. Zwei Kollegen in den Uniformen der Wasserschutzpolizei saßen achtern auf Camping-Klappstühlen und genossen die wärmenden Strahlen der Herbstsonne. Sie erhoben sich, als Schonebeck und Nieporte über die steile Treppe von der Kanalbrücke herabgeklettert kamen. Ein dritter Mann lugte aus dem Führerhaus und winkte zum Gruß.

»Ahoi!«, grüßte Schonebeck kumpelhaft.

»Guten Morgen allerseits. Kriminaldienst Osnabrück?«

»Richtig, das sind wir. KHK Ludwig Schonebeck. Und das ist mein Kollege, Konrad Nieporte. Ich leite die Ermittlungen.«

»Freut mich. POK Eisengießer. Der Faulenzer da neben mir ist der Kollege Paschek. Und da haben wir unseren Schiffsführer, Käpt'n Kruse.«

Eisengießer förderte aus einer Fototasche eine schwere Spiegelreflexkamera zutage und wickelte sich deren Umhängegurt um die Hand, damit sie nicht durch die Luft schlenkerte. Mit einem sportlichen Satz sprang er von Bord und kam federnd auf dem Gitterrost des Anlegers zu stehen.

»Dann lassen Sie mal sehen, was wir für Sie tun können.«

Er löste die Festmacherleine von der Klampe. Kruse trat zurück ins Führerhaus. Der Schiffsmotor röhrte auf und quirlte das trübe Wasser, dass es schäumte.

»Waren Sie schon einmal in Osnabrück?«, fragte Nieporte höflich, während sie über die Metallgitter in Richtung Schleuse schritten.

»Das war ich tatsächlich. Das ist allerdings schon sehr lange her. Das muss um 1970 gewesen sein. Erinnert sich jemand an die Skandinavische Woche?«

»Das war wohl ein paar Jahre vor meiner Zeit«, erwiderte Schonebeck.

Nieporte dagegen nickte. »Ich weiß es noch. Das war exakt 1970. Im Herbst. Dann sind wir uns ziemlich sicher schon einmal begegnet. Ich hätte Sie aber nicht wiedererkannt. Haben Sie denn an der Tagung auch teilgenommen?«

»Genau.«

Schonebeck war neugierig geworden. »Was war das für eine Tagung?«

»Die Landesgruppenversammlung der internationalen Police Association mit Gästen aus den skandinavischen Ländern, Britannien, Österreich ... Von wo noch?«

»Aus unseren Partnerstädten Haarlem und Angers.«

»Richtig. Die Niederländer! Die waren witzig. Mit denen hatten wir viel Spaß ...«

»Das war hier in Osnabrück?«, fragte Schonebeck ungläubig.

»Aber ja. Dann war da doch noch das Badminton-Spiel, die Osnabrücker gegen die Dänen.«

»Und tagsüber waren wir jungen Kollegen gemeinsam in der Innenstadt auf Streife. Vermutlich ist in dieser Woche die Überfallrate deutlich gesunken.«

Eisengießer und Nieporte teilten ein wissendes Gelächter.

Schonebeck stimmte ein, fühlte sich aber ausgeschlossen. Er bemühte sich, die Autorität zurückzuerlangen. »Sollen wir mal anfangen?«

Eisengießer nickte. »Sie haben recht. Wir sind ja nicht zum Vergnügen hier.«

Sie waren auf der Kanalbrücke angelangt. Eißengießer studierte die örtlichen Verhältnisse. Schonebeck beschrieb die Auffindesituation, wie sie sich ihnen am Morgen nach der Tat dargestellt hatte. »Uns beschäftigt unter anderem die Frage, warum der Täter die Leiche hinüber zum Schleusenschacht geschafft hat.«

»Oder geschleudert?!«, ergänzte Nieporte.

»Das ist so eine Theorie. Ich glaube nicht daran«, erklärte Schonebeck und beobachtete Eisengießer, der die räumlichen Verhältnisse mit Blicken abzumessen versuchte. Er entfernte den Objektivdeckel von seiner Kamera, hob sie ans Auge und machte einige Fotos, erst talseitig, in Richtung Mittellandkanal, dann in der entgegengesetzten Richtung. Vom Einfahrtstrichter, dem Stemmtor, den Leitwerken.

Früher am Tag war der Schleusenwärter von Schonebeck telefonisch instruiert worden, während ihres Besuchs keine Durchschleusung vorzunehmen und ankommende Kapitäne in die Warteposition zu verweisen. Glücklicherweise war in diesem Moment kein Schiff unterwegs. Wie von Schonebeck erbeten, hatte der Schleusenwärter den Wasserstand auf Talniveau gebracht und die Tore geöffnet.

WSP 12 hatte abgelegt. Der Kapitän brachte das Boot mit kleiner Kraft in die Mitte des Kanals und bugsierte es langsam rückwärts in die Kammer.

Eisengießer fotografierte. Dann hob er beide Hände über den Kopf, brachte sie an den Ballen zusammen und machte eine Bewegung, die Nieporte an flatternde Vögel erinnerte. Das verabredete Zeichen für den Schleusenwärter, das Tor zu schließen. Gravitätisch bewegten sich die mächtigen Flügel aufeinander zu, bis sie mit einem leisen Rums zusammentrafen. Der Schleusenschacht war wieder zu einer geschlossenen Wanne geworden.

»Wir müssen noch warten, bis sich das Wasser wieder beruhigt«, erklärte Eisengießer. Bedauernd fügte er hinzu: »Schade, dass es hier kein Café gibt. Wir hätten Zeit für einen Kaffee und ein Stück Kuchen.«

»Das würde mir auch gefallen«, stimmte Nieporte ein. »Aber da müssten wir schon weiter zur Hollager Schleuse fahren. Dort gibt es ein Ausflugslokal.«

»Ich weiß. *Tante Anna*. Wir haben da früher schon mal eine Pause eingelegt, nach einem Einsatz am Hollager Jachthafen. So ein Wochenendkapitän hatte auf dem Mittellandkanal einen Anleger touchiert und war davongesegelt. Es gab aber Zeugen ... Ich kann übrigens Tante Annas selbstgemachten Apfelkuchen empfehlen. Mit Sahne, versteht sich.«

»Oder mit Vanilleeis«, ergänzte Nieporte.
»Da will ich Ihnen nicht widersprechen.«
Ein freundschaftliches Gelächter bekräftigte ihr Einvernehmen.

Schonebeck argwöhnte, dass Nieportes Bemerkung als Anspielung auf Gräbers Verfolgung des Frachtschiffs gedacht gewesen war. Der harmlose Gesichtsausdruck des Kollegen sprach dagegen.

Aber wer wusste schon, was in seinem Kopf vor sich ging …

Wachowiak zeigt kein Gefühl

Gräber fragte sich, wie lange der Immobilienkönig Lorenz Wachowiak ihnen schon unbemerkt zugehört hatte. Im Stillen fertigte er eine imaginäre Personenskizze an. Das Gesicht feist, künstlich gebräunt, orangenhäutig. Beeindruckendes Doppelkinn. Kräftiger Nacken. Das Haar gestutzt, aber voll, andeutungsweise gelockt, brünett, möglicherweise gefärbt. Körpergröße unterdurchschnittlich, gedrungene Statur. Die weite Buntfaltenhose sollte vermutlich den Bauchansatz tarnen. Ein vergeblicher Versuch.

»Das kann sich doch sehen lassen, oder was meinen Sie? Auch außerhalb Osnabrücks. Zur Eröffnung werden wir groß einladen. Nur ausgewählte Gäste! Ganz exklusiv. Politiker aus Hannover und Bonn, Fernsehstars, Prominente. Der wunderbare Harald Juhnke wird auftreten!« Der Immobilienmakler rieb sich freudestrahlend die Hände. Mit jovialem Lächeln ging er auf die beiden Kommissare zu. »Lorenz Wachowiak. Wie darf ich Sie ansprechen?«

Die Kriminalbeamten stellten sich vor.

»Eine Frage«, sagte Gräber. »Müsste es nicht *Hase-Etageria* heißen? Hat der Modellbauer da einen Fehler gemacht? Der ist wohl nicht von hier, oder? Der weiß nicht, dass die Hase ein Fluss ist ...«

Wachowiaks kollerndes Lachen kam aus tiefster Brust. »Wieder einer!«

Auch Thorbecke gab sich belustigt.

Gräber sah den Immobilienmanager verständnislos an.

»Aber trösten Sie sich, das geht vielen so. Nicht mal alle unsere Ratsherren wussten, dass Osnabrück früher zur Hanse gehörte. Aber das werden wir ändern. Die *Hanse-Etageria* wird Besucher aus dem Umland und den Niederlanden anlocken. Wir werden die Hanse-Zugehörigkeit ganz groß in den Vordergrund rücken. Und Osnabrück in eine Reihe stellen mit Bremen, Hamburg, Lübeck. Leider auch mit Kiel. Aber das müssen wir ja nicht an die große Glocke hängen.«

Wenn Wachowiak, wie in diesem Moment, sein Raubfischlachen zeigte, verschwanden seine Mundwinkel unter den Grübchen seiner schlaffen Hängebacken.

»Der Name ist sehr originell«, bemerkte Gräber mit vorgeblichem Lob. »Sehr pfiffig. Vermutlich von einer teuren Werbeagentur ausgeheckt, oder?«

»Von wegen«, widersprach der Hausherr mit gespielter Empörung. Stolz führte er aus: »Das war ganz allein meine *création*. Ich muss zugeben, wir haben ein paar Agenturen abgefragt. Aber die kamen mir mit Nullachtfuffzehn-Ideen. Hase-Quartier, Neumarkt-Zentrum, Hase-Boulevard, Osna-Promenade. Pfff. Mensch, Leute! Wie soll ich so was denn den Investoren schmackhaft machen? Nee, da muss der Gevatter selber ran. Und sowieso – ich mag diese Werber nicht«, wetterte er verächtlich. »Immer so klebrig, wenn sie einem was verkaufen wollen. Überhaupt – die haben das Lügen zu ihrem Beruf gemacht. Da soll man denen noch über den Weg trauen?«

Gräber nickte höflich, wollte aber zum Thema kommen. »Herr Wachowiak, wir müssen Sie in einer sehr persönlichen Angelegenheit sprechen. Wir sollten vielleicht in eine privatere Umgebung wechseln.«

»Schön, gehen wir in mein Büro. Aber Thorbecke kommt mit. Er ist mein Prokurist. Der kann alles hören, was Sie mir zu sagen haben.«

Thorbecke fiel seinem Chef ins Wort. »Gehen wir lieber in *mein* Büro.«

Ein schnell eingeworfener Satz, begleitet von einem warnenden Blick in Richtung Wachowiaks, der Gräber nicht entging. Thorbecke wies zur hinteren Tür und ging bereits voraus.

»Ulf, wir folgen dir«, sagte Wachowiak. An die Kommissare gewandt fügte er an: »Er macht sich Sorgen, weil es bei mir immer so unaufgeräumt aussieht.«

Das mochte stimmen. Aber es war nicht die ganze Wahrheit. Da war Gräber sich sicher.

»Ich bin neben meiner geschäftsführenden Tätigkeit der juristische Berater von Herrn Wachowiak«, erklärte Thorbecke.

»Auch noch?!«, staunte Gräber.

»Ich habe Betriebswirtschaft und Jura studiert. Bis zum ersten Staatsexamen.«

»Beeindruckend.«

Sie hatten Thorbeckes Büro erreicht. Statt hineinzugehen, trat er beiseite, gab so den Weg frei für Wachowiak, der sofort hinter der gläsernen Schreibfläche mit dem schwarzen Ablagechassis Platz nahm, als gehöre der Designerschreibtisch ihm.

Im Grunde war es ja auch so.

»Jetzt erzählen Sie mal. Was führt Sie her? Sammeln Sie Spenden für den Polizeisportverein?«

»Ich würde mich freuen, wenn es so wäre«, sagte Gräber ernst. »Aber unser Kommen hat einen tragischen Hintergrund. Frau Thomaschewski, Margaretha Thomaschewski, ist in der Sonntagnacht zu Tode gekommen.«

Wachowiak stieß seinen Stuhl zurück. Sein Lächeln wurde schmal, verwandelte sich in ein nachdenkliches Kräuseln. »Die Marga«, sagte er leise. »Was ist ihr denn passiert? Ein Unfall?«

»Das ziehen wir in Betracht.«

Ausweichende Antworten waren Wachowiak zuwider. Er wurde pampig. »Was bedeutet das denn nun? War es ein Unfall oder nicht?«

»Die Umstände sind unklar. Wir ermitteln noch. Zuerst einmal möchten wir die Angehörigen informieren.«

»Ich würde mich nicht als Angehörigen bezeichnen –«

»Aber sind Sie nicht der Vater eines gemeinsamen Kindes? Marc Thoma?«

»Das wissen Sie schon?«

Gräber nickte wortlos.

Wachowiak brauchte zwei Atemzüge. Dann hatte er zu seinem gemäßigten Tonfall zurückgefunden. »Ja, das ist richtig. Aber Marga und ich waren schon nicht mehr zusammen, als Marc geboren wurde. Das war eher ein Unfall ... Verstehen Sie mich nicht falsch. Marc war willkommen. Ich habe mich als Vater eintragen lassen und ich sorge für ihn. Er ist in Westerkappeln in einem guten Internat untergebracht und lebt ansonsten bei der Schwester seiner Mutter, der Elisabetha. Elisabetha Hoogstra. Er kriegt von mir alles, was er braucht.«

»Warum lebt er bei der Schwester?«, fragte Kühne. »Warum nicht bei der Mutter?«

»Maggie ... Frau Thomaschewski sah sich seinerzeit nicht in der Lage, ein Kind aufzuziehen. Sie war jung und, wie sagt man, noch nicht so gefestigt. Auch psychisch, wenn Sie verstehen, was ich meine.«

Er richtete verständnisheischende Blicke abwechselnd auf Gräber und Kühne. »Haben Sie schon mit Marc gesprochen? Weiß er, was passiert ist?«

»Nein. Wir dachten, dass Sie das selbst übernehmen möchten. Darum sind wir als Erstes zu Ihnen gekommen. Wir werden aber später auch mit Ihrem Sohn sprechen müssen.«

»Dann machen Sie das doch vielleicht gleich alles in einem«, sagte er, nun wieder ganz geschäftsmännisch. »Dann sparen Sie Zeit. Überbringen *Sie* ihm die Hiobsbotschaft. Sie haben da ja sicherlich Erfahrung.« Er nickte in Kühnes Richtung. »Das Fräulein könnte das ja vielleicht übernehmen. Ich bin in solchen Dingen nicht sehr gut. Mir fehlt offen gestanden auch gerade ein wenig die Zeit. Ich muss mich um meine Bauprojekte kümmern.«

Gräber runzelte die Stirn. Er und Kühne wechselten einen Blick.

»Wie oft sehen Sie denn Ihren Sohn, wenn ich fragen darf?«

»Alle paar Monate. Zu den Feiertagen. An seinem Geburtstag natürlich. Wissen Sie, ich habe eine neue Lebensgefährtin. Die hat es natürlich nicht so gern, wenn sie sich mit meiner Vergangenheit herumschlagen muss.«

»Ich verstehe. Wenn Sie einverstanden sind, werden wir dann möglichst heute noch nach Westerkappeln fahren. Ihr Sohn sollte nicht aus der Zeitung vom Tod seiner Mutter erfahren.«

»Meinen Segen haben Sie.«

»Ich habe aber auch noch eine Frage. Wir haben in der Wohnung von Frau Thomaschewski Korrespondenzen gesichert, wonach Frau Hoogstra einen höheren Unterhalt gefordert hat.«

»Ach, das ...«

Ulf Thorbecke, der bislang schweigend beiseitegestanden hatte, trat vor. »Die Angelegenheit wurde bereits einvernehmlich zwischen den Parteien geregelt. Frau Hoogstra sollte eine höhere Pauschale erhalten und zusätzlich berechtigte Aufwendungen für Marc nach Absprache gegen Vorlage der Belege erstattet bekommen. Frau Thomaschewski war selbst gar nicht eingebunden.«

»Gibt es dazu etwas Schriftliches?«

»Aber gewiss doch. Ich lasse Ihnen schnellstens eine Kopie der Vereinbarung zukommen. Sie wurde von Frau Hoogstra unterzeichnet.«

»Dann bedanke ich mich schon mal für Ihre Mühe.«

»Ich bitte Sie – da doch nicht für«, sagte Wachowiak, der zu seiner leutseligen Art zurückgefunden hatte. »Wir helfen gerne. Und wenn Sie mal eine Spende für den Polizeisportverein brauchen ...«

»Wir werden in dieser Angelegenheit auch Frau Hoogstra noch aufsuchen müssen.«

»Damit habe ich gerechnet. Machen Sie das. Dafür brauchen Sie mich ja nicht. Grüßen Sie schön von mir.«

Thorbecke meldete sich nochmals zu Wort. »Wir übernehmen selbstverständlich die Bestattung von Frau Thomaschewski. Wie sollen wir deswegen verbleiben?«

»Der Leichnam wurde bereits untersucht und wird vermutlich in Kürze freigegeben werden. Wir setzen Sie dann in Kenntnis. Der zuständige Staatsanwalt hört auf den Namen Dr. Reinhold Werschemöller.«

»Ich hätte auch noch eine Frage«, meldete sich Sabine Kühne. »Die Verstorbene trug eine Uhr am Handgelenk. Uns war die Inschrift aufgefallen: *To My Woman of Gold. L. W. – L. W.*, steht das für Lorenz Wachowiak?«

Wachowiaks Blick kehrte sich nach innen. Für einen Moment versank er in der Vergangenheit. »*My Woman of Gold* ... Ja. Die Uhr habe ich ihr geschenkt, als es so gut lief mit uns beiden. Die Wörter stammen aus einem Hit von T. Rex. Das war damals ihre Lieblingsband. *Hot Love*. Ein großer Hit. Der lief bei ihr rauf und runter. Lange her –«

Sabine Kühne holte tief und vernehmlich Luft, als sie aus dem Bürogebäude auf die Möserstraße traten. Sie räusperte sich. »Ist so eine Reaktion normal, wenn man vom Tod eines – wie soll man denn da sagen? – nahestehenden Menschen erfährt? Sie haben doch Erfahrung.«

»Eher nicht«, erwiderte Gräber. »Es gibt Menschen, die die traurige Nachricht erst nicht wahrhaben wollen. Nach dem Motto: Es kann nicht sein, was nicht sein darf. Aber diese beiden waren von einem anderen Kaliber.«

»Ja, oder? So ... so ... geschäftsmäßig.«

»Gut beschrieben. Wachowiak und Thomaschewski hatten wohl kein engeres Verhältnis mehr miteinander.«

»Gut, nach all der Zeit – aber sie war doch immerhin die Mutter seines Sohnes.«

»Ich hatte den Eindruck, an dem scheint ihm auch nicht viel zu liegen. Erinnern Sie sich an die Wortwahl? Der Junge war ein *Unfall*. Und er möchte nicht, dass sich die neue Frau an seiner Seite mit *seiner Vergangenheit herumschlagen muss*. Dass jemand so abfällig über sein Kind redet –«

Sie waren an ihrem Wagen angekommen.

»Fahren wir dann jetzt gleich nach Westerkappeln?«

»So schnell geht es leider nicht. Westerkappeln liegt in Nordrhein-Westfalen. Wir können da nicht einfach so tätig werden, sondern müssen erst die dortigen Kollegen informieren. Aber das geht telefonisch und sollte nicht allzu viel Zeit kosten.«

Kapitän Kruse sorgt für Wirbel

»Erstaunlich, dass man fast nichts hört, obwohl da tonnenschwere Kaventsmänner bewegt werden.« Schonebeck verfolgte fasziniert, wie die Schleusentore langsam auseinanderfuhren.

»Das erklärt sich daraus, dass der Maschinenraum unter der Erde liegt«, wusste Nieporte. »Wie in einem Bunker.«

Das schmale Polizeiboot WSP 12 hätte bereits durch die halb geöffneten Tore gepasst, ruhte aber noch unbewegt in der Schleuse. Als die Lichtanlage auf Grün sprang, nahm es langsam Fahrt auf. Den Männer stieg ein müffeliger Geruch in die Nase, als die Schiffsschrauben das Wasser aufzuwirbeln begannen. Schonebeck verzog das Gesicht.

Eisengießers ganze Aufmerksamkeit war auf die Schiffsbewegungen gerichtet. Die Ausfahrt aus der Schleuse, das Unterqueren der schmalen Brücke. Er rannte zur anderen Seite. WSP 12 tuckerte ins Freie. Ab der Stelle, wo der Kanal seine volle Breite erreichte, beschleunigte der Schiffsführer. Genau so, wie es ein Frachtkapitän getan hätte.

Immer wieder hob Eisengießer die Kamera ans Auge und schoss ein Bild. Nach jedem Auslösen surrte es leise.

»Eine Nikon F3 mit Motor«, sagte Schonebeck bewundernd.

»Ja. Den brauchen wir, weil es manchmal darauf ankommt, bestimmte Bewegungsmuster in schnellen Bildfolgen zu dokumentieren.«

»Die hätte ich auch gern. Wir haben eine Leica. Dafür gibt es keinen Motor.«

Eisengießer, die Blicke weiterhin auf das Polizeiboot gerichtet, runzelte die Stirn. »Brauchen Sie denn einen Motor? Sind ihre Motive nicht in der Regel – eher unbeweglich?«

»Das ist schon richtig. Trotzdem, eine Kamera mit Motor fände ich schon praktisch.«

»Da würde ich aber eher zu einem Modell mit Winder raten. Dieser Motor macht fünf bis sechs Bilder pro Sekunde. Da ist der Film in sechs Sekunden voll, und Sie müssen wechseln.«

Schonebeck schnalzte enttäuscht mit der Zunge. »Daran habe ich nicht gedacht. Das ist natürlich weniger günstig.«

»Deswegen habe ich jetzt den Motor auf Einzelbildschaltung gestellt. Ich käme auch gut ohne zurecht, aber ich lasse ihn montiert. So muss ich ihn im Bedarfsfall nicht erst lange suchen und anschrauben, sondern bin sofort schussbereit.« Eisengießer ließ die Kamera sinken. »Das hätten wir«, sagte er und machte eine Miene wie jemand, der gerade erfolgreich ein komplettes Kreuzworträtsel ausgefüllt hat.

»Sie haben eine Hypothese?«, frage Nieporte.

»Ich würde sagen, mehr als das. Meiner Ansicht nach ist die Sachlage klar.« Mit einer ausholenden Armbewegung lud er die Kollegen ein, mit ihm über das Brückengeländer zu schauen. »Sehen Sie: Nach dem Verlassen der Kammer geht der talfahrende Schiffsführer langsam auf volle Fahrt. Der Schiffskörper verdrängt Wasser und wirft achtern entsprechend starke Wellen auf. Jetzt haben wir hier die Situation, dass sich der Kanal verengt. Die Spundwände links und rechts führen trichterförmig zur Schleuse. Die Wellen stoßen an die Uferwände, werden dort umgelenkt und im stumpfen Winkel zurückgeworfen.«

»Die Wellen rollen also in Richtung Schleuse und drängen in die offene Kammer«, schloss Nieporte.

»Ganz richtig. Dazu kommt der Auftrieb vom Kanalboden her. Das Schiff schickt auch Wellen nach unten aus. Das

Betonbett des Kanals lenkt anstoßendes Wasser um, in unserem Fall ebenfalls Richtung Schleuse. Mit der Erhöhung der Tourenzahl der Schiffsschraube verstärkt sich der Effekt. Mit anderen Worten, wenn die Leiche vor den Schleusentoren im Kanal schwamm, wurde sie vom ausfahrenden Schiff in die Kammer getrieben. Oder regelrecht gedrückt. Es war noch dunkel, das Wasser ist dunkel – da sehen Sie eine Leiche nur, wenn Sie bewusst Ausschau halten.«

»Das ist eine forensische Aussage?«

»Absolut verbindlich. Ich geb's Ihnen schriftlich. Der Bericht geht Ihnen zu.«

»Herzlichen Dank. Das ist uns eine große Hilfe. Damit kommen wir der Rekonstruktion des Tatverlaufs einen großen Schritt näher.« Schonebeck sah sich um und rekapitulierte noch einmal. »Das Opfer kam mit dem Fahrrad aus Richtung Eversburg. Das ist ein Stadtteil drüben im Westen«, erklärte er dem Gast. »Am Anfang der Brücke wurde die Frau gewaltsam gestoppt, vielleicht vom Fahrrad gestoßen, erschlagen und ausgeraubt.«

»Aber warum warf er das Fahrrad nicht auch in den Kanal, sondern auf die Böschung?«, überlegte Nieporte.

»Für mich klingt das nach Affekt. Der Mörder hat nicht kaltblütig geplant, war nervös, aufgewühlt. Vielleicht fiel ihm erst verspätet ein, dass er das Fahrrad auch verschwinden lassen sollte«, spekulierte Eisengießer.

»Das würde zu einem unserer Ermittlungsansätze passen«, sagte Nieporte.

Schonebeck fiel ihm ins Wort. »Wir ziehen Beschaffungskriminalität in Betracht. Nicht weit von hier ist ein Drogentreffpunkt.«

»Auch denkbar, dass der Täter gestört wurde«, führte Nieporte seine Gedanken fort. »Nachts fahren Laster über die Elbestraße. Vielleicht auch ein Taxi oder heimkehrende britische Soldaten. Die Kasernen sind gleich dort drüben, hinter den Lagerhäusern. In Panik flieht der Täter Richtung Westen, schnappt noch schnell das Fahrrad. Das nutzt ihm nichts, weil das Hinterrad verbogen ist. Er wirft es übers Geländer. Einfach irgendwohin, ohne nachzudenken. Ein Versuch, keine Spuren zu hinterlassen.«

»Gut möglich«, attestierte Schonebeck. »Die weiteren Ermittlungen werden es zeigen. Für den Moment sind wir einen großen Schritt weitergekommen. Nochmal, herzlichen Dank, auch an die Kollegen unten auf dem Boot.« Er deutete hinunter auf das WSP 12, das wieder am Wartebereich festgemacht hatte.

Die Männer verabschiedeten sich. »Sie stechen jetzt wieder in See? Dann mal gute Fahrt«, wünschte Schonebeck. »Und allzeit eine Handbreit Wasser unter dem Kiel. So sagt man doch bei euch Seebären, oder?«

»Einige sagen so, ja«, erwiderte Eisengießer mit einem schwer zu deutenden Lächeln. Dann sprang er aufs Boot und gab das Zeichen zum Ablegen.

Marc Thomas kalter Blick

Das Internat Clausen lag als Ensemble reizloser Flachbauten hingebettet am Rande Westerkappelns. Die Gebäude ordneten sich zu einem Hufeisen, dessen offene Seite zu den Feldern wies und von einem kleinen Baumbestand sowie Ziersträuchern und Beeten begrenzt wurde. So ergab sich ein geschützter Innenhof, der von außen nicht eingesehen werden konnte.

Am Hauptgebäude stand zur Straße hin in großen metallenen Lettern der Name Clausen. Nicht *Clausen Bildungseinrichtungen – Privatschule und Internat*, wie der vollständige Eintrag im Handelsregister lautete.

Wer auf der nahegelegenen Bundesstraße vorüberfuhr und keine nähere Ortskenntnis besaß, mochte den Komplex für ein beliebiges Verwaltungsgebäude halten. Sofern er ihm überhaupt Beachtung schenkte.

Ein Pfad aus bemoosten Waschbetonplatten brachte Gräber und Kühne zum Haupteingang der Verwaltung. Vor der Tür wartete eine füllige, ganz in Schwarz gekleidete Gestalt und sog an einem Zigarillo. Als der Mann die beiden Osnabrücker Kriminalbeamten näherkommen sah, nahm er den braunen Glimmstengel aus dem Mund, besah ihn kurz mit traurigen Augen und schnippte ihn dann schulterzuckend in die Rabatten.

»Frau Kühne und Herr Gräber aus Osnabrück?«, fragte er. »Willkommen im Nachbarland. Mein Name ist Wesel. Ich bin amtlicher, genauer gesagt ehrenamtlicher Trauerbegleiter. Ihre Steinfurter Kollegen haben mich herbestellt. Wenn Sie mich kurz unterrichten könnten? Man möchte ja nicht mit leeren Händen in eine Seelsorge gehen.« Sein Versuch eines gewinnenden Lächelns legte blitzende Goldzähne frei.

Gräber stellte sich vor und erklärte in wenigen Worten den Grund ihres Kommens.

»Herr im Himmel«, sagte Wesel. Nachdenklich strich er über sein auskragendes Bäuchlein, massierte die fleischigen Wangen und schlenkerte die Schultern. Offenbar seine Art, seine Gedanken zurechtzulegen und sich auf schwierige Gespräche vorzubereiten. »Nun gut«, seufzte er. »Wenn Sie so weit sind ...?«

Gräber wies wortlos auf die Eingangstür.

»Dann also los.« Wesel betätigte die Klingel neben dem in Kunststoff geprägten Schild mit den Worten *Anmeldung* und *Verwaltung*.

Den Eindruck der tristen Außenfassaden noch vor Augen, fand sich die kleine Gruppe drinnen in einer ungleich ansprechenderen Umgebung wieder. Marmorierte Stufen führten sie hinauf ins Hochparterre. Die Flure waren in freundlichen Farben gestrichen und mit rotbraunem Linoleum ausgelegt. An den Wänden hingen großformatige Fotos von schulischen Unternehmungen, Sportveranstaltungen, Ausflügen, Spielen. Man sah keine Siegerposen einzelner Athleten, sondern größere, fröhliche Gruppen. Bilder einer funktionierenden Gemeinschaft.

Gleich dem Treppenaufgang gegenüber befand sich das Sekretariat. Ein offener Raum, in Besucherrichtung mit einem Empfangsschalter abgeriegelt. Nachträglich war ein gläserner Vorbau hinzugefügt worden, der den Bereich zum Flur hin abschloss. Die Anmeldung war nicht mehr besetzt, die Glastür verschlossen.

»Nur bis vierzehn Uhr«, las Wesel von einem Messingschild ab, das neben einem Briefkasten für interne Einwürfe angebracht war.

»Was jetzt?«, fragte Kühne.

»Irgendjemand muss uns doch aufgemacht haben. Schauen wir uns mal um«, sagte Gräber.

»Tut mir leid«, hörten sie jemanden hinter sich rufen. »Unser Sekretariat ist nur bis mittags besetzt.«

Ein Mann Mitte dreißig war um die nächste Ecke gebogen und eilte auf sie zu. Auf seinen Slippern lag eine bequeme schwarze Stoffhose auf. Dazu trug er ein legeres Leinenjackett und darunter ein hellblaues Oberhemd mit offenem Kragen.

›Gemeinschaftskundelehrer‹, lautete Kühnes stillschweigendes Urteil. Sie sollte sich überrascht sehen.

»Guten Tag, Hoffmann«, stellte sich der Ankömmling vor. Er schnappte nach Luft, ehe er fortfuhr. »Ich bin der Direktor. Die Klingel ist auf mein Büro umgestellt. Ich hatte gerade noch ein Telefonat. Verzeihen Sie, dass Sie warten mussten. Sie sind die Herrschaften aus Osnabrück?«

»Und der Herr aus Westerkappeln«, korrigierte Wesel mit nachsichtigem Lächeln. »Wesel der Name. Ich werde dem jungen Mann seelsorgerisch beistehen.«

»Wenn es erforderlich ist«, setzte Gräber hinzu.

»Natürlich.«

Gräber deutete neben sich. »Kommissarin Kühne. Mein Name ist Gräber. Mein Kollege Große-Klefarth hatte mit Ihnen telefoniert.«

»So ist es«, antwortete der Direktor mit ernster Miene. »Ich bin insoweit informiert. Folgen Sie mir doch bitte in mein Büro. Wir können uns noch kurz besprechen. Dann lasse ich den Jungen rufen.«

Sie durchquerten ein Vorzimmer, in dem eine Sekretärin an einer elektrischen Schreibmaschine arbeitete. Im Vorbeigehen stellte Hoffmann sie vor. »Frau Tiedemann, unsere gute Seele. Ohne sie wäre ich verloren und verlassen.«

Frau Tiedemann, um einiges älter als der Direktor, grüßte und nahm das Kompliment mit zurückhaltendem Lächeln auf.

Im Büro des Direktors erwartete sie ein großer, mit Akten, Heften und Ordnern bedeckter Schreibtisch. An den Wänden hingen überdimensionale Stundenpläne mit bunten Reitern, mit denen die Einsätze der einzelnen Lehrkräfte markiert werden konnten.

»Nehmen Sie bitte Platz«, sagte Hoffmann und wies auf einen Konferenztisch aus Kirschbaumholz, um den sich schlanke, kastanienrot bezogene Lehnstühle gruppierten. »Darf ich Ihnen etwas zu trinken anbieten? Einen Kaffee?«

Die Kommissare lehnten ab, Wesel wünschte sich einen Tee. Hoffmann gab die Bestellung ans Vorzimmer weiter.

»Ehe der Junge eintrifft, wenn Sie erlauben – wir sind jetzt vier Personen. Auf einen Elfjährigen wirkt eine solche Begegnung einschüchternd.« Der Direktor sah von einem zum anderen. »Ich bin die einzige Marc bekannte Person und sollte deshalb zugegen sein, auch weil kein Verwandter oder Erziehungsberechtigter anwesend ist.«

»Wir müssen ebenfalls bleiben«, erklärte sich Gräber. »Wir wollen sehen, wie der Junge auf die Nachricht vom Tod seiner Mutter reagiert.« Er hielt kurz inne. »Das wird sich für Sie zynisch anhören, aber für uns können solche Details von Bedeutung sein.«

»Na, ich kann ja wohl am wenigsten weg«, sagte Wesel und ließ den Satz wie eine launige Beschwerde klingen. »Ich bin ja eigens für diese Intervention gerufen worden.«

»Ich gehe«, meldete sich Kühne. »Ich schnappe ein wenig Luft.« Sie schob ihren Stuhl zurück und stand auf.

»Sicher?«, fragte Gräber.

»Na klar«, erwiderte Kühne und zwinkerte Gräber heimlich zu. »Ich lasse mir dann vielleicht doch vorne einen Kaffee servieren. Wenn das Angebot noch gilt ...« Der letzte Satz war an Direktor Hoffmann gerichtet.

»Selbstverständlich«, gab der zurück. »Sie sind herzlich eingeladen.«

Höflich geleitete er die Kommissarin ins Vorzimmer, goss ihr selbst ein, während Frau Tiedemann auf seine Bitte hin davoneilte, um Marc Thoma ins Geschäftszimmer zu rufen.

Direktor Hoffmann hatte sanft seine Hand auf Marc Thomas Schulter gelegt, als er seinen Schüler hereinführte. Er stellte die Anwesenden einander vor.

Gräber fiel vom ersten Moment an die Ernsthaftigkeit des Jungen auf, der deutlich älter wirkte als elf Jahre. Sein modischer Haarschnitt, an den Seiten kurz, das Deckhaar vorne lang, förderte diesen Eindruck. Seine Kleidung entsprach gleichfalls dem, was bei älteren Jugendlichen gerade en vogue war. Er trug hellgraue Jeans mit engem Bund, die über den Hüften und Oberschenkeln weiter wurden, dann zu den Knöcheln hin wieder schmal zuliefen. Gräber kannte die Marke aus der Werbung. Obere Preisklasse. Die Füße steckten in weißen, an den Seiten schwarz gestreiften Basketballstiefeln.

Marc Thoma verhielt sich höflich und abwartend. Aufmerksam betrachtete er die Gesichter der Männer, die ihn im Direktionsbüro erwartet hatten, forschte nach den Gründen, die sie hergeführt hatten.

Gräber tat der Junge leid. Bis er direkt in seine braunen Augen sah und die Kälte gewahrte, die sich hinter ihnen verbarg. War es möglich, dass einem eine Gänsehaut über die Seele lief? Gräber hatte das Gefühl, als sei ihm genau dies gerade widerfahren.

Wesel hielt seine Zeit für gekommen. »Mein lieber Junge«, begann er seine Ansprache, »wir müssen leider eine sehr, sehr traurige Nachricht überbringen.«

Der Seelsorger versetzte Gräber in Erstaunen. Die eben noch pflaumenweichen Hängebäckchen schienen straffer jetzt. Auch Wesels Stimme hatte sich verändert, klang weicher, salbungsvoll. Unangenehm einschmeichelnd, fand Gräber. Ölig ... Er stand Klerikern eher ablehnend gegenüber. Ein Überbleibsel unangenehmer Erfahrungen mit Talarträgern und Religionslehrern, die bis in seine Schulzeit zurückreichten.

»Du bist ja schon groß, und du musst jetzt ein ganz tapferer Junge sein – gestern Abend ist deine Mutter in den Himmel eingegangen. Ich möchte dir mein Mitgefühl ...«

Marc Thoma sprang auf. »Elsbett?«

Wesels buschige Augenbrauen senkten sich über die Nasenwurzel. Ein rascher Blick zu Gräber verriet seine Irritation.

Der Kommissar schaltete sich ein. »Nein, Marc. Deine Mutter ist gestorben. Margaretha Thomaschewski.«

»Die?« Der elfjährige Junge spuckte das Wort in den stillen Raum. Er entlud sich weiter, leidenschaftslos, mit eisiger Stimme: »Die war nicht meine Mutter. Ich bin bei den Hoogstras aufgewachsen. Thomaschewski ist auch nicht mein Name. Ich heiße Thoma.«

»Ich verstehe«, sagte Gräber ruhig. »Aber Margaretha Thomaschewski war deine leibliche Mutter. Sie hat dich auf die Welt gebracht.«

»Und sie hat dich geliebt«, sekundierte Hoffmann, jedes Wort betonend, langsam und eindringlich. »Als du klein warst, hat sie dich immer ihren *kleinen Maikäfer* genannt. Weil du im Mai geboren wurdest. Das weiß ich von deiner Tante. Sie hat mir übrigens auch einmal erzählt, dass du nach Marc Bolan benannt wurdest. Den wirst du nicht mehr kennen. Das war ein Sänger, in der Band T. Rex. Deine Mutter hat die Gruppe damals sehr gemocht. Und wenn man sein Kind nach etwas benennt, was man gern mag, ist das ein ganz klarer Ausdruck von Zuneigung und Liebe.«

»Genau so ist es«, pflichtete Wesel dem Direktor bei. »Du solltest deine Mutter nicht verdammen. Jetzt schon gar nicht, wo sie von uns gegangen ist. Schau mal – es war ihr sehr wichtig, dass du in einer sicheren und geschützten Umgebung aufwächst und dass du keine Not leidest. Sie hatte erkannt, dass sie dies aus eigener Kraft nicht leisten konnte. Darum hat sie Hilfe gesucht, hat dich zu ihrer Schwester in die Pflege gegeben und später dafür gesorgt, dass du einen Platz hier im Internat bekamst. Sie hat dich nicht verstoßen. Sie hat sich schweren Herzens von dir getrennt, weil sie das Beste für dich wollte. Weil sie dich geliebt hat.«

»Was wissen Sie denn von unserer Familie?«, fragte Marc den Seelsorger. In autoritärem Ton, streng examinierend, wie ein Armeeausbilder. »Sind Sie der Thomaschewski je begegnet?«

»Nein, das nicht, aber ...«

»Ich will nicht unhöflich sein, aber dann sollten Sie sich über sie auch nicht äußern. Überhaupt – sind Sie Priester oder so etwas Ähnliches?«

»Ich bin Prädikant und ehrenamtlicher Trauerbegleiter.«

»Dann brauche ich Sie nicht.« Sein Gesicht war offen und zugewandt, doch seine Worte kamen kühl und feindselig. »Meine Familie geht nicht in die Kirche. Und ich trauere nicht. Nicht um diese Person. Ich muss also auch nicht *begleitet* werden. Schon gar nicht von einem Popen. Danke für Ihre Bemühungen.«

Für einen Moment herrschte Schweigen.

Gräber fasste sich als Erster, fand aber nur schwache Worte. »Meine Kollegin und ich fahren gleich in die Stadt zurück.

Sollen wir dich vielleicht mitnehmen und bei deiner Tante absetzen? Ihr habt doch sicherlich einiges zu besprechen. Vorausgesetzt, Herr Hoffmann ist einverstanden und gibt dir frei.«

Auch dieser Versuch lief ins Leere. Marc Thoma zeigte sich unberührt. »Nö, wieso? Mein Zuhause ist jetzt hier. Ich fühle mich wohl, hier habe ich Freunde. Und überhaupt muss ich noch lernen.« Er sprach in Richtung des Direktors, dessen Beistand suchend. »Darf ich jetzt gehen?«

Hoffmanns Augen fahndeten im Gesicht des Kommissars. »Ich glaube, ja«, lautete seine Antwort. »Oder haben Sie noch ein Anliegen?«

»Ja, geh nur. – Ach, sag mir doch noch eines: Wo hast du den Sonntagabend verbracht?«

Marcs Erwiderung klang schnippisch. »Wo sollte ich wohl gewesen sein? Ferien kriegen wir erst in vierzehn Tagen. Und auch dann bleibe ich hier. Freiwillig.«

Nachdem der Junge gegangen war, blieb es eine Zeit lang still im Direktionsbüro. In der Entfernung waren die an- und abschwellenden Geräusche vorüberziehender Fahrzeuge zu hören.

Im Vorzimmer klackerten die Tasten der elektrischen Schreibmaschine.

Einmal reckte sich Wesel und holte hörbar Luft, als wolle er etwas sagen. Doch er schluckte nur und beließ es bei einem gedämpften Hüsteln.

Gräber war der Erste, der die Sprache wiederfand. »Und dieser Bursche soll wirklich erst elf sein?! Mannomann. Der ist ganz schön reif für sein Alter.«

»Das liegt meistens an den Umständen«, kommentierte Hoffmann vage. Der Pädagoge schien genauso wenig wie die anderen Anwesenden in der Lage, das eben Erlebte einzuordnen und zu bewerten.

»In dem Fall nicht zu übersehen«, meinte Gräber. »Haben Sie jemanden, der den Jungen in der nächsten Zeit betreuen kann?«, fragte er in Richtung des Direktors.

Der nickte. »Selbstverständlich. Wir haben Vertrauenslehrer und psychologisch geschulte Pädagogen. Machen Sie sich keine Sorgen. Der Junge bleibt mit seinen Gefühlen nicht allein.«

»Gefühle ...«, sinnierte Wesel. »Trauer um die Mutter scheint ja nicht dazuzugehören. Der Junge wirkt auf mich ziemlich emotionsarm. Wie ein abgebrühtes Früchtchen.«

»Jeder trauert auf seine eigene Art«, widersprach Gräber. »Glauben Sie mir. Wir haben da unsere Erfahrungen.«

Wesel murmelte etwas Unverständliches. Dem Kommissar erschien es so, als fühle sich der zurückgewiesene Seelsorger in seiner Berufsehre gekränkt. Mitleid empfand Gräber nicht.

Er bat Hoffmann, auf den Jungen achtzugeben, sammelte Kühne ein und verabschiedete sich von Wesel und dem Direktor.

Anders als auf dem Hinweg übernahm Gräber das Steuer; es verlangte ihn nach dem Gefühl, die Dinge lenken und kontrollieren zu können. Und sei es nur ein Kraftfahrzeug. Während der Heimfahrt unterrichtete er Kühne, wie die Begegnung mit dem jungen Marc Thoma verlaufen war. Kühne konnte ihrerseits mit einigen Informationen aufwarten. Sie hatte die Zeit genutzt und sich mit Frau Tiedemann, der Vorzimmerdame, unterhalten. Sie wusste jetzt, dass sie mit Vornamen Kornelia hieß. Und noch einiges mehr.

Marc war ein Leitwolf, Anführer einer Clique im Internat, der viele gern angehört hätten, die aber einen elitären Kurs fuhr. Die Sekretärin wusste, dass sich die Clique manchmal nachts aus dem Haus schlich, am nahegelegenen Baggersee Partys feierte oder in den *Hyde Park* trampte.

Gräber hob ruckartig den Kopf. »Zum *Hyde Park*? In die Diskothek?«
»Ja, genau. Warum?«
»Weil das nicht weit von der Haster Schleuse weg ist.«
»Hat die Diskothek denn sonntags geöffnet?«
»Meines Wissens ja. Wenn sich da nichts geändert hat. Der Bengel war gar nicht gut zu sprechen auf seine Mutter. Da ist richtiger Hass im Spiel. Wir sollten sein Alibi vorsichtshalber überprüfen.«

Fallakte II: MoKo Nachtbar

Fünfgeld rechnet ab

Unzufrieden murrte Rainer Fünfgeld vor sich hin. Die Tageseinnahmen waren lächerlich gering und auch beim zweiten Durchzählen nicht mehr geworden. Er verschob das Ausfüllen des Kassenberichts auf später und deponierte die Scheine vorerst im Tresor, den er sorgfältig abschloss.

In der Angestelltengarderobe tauschten gerade die Barmädchen Miniröcke, Hot Pants und Glitzerbikinis gegen Jeans und bequeme Pullover. Fünfgeld wurde von einer Schimpfkanonade empfangen, als er ohne zu Klopfen eintrat. Chantal, die in Wirklichkeit Ulrike hieß, riss sich ihre Bluse vor den nackten Oberkörper.

Fünfgeld lachte dreckig. »Chantallchen, du kannst nix vor mir verstecken, was ich nicht schon hundertmal gesehen hätte.«

»Aber das hier ist unsere Garderobe, und die ist privat. Mach, dass du rauskommst!«

»Ganz ruhig, Blondie. Bin gleich wieder weg. Aber erst noch eine Ansage, Mädels: Die Kasse heute – das war ein Trauerspiel. Ihr müsst euch verdammt noch mal mehr Mühe geben. Wenn das nicht besser wird, kann ich den Laden auf Dauer nicht halten. Dann seid ihr eure Arbeit los, und ich darf auch sehen, wo ich bleibe.«

»Solange der Camaro vor der Tür steht, kann es so schlimm ja wohl nicht sein«, ätzte Ulrike. Sie löste das Käppi, das sie unter der blonden Perücke getragen hatte, und kämmte ihre natürlichen dunklen Haare aus.

Fünfgeld fühlte Wut in sich aufsteigen. »Werd' mal bloß nicht frech, Mäuschen, sonst muss ich dir eine schallern. In unserer Branche braucht man einen anständigen Firmenwagen. Sonst ist man gleich unten durch. Ist sowieso ein altes Modell. Mit dem kann ich mich kaum noch blicken lassen.«

Er erntete spöttisches Gelächter und ein Gewirr aus hämischen oder gereizten Bemerkungen. Fünfgeld bemerkte, dass er aufs falsche Gleis zu geraten drohte. Als erfahrener Barbetreiber wusste er, dass er Ruhe in den Hühnerhaufen bringen musste.

»Isss' ja gut«, sagte er beschwichtigend. »Ehe ich den Laden dichtmache, verkaufe ich den Boliden. Aber trotzdem sollten sich alle mehr Mühe geben.«

»Tun wir doch«, sagte Ulrike. »Bei uns kommt keiner raus, der nicht ein paar Scheine hiergelassen hat. Das Problem ist doch, dass wir ganz klar weniger Gäste haben, seit der Autobahnzubringer fertig ist. Die Fernfahrer bleiben weg, und ein paar von unseren Geschäftsleuten habe ich auch schon lange nicht mehr gesehen. Die fahren lieber ein paar Kilometer weiter in den neuen Saunaclub mit Tiefgarage, Swimming Pool und Palmengarten.«

»Ein Solarium haben die auch«, wusste Morena, die Südländerin, die in Wahrheit aus dem Münsterland stammte.

»Stimmt doch gar nicht. Wer erzählt denn so einen Quatsch?«

Morena guckte beleidigt. »Stimmt ja wohl. Eine Freundin von mir arbeitet da. Die darf das Solarium auch benutzen, wenn sonst nix los is'. Aber meistens ist was los. Und zwar derbe.«

»Klaro. Alles, was nicht festgebunden ist ...«

»Vielleicht solltest du auch mal ein bisschen was in die Einrichtung und vor allem mehr in die Werbung investieren«, empfahl Monique.

Fünfgeld stöhnte. »Die Ausgaben sind so schon viel zu hoch. Da bleibt immer weniger übrig.«

»Aber ohne Werbung wird es noch weniger werden. Also komm mal endlich mit ein paar guten Ideen rüber. «

Fünfgeld hatte keine Lust mehr auf weitere Debatten. »Schluss jetzt. Schnauze alle miteinander. Kommt noch jemand mit in die *Ranch*, was essen?«

Das ablehnende Gemurmel war eindeutig. »Lass mal, wir wollen Feierabend machen«, bekräftigte Ulrike.

»Dann seht zu, dass ihr endlich fertigwerdet«, raunzte er und ging. Draußen trat er aufgebracht gegen einen der abgewetzten Sitzsäcke. »Überall nur Klugscheißer«, schimpfte er, während er die Außenreklame abschaltete.

In seinem Büro füllte er den Kassenbericht aus, packte die kargen Einnahmen in eine Geldbombe und schloss ab. Barchefin Tamara und die Mädchen waren bereits gegangen. Der Parkplatz war leer. Nur der Camaro stand noch dort. Das spärliche fahle Licht der Straßenbeleuchtung ließ die Szenerie unwirklich erscheinen.

›Wie aus einem amerikanischen Gruselthriller‹, fand Fünfgeld. ›Mit Kettensägenmörder ...‹

Die acht Zylinder röhrten weithin hörbar, als Fünfgeld mit einem Kavalierstart vom Gelände preschte. So früh am Morgen war auf der Oldenburger Landstraße niemand unterwegs. Es war ruhig geworden, seit die neue Schnellstraße die Stadt mit der Autobahn 1 verband.

Fünfgeld drehte den Kassettenrekorder auf und ließ dem Camaro Berlinetta zu Queens *Another One Bites the Dust* freien Lauf. Es reichte nur für einen kurzen Spurt, denn bis zur Sparkassenfiliale war es nicht weit. Mit dröhnendem Motor rauschte Fünfgeld auf den Parkplatz und bremste scharf. Das Kreischen der Reifen riss einige Bewohner der benachbarten Einfamilienhäuser aus dem Schlaf. Sie zogen sich die Kissen über den Kopf und verwünschten einmal mehr den Rowdy, der bald jede Nacht durch das stille Wohnviertel lärmte.

Fünfgeld stieg aus, um die Geldkassette mit den Tageseinnahmen in den Nachttresor zu werfen. Den Achtzylinder ließ er laufen. *All Hell's Breakin' Loose* von Kiss schallte lautstark ins Freie. Deshalb konnte er die Schritte nicht hören, als sich jemand aus dem Schatten der Zierbüsche löste und mit katzenartiger Gewandtheit auf ihn zusprang.

Rainer Fünfgelds Karriere als Barbetreiber fand in dieser Nacht ein unerwartetes Ende.

Sein Mörder war so rücksichtsvoll, noch den Motor des Camaros abzustellen. Dann verschwand er wieder in der Dunkelheit. Fröhlich ließ er das Brecheisen wirbeln. Wie ein Tambourmajor sein Zepter.

Oder wie Gene Kelly den Schirm im Filmmusical *Singin' in the Rain*.

Kein Urlaub für Spratte

Als Kriminalhauptkommissar Axel Spratte an der Lechtinger Sparkassenfiliale aus seinem Dienstfahrzeug stieg, gingen einige der Anwesenden unwillkürlich auf Abstand, täuschten konzentriertes Arbeiten vor, verzogen sich weit weg an die Absperrung.

Sprattes Augen waren verengt, seine Mundwinkel hingen herab. Die verdrießlich zusammengepressten Lippen öffneten sich erst, als er den Kollegen vom Ersten Angriff einen guten Morgen wünschte.

Seine Stimme klang wie Schleifpapier auf rostigem Metall.

Polizeiobermeister Monhoff von der Wallenhorster Dienststelle begrüßte ihn und den Kollegen Unverfehrt und geleitete sie zum Fundort der Leiche.

Der Parkplatz der Sparkassenfiliale war mit Flatterband abgesperrt worden. Rundum standen Neugierige, Anlieger aus den unmittelbar angrenzenden Wohnstraßen und ungeduldige Kunden, die hofften, bald in die Kassenräume eingelassen zu werden. Alle paar Minuten steuerte ein PKW die Einfahrt an und wurde von den Kollegen in Uniform zurückgewiesen.

Spratte erkannte auf den ersten Blick, was auf ihn zukommen würde, und er hielt sich nicht zurück. »Verfluchte Kacke.«

Der Tote, männlich, Mitte vierzig, lag neben neben der offenen Fahrertür eines amerikanischen Sportwagens, gekrümmt und verbogen, wie es der geschmeidigste Turner nicht hinbekommen hätte. Sein Rücken war knapp über der Taille leicht nach hinten abgewinkelt.

Unwillkürlich verspürte Friedrich Unverfehrt, genannt Fitten, einen stechenden Phantomschmerz im Bereich der Lendenwirbel, als er diese unnatürliche Haltung sah.

Ein Mann mit hellgrauem Haarkranz auf einem ansonsten kahlen, kreidig weißen Schädel kniete neben der Leiche und begutachtete ihre Verletzungen, wobei er es vermied, sie mehr als nötig zu berühren.

Der Polizeiobermeister stellte ihn vor. »Doktor Euyrich. Unser praktischer Arzt. Hier aus Wallenhorst.«

Die Polizisten von der Kriminalwache machten sich dem Mediziner bekannt.

Der antwortete förmlich: »Sehr erfreut, meine Herren.«

»Ein Unfall?«, fragte Unverfehrt hoffnungsvoll. »Vielleicht im Dunkeln überfahren?«

Spratte schüttelte den Kopf. »Das würde die Ermittlungen einfacher machen. Glaube ich aber nicht. Ein Wagen hätte ihn nicht in dieser Höhe touchiert. Höchstens ein LKW. Wäre es oben auf der Bundesstraße passiert, käme das in Frage. Aber hier auf diesem kleinen Parkplatz kann ein Brummi gar nicht die nötige Wucht entwickeln.«

»Und wenn das Opfer schon lag und dann überrollt wurde?«

Die Antwort kam von Doktor Euyrich. »Dann sähen die Verletzungen anders aus. Wir haben dieses Schädeltrauma. Das war tödlich.« Er deutete auf den eingedellten und blutverkrusteten Hinterkopf des Opfers. »Der Herr ist nicht einfach nur hingefallen. Das ist eindeutig eine Schlagverletzung. Den Rücken muss sich ein Rechtsmediziner angucken. Ohne Sektion kann man nur spekulieren. Aber für mich sieht es so aus, dass auch da zugeschlagen wurde. Und zwar heftig. Da war mächtig viel Wut im Spiel, wenn Sie mich fragen.«

»Also klarer Fall«, seufzte Spratte. »Fremdeinwirkung. Der Staatsanwalt muss her. Ruft jemand an?«

»Geht klar. Wir machen das.«

»Haben wir was zum Opfer?«

»Wir kennen den Mann. Rainer Fünfgeld. Er betreibt die *Ming Mang Bar* weiter unten an der Osnabrücker Straße. Einlass erst ab achtzehn, wenn Sie verstehen, was ich meine.«

»Rotlicht?«, fragte Spratte und ließ einen weiteren Fluch folgen, als Monhoff mit einem Nicken bejahte. »Das hat gerade noch gefehlt ... Haben wir so etwas wie eine Tatwaffe gefunden?«

Monhoff zögerte. »Also hier jetzt erst mal nicht.«

»Ihr habt noch nicht gesucht!?«

»Nicht im weiteren Umfeld.«

Spratte schimpfte unverständlich vor sich hin. Einmal glaubte Monhoff, das Wort »Dorfpolizisten« gehört zu haben. Ganz sicher war er sich nicht, und er war klug genug, nicht nachzufragen.

»Wer hat den Toten gefunden?«

»Das war Heiko Strösser. Er steht dort drüben im Eingang zur Kasse.«

»Schön. Dann ist der jetzt mal als Erster dran.«

Spratte marschierte los.

Als Monhoff ihn außer Hörweite wusste, fragte er Unverfehrt: »Was ist denn los mit ihm? Gestern einen zu viel getankt? Oder zu lange im Hausflur gestanden?«

Aus der Tonlage des Kriminalkommissars sprach das Werben um Verständnis. »Er hat eigentlich ab dem kommenden Wochenende Urlaub. Er wollte nach Schweden. Zwei Wochen Ferienhaus in Småland. Das fällt jetzt wohl ins Wasser. Schade ums Geld. Oder die Familie muss alleine fahren. Auch blöd.«

»Kann denn niemand einspringen?«

»Just jetzt gerade nicht. Wir haben ja schon eine MoKo. Die Schleusenleiche. An sich wäre jetzt ein anderer Kollege dran gewesen, aber der ist ausgerechnet diese Woche auf Wanninger-Lehrgang.«

Monhoff sah die verständnislosen Blicke des Wachtmeisteranwärters von seiner Dienststelle, den er zum Einsatz mitgenommen und der das Gespräch staunend mitangehört hatte.

»Du weißt nicht, was ein Wanninger-Lehrgang ist, stimmt's?«, fragte Monhoff wohlwollend und schob die Erklärung gleich hinterher. »Das ist eine Weiterbildungsmaßnahme für berufserfahrene Kollegen, die in den gehobenen Dienst aufrücken wollen.«

»Oder sollen«, ergänzte Unverfehrt mit spöttischem Unterton. »Weil man sie anderswo gern loswerden möchte.«

»Und Wanninger ist der Ausbildungsleiter?«

Unverfehrt lachte auf. »Ich hoffe nicht. Nein, den Namen hat sich irgendwer mal ausgedacht. Wanninger ist eine Figur aus einer Fernsehkrimiserie. So ein knorriger Bayer. Wie hieß die Serie noch?«

Monhoff wusste es. »*Die seltsamen Methoden des Franz Josef Wanninger.*«

»Genaugenaugenau ... Der Wanninger war auch nie auf dem neuesten Stand der Ermittlungstechnik. Deswegen der Name für den Kurs.«

»Aber der Wanninger hat seine Täter immer alle gekriegt«, erinnerte Monhoff.

»Das war halt Fernsehen«, seufzte Unverfehrt. »Die haben's einfacher.«

Axel Spratte hatte den Leiter der Sparkassenfiliale schon während der Unterhaltung mit den örtlichen Kollegen wahrgenommen. Der Anzugträger wechselte laufend Standbein und Spielbein und beobachtete die Polizisten mit unruhigen Blicken.

Spratte zeigte flüchtig seine Dienstmarke und nannte seinen Namen.

Der Bankangestellte kam seinen Fragen zuvor. »Strösser, ich leite unsere Filiale. Können Sie schon sagen, wann Sie hier fertig sind? Wir haben Kunden, die warten –«

Seine Hand beschrieb eine viertel Runde. Der Parkplatz war entlang der begrenzenden Rabatten mit polizeilichem Trassierband abgezäunt worden. An den Zufahrten und Zugängen hatten sich Schaulustige versammelt. Einige trampelten in die herbstlich ausgedünnten, mit Mulch bestreuten Beete, soweit die behördliche Absperrung es zuließ. Nachbarn, aber auch Personen, die in die Schalterhalle wollten. Zu erkennen daran, dass sie ungeduldig mit Scheckbüchern oder irgendwelchen Formularen fächelten.

»Das sind Geschäftsleute«, fuhr Strösser fort. »Wichtige Kunden. Die brauchen ihre Kontoauszüge.«

»Das geht jetzt nicht so schnell. Der Arzt muss ungestört seine Arbeit tun können, und wir müssen mögliche Spuren aufnehmen.«

Spratte gewahrte, dass er auf den Sparkassenleiter unnötig brüsk wirken musste und änderte seinen Tonfall. »Erzählen Sie mir doch jetzt bitte erst einmal, wie Sie die Person dort drüben gefunden haben.«

Strösser verzog zum Zeichen seiner Unzufriedenheit den Mund, begann aber gleich mit seiner Aussage. Er war wie jeden Morgen gegen sieben eingetroffen. Der rote Camaro blockierte die Zufahrt zu seinem reservierten Stammparkplatz. »Ich kenne den Wagen. Davon gibt es ja nicht so viele. Er gehört einem unserer Kunden, Rainer Fünfgeld. Herr Fünfgeld besitzt am Ortsrand ein Lokal. Nach Geschäftsschluss bringt er die Tageseinnahmen und wirft sie in unseren

Nachttresor. Das macht er jede Nacht, außer montags. Da ist Ruhetag. Ich habe mich gewundert, dass der Wagen um diese Zeit auf unserer Parkfläche stand. Normalerweise kommt Herr Fünfgeld am späteren Nachmittag, wenn er am Schalter etwas zu erledigen hat. Ich bin dann ausgestiegen, um nachzuschauen ... und dann habe ich ihn da liegen sehen.«

»War er schon tot? Haben Sie das geprüft?«

»Ich bin hin, ja. Man hat ja die Sofortmaßnahmen noch im Kopf. Von der Fahrschule her. Aber so, wie der dalag ... völlig verdreht ... Es schien mir besser, ihn nicht zu bewegen. Ich bin rein und habe den Notruf gewählt.«

»Keine Sorge, Sie haben alles richtig gemacht, guter Mann. Haben Sie irgendeine andere Person gesehen? Mehrere vielleicht? Oder ein Fahrzeug? Als Sie ankamen, ist Ihnen da jemand entgegengekommen?«

Strösser hob entschuldigend die Schultern. »Nicht dass ich wüsste. Aber ich habe auch nicht darauf geachtet. Man kann ja nicht ahnen, dass einen so etwas erwartet. Auf der Hauptstraße waren Leute unterwegs, zu den Bushaltestellen, ja. Schulkinder vor allem. Aber niemand, der mir besonders aufgefallen wäre.«

»Schon gut. Was ist mit der Geldbombe von diesem Fünfgeld? Liegt die im Tresor?«

Der Filialleiter hob ruckartig den Kopf. »Ach du Schreck. Das habe ich noch gar nicht überprüft. Aber vielleicht meine Mitarbeiterin, Frau Plagge ...«

»Dann fragen wir sie doch am besten mal.«

Sie betraten die Kassenhalle und Strösser gewährte dem Kriminalkommissar Zugang zum Bürobereich hinter den Schaltern. Dort saß ein junger Mann an einem der Schreibtische und nahm irgendwelche Eintragungen vor. Offenbar der Auszubildende. Neben ihm stand eine ältere Angestellte mit ondulierten Haaren und schaute ihm über die Schulter.

Unbeeindruckt von den Vorgängen vor der Tür, erklärte sie dem Azubi das Buchungsverfahren und ließ ihn machen. Nachsichtig korrigierte sie ihn, wenn er einen Fehler zu machen drohte. Im Bemühen um höchste Konzentration hatte er das Gesicht so stark nach vorn zusammengezogen, dass es ganz schmal wirkte.

Spratte kam der scharfe Bug eines Schnellbootes in den Sinn. Und dann die Fähre, die ihn und seine Familie am Samstag von Frederikshavn nach Göteborg bringen sollte. Er fing den Fluch gerade noch ein, der ihm über die Lippen wollte.

»Frau Plagge, wie ich sehe, haben Sie den Nachttresor schon geleert?«

»Wir sind dabei, die Buchungen vorzunehmen, ja.«

»Haben wir eine Einzahlung von Herrn Fünfgeld vorliegen? Sie wissen schon, der Gastronom ...«

»Nein, bislang nicht. Ich schaue zur Vorsicht gerade mal nach.« Sie blätterte durch einen schlanken Stapel von Einzahlungsbelegen im A6-Format. Sie schüttelte den Kopf. »Nein. Herr Fünfgeld hat bis dato keine Einzahlung getätigt.«

Spratte und Strösser wechselten in das Büro des Filialleiters.

»Wer übernimmt denn jetzt die Geschäfte der Bar?«, wollte der Kommissar wissen. »Mit wem müssen wir da reden?«

Strösser, der hinter seinem Schreibtisch Platz genommen hatte, bewegte nervös seinen Drehstuhl hin und her.

»Jetzt sitzen Sie doch mal still«, fuhr Spratte ihn an. »Sie machen mich ganz hibbelig.«

»Entschuldigung«, sagte der Kassenleiter halb schuldbewusst, halb beleidigt. »Ich habe nicht jeden Tag eine Leiche vor der Tür und die Polizei im Haus.«

»Haben Sie denn etwas zu befürchten? Schon mal in die Kasse gegriffen?«

»Also hören Sie mal! Was unterstehen Sie sich denn ...«

»Schon gut, schon gut. Zurück zu meiner Frage. Schon vergessen? Die Bar? Wer ist da der zweite Mann nach dem Besitzer?«

Strösser hatte sich wieder gefangen. »Das darf ich Ihnen nicht sagen. Das unterliegt dem Bankgeheimnis.«

»Blödsinn«, schimpfte Spratte. »Das ist öffentliches Wissen. Wir können auch im Handelsregister nachgucken. Aber das ist ein mühsamer Vorgang und kostet Zeit. Die bringt unserem Täter einen Vorsprung.«

Die Vorsicht ließ Strösser nicht aus ihren Fängen. »Ich werde in der Hauptstelle anrufen und fragen, ob ich Ihnen diese Auskunft geben darf.«

»Herrgott noch mal, ja, dann machen Sie das. Aber zügig. Erkundigen Sie sich, ob die Sparkasse polizeiliche Ermittlungen behindern möchte. Bei der Gelegenheit können Sie gleich noch eine andere Frage für mich klären.«

Beim Eintreten hatte der Kommissar Fotos gesehen, die Strösser bei Scheckübergaben oder Preisverleihungen zeigten, bei denen die Sparkasse als Sponsor fungierte. Spratte war eine Idee gekommen, die er jetzt, nicht ganz ohne innere Häme, dem verunsicherten Filialleiter aufbürdete. »Herr Strösser, es liegt ja eindeutig im Interesse Ihres Instituts, wenn dieser Fall schnell aufgeklärt wird. Stellen Sie sich die Irritationen vor, wenn Ihre Kunden morgen in der Zeitung lesen, dass Einlieferungen in den Nachttresor zurzeit nicht sicher sind.«

Strössers Pupillen huschten unruhig hin und her. »Was meinen Sie? Das Verbrechen ist doch nicht unsere Schuld. Sollen wir nachts Sicherheitsleute aufstellen?«

Spratte lächelte. »Das überlasse ich Ihnen beziehungsweise Ihrer Geschäftsleitung. Aber uns würde es helfen, wenn Sie eine Belohnung aussetzen für Hinweise, die zur Ergreifung des Täters führen. Wie wäre es damit?«

Strösser schaute verdutzt. »Das kann ich doch gar nicht entscheiden. Das liegt allein in den Händen der Geschäftsleitung.«

Spratte wedelte auffordernd mit den Fingern. »Eben. Sie wollten doch sowieso dort anrufen. Dann machen Sie das doch mal. Und drängen Sie auf eine prompte Entscheidung, damit wir hier endlich weiterkommen.«

Der Filialleiter kaute ratlos auf der Unterlippe. »Ich kenne mich da gar nicht aus – wie hoch müsste so ein Betrag denn ausfallen?«

Spratte lächelte fein. »Je höher, desto besser. Aber ich weiß, auch als Sparkasse können Sie nicht so ohne Weiteres über große Summen verfügen. Ist ja nicht ihr Geld. Wie wäre es mit, sagen wir, zweitausend Mark?«

Strösser folgte endlich seiner Aufforderung und griff zum Hörer. Die Handfläche über die Muschel gewölbt, bat er den Kommissar, während des Telefonats draußen zu warten. Dann betätigte er eine Kurzwahltaste.

»Nehmen Sie noch die Körpertemperatur?«

Die in Richtung des Arztes gesprochenen Worte waren mehr Erinnerung als eine Frage.

»Wie ist es mit Fingerabdrücken und so?«

»Warten Sie.«

Unverfehrt trommelte sanft auf das Dach des Camaros. Zwei Leute vom Spurendienst hockten neben den Schwellern und suchten im Wageninneren nach Spuren. Vielleicht gehörte eine davon zum Täter.

»Seid ihr mit der Leiche fertig, Kollegen?«, fragte Unverfehrt.

Der Leiter der Gruppe pinselte eben die Lenkradsäule ab und antwortete, ohne sich zu dem Fragenden umzuwenden. »Sind wir. Von unserer Seite aus ist der Leichnam freigegeben.«

Unverfehrt gab die Nachricht an den Mediziner weiter. Zögerlich ließ sich Doktor Euyrich noch einmal neben dem toten Barbesitzer nieder. Mit spitzen Fingern nestelte er an der massiven, übertrieben großen Schmuckschnalle des breiten Gürtels. Er bekam sie auf, löste den darunter liegenden Steg vom Hosenhaken, sah aber keine Möglichkeit, die hautenge kognakfarbene Stoffhose über das Becken zu ziehen. Er stand wieder auf.

»Ich fürchte, wir begegnen da doch einem Problem«, erklärte er.

»Warum? Was ist los? Thermometer vergessen?«

Der Arzt wischte die Alberei unkommentiert beiseite. »Ich habe Bedenken wegen der Rückenverletzung. Die Hose sitzt eng am Körper. Um den After freizulegen, müsste ich den Leichnam bewegen. Das könnte eine erhebliche Dislokation zur Folge haben. Unter den gegebenen Umständen erscheint mir das heikel, denn es würde das Ergebnis des rechtsmedizinischen Befundes verfälschen. Sie schicken den Toten doch zur Sektion, nehme ich an?«

»Das muss der Staatsanwalt entscheiden. Ich gehe aber davon aus.« Unverfehrt sog intervallweise Luft durch die fast geschlossenen Lippen, sodass sich beinahe eine kleine Melodie ergab. Nachdenklich sah er auf den grotesk verrenkten Körper hinab. Seine nächste Frage versetzte nicht nur den jungen Wachtmeisteranwärter in Erstaunen. »Haben Sie ein Skalpell dabei?«

Der Arzt versuchte zu ergründen, worauf der Kommissar hinauswollte. »Ähm, jaa ...?«

»Wie wäre es mit einer kleinen Operation? Wenn Sie den Hosenboden vorsichtig aufschneiden? Die Naht verläuft genau in der Mitte.«

Der Arzt beugte sich wieder über den Toten. »Sie haben recht. Das könnte funktionieren.«

Man hörte leises Klappern und Klirren, als er in seine Arzttasche langte. Dann hatte er gefunden, was er benötigte. Er ging neben Unverfehrt in die Hocke. »Ich brauche aber Ihre Hilfe. Und noch jemanden, der den Leichnam fixiert.«

Polizeimeister Monhoff sah seinen Anwärter an und machte eine auffordernde Bewegung. »An die Arbeit.«

Der junge Polizist warf ihm einen waidwunden Blick zu, fand aber keine Gnade. Schließlich setzte er sich widerstrebend in Bewegung, ersichtlich nicht sehr angetan von der ihm übertragenen Aufgabe.

»Wie ist Ihr Name, junger Mann?«, wollte der Arzt wissen.

»Polizeiwachtmeisteranwärter Buchholz«, kam es schwach. Seine fahle Gesichtsfarbe verriet selbst dem Laien, dass es mit ihm nicht zum Besten stand.

»Keine Sorge. Der Mann beißt nicht. Jetzt nicht mehr. Und er ist auch nicht ansteckend. Sie fassen ihn vorsichtig bei den Schultern und passen auf, dass er sich nicht bewegt.« Er prustete ganz leise, seine Belustigung kaschierend, und korrigierte sich. »Ich meine, Sie sollen dafür sorgen, dass er von uns nicht bewegt wird. Kommissar Unverfehrt, sie fassen bitte die beiden Gesäßtaschen und ziehen den Stoff straff.«

Unverfehrt erkannte die Absicht. Durch die Anspannung trat die Hosennaht deutlicher hervor.

Mit einem spitzen, sehr schlanken Skalpell trennte der Arzt die winzigen Schlingen auf, mit enormem Feingefühl, als würde er einem Patienten mit verheiltem Operationsschnitt die Fäden ziehen. Der Zwickel platzte auf, und zwischen den aufklaffenden Säumen quoll der Stoff einer hellblauen Unterhose hervor.

Der Arzt pfiff erleichtert durch die Zähne. »So«, freute er sich. »Das wäre dann schon mal geschafft.« Er tauschte das Skalpell gegen eine Verbandsschere, setzte sie an, besann sich aber und hob den Kopf. »Haben wir etwas zum Abschirmen?«

Er deutete auf die Schaulustigen. »Einen Rest Würde sollte man dem Opfer noch lassen.«

»Wir haben was im Auto«, sagte der Polizeiobermeister und eilte zu seinem Streifenwagen, um eine Decke aus dem Kofferraum zu holen.

Das Filialleiterbüro besaß eine Glastür, war aber akustisch abgeschirmt. Axel Spratte konnte nur mit den Augen verfolgen, wie Strösser verhandelte und argumentierte. Im Licht der schräg einfallenden Morgensonne glitzerten winzige Schweißperlen auf der fliehenden Stirn des Bankangestellten. Schließlich nickte er erleichtert. Dann legte er auf. Er erhob sich und bat Spratte wieder herein.

»Und?«, fragte der Kommissar.

»Ich darf Ihnen die Auskunft geben. Es gibt in dem Lokal eine Dame, die hat Prokura. Die kann Ihnen in Geschäftsangelegenheiten sicher weiterhelfen.«

»Jetzt noch den Namen, bitte ...«

»Luitgard Schmiedel.« Strösser schob einen Zettel über den Tisch. »Die Adresse habe ich Ihnen hier aufgeschrieben.«

»Und wie verhält es sich mit unserem zweiten Anliegen?«

»Auch das habe ich geklärt«, sagte Strösser, und Spratte deutete die schlängelnden Mundbewegungen des Bankangestellten als Siegerlächeln.

Spratte ging an den Geldautomaten vorbei hinaus auf den Parkplatz. Noch immer waren viele Neugierige versammelt. Er sah sich um, dann stieg er kurzentschlossen auf die Kühlerhaube des roten Camaro, wedelte einmal mit dem rechten Arm und hob die Stimme. »Alle mal herhören, bitte. Mein Name ist Spratte, Kriminaldienst Osnabrück. Wir bitten um Ihre Hilfe. Wie Sie sehen, ist es hier gestern Abend zu einem Todesfall gekommen. Falls jemand von Ihnen etwas

Ungewöhnliches bemerkt hat, komische Geräusche, fremde Personen, auffällige Fahrzeugbewegungen, was auch immer, wenden Sie sich bitte an mich oder einen meiner Kollegen. Außerdem suchen wir nach einem länglichen Gegenstand, einer Eisenstange, einem Kuhfuß oder etwas Ähnlichem. Wenn Ihnen so etwas aufgefallen sein sollte oder wenn Sie so ein Ding irgendwo entdecken, fassen Sie es bitte auf gar keinen Fall an, sondern rufen uns an. Das kostet Sie nichts. Die Anwohner unter Ihnen – schauen Sie bitte mal in Ihren Garten, in die Hecken und Beete, ob da vielleicht irgendetwas in der Art abgelegt wurde. Die Sparkasse hat dankenswerterweise eine Belohnung ausgesetzt. Fünfhundert D-Mark winken demjenigen, dessen Hinweise zur Ergreifung des Täters führen. Vielen Dank für Ihre Aufmerksamkeit.«

Mit einem eleganten Sprung setzte Spratte vom Auto zurück auf den Boden. Zufrieden registrierte er, dass einige der Umstehenden sich eilig davonmachten. Vermutlich, um in den umliegenden Ziergärten nach dem möglichen Tatwerkzeug zu suchen im Bestreben, die fünfhundert D-Mark einstreichen zu können.

Spratte atmete tief durch. Wider besseres Wissen gab er sich für einen Moment der Hoffnung hin, am Wochenende vielleicht doch noch in den Urlaub fahren zu können.

Staatsanwalt Werschemöller, der einige Minuten zuvor eingetroffen war und eben das Übergabeprotokoll der Wallenhorster Einsatzbeamten eingesehen hatte, war Zeuge der Szene geworden. In gespielter Verzweiflung öffnete er beide Arme und fasste Unverfehrt ins Auge. »Ein bisschen sonderbar ist Ihr Kollege schon, oder sehe ich das falsch?«

»Er braucht mal wieder Urlaub«, sagte Unverfehrt entschuldigend, verzichtete aber auf weitere Erklärungen.

Delaneys Bauchgefühl

Andrew Delaney saß in seinem Büro und war mit der Durchsicht der Berichte der Nachtschicht beschäftigt. Ein Konvolut voller Belanglosigkeiten. Reine Routine. Geheimdienstalltag. So weit keine besonderen Vorkommnisse …

Jemand klopfte vernehmlich an den Rahmen der offen stehenden Tür.

»Guten Morgen, Sir«, grüßte Lester Bagnall.

»Guten Morgen, Les.«

»Wir haben da etwas hereinbekommen, was Sie sich vielleicht gleich anschauen möchten.«

»Treten Sie ein. Was haben wir denn?«

Bagnall folgte der Aufforderung und legte einen handschriftlich ausgefüllten Protokollbogen auf Delaneys Schreibunterlage.

Der winkte ab. »Lese ich später. Rapport, bitte.«

»Der deutschen Polizei wurde ein weiterer Mordfall angezeigt.«

»Schon wieder? Was ist denn los bei den Krauts? Gehen die plötzlich alle aufeinander los?«

Bagnall verstand die Ironie, verzog aber keine Miene. Nur die linke Augenbraue rutschte für einen Moment um ein Geringes in Richtung Stirn. Ungerührt setzte er seinen Rapport fort. »Die Leiche wurde in Lechtingen gefunden. Auf dem Parkplatz einer Bank. Genaueres wurde nicht durchgegeben. Aber wir haben selbst recherchiert. Es gab eine Halterabfrage seitens der Polizisten vor Ort. Ein auffälliger

Straßenkreuzer, amerikanischer Hersteller. Wenn der Besitzer der Tote ist, handelt es sich um den Betreiber der Nachtbar an der Osnabrücker Straße. Nicht weit weg von der Bank. Wir vermuten, dass er vielleicht die Tageskasse dort abliefern wollte.«

»Dann wäre es ein simpler Raub. Für uns unerheblich.«

»Ja, Sir. Ich dachte nur, weil wir neulich schon einen Mord hatten. Auch nicht weit weg von uns ...«

»Sie haben völlig recht, Les. Das war nicht als Tadel gedacht. Behalten Sie ein Auge drauf und geben Sie mir jedenfalls umgehend Bescheid, wenn sich etwas tut, was für uns von Belang sein könnte.«

»Sir!!« Bagnall verabschiedete sich mit einem angedeuteten Salutieren. Die MI6-Mitarbeiter hatten keine militärischen Ränge, aber die ständige Nähe zur Armee machte sich bisweilen in den Umgangsformen bemerkbar.

Delaney vertiefte sich wieder in seine Berichte, bis er merkte, dass das Gelesene nicht haften blieb. Ein unbestimmtes Gefühl der Beunruhigung lenkte seine Gedanken immer wieder zurück zu der Meldung von dem neuerlichen Mord.

Er zog einen Stadtplan aus einer der Schubladen und entfaltete ihn, entschied sich dann aber anders. Er befestigte den ausgespannten Plan an der Korkwand, die er für solche Zwecke hatte anbringen lassen. Sie war gespickt mit Stecknadeln mit verschiedenfarbigen Köpfen. Die beiden Tatorte markierte er mit roten Nadeln. Nachdenklich rieb er sein Kinn, als er die Karte studierte. Den Schauplatz des ersten Mordes kannte er. Er lag nur wenige hundert Meter entfernt. Gäbe es nicht den alten Baumbestand im Park des Offizierskasinos, hätte er aus einem der westlichen Fenster beinahe hinübersehen können.

Auch der zweite Tatort war nicht sehr weit weg vom britischen Kasernengelände. Delaney wusste, dass man nichts ausschließen durfte. Er hatte dennoch wenig Sorge, dass die beiden Delikte mit terroristischen Aktivitäten in Verbindung standen. Politisch motivierte Gewaltverbrecher, sei es die IRA oder die deutsche RAF, rühmten sich ihrer Taten und meldeten sich immer gleich mit Bekennerschreiben oder -anrufen zu Wort. Diese beiden Verbrechen, sofern sie denn überhaupt zusammenhingen, trugen eine andere Handschrift. Leise Befürchtungen hegte Delaney wegen der Nähe zu den Kasernen. Was, wenn tatsächlich britische Militärangehörige darin verwickelt waren?

Delaney ging zurück zu seinem Schreibtisch, griff zum Telefonhörer und wählte eine interne Nummer der Militärpolizei. Er hielt es für angebracht, dass sein Freund McCormick seine Beziehungen spielen ließ und mit seinem Kontaktmann bei der deutschen Polizei mal ein Guinness trinken ging.

Axel Spratte hatte sich zu einem letzten Versuch durchgerungen, den geplanten Urlaub noch zu retten, und sich bei Kriminaldirektor Halgelage angemeldet.

Der war nicht gerade erpicht darauf, diese Frage mit dem Hauptkommissar zu diskutieren. Spratte spürte es und bemühte sich um einen sachlichen Tonfall.

»Ich möchte einen Vorschlag machen«, begann er. »Bei der MoKo Schleuse wurde doch der Kollege Gräber als Aktenführer eingesetzt. Ich bin der Meinung, das kann auch eine andere Person erledigen. Gräber ist sehr erfahren. Er wäre der ideale Ermittlungsleiter in unserer Bar-Geschichte.«

Halgelage winkte ab.

»Es tut mir leid, Spratte, aber ich kann Sie jetzt nicht entbehren. Sie wissen, dass wir unterbesetzt sind.«

Der gute Vorsatz war vergessen, Spratte sprach bestimmter. »Gerade deshalb sollten wir doch versierte Sachbearbeiter nicht im Innendienst versauern ...«

»Genug jetzt«, fiel Halgelage ihm ins Wort. »Die Aufgabenverteilung bleibt bestehen, wie von mir angeordnet. Weitere Diskussionen erübrigen sich. Ich verhänge eine Urlaubssperre, nicht nur für Sie, für alle.«

Spratte wusste, dass er verloren hatte.

»Bringen Sie das meiner Frau und den Kindern bei?«, fragte er verbittert.

»Was nehmen Sie sich heraus, Spratte?!«

Spratte machte ein geknicktes Gesicht. Kleinlaut erwiderte er: »Es ist nur so – wir wollten nach Schweden fahren. Nach Småland. Wo die Bücher von Astrid Lindgren spielen. Die Kinder können es kaum noch erwarten. Die schlafen schon gar nicht mehr.«

Halgelage wurde nachsichtiger. »Nochmal, es tut mir leid. Aber ich kann es nicht ändern. Kann denn Ihre Frau nicht alleine mit den Kindern –«

»Muss sie dann ja wohl. Wenn ich die Reise vollends absage, brauche ich mich zu Hause nicht mehr blicken zu lassen.«

Halgelage wusste nichts darauf zu sagen und wechselte das Thema. »Da Sie schon einmal hier sind – wie ist der Stand in Ihrer MoKo?«

Spratte verdrängte den Gedanken an das bevorstehende Familiengespräch und fasste den Ermittlungsstand zusammen.

»Sehen Sie da Übereinstimmungen mit dem Mord an der Schleuse?«

»Sicher. Gewisse Ähnlichkeiten in der Tatausführung sind nicht von der Hand zu weisen. Andererseits haben wir es hier mit dem Rotlichtmilieu zu tun. Dieser Spur werden wir natürlich nachgehen.«

»Stimmen Sie sich mit der MoKo Schleuse ab.«

»Selbstverständlich. Der Kollege Gräber und ich sind in ständigem Austausch.«

»Gräber? Die Ermittlungen leitet Schonebeck.«

»Ich weiß. Aber Gräber ist der Aktenführer. Der hat den ersten und besten Überblick.«

Spratte behielt für sich, dass er mit dem besonnenen Gräber lieber zusammenarbeitete als mit dem ehrgeizigen und nicht immer ganz ehrlichen Schonebeck. Seine Frau Rebekka hatte Schonebeck bei einem Polizeifest kennengelernt und ihn später auf dem Heimweg als »Possenreißer« beschrieben. Spratte selbst wäre nie auf das merkwürdige Wort gekommen. Aber es passte wie der Arsch auf den Eimer ...

»Gut. Meinetwegen. Aber halten Sie auch Schonebeck auf dem Laufenden.«

»Versteht sich.«

Als er wieder auf dem Flur stand, knirschte Spratte wütend mit den Zähnen. Lungenschmacht quälte ihn mit einer Heftigkeit, dass er das ärztliche Verbot über den Haufen warf und den nächstbesten Kollegen um eine Zigarette anbettelte. Und um Feuer.

Er sog am Filter des Glimmstengels wie ein Ertrinkender an einem Luftschlauch.

»Junge, du hast es aber nötig«, lästerte der großzügige Spender.

»Du machst dir kein Bild, Kollege«, japste Spratte, Worte und Nikotinwölkchen gleichzeitig ausstoßend. »Ich hab' den Tee so was von auf ...«

In diesem Moment dämmerte ihm, warum schicksalsgeplagte und vom Pech bedrängte Menschen in Situationen wie diesen zu Betäubungsmitteln griffen.

Tamara ist nicht echt

Luitgard Schmiedel wohnte an der Piesberger Straße gleich neben einer Zahnarztpraxis. Einige Häuser weiter gab es ein Eiscafé, das trotz der fortgeschrittenen Jahreszeit noch geöffnet hatte.

»Ideale Wohnlage«, behauptete Unverfehrt. Sein Feixen verriet, dass er noch etwas auf der Palette hatte.

Ergeben ging Spratte auf die Nummer ein und gönnte dem Kollegen ein lockendes Grunzen.

Strahlend ließ Unverfehrt seinen Zeigefinger einige Male durch die Luft wandern. »Eisdiele – Zahnarzt. Eisdiele – Zahnarzt. Auf der einen Seite holst du dir die Karies, und auf der anderen Seite kannst du sie gleich wegmachen lassen. Das nennt man in der Natur Symbiose. Ist das nicht praktisch?«

Spratte musste wider Willen lachen. Er hatte inzwischen schon zum wiederholten Male die Klingel betätigt und wollte sich gerade zum Gehen wenden, als der Lautsprecher knackte und eine schläfrige Stimme übertrug: »Ja? Wer ist denn da?«

Spratte neigte sich zur Sprechanlage. »Frau Schmiedel?«

»Jaaa ...«

»Mein Name ist Spratte. Ich bin von der Kriminalpolizei. Mein Kollege und ich müssten Sie einmal kurz sprechen.«

»Ach, Menno. Muss das jetzt sein?«, kam es müde und schleppend. »Ich hatte Nachtschicht. Könnt ihr nicht erst andere Leute belästigen?«

»Das würden wir unter anderen Umständen gerne tun. Aber es geht um Ihre Arbeit. Oder genauer um Ihren Arbeitgeber. Sie sollten uns wirklich reinlassen.«

Luitgard Schmiedel empfing sie in einem Satinpyjama und einem tiefblauen Morgenmantel. Sie hatte den Kragen aufgestellt und schmiegte sich mit eingezogenem Kopf und verschränkten Armen tief in den schimmernden Samtstoff. Ihre Füße steckten in Fellpantöffelchen. Sie fröstelte.

Die beiden Kommissare zeigten ihre Dienstmarken, aber Luitgard Schmiedel beachtete sie kaum.

»Kommen Sie herein, es ist kalt hier draußen«, gähnte sie.

Sie wies sie ins Wohnzimmer. Spratte wunderte sich über die brave Einrichtung. Rund um einen niedrigen gläsernen Couchtisch, auf dem einige Zeitschriften verteilt lagen, gruppierte sich eine Garnitur schwerer Ledermöbel, allesamt auf die moderne, schwarz und auberginefarben furnierte Schrankwand ausgerichtet. Sie bestand aus offenen und geschlossenen Elementen, die wirkten, als habe man sie um den großen Fernsehapparat in der Mitte herumgebaut. Spratte fühlte sich an einen Altar erinnert. Mit dem Empfangsgerät und dessen stetig wechselnden Götzenbildern in der Mitte.

»Nehmen Sie Platz.« Luitgard Schmiedel selbst setzte sich auf die abgerundete Armlehne eines ihrer Sessel. »Was war jetzt noch mal genau?«, fragte sie, immer noch schlaftrunken.

»Frau Schmiedel, wir haben eine schlechte Nachricht. Ihr Chef, der Herr Fünfgeld, hat in der vergangenen Nacht den Tod gefunden.«

Sie hob beide Hände zum Mund und rutschte von der Sessellehne hinab auf die Sitzfläche. Sie brauchte einige Atemzüge. Dann fand sie ihre Sprache wieder. »Rainer? Wieso? Was ist denn passiert? Ist er verunglückt? Ich habe ihm so oft gesagt, er soll die Raserei lassen. Immer nachts wie ein Wahnsinniger ...«

Spratte winkte einige Male, um ihren Redeschwall zu unterbrechen. »Nein, es war kein Unfall. Er wurde leblos auf dem Parkplatz der Sparkasse gefunden.«

Luitgard Schmiedel starrte ihn ratlos an. »An der Sparkasse?«

»In Lechtingen. Ja. Wir müssen Fremdeinwirkung in Betracht ziehen.«

Sie stutzte. Versuchte in Sprattes Miene zu lesen. Und begriff. Sie war nicht dumm. Und auf der Stelle hellwach. »Ein Überfall? Wollte jemand an unser Geld?«

Die zögerliche Preisgabe der Informationen hatte Methode. Spratte und Unverfehrt beobachteten genau, wie die Zeugin auf ihre schrittweisen Eröffnungen reagierte.

»Das versuchen wir herauszubekommen«, erwiderte Spratte. »Wissen Sie, welchen Betrag Herr Fünfgeld mit sich führte?«

Luitgard Schmiedel war mit den Gedanken woanders. »Der Rainer ... Das kann man sich gar nicht vorstellen, dass der nicht mehr da sein soll.«

Sie stand auf und sah aus dem Fenster in einen Hinterhof, der nichts zu bieten hatte außer einer unaufgeräumten Abstellfläche für Fahrzeuge und Mülleimer und einen vorzeitig entblätterten Baum, der vor der tristen Rückwand einer Arbeitshalle ein trauriges Dasein fristete. »Wer übernimmt denn jetzt den Laden?«

Spratte hustete den Kodder von den Stimmbändern. »Frau Schmiedel?! Wissen Sie, wie hoch die Einnahmen waren, die Herr Fünfgeld gestern zur Bank bringen wollte?«

»Wie?«

Die Barfrau drehte sich wieder zu ihren Besuchern. »Ach, das Geld. Pffff ... Das kann nicht viel gewesen sein. Wir hatten einen schlechten Tag. Nur wenige Gäste. Es werden wohl zwischen fünfhundert und siebenhundert Mark gewesen sein. Kommt darauf an, ob er was im Tresor gelassen hat. Das macht er manchmal, wenn eine Lieferung ansteht, die bar bezahlt werden muss.«

»Was für Lieferungen meinen Sie?«

Sie verschränkte die Finger. »Getränke zum Beispiel. Und die Einkäufe beim Großmarkt.«

»Kauft man da nicht auf Monatsrechnung? Außerdem gibt es Schecks. Die wären doch sicherer, als so viel Bargeld vorzuhalten.«

»Normalerweise schon. Aber wir sind halt ein Barbetrieb. Nicht kreditwürdig, wenn Sie so wollen.«

»Welche Funktion haben Sie in dem Etablissement?«

»Ich kümmere mich um das Gastrogeschäft. Ich stehe hinter der Theke.«

»Gestern auch?«

»Na logisch. Hatte ich nicht vorhin gesagt, dass ich Nachtschicht hatte ... Hab' ich wohl vergessen ...«

»Gab es gestern etwas Besonderes?«

»Nöö ... Alles ruhig. Wie gesagt, es war nicht viel los. Sind alle befriedigt nach Hause gegangen.« Sie ließ ein anzügliches Lachen hören.

Auf einer Anrichte stand ein Holzkistchen mit asiatischen Schnitzereien. Sie griff hinein und förderte einen Zigarillo zutage, den sie mit einem schweren Tischfeuerzeug zum Glühen brachte.

»Wer waren die letzten Gäste?«

»Drei Limeys. Englische Soldaten.«

»Gab es mit denen irgendwelchen Streit?«

Sie antwortete nicht gleich.

Spratte hakte nach. »Gab es Streit?«

Luitgard Schmiedel sprach langsam und überlegt. »Nein, das lief alles friedlich. Die hatten nicht viel Geld auf der Tasche. Haben sich stundenlang an einem Bier festgehalten. Chantal und Morena haben sich um die drei gekümmert und sollten sich einladen lassen. Die Mädchen haben es probiert, aber es kam nichts bei 'rum. So gegen zwei Uhr hat Rainer die Tommys dann rausgesetzt. Ich habe angefangen aufzuräumen, um drei Uhr war Schicht. Es kam ja auch keiner mehr.«

»Wie ging es dann weiter? Sind Sie gleich nach Hause gefahren? Wo war Herr Fünfgeld?«

»Der Rainer ist noch geblieben und hat Kasse gemacht. Ich bin schon los und habe Chantal, Monique und Morena im Auto mitgenommen. Monique und Morena habe ich am Taxistand an der Haster Mühle abgesetzt, die mussten ja dann in die andere Richtung. Nach der Wüste und irgendwo in die Neustadt. Chantal habe ich noch schnell nach Hause gefahren. Sie wohnt nicht weit von hier, an der Triftstraße. Ist nur ein kleiner Schlenker.«

»Das sind alle Mitarbeiterinnen? Alle sind nach Hause, und Herr Fünfgeld blieb noch allein im Betrieb? Oder war da noch jemand im Haus?«

»Nein, sage ich doch. Wir sind alle zusammen los. Gäste waren auch keine mehr da.«

Unverfehrt hatte mitgeschrieben. Er blätterte einmal um und legte seinen Block vor der Zeugin ab. »Schreiben Sie uns bitte die Namen Ihrer Kolleginnen auf? Die Künstlernamen und die bürgerlichen. Auch die Adressen, sofern Sie die kennen.«

»Ich weiß nur die von Chantal.«

»Notieren Sie's so genau, wie Sie es wissen. Der Stadtteil hilft uns auch schon weiter.«

Sie ergriff den angereichten Kuli und begann zu schreiben.

»Wie ist eigentlich Ihr Künstlername? Ich vermute, Ihre Gäste kennen Sie nicht als Luitgard?«

Die Barfrau ließ ein kehliges Lachen hören und sprach plötzlich tief und mit übertrieben gerolltem R. »Natürrlich nicht. Luitgarrd ist doch kein Name fürrrs Naaachtläben!

Wenn ich in der Barr arrbeite, bin ich Tamarra. Aus Rrruussland. Lllenningrrad.«

»Warum gerade russisch?«

»Wegen meiner schönen schwarzen Haare. Als ich anfing in dem Beruf, haben mich die Gäste immer für eine Russin gehalten. Die fanden das gut. Viele Gäste haben eine Vorliebe für Russinnen, sollte man gar nicht glauben. Also Tamara. Ein paar Zigaretten, ein paar Wodka, und es klappt auch mit dem Akzent.« Sie schürzte spöttisch die Lippen zum Zeichen, dass ihre Worte nicht ganz ernst gemeint waren.

»Und wieso der Name Tamara? Hat es damit etwas auf sich?«

»Den habe ich von Tamara Jagellovsk aus der Fernsehserie *Raumpatrouille*. Kennen Sie die? Ich hatte die als Kind mal als Wiederholung im Nachmittagsprogramm gesehen. Die war taff, hat die Männer herumkommandiert. Das hat mir gut gefallen. Die hatte zwar helle Haare, zumindest auf unserem Schwarzweißbildschirm. Aber das ist ja egal.«

Spratte lächelte versonnen. Er erinnerte sich an die Fernsehserie. Auch er hatte sie als Kind mit Begeisterung verfolgt.

Unverfehrt blieb bei der Sache. »Haben Sie Stammgäste?«

»Als Tamara jetzt oder allgemein?«

»Allgemein.«

»Ein paar, ja. Aber weniger als früher. Viele sind abgewandert, zu diesen neuen Clubs. Die haben einen richtigen Pool, ein Schwimmbad, nicht bloß so eine kleine Planschwanne, und Saunas, Solarium, teilweise sogar Palmen ... Ich meine echte, nicht aus Plastik. Da können wir nicht mithalten. Es lief nicht mehr so gut in letzter Zeit.« Sie seufzte. »Die Engländer kommen noch. Die bleiben uns treu. Haben es ja auch nicht so weit bis zu uns von den Kasernen in Haste. Die haben nicht so viele Penunzen. Bei uns ist das Bier billiger als in den Saunaclubs. Aber die Spesenritter mit dicker Brieftasche wären uns lieber.«

»Haben Sie einen Schlüssel für das Lokal? Und Zugang zum Tresor?«

»Ja, natürlich ...«

»Ich möchte Sie bitten, uns die Räumlichkeiten zu zeigen. Und wenn Sie nachsehen könnten, ob Herr Fünfgeld Bargeld zurückgelassen hat? Vielleicht können Sie überschlagen, welchen Betrag er heute Nacht zur Bank bringen wollte.«

Sie nickte. »Jetzt gleich?«

»So war's gedacht ...«

»Eigentlich bräuchte ich erst mal einen starken Kaffee ... Aber wenn's denn sein muss. Ich ziehe mich an. Keine Sorge, das geht schnell. Ich bin sofort wieder da.«

»Dürfen wir so lange mal Ihr Telefon benutzen?«

Sie wies auf den weinroten Apparat. »Tun Sie sich keinen Zwang an.«

»Ist auch nur ein Ortsgespräch«, versprach Spratte. Er rief in der Dienststelle an und gab zum Zwecke der Adressfeststellung die Namen der Animiermädchen durch. Alle drei sollten einbestellt und zum Ablauf des Tatabends vernommen werden.

McCormick nimmt die Fährte auf

Am nächsten Morgen war der Phantomzeichner stundenlang beschäftigt. Chantal, Monique, Morena und ihre Chefin Tamara alias Luitgard Schmiedel hatten ihre Aussagen zu Protokoll gegeben und versuchten sich dann einzeln, mal mehr, mal minder bemüht, an einer Beschreibung der drei letzten Gäste der *Ming Mang Bar*.

Am Ende reichte der Zeichner zwölf Blätter herein, von denen sich je zwei sogar halbwegs ähnelten. Allerdings fielen die drei Gesuchten nicht durch irgendwelche Besonderheiten auf. Wie so viele britische Soldaten waren sie von eher kleiner, kompakter und schlanker Statur, drahtig, mit schmalen, fast schon knochigen Gesichtern und einheitlich geschnittenen dunklen Haaren. Obwohl es nachts schon kühl wurde, hatten sie nur T-Shirts getragen.

Monique alias Monika Schimmerle, eine Schwäbin, die zum Studium nach Osnabrück gekommen war und nebenher in der *Ming Mang Bar* jobbte, lieferte neben der physiognomischen noch eine sozialpsychologische Beschreibung. Nett seien die drei Briten gewesen, berichtete sie, man habe sich gut unterhalten und gescherzt. Aber da sei diese latente Aggressivität in den Augen gewesen, die sie schon bei vielen Soldaten beobachtet habe. Auch bei deutschen. Manchmal brach sie offen aus, wenn die zivilisatorischen Hemmungen in einem Übermaß an Alkohol abgesoffen waren.

»Vielleicht werde ich meine Diplomarbeit zu dem Phänomen schreiben«, sagte sie nachdenklich. »Aber das weiß ich noch nicht so genau. Ich habe ja noch ein paar Semester vor mir.«

Eines immerhin war ihr aufgefallen. »Die drei Tommys sprachen kein reines Englisch, sondern einen Dialekt. Hart irgendwie. Oder herb. Vielleicht Schottisch ...«

Die Kriminalbeamten nahmen es aufmerksam zur Kenntnis. Spratte und Unverfehrt zogen sich verkleinerte Kopien der Phantomzeichnungen. Sie legten noch eine kurze Frühstückspause ein. Dann machten sie sich auf den Weg.

Unverfehrt übernahm das Steuer. Spratte schaltete das Radio ein und begann, am Senderknopf zu drehen. Atmosphärische Störungen prasselten ins Wageninnere. Dann die Stationsmeldung von NDR/WDR, aber Spratte kurbelte weiter. Störungen, WDR 2, wieder Störungen. Unverfehrt warf ihm einen gequälten Blick zu, aber dann hatte Spratte gefunden, was er suchte. BFBS Germany, den britischen Soldatensender.

»Zur Einstimmung auf unsere Gastgeber«, erklärte er grinsend. »Damit ich wieder reinkomme. To brush up my English. Habe ich doch schon ewig nicht mehr gesprochen.«

Im Radio trieb Richard Nankivell seine übermütigen Scherze und spielte einen Juxtitel, dessen einfache Melodie und Nonsens-Zeilen Unverfehrt sehr an die musikalischen Ergüsse von Monty Python's Flying Circus erinnerten. *How's Your Parts?* stammte von einer Combo namens Beergut 100. Dahinter steckten Nankivell alias *Nankers, The Old Horse* selbst und einige Kumpels aus der BFBS-Crew.

Im Hafen auf der Römereschstraße herrschte dichter Gegenverkehr. Sie mussten lange warten, ehe ein LKW-Fahrer sich so freundlich erwies, sie durchzulassen.

Die Zufahrt zur Wache der britischen Militärpolizei, ein kopfsteingepflastertes Stück des alten Fahrdamms, zweigte in spitzem Winkel von der Römereschstraße ab.

Spratte hielt es für geboten, in deutlicher Entfernung zum Kasernentor zu parken. Er wusste, die Zeiten hatten sich geändert. Seitdem die irische Untergrundorganisation IRA auch auf deutschem Boden Attentate verübt hatte und von der Rote Armee Fraktion ähnliche Aktionen zu befürchten waren, hatte man die Torbesatzungen militärischer Einrichtungen verstärkt. Ebenso wie die deutschen Wachsoldaten oben am Hauswörmannsweg trugen die britischen Posten ihre Gewehre nicht mehr geschultert, sondern in ständiger Schussbereitschaft. Auf unbekannte Fahrzeuge, die sich zu schnell näherten, reagierten sie mitunter sehr nervös.

Deshalb ließen Spratte und Unverfehrt ihren Zivilwagen stehen und gingen zu Fuß weiter bis zu den Wachhäuschen. Die Männer in Kampfuniform blickten ihnen argwöhnisch entgegen. Spratte fiel auf, dass sie unwillkürlich ihre Gewehre leicht angehoben hatten. Seine Dienstmarke trug er bereits in der Hand. Ein plötzlicher Griff in die Tasche hätte missverstanden werden können.

Das Misstrauen in den angespannten Gesichtern löste sich, als Spratte die Soldaten auf Englisch ansprach und den Namen Geoff McCormicks nannte. Allein aufs Gelände durften sie nicht. Einer der Soldaten trat ins Wachhäuschen und griff zum Telefonhörer. Die anderen behielten Spratte und Unverfehrt weiterhin im Blick. Nicht mehr argwöhnisch, wie zuvor, aber mit unverminderter Aufmerksamkeit.

Der Soldat, der telefoniert hatte, kehrte zurück. »Sir!«, meldete er sich militärisch straff, »Sie werden erwartet. Staff Sergeant McCormick wird sich zum Tor bemühen und Sie abholen.«

»Danke, Soldat.«

Nur wenige Augenblicke später sahen sie Geoffrey McCormick, der kurz mit der Wache sprach und sie dann auf das Gelände der Roberts Barracks winkte.

»Herzlich willkommen im Königreich«, grüßte er. »Auch wenn es dienstlich ist – schön, euch mal wieder zu sehen.«

»Die Freude beruht ganz auf Gegenseitigkeit.«

Ein steinerner Adler starrte ihnen böse entgegen. Die Sandsteinskulptur stammte noch aus Nazi-Zeiten. Als die Briten das Gelände übernahmen, hatten sie ihn von seinem erhabenen Sockel neben der Einfahrt heruntergeholt und auf den Rasen vor der Dienststelle der MP verpflanzt, ihn damit in übertragenem Sinne zurechtgestutzt.

Auf Spratte wirkte die Figur mit ihrer aufgesetzten Drohgebärde nicht einschüchternd, sondern ausgesprochen lächerlich. ›Kitsch‹, dachte er.

McCormick führte sie an der Wachstube vorbei in sein Büro, wo sie von zwei weiteren Männern erwartet wurden. »Ich darf euch eben vorstellen. Das ist Sean Abernathy, unser Verbindungsoffizier ...«

»Wir kennen uns«, warf Unverfehrt ein. »Zuletzt sind wir uns bei der Parade *Freedom of the City* begegnet. Wir haben ein bisschen auf euch aufgepasst.« Er grinste.

»Ich erinnere mich«, sagte Abernathy mit wohlwollendem Lächeln.

»Und das ist Andrew Delaney, ein Kollege aus der Verwaltung.«

»Axel Spratte. Wir kennen uns noch nicht.« Spratte bot dem Briten die Hand.

Delaney griff zu. »Ich bin noch nicht so lange in Osnabrück«, bekam er zur Antwort. »Ich war vorher in Rheindahlen.«

»Wo ist das noch mal?«, wollte Unverfehrt wissen.

»Bei Mönchengladbach. Auch nicht weit weg von Düsseldorf.«

»Gladbach? Interessieren Sie sich für Fußball? Waren Sie schon mal auf dem Bökelberg? Haben Sie Lothar Matthäus noch spielen sehen, bevor er im Sommer zu Bayern München gewechselt ist?«

»Nein.« Delaney lächelte entschuldigend. »Ich interessiere mich mehr für Golf und Cricket. Alte englische Schule. Sorry.«

»Ein edler Sport«, kommentierte Spratte anerkennend, während Unverfehrt enttäuscht die Mundwinkel nach unten zog.

»Dürfen wir Ihnen einen Kaffee anbieten?«, wechselte Abernathy das Thema.

»Kaffee? Ich dachte, Engländer trinken nur Tee.«

Unverfehrt konnte mal wieder mit seinen Vorurteilen nicht hinter dem Berg halten. Spratte hätte dem Kollegen am liebsten gegen das Schienbein getreten.

»Der Kaffee ist auch bei uns angekommen«, antwortete Abernathy mit nachsichtigem Lächeln. »Aber Tee haben wir selbstverständlich auch, wenn Ihnen der lieber ist.«

»Ich nehme einen. Der schmeckt bestimmt besser als das Beutelgebräu aus unserer Kantine.«

»Herr Unverfehrt, Sie auch?«

»Sehr gern.«

Abernathy entschuldigte sich und verließ den Raum.

»Ihr braucht also mal wieder unsere Hilfe«, begann McCormick. Er öffnete eine Schreibtischschublade und entnahm ihr eine Pfeife, die er bedächtig zu stopfen begann.

»Richtig, Geoff. Wir haben einen Mordfall. Übrigens den zweiten innerhalb von zwei Wochen, aber da gibt es wohl keinen Zusammenhang, so weit wir das bis jetzt überblicken können.«

Sein Gegenüber tippte zwei-, dreimal auf den locker gezwirbelten Tabak in seinem Pfeifenkopf, um ihn zu festigen. Dann suchte er nach Streichhölzern, fand aber keine. Delaney half ihm aus.

»Danke«, sagt McCormick paffend. Der würzige Geruch glimmenden Pfeifentabaks wanderte durch den Raum.

Spratte schnupperte genüsslich.

»Sie rauchen nicht?«, fragte McCormick.

»Nicht mehr«, erwiderte der deutsche Kommissar. »Der Arzt hat es verboten und in meiner Frau eine wachsame Adjutantin gefunden.«

McCormick lachte und kommentierte mitleidig: »Das tut mir leid. – Wo hat sich denn die zweite Tat ereignet, um die es euch jetzt geht?«

»In Lechtingen, an der dortigen Sparkassenfiliale. Der Tote ist Inhaber einer Nachtbar, die nicht weit vom Tatort entfernt liegt. Er wollte nach Feierabend die Tageseinnahmen in den Nachttresor der Bank einliefern.«

Abernathy kehrte zurück, in den Händen ein Tablett mit Teetassen und -kanne, Zuckerdose, Milch sowie einer dreistöckigen Etagere mit verschiedenen Sorten britischer Biskuits. Er goss den Gästen ein, nach britischer Art. Zuerst die Milch, dann den Tee. Die Mischung ergab eine gelblich-braune Farbe.

Unverfehrt musste an ein paar unappetitliche Dinge denken, verkniff sich aber ausnahmsweise die entsprechende Bemerkung. Stattdessen fiel er über das köstliche Gebäck her. Es knirschte, als er in das mürbe Shortbread biss.

»Es handelt sich also um einen Raubmord?« Die Frage kam von Delaney.

»Es sieht wohl danach aus. Wir suchen aber noch dringend nach weiteren Hinweisen und Spuren. Darum sind wir hier. Die Barchefin hat ausgesagt, dass ihre letzten Gäste drei Briten gewesen seien. Britische Soldaten, um genau zu sein.«

»Die waren in Uniform?«

»Das nicht.«

»Woher weiß sie dann –«

»In der Bar dort verkehren häufiger britische Gäste. Sie meint, sie sei sich da sicher. Der Umgang miteinander, Kurzhaarfrisuren, typische Kleidung, und die sollen heftig über ihre vorgesetzten Offiziere gelästert haben.«

»Das können doch auch niederländische NATO-Kameraden aus Bramsche gewesen sein. Die sprechen alle hervorragend Englisch«, wandte Abernathy ein.

»Die tragen aber meist längere Haare als eure Rekruten. Die Holländer sind da ja laxer. Ich glaube, die Bardame hätte den Unterschied gemerkt. Die ist nicht auf den Kopf gefallen. Außerdem hat sie die Vornamen behalten. Ich kann sie nur dem Klang nach wiedergeben: Ahlett oder Arrlett, Tegan, Rüdian. Die klingen für mich nicht Niederländisch.«

»Nein«, sagte McCormick und tauschte einen Blick mit Delaney. »Für mich auch nicht.«

Er hatte nebenbei Notizen gemacht und schrieb nun auch die genannten Namen in sein Berichtsheft. »Und diese drei jungen Gentlemen würdet ihr jetzt gerne schnellstmöglich sprechen, nehme ich an.«

»Nur als Zeugen«, beteuerte Spratte. »Gegen die drei liegt nichts vor. Die Vernehmung könnt ihr auch übernehmen. Wir wüssten nur gern, ob eure Leute etwas beobachtet haben, in der Bar oder später auf der Straße. Nach Aussage der Wirtin sind sie zu Fuß losgelaufen. Es wäre doch möglich, dass ihnen da irgendetwas aufgefallen ist.«

»In Ordnung. Ich lege einen Vorgang an und wir sehen, was wir für euch tun können. Die Vornamen allein sind natürlich etwas wenig. Aber wir versuchen es.«

»Wir haben noch Phantomzeichnungen.« Spratte zog die Gummibänder vom Pappordner, öffnete ihn und entnahm ihm die mitgebrachten Kopien. »Leider Allerweltsgesichter, ohne besondere Merkmale. Nichts für ungut, ist nicht böse gemeint. So ist das ja meistens bei Phantombildern nach

Zeugenaussage. Aber vielleicht helfen sie euch trotzdem bei der Identifizierung.«

McCormick betrachtete die Blätter und ließ ein skeptisches Brummen hören. »Ich muss dir recht geben. Nur anhand der Bilder werden wir die Gesuchten kaum finden. Aber immerhin ist das besser als nichts.«

»Ihr macht das schon. Vielen Dank schon mal. Wir müssen wieder los. Bei uns brennt gerade ziemlich die Luft. Zwei Morde, zwei Mordkommissionen, alle sind beschäftigt und kloppen kräftig Überstunden. Und danke für den Tee. Der war lecker.«

»Sehr lecker«, bestätigte Unverfehrt, der sich rasch ein weiteres Plätzchen sicherte. »Für den Weg«, entschuldigte er sich.

»Ich begleite Sie zum Tor«, erbot sich Abernathy.

Hände wurden geschüttelt, man verabschiedete sich. Delaney und McCormick blieben zurück. McCormick klappte die Pike aus seinem Pfeifenbesteck und lockerte den glühenden Tabak. Als er aufsah, begegnete er Delaneys vielsagendem Blick.

»Waliser.«

Sie hatten es beide gleichzeitig ausgesprochen. Wie aus einem Munde. McCormick trommelte mit Zeige- und Mittelfinger auf die notierten Namen.

»Kein Zweifel«, bekräftigte Delaney.

Abernathy war zurückgekehrt und hatte die letzten Worte noch gehört.

»Werden Sie die drei gesuchten Burschen finden?«

»Sicher«, sagte McCormick selbstbewusst. »Die sind befreundet und gehören vermutlich zur selben Einheit. Es wird vielleicht ein wenig dauern. Aber die Namen kriege ich heraus. Und ich werde mich mit den drei Herren unterhalten.«

»Wie wollen Sie vorgehen?«

»Ich fahre rüber zur Registratur.«

»Da steht dir aber einiges bevor«, kommentierte Delaney. »Die Personalakten sind nach Nachnamen sortiert. Die musst du alle durchgehen und nach den Vornamen suchen.«

»Nicht alle, hoffe ich. Ich gucke mir zuerst die Royal Welch Fusiliers an. Mit etwas Glück werde ich da schon fündig.«

»Trotzdem. Viel Arbeit.«

Abernathy hatte seine besorgte Miene nicht abgelegt. »Ich wäre Ihnen dankbar, wenn Sie mich unterrichten, sobald Sie Näheres wissen.«

»Versteht sich. Sofern nicht auf Anhieb eine Straftat erkennbar ist, bleiben wir erst einmal beim kleinen Dienstweg.« Er bleckte die Zähne und zwinkerte vielsagend.

»Das wäre mir sehr recht.«

»Manchmal werden unsere Entscheidungen von diplomatischen Erwägungen bestimmt. Aber wem sage ich das ...«

McCormick löschte seine Pfeife und klopfte sie im Aschenbecher aus.

Abernathy nickte stumm.

McCormick erhob sich. »Dann hole ich mir jetzt mal O'Herlihy zur Unterstützung.«

»Kopf hoch. Wird schon nicht so schlimm werden. Interessiert mich aber auch, was da los ist. Ob unsere Jungs wirklich nur Zeugen sind.«

Abernathy sah von einem zum anderen. »Das kann man nur hoffen.«

Die Männer verabschiedeten sich. McCormick rief O'Herlihy zu sich, einen der ihm unterstellten Ermittler, und machte ihn mit den anstehenden Aufgaben bekannt. »Alles klar? Dann lassen Sie uns aufbrechen.«

Brewster kennt sich aus

McCormick ließ sich im Büro der Fahrzeugverwaltung den Schlüssel für den bestellten Dienstwagen aushändigen. Er runzelte die Stirn, als er sah, dass man ihm einen Rover SD1 zugeteilt hatte. Ein kräftiger Achtzylinder mit schnittiger Karosse, aber furchtbar reparaturanfällig. Eigentlich vollends ungeeignet für die Zwecke der Militärpolizei, die für ihre Einsätze verlässliche Fahrzeuge bevorzugte. Für die Monteure der Roberts Barracks waren alle dienstlich eingesetzten SD1 schon alte Bekannte. Der Bau dieses Typs sorgte daheim in den Midlands in Solihull für Arbeitsplätze. Wohl der Hauptgrund für die Anschaffung der Flotte durch die konservative Regierung unter Margaret Thatcher.

Der Corporal an der Ausgabe deutete McCormicks leisen Seufzer richtig. »Ich habe leider keinen anderen für Sie, Sir«, sagte er bedauernd.

»Schon gut, Kamerad. Wir haben es nicht weit. Die anderthalb Meilen bis zur Kommandantur wird die Kiste hoffentlich schaffen. Und wenn nicht, packen wir die Strecke auch zu Fuß. Oder wir requirieren zwei Fahrräder –«

Er sammelte O'Herlihy ein und verließ den militärischen Bereich. Das Hauptquartier war in einem früheren Kommandeurs-Wohnhaus untergebracht, das wie die umliegenden Kasernenbauten Anfang des 20. Jahrhunderts für die deutsche kaiserliche Armee errichtet worden war. Das zugehörige Gelände, ein Teil wurde von der deutschen Bundeswehr genutzt, stieg gen Süden an zu einer Anhöhe, von deren

Scheitel sich ein unverstellter Blick bis weit hinüber zum Teutoburger Wald eröffnete.

Das Blechkleid des Rovers vibrierte, als McCormick den Wagen mit gedrosselter Geschwindigkeit über das mit Mulden durchsetzte Kopfsteinpflaster der Artilleriestraße steuerte. Die Kommandantur besaß keinen Besucherparkplatz, weshalb McCormick den Dienstwagen am Straßenrand unter den Bäumen abstellte.

An der Wache legte er seinen Dienstausweis vor und wurde ins Besucherbuch eingetragen.

»Grund des Besuchs?«, fragte der Diensthabende militärisch knapp.

»Archivrecherchen.«

»In welcher Sache?«

»Schreiben Sie: Amtshilfe für die deutsche Kriminalpolizei.«

Er bekam einen Durchschlag, den er von seinem Ansprechpartner im Haus abzeichnen lassen und hernach wieder vorlegen musste.

Das Archiv befand sich im Untergeschoss. Die Panzertür stand offen und gab den Blick frei auf einen Bürotresen und den dahinter platzierten Schreibtisch, wo ein grauhaariger Mann mit dem Ausfüllen von Karteikarten beschäftigt war. O'Herlihy schätzte ihn auf Anfang sechzig. Der Pensionsgrenze nicht mehr fern. Als der Archivar aufsah, öffnete sich seine Miene zu einem Ausdruck des Erkennens.

»McCormick! Sie waren ja lange nicht hier.«

»Tut mir leid, Gerald«, erwiderte der Staff Sergeant entschuldigend. »Es war immer viel zu tun. Aber Sie kennen das ja noch aus eigener Erfahrung.« Er langte in die untere Innentasche seines Mantels und förderte eine Flasche zutage. »Ein kleines Mitbringsel. Muss irgendwie in meinen Mantel geplumpst sein.«

McCormick grinste und wandte sich an O'Herlihy, der drei Schritte hinter ihm stehengeblieben war.

»Ich möchte Ihnen Gerald Brewster vorstellen, den Hüter unserer Vergangenheit, der offiziellen wie der inoffiziellen. Das Gedächtnis der Garnison. Gerald kann Ihnen alles über unseren Standort sagen. Er ist schon seit den letzten Kriegstagen hier und hat viele Kameraden kommen und gehen sehen.«

»Habe mich von Holland her durchgekämpft, den Nazis noch ein paar aufs Fell gebrannt und Ihnen endgültig die Lust aufs Kriegspielen ausgetrieben«, bestätigte Brewster zufrieden.

»Und es hat gewirkt! Das hier ist Sergeant O'Herlihy, mein Mitarbeiter.«

O'Herlihy salutierte.

Brewster winkte gnädig ab. »Nicht so förmlich, mein Junge. Hier in meiner Bunkerhöhle sind wir unter uns.«

O'Herlihys Haltung lockerte sich.

»Guten Tag, Sir. Wenn Sie die Frage erlauben – ich würde gerne wissen, warum Sie nicht in die Heimat zurückgegangen sind?«

Brewster wurde ernst. »Das will ich Ihnen sagen, junger Mann. Es gab niemanden mehr, zu dem ich zurückkehren konnte. Meine Familie und meine Verlobte wohnten in London, im East End, nahe bei den Docks. Ein bevorzugtes Ziel der deutschen Bomber. Alle kamen bei Luftangriffen ums Leben.«

O'Herlihy musste schlucken. Offenbar hatte er unvorsichtigerweise einen wunden Punkt angesprochen.

»Das tut mir sehr leid. Es war nicht meine Absicht ...« Er räusperte sich verlegen. »Aber ... Ich meine ... Wie konnten Sie dann hier leben? Haben Sie die Deutschen denn nicht gehasst?«

»Anfangs ja. Aber dann sind wir hier in Osnabrück eingerückt. Und ich habe gesehen, was unsere eigenen Bomber angerichtet hatten. Oben in der Nähe des Tiergartens sind Kinder gestorben, weil eine Bombe unglückseligerweise genau den Bunkerzugang getroffen hatte. Die Druckwelle ... Denken Sie immer daran: Wir haben uns alle nichts geschenkt. Irgendwann musste mal Schluss sein mit dem Hass. Und dann kam auch schon die nächste Generation, die nie eine Waffe in die Hand genommen hat. Die haben sich mit unseren Jungs auf den Sportplätzen getroffen und mit einigen von den Regimentskapellen nach Dienstschluss wilden Jazz gespielt. Das war unsere Musik damals. Danach haben wir getanzt. Zum Schrecken aller Eltern und Lehrer ...«

Er wischte mit der Rechten energisch durch die Luft, als wolle er eine Tabakwolke vertreiben. »Aber weg mit den alten Geschichten. McCormick, was soll es denn dieses Mal sein?«

»Wir müssen die Akten der Royal Welch Fusiliers einsehen. Die deutschen Kollegen haben angefragt. Sie bearbeiten einen Mordfall und suchen drei unserer Jungs als mögliche Zeugen, kennen aber nur die Vornamen.«

»Ihr arbeitet für die Krauts?«, fragte Brewster, und in O'Herlihys Ohren klang es, als seien doch noch nicht alle Ressentiments gegen die Teutonen überwunden.

»Nicht für die Krauts – mit ihnen. Wir wollen einen Mörder aus dem Verkehr ziehen. Egal ob Brite oder Deutscher.«

»Dann sollten wir ihnen behilflich sein. Wartet einen Moment.«

Brewster verschwand zwischen seinen Regalen. Sie hörten das Schaben hölzerner Schubladen. Als er zurückkehrte, umfingen seine Arme mehrere Hängeordner, die er auf einem Rollwagen deponierte. »Bitte sehr, die Herren. Da habt ihr einiges vor euch.«

Er klappte die hölzerne Barriere hoch, die den Archivbereich versperrte.

»Kommt rein und setzt euch lieber hin. Drüben, am Arbeitstisch. Ich habe euch schon einen zweiten Stuhl hingestellt. Dann wühlt euch mal durch.«

Seitlich an der Wand, von den Regalen gegen Blicke aus Besuchersicht verborgen, gab es eine Ablage mit vorspringender Arbeitsplatte, aus stabilem Holz. McCormick teilte die Ordner in zwei etwa gleich große Stapel auf. Er und O'Herlihy nahmen auf den harten Stühlen Platz und begannen mit dem umständlichen Studium der Einträge.

Nach etwa einer Stunde lugte Brewster lächelnd um die Ecke. »Na, geht es voran? Kann ich euch einen Tee anbieten?«

McCormick deutete auf seinen Notizblock. »Es geht voran: bislang drei Tegans, ein Aled, ein Rhydian. Das sind die Namen der Gesuchten.«

»Das ist doch überschaubar.«

»Wir haben aber noch einige Seiten vor uns. Also, den Tee könnte ich gut vertragen. O'Herlihy?«

»Sehr gerne, Sir. Danke der Nachfrage. Ich schließe mich an.«

Brewster verschwand in seiner kleinen Teeküche. Sie hörten Wasser gluckern, dann das Fauchen des Kochers. Er bereitete den Tee in einer Kanne zu und servierte ihn zusammen mit einer Milchflasche, Würfelzucker und einem Tellerchen mit gemischten Schokoladen- und Butterkeksen.

»Scones habe ich leider nicht auf Lager. Aber schmackhafte Plätzchen. Vom Feinsten. Die guten Campbells. Mit ihrer Herrenmode werden die Schotten auf dem Weltmarkt nie Erfolg haben, aber Whisky, Kekse, Dudelsackmusik – das können sie. Geht übrigens aufs Haus.«

»Was für ein Service«, lobte McCormick. »Das macht die langweilige Lektüre fast schon wett. Ich glaube, wir kommen jetzt öfter zur Teatime vorbei.«

Brewster drohte schelmisch mit dem Finger: »Untersteht euch. Bringt mir mal keine Unruhe ins Haus.«

McCormick und O'Herlihy ließen wieder ihre Finger durch die maschinell beschriebenen Spalten wandern, in denen die Vornamen der Soldaten eingetragen waren. Ihre Augen waren bereits ermüdet. Immer häufiger musste O'Herlihy die Lider zusammenkneifen, weil die Buchstaben unter seinen Blicken zu verschwimmen drohten.

Um zehn Minuten vor siebzehn Uhr meldete sich Brewster mit einem betont künstlichen Räuspern.

»Geoffrey, es geht auf Feierabend zu. Wie lange braucht ihr noch?«

McCormick lüpfte die verbliebenen Blätter mit dem Daumen. »Ich habe noch zwei Seiten vor mir. O'Herlihy, wie steht's bei Ihnen?«

»Ich habe eben mit dem letzten Blatt begonnen, Sir.«

»Dann gebe ich Ihnen eines ab. Können Sie uns noch zwanzig Minuten spendieren, Brewster?«

»Das bedeutet Überstunden, mein Bester. Nur weil Sie es sind.«

»Wir beeilen uns.«

McCormick hielt sein Versprechen. Um viertel nach fünf konnte Brewster die Stahltüre vor seinen Akten verriegeln, nachdem sich die beiden Militärpolizisten mit einem herzlichen Dankeschön verabschiedet hatten.

In McCormicks Notizbuch standen nun fünf Tegans, drei Aleds und zwei Rhydians mit ihren Nachnamen und Diensträngen.

Sie gaben ihren von Brewster abgezeichneten Laufzettel in der Wache ab. Draußen steuerte Matthew O'Herlihy in Richtung Wagen, aber McCormick bat den Sergeant, zu warten.

»Wenn wir schon mal hier sind – ich will noch eben um die Ecke in die NAAFI, ein paar Dinge einkaufen. Wenn Sie auch etwas brauchen –«

»Nein. Danke, Sir. Ich vertrete mir ein wenig die Beine und warte dann hier am Auto.«

McCormick deutete zum Himmel, der von tief hängenden blaugrauen Wolken bewuchert wurde.

»In Ordnung. Aber bleiben Sie besser in der Nähe. Es kann jeden Moment Regen geben.«

O'Herlihy lachte.

»Sir, das macht mir nichts aus. Ich komme von der Küste. Wir sind durchwachsenes Wetter gewöhnt.«

»Mag sein. Aber ich brauche Sie noch und möchte nicht, dass Sie sich eine Grippe holen. Fangen Sie!« Geschickt warf er die Autoschlüssel hinüber. »Verkriechen Sie sich ins Auto, wenn es losgeht. Das ist ein Befehl!«

Folgsam tat O'Herlihy, wie ihm geheißen.

Der Wolkenbruch begann während der Rückfahrt zu ihrer Dienststelle. McCormick setzte O'Herlihy auf dem Kasernengelände ab und schickte ihn in den wohlverdienten Feierabend.

Nachdem er den Rover zurückgegeben hatte, unternahm er noch einen Abstecher zum Büro des Quartiermeisters. Doch hatte er sich vergebens dem Regen ausgesetzt. Der Major hatte sein Büro schon verlassen.

Die weiteren Erkundigungen mussten warten.

McCormick zahlt die Zeche

Am Samstagabend war McCormick mit Delaney im Pub an der Bramscher Straße verabredet. Betrieben wurde es von einem ehemaligen britischen Soldaten, der stets bemüht war, seinen Landsleuten echte Heimatgefühle zu bescheren. Sie planten, gemeinsam die BFBS-Übertragung des Finales der NatWest Trophy anzuschauen. Kent hatte sich in der Vorrunde gegen Warwickshire durchgesetzt und würde im Endspiel auf dem Lord's Cricket Ground in London gegen Middlesex antreten. McCormick hatte mit Delaney gewettet und fünf Pfund auf Kent gesetzt.

Middlesex erzielte vier Wickets und gewann.

Delaney hielt dem Freund die offene Hand entgegen und wedelte auffordernd mit den Fingern.

»Schon gut, alter Gauner. Ein Vorschlag zur Güte: Wie wäre es, wenn ich die Zeche übernehme?«

Delaney sah keinen Anlass, dem Angebot zu widersprechen.

»Malt Whisky?«

»Auf jeden Fall. Vom besten, den das Haus zu bieten hat.«

»Zu Befehl.«

Rauchschwaden hingen in der Luft, und rund um die Theke herrschte heftiges Gedränge. McCormick hatte Mühe, sich bis zum Barkeeper durchzukämpfen. Einige Kent-Anhänger zeigten mangelnden Sportsgeist, schimpften auf die Schiedsrichter Dickie Bird und Barrie Meyer, auf Middlesex überhaupt und auf deren Spielmacher Clive Radley ganz besonders.

Die jungen Kerle waren schon ziemlich angetrunken. McCormick musste mehrmals elegante Ausweichmanöver vollziehen, als er die Gläser mit dem kostbaren Nass akrobatisch in Richtung Delaney balancierte.

Sie ließen das Spiel Revue passieren. McCormick erwies sich als fairer Verlierer und lobte die Leistung Clive Radleys, der seiner Mannschaft zum Sieg verholfen hatte. Beim dritten Glas kamen sie auf McCormicks Ermittlungen zu sprechen. Er brachte Delaney auf den aktuellen Stand.

»Morgen früh marschiere ich zum Quartiermeister und lasse mir die Unterkünfte der Herren herausgeben.«

»Vielleicht hast du Glück und die drei Gesuchten wohnen in derselben Stube.«

»Das würde es einfach machen. Aber wenn nicht, finde ich sie trotzdem. Ich frage mich durch. Die werden mir nicht entwischen.«

In diesem Moment drang das Scheppern zerberstender Gläser durch den Raum. Ein angetrunkener Soldat, vermutlich von der Kent-Fraktion, war mit einem zweiten aneinandergeraten und mit seinem Henkelglas auf den Gegner losgegangen. Der hatte ausweichen können, das Glas zerschellte an einem Mauervorsprung. Die Kameraden der beiden sprangen herbei, und im nächsten Moment war ein wildes Handgemenge im Gange.

Einer der jungen Rabauken wich flink einem Schwinger aus, indem er sich blitzschnell unter dem Schlag wegduckte. Auf diese Weise stieß er jedoch rücklings an einen Mitstreiter seines Gegners und lernte die Tücken der Fliehkraft kennen. Der Angerempelte packte ihn bei den Schultern und beim Hosenboden und schleuderte ihn nach einer Drehung schwungvoll durch den halben Raum. Der Rekrut landete krachend an der kastanienfarbenen Vertäfelung, rutschte an der Wand herunter und sackte dort zusammen.

Ein anderer Gast, der sich bislang aus der Rauferei herausgehalten hatte, sprang zu ihm, beugte sich hinunter. McCormick und Delaney konnten nicht hören, dass er den Landsmann Rhydian nannte und ihn auf Walisisch ansprach. Sie sahen nur, dass der eben noch angeschlagen wirkende junge Kerl bereits wieder breit wie ein Zirkuspferd grinste und sich mit der Hilfe des Freundes langsam die Wand hinaufschob. Er ließ einige Male die Schultern kreisen, dann stürzte er sich erneut ins Getümmel.

McCormick sah gleichmütig zu. »Sollen wir eingreifen?«, fragte er zurückgelehnt.

Delaney gähnte. »Mach du nur, wenn du Lust hast. Ich habe Feierabend.«

»Ich auch. Die Gentlemen schaffen das schon alleine.« Er bemerkte, dass der wütende Barkeeper eilig telefonierte.

»Die Kollegen von der Wache werden gleich hier sein.«

»Dann wird es zünftig. Die fackeln nicht lange. Trinken wir aus.«

Gelassen prosteten sich Delaney und McCormick noch einmal zu, gossen den guten Malt mit bedauerndem Schulterzucken in einem Zug in ihre Kehlen und verzogen sich anschließend an den Toiletten vorbei seelenruhig durch den Nebeneingang.

»Das war doch mal ein formidabler Abend der vornehmsten kulturellen Ergötzlichkeiten«, sagte McCormick, als sie sich vor dem Heck seines Vauxhalls verabschiedeten.

Delaney deutete eine respektvolle Verbeugung an. »Kein Barde hätte es bezaubernder in Worte fassen können.«

Spratte und die Bombenidee

Gegen halb sieben stellte Gräber seinen Wagen auf dem Parkplatz der Dienststelle ab. Im Osten über den Karmann-Werken hatte sich der Nachthimmel bereits gelichtet. Wie aquarelliert hingen schmale graue Wolken am Horizont und kündigten das Aufziehen der Sonne an. Auf dem Weg zum Gebäude stieß er auf Axel Spratte, der im fahlen Schein der Außenbeleuchtung vor dem rechten Vorderreifen seines Audis hockte und mit dem Finger über den Rand des Kotflügels rieb.

»Moin, Axel. Ist was mit deinem Auto? Brauchst du Hilfe?«

Der Angesprochene erhob sich leise ächzend und drehte sich um, um den Sprecher zu begrüßen. »Moin, Kalle. Danke der Nachfrage. Ist nichts Ernstes, aber ein blöder Scheiß. Irgendwie kriege ich es in diesen Tagen dicke.«

Er tat einen Schritt zur Seite und gab den Blick frei. »Hier an der Kante ist ein großes Stück Lack abgesprungen. Ein Steinschlag. Oder Vandalismus.«

Gräber beugte sich hinunter und besah sich den Schaden.

»Na, das ist doch halb so wild«, sagt er tröstend. Er konnte Sprattes Ärger nachempfinden. »Das lässt sich leicht ausbessern. Kannst du selber machen. Hol dir eine Spraydose mit der passenden Farbe. Davon sprühst du einen ordentlichen Klecks in den Deckel, tunkst einen kleinen Pinsel ein und tupfst die Stelle vorsichtig aus. Du musst aber fix sein, damit der Lack nicht vorzeitig aushärtet. Und schön glattstreichen, damit sich keine Buckel bilden. Sieht nachher aus wie neu.«

»Danke für den Tipp. Werde ich mal versuchen.«

Gräber wechselte das Thema, um den Kollegen von seinem Kummer abzulenken. »Was macht dein Fall?«

»Ist schwierig, wie immer bei Raubmorden. Du kennst das ja. Wir haben eine Spur zu einer Gruppe von Engländern. Die waren die letzten Gäste in der Bar des Opfers. Das muss aber nichts bedeuten. Vielleicht sind sie nur Zeugen. Oder nicht mal das.«

»Und ihr habt schon klar, dass es sich sicher um einen Raubmord handelt?«

»Es sieht jedenfalls ganz danach aus. Das Opfer wollte spät nachts die Geldbombe mit den Tageseinnahmen aus seiner Bar in den Nachttresor seiner Bank einwerfen. Dazu ist es nicht gekommen. Jemand hat ihm auf dem Parkplatz aufgelauert. Jetzt ist er tot, und die Geldbombe ist weg. – Was ist?«

Gräbers Reaktion hatte Spratte überrascht. Der Kollege schlug sich unvermittelt mit der flachen Hand vor die Stirn. »Mensch, Axel, da sagst du was. Dass ich daran nicht gedacht habe ... Entschuldige, ich muss dringend was überprüfen.« Die letzten Worte rief Gräber über seine Schulter, während er im Laufschritt davoneilte.

Spratte folgte ihm langsam, wunderte sich und brummte leise: »Wieso, was habe ich denn Besonderes gesagt?«

Die beiden Kollegen von der Sitte nahmen die Treppe in schleppendem Tempo und rissen unterwegs anzügliche Scherze über eine Razzia in dem Schwulentreffpunkt in der Wiesenbachstraße. Von oben kam ihnen ein Einsatztrupp entgegen. Keine Möglichkeit für Gräber, seitlich auszuweichen.

Ungeduldig trommelte er auf das hölzerne Geländer.

Endlich war der Weg frei. Gräber hastete, zwei Stufen auf einmal nehmend, an den beiden Schwätzern vorbei.

»Gräber!«, rief einer der beiden. »Wohin so eilig? Was macht eigentlich deine Auszubildende? Fallen ihre Leistungen zu deiner Befriedigung aus?«

»Halt die Klappe, Weigand. Die junge Frau ist Kommissarin. Und sie hat mehr auf dem Kasten als du.« In seiner Eile verfehlte er beinahe eine Stufe und geriet ins Straucheln, konnte sich aber gerade noch fangen.

»Langsam, Gräber«, frotzelte Weigand hinter ihm. »Deine Akten laufen dir nicht weg.«

»Die Akten nicht«, warf Gräber über die Schulter zurück. »Aber vielleicht der Täter, wenn weiter in die falsche Richtung ermittelt wird.«

»Was willst du damit ...«

Doch Gräber war bereits um die Ecke und in seinem Büro verschwunden.

Weigand sah seinen Begleiter an. »Was will er denn damit sagen?«

Der andere zuckte nur ratlos mit den Schultern.

Etwas zu stürmisch riss Gräber, der seine Winterjacke gar nicht erst abgelegt hatte, die Akte mit den Unterlagen aus Thomaschewskis Wohnung aus dem Regal, sodass er den Nachbarordner gleich mit herauszog, der polternd auf dem Linoleumboden aufschlug. Dabei öffnete sich die ausgeleierte Klemmvorrichtung, und einige Blätter rutschten aus der Halterung. Fluchend sortierte Gräber sie wieder ein und beförderte den Akt mit einem Schubser an seinen Platz zurück.

Er zwang sich zu einem kontrollierteren Vorgehen und blätterte die einzelnen Seiten durch, bis er die Information gefunden hatte, die er suchte. Seine Erinnerung hatte ihn nicht getäuscht.

Er ging zur Tür, kehrte aber noch einmal um und schrieb eine Notiz, die er gut sichtbar und mit dem Locher beschwert auf Kühnes Schreibtisch legte. Dann verließ er das Büro.

Er hielt sich nicht damit auf, um einen Dienstwagen zu bitten, sondern stieg in seinen privaten Ford Taunus und begab sich zurück in den morgendlichen Berufsverkehr.

Sein Ziel lag am anderen Ende der Stadt.

Abernathy atmet auf

Staff Sergeant McCormick hängte seinen Militärparka an einen der Garderobenhaken. Der Spaziergang übers Gelände zum Büro des Quartiermeisters hatte ihm gutgetan. Die Bewegung und die frische Luft halfen spürbar, seine Kopfschmerzen zu vertreiben. Sie unterstützten die Alka-Seltzer, die er zum Frühstück eingenommen hatte.

Am Schreibtisch öffnete er die graue Einschlagmappe und entnahm ihr die Liste, die O'Herlihy für ihn angefertigt hatte. In alphabetischer Reihenfolge waren dort Vor- und Nachnamen der walisischen Armeeangehörigen aufgelistet, die sie in der Registratur ermittelt hatten. Mit Hilfe einer Bürokraft des Quartiermeisters hatte er sie um Angaben über die Unterkünfte der Soldaten ergänzen können. Er sah die Aufstellung noch einmal durch.

>   Biddlecombe, Tegan
>   Chidgey, Aled
>   Dyfan, Tegan
>   Elidyr, Rhydian
>   Gethin, Tegan
>   Gwynant, Aled
>   Penrhyn, Aled
>   Rhiannon, Tegan
>   Stoutt, Tegan
>   Scowcroft, Rhydian

Keiner der Soldaten, alle gehörten unteren Dienstgraden an, war ihm persönlich bekannt. Eine Kopie der Liste hatte er O'Herlihy übergeben. Er sollte die Vorladungen übernehmen, die vorab mit den jeweiligen Kompanieführern abzustimmen waren.

Zwei der Kandidaten bewohnten eine gemeinsame Stube. Ihre Namen hatte McCormick mit Kringeln versehen. Bei ihnen wollte er mit den Befragungen beginnen.

Ein kurzes schnelles Klopfen ließ den Staff Sergeant aufblicken. O'Herlihy stand in der Tür.

»Sir, eine gute Nachricht. Ich kann unsere Liste bereits um zwei Namen verringern. Die Rekruten Tegan Dyfan und Aled Chidgey sind auf Heimaturlaub. Sie waren am Tag des Mordes schon nicht mehr in der Stadt. Sie haben bei einem deutschen Busunternehmen gebucht, Lahrmann Reisen, und haben die Fahrt auch angetreten. Es ging nach London. Von dort sind sie mit dem Zug in ihre Heimatstädte gereist. Ich habe das überprüft.«

McCormick seufzte dankbar. »Großartig. Danke, Sergeant.«

Schwungvoll strich er die Namen von der Liste.

»Da wäre noch etwas, Sir.«

»Ja bitte?«

»Der Soldat Rhydian Scowcroft befindet sich in Gewahrsam. Er war gestern in eine Schlägerei verwickelt und muss mit einer Disziplinarstrafe rechnen.«

O'Herlihys Augenbrauen rückten zusammen, als McCormick in leises Gelächter ausbrach.

»Ich glaube, dann kennen wir uns schon. Wenn auch bislang nur vom Sehen.«

Die Kameraden von der Militärpolizei waren nicht zimperlich gewesen. Wenn sie zu einer Kneipenschlägerei unter Landsleuten gerufen wurden, betraten sie das Lokal gleich mit gezücktem Schlagstock und langten sofort zu, ohne sich mit langen Erkundigungen aufzuhalten.

Meist kamen sie zu dritt. Zwei knöpften sich die Randalierer der Reihe nach vor, der dritte nahm sie in Empfang und stieß sie in den Polizeibus. Ohne Blutergüsse, Prellungen und verstauchte Glieder ging es dabei so gut wie nie ab. Gelegentlich musste einer der lädierten Sünder zum Truppenarzt und sich einen gebrochenen Knochen eingipsen lassen.

Die Rowdys machten sich nichts daraus. Im Gegenteil. Viele trugen ihre blauen Flecken wie Ehrenabzeichen.

Scowcroft, der eine Schürfwunde im Gesicht abbekommen hatte, bemühte sich um Haltung, als er in das Vernehmungszimmer geführt wurde, aber es gelang ihm nicht recht. Bei manchen Bewegungen kniff er unwillkürlich die Lippen zusammen. Offenbar hatte er Schmerzen im Bereich der Rippen. Dennoch bekam er, der militärischen Rangordnung gemäß, keinen Sitzplatz angeboten.

Die Hände an der Hosennaht, den Blick geradeaus gerichtet, stand er vor McCormick, der an dem einfachen Holztisch Platz genommen hatte. Vor ihm lag ein Aktenordner mit einem Aufdruck, der ihn als Besitz der britischen Armee auswies. An der schmalen Seite des Tisches saß der Protokollant.

McCormick schlug den strengen Ton eines militärischen Vorgesetzten an. »Ich hatte das zweifelhafte Vergnügen, Ihre gestrigen Eskapaden mitansehen zu müssen.«

Wenn Scowcraft überrascht war, dann ließ er es sich nicht anmerken.

»Ich habe dem zuständigen Sachbearbeiter schon zu Protokoll gegeben, dass die Schlägerei nicht von Ihnen ausging.«

»Danke, Sir.«

»Danken Sie mir nicht. Ich weiß, dass Sie alles andere als ein Unschuldslamm sind.« Er blätterte demonstrativ durch die vor ihm liegende Personalakte. »Was haben wir hier – Einträge wegen Vernachlässigung der Dienstpflicht, Trunkenheit, mutwillige Befehlsversäumnis, Rowdytum. Was glauben Sie eigentlich, wo Sie hier sind? Auf dem Schulhof?«

»Nein, Sir.«

»Dann lernen Sie endlich Disziplin und benehmen Sie sich in Zukunft entsprechend. Vorher haben wir aber noch etwas anderes miteinander zu klären.«

Scowcrafts Gesichtszüge spannten sich unmerklich.

»Waren Sie am Mittwoch vergangener Woche abends in der *Ming Mang Bar* in Lechtingen?«

McCormick beobachtete genau, wie Scowcraft auf diese Frage reagierte.

»Jawohl, Sir. Das ist korrekt.«

»War jemand bei Ihnen?«

»Jawohl, Sir. Ich war in Begleitung der Kameraden Aled Penrhyn und Tegan Stoutt.«

»Stehen Sie bequem, Soldat«, sagte McCormick.

Scowcroft leistete der Anweisung Folge.

»Berichten Sie, was an dem Abend vorgefallen ist.«

Jetzt ließ Scowcrafts Miene doch Erstaunen erkennen. »Vorgefallen, Sir? Ich weiß nicht genau ...«

McCormick machte eine ungeduldige Handbewegung. »Erzählen Sie einfach mit Ihren Worten, wie der Abend abgelaufen ist.«

Nachdem Scowcraft geendet hatte, schrieb der Protokollant die Aussage ins Reine. McCormick ließ das Schriftstück von Scowcraft unterzeichnen und schickte den Soldaten zurück in seine Zelle, wo er den Fortgang des Verfahrens wegen der Kneipenprügelei abwarten sollte.

McCormick führte ein Telefongespräch, musste auf einen Rückruf warten, erhielt die Auskunft, auf die er gehofft hatte.

Nach einem kurzen Spaziergang gab er Delaney und Abernathy Bescheid. Beide hatten Zeit. Man traf sich in McCormicks Dienstzimmer.

»Ich habe unsere Waliser gefunden«, begrüßte McCormick den Agenten und den Verbindungsoffizier.

Abernathy drückte sein Unbehagen durch ein Hochziehen der Schultern aus.

McCormick schüttelte den Kopf. »Keine Sorge. Ich kann Entwarnung geben. Die Jungs haben mit dem Mord allem Anschein nach nichts zu tun.«

Abernathy atmete hörbar auf. Delaneys Miene löste sich.

McCormick reichte ihnen Kopien des Vernehmungsprotokolls. »In Kürze: Die drei Kameraden waren an dem Abend in der *Ming Mang Bar*. Sie haben sich Junggesellenfilme angeschaut, ein paar Bier getrunken, mit den Mädels geschäkert. Gegen zwei Uhr sind sie aufgebrochen.«

»Wann war der Mord?«

»Das muss ungefähr zwischen drei Uhr fünfzehn und drei Uhr dreißig passiert sein.«

»Dann hätten sie aber doch –«

»Hätten sie, haben sie aber nicht. Eigentlich wollten sie Geld sparen und zu Fuß zurück zum Tor.«

»Eine ganz schöne Strecke ...«

»Zweieinhalb Kilometer. In der Ausbildung laufen die das jeden Tag.«

»Stimmt auch wieder.«

»Davon abgesehen – die Burschen hatten Glück. Ein Taxi kam leer aus Rulle zurück und hat sie für den halben Preis mitgenommen. Für den Fahrer ein gutes Geschäft – er schreibt die Einnahme nicht auf, er hat ja schon die Hinfahrt verbucht. Und ich habe mit den Posten gesprochen und ihnen die Phantombilder vorgelegt. Sie konnten sich erinnern. Die drei haben sich um zwei Uhr acht zurückgemeldet. Wenn sie nicht wieder über den Zaun geklettert und nach Lechtingen geflogen sind, dann können sie den Mord unmöglich begangen haben.«

Er blickte in zwei erleichterte Gesichter.

»Gibst du's an die deutschen Kollegen durch?«

»Mache ich im Laufe des Vormittags.«

»Gott sei Dank«, seufzte Abernathy. »Dann ist das ja wohl vom Tisch.«

»Nach jetzigem Ermessen: ja.«

»Nach jetzigem Ermessen? Malen Sie bloß nicht den Teufel an die Wand ...«

Gräber kommt zu spät

Als Sabine Kühne um zwanzig nach sieben ihren Arbeitsplatz einnahm, fiel ihr Blick auf das A4-Blatt mit der dick umkringelten Nachricht:
Muss noch mal weg, etwas überprüfen. Werde eventuell nicht pünktlich zur Lage kommen können. Informieren Sie den Chef und entschuldigen Sie mich. Schreiben Sie mit, falls es neue Erkenntnisse gibt.

Gedankenverloren sah sie hinunter auf den Verkehr auf der Braunschweiger Straße. Die Aussicht, Gräber in der morgendlichen Besprechung vertreten zu müssen, machte sie nervös. Seufzend riss sie sich zusammen und nahm die Fallakte zur Hand. Eingehend studierte sie noch einmal die jüngsten Einträge, um sich für mögliche Fragen der Kollegen zu wappnen.

Um kurz vor acht saß Sabine Kühne im Besprechungsraum und kontrollierte die Reihenfolge ihrer Papiere, als sie eine Stimme von der Seite sagen hörte: »Guten Morgen, Novizin Kühne. Darf ich?« Torben Meinecke deutete auf den Stuhl neben ihr.

»Ja, natürlich. Der Platz ist frei.«

Sabine Kühne fühlte Wärme unter ihre Gesichtshaut kriechen, als ob sie rot anlaufen würde. Schnell wandte sie sich nach vorne, wo Schonebeck soeben Aufstellung genommen hatte.

»Morgen allerseits. Wir haben jetzt die Tatortfotos von Koltzenburg vorliegen. Ein Satz davon muss in die Akte ...«

Er warf suchende Blicke in die Runde, entdeckte Kühne und sprach sie an. »Kommt der Kollege Gräber noch?«

»Ähm, ja,«, stammelte sie, »er lässt sich entschuldigen, er verspätet sich leider. Er ist noch dienstlich unterwegs.«

Schonebeck schüttelte ungehalten den Kopf und schnarrte irgendetwas Unverständliches mit strafendem Beiklang. »Reicht mal durch, zu der Kollegin«, sagte er und gab den Umschlag mit den Fotos an den Nächstsitzenden. »Dann jetzt zur Tagesordnung.«

Vieregge und Linsebrink berichteten, dass sie am Vorabend weitere Haus-zu-Haus-Befragungen vorgenommen hatten, dort, wo bislang niemand angetroffen worden war, und auch in nochmals erweitertem Umkreis um den Imbissstandort, im Wohnviertel nordöstlich des Bahndamms.

»Etwas Brauchbares haben wir nicht erfahren«, meldete Linsebrink.

»Es gab nur die üblichen allgemeinen Verdächtigungen«, ergänzte Vieregge. »Ihr wisst schon – Ausländer, speziell die Türken, die Zigeuner ...«

»Was ist eigentlich mit den Zigeunern?«, fragte Haucke. »Da gibt es doch eine ganze Siedlung zwischen der Papierfabrik und der Bahnlinie. Früher hieß das Papenhütte. Sollen wir da nicht mal nachbohren?«

»Wo ist das genau?«, fragte Schonebeck.

»Am Kiefernweg.« Haucke zeigte es ihm auf dem Stadtplan, der an der Wand aufgehängt worden war.

»Polizisten sind dort nicht gern gesehen«, kommentierte Torben Meinecke, Kühnes Sitznachbar. »Aus bekannten historischen Gründen. Das Wort Zigeuner sollte man deswegen auch vermeiden.«

»Wieso das denn?«, fragte Haucke.

»Weil es ein Schimpfwort ist. Kommt von Gauner. Ziehende Gauner – Ziehgauner.«

»Aber das sagen doch alle. Immer schon.«

»Das macht es nicht besser. Wir möchten ja auch nicht *Bullen* genannt werden.«

»Och, stört mich nicht so. Ich habe mich schon dran gewöhnt. Wie soll man denn die Zi..., also, was soll man denn sonst zu diesen Leuten sagen?«

»Roma. So nennen sie sich selbst.«

»Das muss uns nicht kümmern«, unterbrach Schonebeck. »Vieregge, Linsebrink, ihr macht da mal diskret die Runde. Meinecke, Sie gucken nach, ob da in letzter Zeit in Sachen Raub was vorgelegen hat. Wenn ja, ob es ein Muster gibt. Und ob sich bei den Vorstrafen etwas finden lässt.«

Die Angesprochenen murmelten bestätigende Worte.

Schonebeck wollte eben fortfahren, als die Tür geöffnet wurde. Gräber schob sich leise herein und machte eine entschuldigende Geste. Er hatte die Besprechung nicht stören wollen, aber dafür sorgte Schonebeck schon selbst.

»Karl-Heinz! Schön, dass du dich zu uns gesellst«, wurde er vom MoKo-Leiter angesprochen. Einige hatten Gräbers Kommen gar nicht bemerkt, aber jetzt waren alle Blicke auf ihn gerichtet.

»Ja, Entschuldigung. Ich habe noch etwas überprüft. Setz mich mal auf die Tagesordnung, ich hätte dann gleich noch etwas beizutragen.«

»Das kannst du auch jetzt tun. Wir sind gespannt.«

»In Ordnung.« Gräber legte seinen Mantel ab, blieb aber stehen. »Also – die Thomaschewski ist nicht ausgeraubt worden.«

»Woher willst du das jetzt so genau wissen?«

»Axel von der MoKo Nachtbar hat mich auf die Idee gebracht. Dort wurde das Opfer ermordet, als es eine Geldbombe mit den Tageseinnahmen zum Nachttresor bringen wollte.«

»Was hat das mit unserem Fall zu tun?«, drängte Schonebeck ungeduldig.

»Ich habe in den sichergestellten Unterlagen nachgesehen, bei welcher Bank unser Opfer ein Konto hatte. Es handelt sich um die Filiale am Eversburger Platz. Bin eben dort gewesen. Sie hat in der Tatnacht eine Einzahlung per Geldbombe gemacht. Genau den Betrag, den sie laut Kassenbuch eingenommen hatte. Wie man mir sagte, machte sie das immer so, an jedem Geschäftstag.«

»Und was heißt das jetzt?«, wollte Haucke wissen.

Nieporte half ihm weiter. »Wir sind bislang davon ausgegangen, dass der Täter Thomaschewskis Gewohnheiten kannte oder sie ausspioniert hat, um sie auszurauben. Das haut so nicht mehr hin. Wenn er ihre Gewohnheiten kannte, wusste er doch, dass sie ihr Geld zum Nachttresor bringt. Er hätte sie dort an der Bank oder auf dem Weg dorthin überfallen.«

»Ach so. Klar. Scheiße ...« Er sah zu Sabine Kühne. »Entschuldigen Sie mein Französisch, junge Frau.«

Die Kommissarin zuckte ungerührt mit den Achseln. Sie hatte in der Polizeischule viele schlechte Witze ertragen müssen.

»Es kann sich doch aber um einen versuchten Raub gehandelt haben«, warf Vieregge ein. »Ein spontaner Überfall. Der Täter wusste nicht, dass sie kein Geld dabei hatte. Vielleicht ein Junkie, der dringend Geld für einen Schuss brauchte.«

»Möglich«, erwiderte Gräber. »Aber wer wartet denn nachts in dieser gottverlassenen Gegend an der Schleuse geduldig darauf, dass jemand vorbeikommt, den man überfallen könnte? Da würde ich mich doch ganz woanders hinstellen. Vor allem, wenn man unter Druck steht.«

Einige Kollegen nickten zustimmend, andere schauten ratsuchend zu Schonebeck.

Der MoKo-Leiter spürte, dass er jetzt Tatkraft signalisieren musste. Er legte die Hände ineinander und versuchte zu überspielen, dass ihn Gräbers Mitteilung aus dem Konzept gebracht hatte.

»Nun gut«, sagte er mit fester Stimme. »Wir beginnen noch einmal neu. Die Theorie vom Raub legen wir nicht ad acta, Franz-Dieter, das übernimmst du. Haucke, Sie auch. Holger und Jürgen, ihr erledigt die ausstehenden Befragungen.« Er überlegte kurz. »Ich werde jetzt doch mal sehen, ob wir das Wasser in der Schleuse ablassen und nach der Tatwaffe suchen können. Wir haben das bislang aufgeschoben, weil es den Schleusenbetrieb aufhalten würde. Widmen wir uns verstärkt dem privaten und beruflichen Umfeld der Toten. Karl-Heinz, Meinecke, Fräulein Kühne, ihr arbeitet zusammen. Geht die Fallakte durch und stellt zusammen, wer ein Motiv haben könnte.«

»Es ist mir eine Freude«, sagte Torben Meinecke leise, leicht zu Sabine Kühne geneigt.

Wieder hatte die Kommissarin ein Gefühl, als ob ihre Wangen rot anlaufen würden.

Schöningh macht Überstunden

Die pralle Aktentasche mit dem Umhängeriemen schlackerte um seine Taille, als Knut Schöningh die Rolltreppe zum Neumarkttunnel hinabstürmte.

»Heh!«

»Tut mir leid!«

Der bummelige junge Mann, der ihm in die Quere gekommen war, trug einen militärisch geschnittenen Blouson und eine Stone-Washed-Jeans. Schöningh hatte ihn versehentlich angerempelt. Er winkte entschuldigend über die rechte Schulter, eilte weiter durch die unterirdische Ladenpassage, immer bemüht, Zusammenstöße mit den bummelnden Passanten zu vermeiden.

Die Temperaturen lagen rund um zehn Grad, aber die Sonne schien und hatte an diesem Montagnachmittag viele Menschen in die Innenstadt gelockt. Jetzt, zwei Stunden vor Geschäftsschluss, war nur schwer durchkommen auf den Straßen. Knut Schöningh schnaubte leise, wütend auf sich selbst, dass er nicht früher losgefahren war. Er trug einen leichten Trenchcoat. Trotzdem war er schon kurz nach dem Verlassen des Horten-Parkhauses ins Schwitzen geraten.

Er sah auf die Uhr. Lorenz Wachowiak konnte es gar nicht leiden, wenn man ihn warten ließ.

Der Architekt und sein Auftraggeber hatten ein Treffen am Eingang zur Baustelle der *Hanse-Etageria* verabredet. Angesichts der bald bevorstehenden Eröffnung ließ sich Wachowiak regelmäßig über die aktuellen Baufortschritte unterrichten. Er bestand darauf, dass Schöningh ihn bei den Begehungen begleitete.

Mit wehenden Schößen hastete Schöningh die Rampe zur Johannisstraße hinauf. Die Baustellenzufahrt war geöffnet. Immer wieder blieben Passanten stehen, warfen neugierige Blicke hinein und bewunderten das Baustellenschild. Eine farbige Grafik zeigte, wie das Objekt nach der Fertigstellung aussehen würde.

Das ehrgeizige Bauvorhaben machte seit Wochen Schlagzeilen und hatte bei der örtlichen Wirtschaft und beim Fremdenverkehrsamt große Erwartungen geweckt.

Wachowiak und sein Prokurist Thorbecke warteten bereits. Schöningh setzte zu einer wortreichen Entschuldigung an, aber Wachowiak brachte ihn mit einer sichelnden Handbewegung zum Schweigen.

»Schon recht, Meister. Die Stadt ist überfüllt. Ich hab's bemerkt. Rubbeln Sie sich den Schweiß aus dem Gesicht. Sie sehen zum Davonlaufen aus. Und dann lassen Sie uns reingehen.«

Sie begannen ihren Rundgang im Erdgeschoss, wo in Bälde das Kaufpublikum flanieren sollte. An den Tagen zuvor waren die Schaufensterscheiben und die gläsernen Türen geliefert worden.

Aufmerksam inspizierte Wachowiak die jüngsten Einbauten und Malerarbeiten.

»Sie sagen sofort Bescheid, wenn Sie Mängel entdecken«, wies er Schöningh an. »Ich will den Mietern am Mittwoch sagen können, dass sie ihre Schlüssel abholen und ihre Läden einräumen können. Es muss hier mal langsam losgehen. Wehe, es kommt zu Verzögerungen, nur weil irgendjemand geschlampt hat. Ulf, du guckst auch mit.«

»Ich verstehe nur leider nicht so viel davon wie Sie«, gestand Ulf Thorbecke. »Zahlen liegen mir mehr.«

»Ist doch egal«, polterte Wachowiak. »Du siehst doch wohl, wenn irgendwo was schief hängt oder tropft, Kerl.«

Es war dann tatsächlich der Prokurist Thorbecke, der das Malheur entdeckte. Im Obergeschoss war an einem der kleineren Ladenlokale die Glastür nachlässig eingebaut worden. Oben schabte sie an der Einfassung, unten schwebte sie zu hoch über der Schwelle.

»Ruf den Glaser an. Das wird sofort in Ordnung gebracht«, schimpfte Wachowiak.

»Es ist Feierabendzeit«, wandte Schöningh ein. »Da wird er kaum rauskommen.«

Wachowiak funkelte ihn wütend an. »Entweder der Mist ist bis morgen früh behoben oder er kann bis Sankt Nimmerlein auf seine Bezahlung warten. Und von mir wird er keine Aufträge mehr kriegen. Machen Sie ihm das klar.«

»Natürlich. Ich kümmere mich darum.«

»Unten in der Halle ist ein Münzfernsprecher. Der ist schon angeschlossen. Machen Sie, dass sie da runterkommen und den Pfuscher herholen.«

Ohne ein weiteres Wort eilte Schöningh davon.

Wachowiak grinste. »Siehst du, mein Lieber – man muss die Leute auf Trab halten. Sonst tanzen sie einem irgendwann auf der Nase herum.«

Sie beendeten ihren Rundgang, ohne weitere Mängel entdeckt zu haben. Im Erdgeschoss trafen sie auf den Architekten, der sie mit einer hilflosen Geste erwartete.

»Herr Wachowiak, es tut mir leid. Aber das Telefon geht nicht.«

»Herrgott noch mal. Die Bundespost hat mir fest zugesagt, dass es zum ersten Oktober angeschlossen wird.«

»Angeschlossen ist es. Man hört ein Signal. Aber ich bekomme keine Verbindung. Die Groschen rutschen immer wieder durch.«

»Dann liegt es vermutlich an den Münzen«, meinte Thorbecke. »Reiben sie sie mal am Gehäuse. Oder versuchen Sie es mit anderen.«

Nervös fingerte Schöningh in seinem Portemonnaie und kramte zwei Zehner hervor, die er in den Schlitz des Automaten warf.

Hinter sich hörte er Wachowiak mit gefährlicher Ruhe sagen: »Schöningh, Sie sind ein Idiot.«

Getroffen wandte der Architekt sich um. Er war von seinem Auftraggeber einiges gewohnt, aber langsam gingen ihm die verbalen Angriffe zu weit. »Herr Wachowiak, ich muss doch bitten –«

»Meinetwegen, aber machen Sie das gefälligst später. Jetzt werfen Sie erst einmal noch einen Groschen da rein. Seit heute kostet das Ortsgespräch dreißig Pfennig, nicht mehr zwanzig, Sie Töffel. Lesen Sie keine Zeitung?«

Schöningh lief rot an. »Ach ja ... richtig«, stammelte er. »Das war mir völlig entfallen ...«

»Also, kommt jetzt Zug in die Chose, oder muss ich selber zum Hörer greifen –«

»Nein, nein, bin schon dabei.«

»Was für ein Tölpel«, sagte Wachowiak, als er und Thorbecke das provisorische Verkaufsbüro betraten, das als Anlaufstelle für Handwerker und Mieter eingerichtet worden war. Auch dort gab es ein Telefon. Wachowiak hatte es Schöningh aus purer Bosheit nicht benutzen lassen. »Aber als Architekt hat er was drauf.«

Sie gingen die anstehenden Aufgaben durch. Die Eröffnung der *Hanse-Etageria* war auf Samstag, den zwanzigsten Oktober, angesetzt worden. Wachowiak hatte sich nach dem Terminkalender seines Stargastes richten müssen. Die Einladungen an ausgewählte lokale Prominenz aus Wirtschaft,

Politik und Sport, gedruckt auf feinstem Crown-Mill-Bütten, jede einzelne von Wachowiak mit dem Tintenfüller unterschrieben, waren unterwegs. Die ersten Zusagen lagen vor.

Von der ersten Planung an war für das oberste Stockwerk ein gastronomischer Betrieb vorgesehen gewesen. Die Immowa hatte die Räumlichkeiten an ein italienisches Restaurant vergeben. Der Betreiber würde den Partyservice übernehmen. Wachowiak hatte einen günstigen Preis ausgehandelt. Desgleichen beim Getränkehändler, der zu Sonderkonditionen auch Sitzgelegenheiten, Dekoration und Stehtische für die Eröffnungsfeierlichkeiten bereitstellte.

Wachowiak war besonders stolz, dass er seinen Gästen einen prominenten Künstler präsentieren konnte. Über private Kontakte war er an den Entertainer Harald Juhnke herangetreten. Der hatte, gegen entsprechendes Honorar, zugesagt, beim abendlichen Empfang ein paar Evergreens zu singen. Am Samstag würde er gemeinsam mit der Oberbürgermeisterin feierlich das rote Band durchschneiden und die *Hanse-Etageria* für das Publikum eröffnen.

Juhnke hatte angekündigt, mit der Bahn anreisen zu wollen. Wachowiak würde ihn nachmittags vom Hauptbahnhof abholen müssen. Der Termin stand rot umrandet in seinem Kalender. Darauf verlassen wollte er sich nicht, sondern erteilte Thorbecke den Auftrag: »Erinnere mich am Donnerstag, falls ich es vergessen sollte.«

»Ich bin mir sehr sicher, dass Sie es nicht vergessen werden.«

Wachowiaks Bentley Mulsanne parkte einige Meter vor dem hölzernen Baustellenzaun im absoluten Halteverbot. Norbert Wenck kümmerte sich nicht darum. Gleich nach Antritt seines Dienstes als Wachowiaks Chauffeur hatte er gelernt, dass er Politessen und Verkehrspolizei nicht fürchten musste. Sollte es jemand wagen, der stadtbekannten Luxuslimousine ein Strafmandat zu verpassen, ging das an Wachowiaks Sekretärin und von dort unmittelbar an den Oberstadtdirektor, mit der Bitte um schnellstmögliche Erledigung.

Wenck hatte den Wagen bereits gewendet und stand nun wartend hinter der Tür. Er rauchte und hörte den englischsprachigen Sender BFBS, als er Wachowiak, Thorbecke und den Architekten Schöningh aus der Baustellenausfahrt kommen sah. Er warf die Kippe zu Boden und trat sie aus. Wachowiak hatte strikt untersagt, im Wageninneren zu rauchen. Er mochte auch BFBS nicht, vielleicht, weil er kaum Englisch verstand. Deshalb beugte sich Wenck eilig hinunter und wechselte mit einem schnellen Knopfdruck den Sender. Dann eilte er ums Auto herum und öffnete den Schlag für seinen Chef, der ihn von seinem früheren Posten als Türsteher abgeworben und als Fahrer und Gelegenheitsleibwächter angeheuert hatte.

Der Architekt sah zum Himmel, der sich binnen kurzer Zeit zugezogen hatte. »Es wird gleich Regen geben. Können Sie mich vielleicht ein Stück mitnehmen?«

Wachowiak wandte sich abrupt um und wurde grob. »Mitnehmen? Erstens bin ich kein Taxiunternehmer. Zweitens bleiben Sie gefälligst hier und kümmern sich darum, dass sämtliche Baumängel beseitigt werden. Und zwar bis morgen.«

»Aber – die Handwerker machen doch jeden Moment Feierabend ...«

»Wen interessiert denn das? Erzählen Sie Ihre Kalenderweisheiten Ihrem Friseur. Sie wissen doch: Dem Ingenieur ist nichts zu schwör. Abmarsch, an die Arbeit!«

»Soll ich auch hierbleiben?«, fragte Thorbecke beflissen.

»Nein, du kommst mit. Steig ein.«

Beide nahmen auf dem Rücksitz Platz, und Wachowiak brachte seinen üblichen Spruch. »Johann, nach Hause.« Der

Satz stammte aus einer alten Fernsehserie, wie Wachowiak seinem Fahrer einmal in einem Anfall guter Laune erklärt hatte. *Graf Yoster gibt sich die Ehre.* So lautete deren Titel.

»Die habe ich immer gern gesehen«, hatte Wachowiak geschwärmt. »Es geht um einen adligen Krimischriftsteller, der in jeder Folge ein Verbrechen aufklärt und dabei von seinem Chauffeur, einem Ex-Knasti, unterstützt wird. Wenn alles erledigt ist, steigt der Graf in seinen Rolls-Royce und sagt: *Johann, nach Hause!* Das wollte ich auch mal haben. Den Rolls und so einen Johann. Ist dann halt ein Bentley geworden. Auch nicht schlecht.«

Er hatte sich in den Polstern zurückgelehnt und zufrieden vor sich hingelacht.

Sie setzten Thorbecke am Büro ab und fuhren weiter in den Westteil der Stadt, wo Wachowiak eine Gründerzeitvilla besaß. Als sie auf den Wall einbogen, klingelte das Autotelefon.

Wachowiak seufzte. »Bestimmt wieder neue Scherereien mit diesem Architektenhansel ...« Er nahm ab. »Ja?!«

Am anderen Ende meldete sich eine angespannte Stimme. »Tagchen, Lorenz, Ferdy hier.«

»Semmler? Was willst du denn? Sag nicht, du brauchst Geld.«

»Geld kann man immer brauchen.« Semmler lachte nervös.

»Ferdy ...«

»Nein, nein, deswegen rufe ich gar nicht an. Es ist wegen Maggie und Rainer.«

»Wieso? Was ist mit denen?«

»Weißt du das denn nicht? Beide sind tot.«

»Ja, und? Das ist traurig, na klar. Aber ich kann es jetzt auch nicht mehr ändern. Maggies Beerdigung wird veranlasst. Mein Büro weiß schon Bescheid. Ansonsten muss ich mich gerade um wichtigere Dinge kümmern.«

»Weiß ich doch. Aber kommt dir das denn nicht komisch vor? Ausgerechnet unsere alten Freunde? Und beide ermordet? Auf ganz ähnliche Weise?«

»Semmler, Mensch – da geht halt einer um und raubt nachts die Leute aus. Eine hässliche Sache, klar. Tut mir ja auch leid, vor allem um Maggie. So wie ich Rainer kenne, hat er die Kohle nicht kampflos rausgerückt. Aber der andere war wohl stärker. Ich meine, Rainer war ja nun nicht mehr der Jüngste. Und ordentlich zugelegt hatte er auch, als ich ihn das letzte Mal gesehen habe. Der watschelte wie eine gestopfte Ente.«

»Du glaubst nicht, dass es da einen Zusammenhang gibt? Vielleicht hatte es jemand absichtlich auf die beiden abgesehen. Und wir sind womöglich die nächsten ...«

»Was? Semmler, du hast einen Vogel. Wer sollte denn dahinterstecken? Und das nach all den Jahren? Hör auf zu spinnen, vergiss es und sieh zu, dass du deine Pommes verhökerst. Wirklich, alter Freund, für so 'nen Quatsch habe ich keine Zeit.«

»Aber ...«

»Semmler, tu mir den Gefallen und geh mir nicht auf den Sack mit deinem Gelaber. Mach's gut. Tschöh mit Ö. Wir sehen uns.«

Wachowiak legte auf.

Semmlers Worte beschäftigten ihn allerdings weitaus stärker, als er zugeben wollte. Er ertappte sich dabei, dass er, einer inneren Regung folgend, sichernd zum Rückfenster hinaussah, dann zu beiden Seiten. Er schüttelte den Kopf. ›Dieser Idiot macht einen ganz kirre‹, dachte er. Laut sagte er: »Norbert, ich brauche Sie heute Abend als Aufpasser.«

»Sehr gern, Chef«, sagte Wenck mit einem schnellen Blick in den Rückspiegel. Und wunderte sich, dass Wachowiak ihn mit seinem richtigen Vornamen ansprach.

Fallakte III: MoKo Berge

Stoßzeit bei Semmler

Ferdy Semmler stand eine abendliche Schicht in seinem Imbiss bevor. An solchen Tagen pflegte er mittags zwei Stunden zu schlafen. Doch er kam nicht zur Ruhe, wälzte sich von einer Seite auf die andere, suchte seine flirrenden Gedanken zu bändigen. Die beiden Morde verfolgten ihn. Seufzend setzte er sich auf.

Beim Bäcker holte er einen Korb voller Minibrötchen, die mit den Bratwürsten serviert wurden. Um kurz vor vier hielt er vor seinem kleinen Kundenparkplatz, schloss die Kette auf und parkte den Kombi nah am Hintereingang, um bequem ausladen zu können. In dem eisernen Reihenständer war ein Damenfahrrad abgestellt. Seine Aushilfe hatte ihre Schicht bereits begonnen.

Semmler brachte die Brötchen direkt in die Kochzeile.

»Mahlzeit, Ramona. Mach mal bitte einen Kaffee.«

»Es ist noch welcher da.«

»Nein, einen starken. Setz bitte eine Extra-Kanne auf.«

Ramona Beinecke drehte ihrem schlecht gelaunten Chef den Rücken zu und zog einen Flunsch.

Sein Kopf schmerzte und er fühlte sich wie zerschlagen, als er im Sozialraum in seinen weißen Kittel schlüpfte. Die Neonröhren unter der Decke sorgten für eine ungemütliche Atmosphäre. Aber es lag nicht am grünlich-kalten Licht, dass ihm aus dem fleckigen Spiegel eine gespenstische, kreidig-fahle Maske entgegenblickte.

Der erste Andrang ließ nicht lange auf sich warten. An diesem Mittwoch herrschte ab dem späten Nachmittag

Hochbetrieb. Semmler spürte, wie Schweißperlen über seinen Rücken rannen, während er Pommes Frites portionierte und in der Fritteuse versenkte, Würste zerteilte und mit Currysoße übergoss, Schnitzel und Frikadellen wendete. Auch halbe Hähnchen waren sehr gefragt an diesem Abend. In der Hektik vergaß er kurzzeitig, den Bratspieß wieder aufzufüllen. Als der nächste Kunde zwei halbe Hähnchen verlangte, waren die noch nicht durchgebraten.

Ramona bat den Mann um ein wenig Geduld, aber der winkte ab.

»Nee, lass man, Mädchen. Ein Saftladen ist das hier«, sagte er und stapfte davon, undeutlich vor sich hin schimpfend.

Sicher würde er jetzt in die Nachbargemeinde fahren und sich dort im *Burg-Grill* versorgen. Zeit gewann er dadurch nicht. Aber die Menschen hatten das Warten verlernt, brauchten immer eine Betätigung, mussten in Bewegung bleiben. Semmler nahm das Sieb mit den Pommes aus dem brodelnden Öl und verteilte sie auf zwei Pappschüsselchen. Seine Grübelei hatte ihn abgelenkt, ihm war die Bestellung entfallen.

»Ramona, war das mit Ketchup oder Mayo?«

Ramona wusste es auch nicht mehr und gab die Frage an den Kunden weiter.

»Zweimal Mayo.«

»Kommt!«

Der Zeiger der Coca-Cola-Uhr ruckte Sekunde um Sekunde auf ein Uhr zu. Die Fritteuse war abgeschaltet. Ramona Beinecke hatte begonnen, die Aschenbecher zu leeren und die Stehtische abzuwischen. Dann bimmelte doch noch einmal die Glocke über der Eingangstür. Ein später Gast. Kräftiger Bursche. Schon alt, bestimmt über vierzig. Ramona Beinecke kannte ihn nicht. Kein Stammkunde.

»'n Abend. Kann ich vielleicht noch eine Pommes und eine Bratwurst kriegen?«

»Wir wollten gerade schließen. Polizeistunde!«

Semmler ging dazwischen. »Die Zeit haben wir noch. Eine Bratwurst kriegen wir hin. Die Pommes auch. Darf es auch was zu trinken sein?«

»Klar. Ein Pilsken gehört dazu.«

»Ein Osnabrücker?«

»Was denn sonst?«

»Sehr gern. Mona, du kannst trotzdem schon Feierabend machen. Ich räume dann selbst auf.«

»Ich kann noch bleiben – ist ja noch vor eins ...«

»Geh ruhig. Ich übernehme den Rest und mache dann auch die Kasse.«

»Von mir aus ...«

Semmler warf die Fritteuse wieder an und schaltete den Bräter hoch. »Dauert einen kleinen Moment. Die Fritteuse muss erst wieder auf Temperatur kommen«, sagte er, als er dem späten Gast das Bier hinstellte.

»Kein Problem. Ich hab' sonst nix vor.«

Hinter Semmlers Rücken machte Beinecke ein langes Gesicht. Ihr Chef war dermaßen auf Kohle aus, er ließ sich nicht einmal den kargen Verdienst einer einzelnen Portion Pommes entgehen. Hauptsächlich ärgerte sie, dass er die Bezahlung für eine weitere Stunde Arbeitszeit sparen wollte, die für das Saubermachen und Aufräumen der Imbissstube angefallen wäre. Sie ging in den Sozialraum, wo Semmler für seine Aushilfen ein paar Spinde aus Metallblech aufgestellt hatte, die er für wenig Geld aus einer Konkursmasse erstanden hatte. Die Gebrauchsspuren sah man ihnen an. Sie waren verbeult, einige der Schlösser klemmten.

Ramona Beinecke legte ihren Kittel ab und stopfte ihn in eine Plastiktüte. Er roch nach Frittenfett und musste dringend in die Waschmaschine. Sie rümpfte die Nase. Der Geruch war bis zu ihrem T-Shirt durchgedrungen. Sie wechselte das Hemd und zog eine Bluse darüber. Dann schlüpfte sie in ihren Anorak.

»Ich geh dann. Bis morgen.«

»Jau. Komm gut nach Haus.«

Draußen blieb sie kurz stehen und inhalierte die Nachtluft, die kühl über ihre Wangen strich und sie mit jedem Atemzug ein wenig erfrischte. Sie beugte sich hinab, um ihr Fahrrad aufzuschließen, hielt aber inne. Hinter den Lorbeersträuchern und Ligustern, mit denen der Nachbar sein Grundstück vom Imbissparkplatz abgegrenzt hatte, schien sich etwas zu bewegen. Ein Schatten. Ein Hundehalter beim Gassigehen? Ein Betrunkener, der sich in die Büsche erleichterte? Sie sah schärfer hin, konnte aber nichts erkennen. Vermutlich waren es nur Zweige, die im Abendwind schaukelten.

Als sie mit knarrender Kette hinaus auf die Straße fuhr, sah sie sich noch einige Male um, konnte aber niemanden ausmachen. Trotzdem war ihr mulmig zumute. Unwillkürlich trat sie kräftiger in die Pedale und beeilte sich, auf die beleuchtete Hauptstraße zu gelangen.

Der letzte Gast war gegangen. Semmler hatte den Haupteingang abgeschlossen, die Leuchtreklame ab- und das Arbeitslicht eingeschaltet. Ein tiefer Seufzer machte seiner Lustlosigkeit Luft. Eigentlich hätte an diesem Tag das Fett in der Fritteuse ausgetauscht werden müssen. Semmler ließ es bleiben. Er sparte ein paar Mark, wenn er den Wechsel um einen Tag verschob, und er kam früher nach Hause. Seine Erfahrung sagte ihm, dass die Kunden den Unterschied nicht schmecken würden.

Die verkrusteten Rückstände auf dem Bratblech widerstanden dem weichen Schwamm und den vorsichtigen Kratzbewegungen mit dem hölzernen Schaber. Stahlwolle wäre wirksamer gewesen, sie hätte aber die empfindliche Beschichtung beschädigt. Also gab er nochmals ein schonendes Reinigungsmittel auf den Bräter, seufzte laut und und rieb geduldig weiter.

Eine Arbeit für einen, der Vater und Mutter totgeschlagen hat. Semmler grinste. Der Spruch stammte von seinem Vater. Als Kind hatte er ihn oft gehört. Und eigentlich immer gedacht, dass er auf ihn selbst nie zutreffen würde.

Jetzt war es doch so gekommen. Er tröstete sich mit dem Gedanken an die Tageseinnahmen. Mehrmals hatte er Geldbündel in den Tresor bringen müssen, weil die Kassenfächer überquollen. Er freute sich schon auf die Tagesabrechnung.

Der Imbiss machte gute Umsätze und sicherte sein Auskommen. Allerdings lebte er mittlerweile sehr bescheiden. Vor einigen Jahren noch war das anders gewesen. Eine Zeitlang hatte er auf Bindungen verzichtet und war viel gereist.

Schon als Jugendlicher hatte er von Las Vegas geträumt. Er kannte es aus dem Kino. Die eleganten Kasinos mit den fantasievollen Leuchtreklamen, die breiten Boulevards, Straßenkreuzer, Palmen. Als er zu Geld gekommen war, buchte er als Erstes eine Reise in das Spielerparadies. Er hatte Elvis Presley, der nur wenige Jahre später mit zweiundvierzig Jahren gestorben war, auf der Bühne erlebt, große Revuen mit Komikern und fast nackten Tänzerinnen besucht und das Roulettespiel kennengelernt.

Wieder zu Hause in Deutschland, war er einige Male in der Spielbank in Bad Bentheim und im niederländischen Enschede im *Holland Casino* gewesen. Aber das war blasse Provinz. Nirgendwo wollte sich das Las-Vegas-Gefühl einstellen. Keines der beiden Kasinos konnte dem Vergleich mit dem internationalen Glamour und dem fiebrigen Trubel der amerikanischen Wüstenmetropole, wo der Unterhaltungsbetrieb Tag und Nacht rund um die Uhr lief, auch nur annähernd standhalten.

Vielleicht besser so.

Semmler hatte nie größere Summen verspielt. Trotzdem war sein Vermögen mit der Zeit geschrumpft. Die vielen Überseeflüge, zu Konzerten in New York, nach Rio, in den Urlaub nach Acapulco und Pattaya gingen ins Geld.

Er hatte schon begonnen, sich sporadisch nach einer neuen Anstellung umzuhören, als ihm ein befreundeter Musiker aus dem Nordkreis von diesem Imbissbesitzer erzählte, der aus Altersgründen nach einem Nachfolger suchte. Mit Gastronomie kannte er sich aus, in dem Bereich hatte er schon gearbeitet. Die Schulung bei der Industrie- und Handelskammer absolvierte er mit Leichtigkeit, Gesundheitszeugnis und die Schufa-Auskunft bereiteten keine Probleme. Beim polizeilichen Führungszeugnis war ihm ein Kumpel aus alten Tagen behilflich, der ihm noch einen Gefallen schuldete.

Mit dem Rest seines Vermögens und einem kleinen Bankkredit hatte er den Abstand für die Einrichtung bezahlt, die Küche teilweise modernisiert und sich mit dem Zuschuss seines Getränkelieferanten noch eine neue Leuchtreklame leisten können. Es erfüllte ihn immer noch mit Stolz, wenn über dem Eingang nach kurzem Flackern zwischen den Markenzeichen von Florida Boy Orange in feuerwehrroten Buchstaben die Worte *Ferdy's Imbiss* aufleuchteten. Nachdem das Geschäft zufriedenstellend angelaufen war, hatte er seine Zelte in der Stadt vollends abgebrochen und im Ort eine kleine Mietwohnung bezogen.

Semmler hob den Eimer mit dem Schmutzwasser und trug ihn ins Freie. Um ein Verstopfen der Abflüsse im Imbiss zu vermeiden, goss er das Spülicht stets in den Gully hinter dem Haus. Noch immer erhitzt von der Wärme der Kochöfen und der anstrengenden Putzarbeit, geriet er ins Bibbern, als er ohne wärmende Jacke in die Kälte hinaustrat. Schnellen Schrittes lief er über den Parkplatz, wollte rasch zurück ins Warme. Nebenan schien sich auch jemand aufzuhalten. Er glaubte, den Umriss eines Menschen auszumachen, nahm sich aber nicht die Zeit, näher hinzusehen. Es war zu kalt für einen Plausch unter Nachbarn.

Er kippte das dreckige Wasser in die Gosse, schüttelte den Eimer noch einige Male aus, dann eilte er zurück. Auf halbem Wege ging drinnen im Flur, der den Hinterausgang mit der Gaststube verband, das Licht aus.

»Verfluchte Scheiße. Das hat gerade noch gefehlt!« Jetzt musste er auch noch die Glühlampe wechseln, ehe er endlich nach Hause konnte.

Doch als er die Tür erreichte, trat ihm aus dem Hausinneren jemand entgegen.

»Mona? Hast du etwas vergessen?«

Als ihm klar wurde, dass dort weder Ramona noch eine andere seiner Angestellten im Durchgang stand, war es bereits zu spät. Ein harter Schlag traf ihn unter dem Kinn und warf ihn rücklings zu Boden. Der Plastikeimer fiel ihm aus der Hand und kollerte davon.

Das polternde Geräusch war das letzte, was Semmler zu Lebzeiten zu hören bekam.

Mit Gräber raus aufs Land

An diesem Morgen erwartete Gräber eine Überraschung. Sein Schreibtisch war besetzt. Kriminaldirektor Halgelage hatte seinen Platz eingenommen, vor sich die aktuelle Tageszeitung, die er nun im Aufstehen flüchtig zusammenfaltete.

»Endlich«, sagte er mit ungeduldiger Miene, wollte fortfahren, wurde aber gleich wieder unterbrochen, als auch Sabine Kühne den Raum betrat. Er grüßte, setzte neu an, kam ohne lange Vorrede zur Sache. »Kollege Gräber, ich muss Sie von der MoKo Schleuse abziehen ...«

»Ach ja?«, fragte Gräber erstaunt. »Jetzt doch? Und die Aktenführung ...«

Der Kriminaldirektor winkte ungeduldig ab. »Es geht nicht anders. Wir haben ein Tötungsdelikt im Nordkreis, in Berge. Bei zwei MoKos habe ich zu wenig Leute, und ich brauche wenigstens einen Mann mit Erfahrung dort oben.«

Halgelage reichte Gräber ein A4-Blatt mit den Angaben, die die Kollegen vom Außenkommissariat Bersenbrück übermittelt hatten. Den Inhalt des Notrufes, die Adresse des Auffindeortes.

Halgelages Ton wurde sachlicher. »Außerdem gibt es offenbar ähnliche Tatmerkmale wie bei dem Schleusenmord. Auch dieses Opfer ist ein Imbissbesitzer. Vermutlich ein Raub. Möglicherweise hat sich da ein Täter oder womöglich eine Bande auf Imbissüberfälle spezialisiert. Gerade weil Sie den Schleusenfall so gut kennen, sind Sie der Richtige für diese Aufgabe. Die Aktenführerschaft habe ich schon einem Ihrer

Kollegen übertragen. Falls er Fragen hat, wird er sich an Sie wenden.«

Gräber zuckte mit den Schultern. Für ihn war die Theorie vom Raub eindeutig widerlegt. Doch was sollte er machen ...

»Na schön. Aber geben Sie mir Fräulein Kühne bitte mit. Sie ist mir eine große Hilfe.«

Halgelage kniff verwundert die Brauen zusammen. Vor wenigen Tagen noch hatte Gräber es abgelehnt, mit der jungen Frau zusammenzuarbeiten. Jetzt dieser Umschwung um hundertachtzig Grad?! Misstrauisch blickte er zwischen den beiden hin und her.

Sabine Kühne lächelte unschuldig und schwieg.

Sollte sich da etwas angebahnt haben? Gräber war doch verheiratet ... Halgelage holte Luft, wollte das Thema ansprechen, fand aber die richtigen Worte nicht. Verlegen und erbost über seine Unbeholfenheit beließ er es bei einem knappen Abschiedsgruß. Er würde die beiden im Auge behalten.

Gräber und Kühne hatten Bippen hinter sich gelassen und befuhren die L 102 in Richtung Berge. Sabine Kühne saß auf dem Beifahrersitz, den Autoatlas auf dem Schoß. Aus irgendeinem Grunde galten Frauen als schlechte Kartenleserinnen. Gräber wusste nicht, woher diese Ansicht stammte, die ihm selbst auch nicht fremd war. Kühne aber hatte ihm sehr präzise den Weg durch den Nordkreis gewiesen und jedes Mal rechtzeitig Bescheid gegeben, wenn er irgendwo die Richtung wechseln musste.

Sie erreichten Berge, und die L 102 mündete in die Hauptstraße.

»Rechts oder links?«

»Das weiß ich jetzt auch nicht. Die Karte enthält ja keine Hausnummern.«

»Dann müssen wir halt gucken. Ich versuch's mal rechts.«
Er bog ab, gelangte aber schon nach wenigen hundert Metern an das Ortsausgangsschild. Eine Tankstelle, ein Autohaus, danach nur noch Felder – einen Imbiss hatten sie nicht entdecken können.

»War ja klar«, seufzte der Kommissar und hielt nach einer Gelegenheit zum Wenden Ausschau. »Zwei Möglichkeiten, und Gräber wählt todsicher die verkehrte.«

Seine Beifahrerin lachte.

Sie fuhren zurück, an der Einmündung der Bippener Straße und der Sparkasse vorbei, mussten aber nicht mehr lange suchen. Sie entdeckten *Ferdy's Imbiss* linker Hand. Gräber parkte rechts auf dem Seitenstreifen. Er deutete durchs Fenster. »Da ist der Imbiss. Aber ich sehe keine Kollegen. Sind wir falsch?«

Kühne löste den Gurt und öffnete ihre Tür. »Ich gehe mal fragen.«

Draußen sah sie sich um. Einige Meter die Straße hinunter gab es einen Buchladen. Die Kommissarin wollte sich eben in Bewegung setzen, als sie eine Frau herankommen sah. Kühne schätzte sie auf Mitte fünfzig. Sie war einfach gekleidet. Unter ihrem Kopftuch ringelten sich die Locken einer Dauerwelle hervor. In jeder Hand trug sie eine prall gefüllte Einkaufstasche. Kühne ging ihr ein paar Schritte entgegen.

»Guten Morgen. Die Taschen sehen schwer aus. Soll ich Ihnen vielleicht helfen?«

Die Hausfrau verhielt sich abweisend. »Nee, lassen Sie mal, junge Frau. Das kann ich schon noch alleine.«

»Wie Sie meinen. Aber würden Sie mir mit einer Auskunft behilflich sein? Gibt es noch einen anderen Imbiss hier in Berge? Oder eine Filiale von *Ferdy's Imbiss*?«

Mit einem leisen Ächzen setzte die Frau ihre Taschen ab. »Eine Filiale? Wozu sollte das denn gut sein? Nein, wir haben nur einen Imbiss. Aber da sind Sie ein bisschen früh dran, Fräulein. Der Ferdy öffnet erst um elf.«

»Natürlich.« Die Kommissarin vermied das Vorzeigen ihrer Dienstmarke, um kein unnötiges Aufsehen zu erregen. Sie deutete auf ihren zivilen Wagen.

»Mein Kollege und ich kommen aus Osnabrück, und wir haben einen Termin verabredet. Aber es sieht so aus, als wäre niemand da.«

»Ach, wenn das so ist – dann müssen Sie sicher zum Hintereingang.«

»Wo finde ich den?«

Die Hausfrau wies schräg über die Straße. »Sehen Sie da drüben die Einmündung? Da gehen Sie ein paar Schritte rein, dann kommt gleich der Parkplatz vom Imbiss. Und am Parkplatz ist auch der Hintereingang. Sie können es auch bei Irmgard versuchen. Ihr gehört das Haus, und sie wohnt oben drüber.«

»Wie lautet denn der Nachname ...«

»Holthaus. Aber der steht da gar nicht dran. Weiß ja jeder, dass Irmi da wohnt. Pingeln sie einfach. Sie ist bestimmt zu Hause.«

Sabine Kühne bedankte sich. Seufzend nahm die Hausfrau ihre Taschen wieder auf und schleppte sich weiter.

Gräber war ebenfalls ausgestiegen und sah Kühne erwartungsvoll an. Sie erstattete in knappen Worten Bericht.

»Dann gucken wir uns das mal an«, sagte er. Sie griff sich noch ihre Winterjacke vom Rücksitz und verriegelte die Beifahrertür, während er auf seiner Seite abschloss.

Auf der Hauptstraße herrschte dichter Verkehr. Sie mussten einige PKW und einen schweren LKW vorbeilassen, der Paletten voller Ziegelsteine transportierte. Penter Klinker, wie die Beschriftung auf den seitlichen Ladeklappen verriet.

Endlich gab es eine Lücke, und sie wechselten mit schnellen Schritten die Straßenseite.

Das Gebäude, dessen Erdgeschoss vom Imbiss eingenommen wurde, befand sich auf einem Eckgrundstück. Eine hohe Hecke versperrte die Sicht auf das zugehörige hintere Grundstück. Als sie um die Ecke bogen, wussten sie, dass sie an Ort und Stelle waren. Ein Schild mit einer Florida-Boy-Werbung und der Aufschrift *Nur für Kunden* wies den Weg zum Gästeparkplatz.

Zwei Streifenwagen standen dort, wo ein abgesenkter Bordstein die Zufahrt zum Parkplatz ermöglichte. Sie verengten das Trottoir; ein Kinderwagen hätte kaum noch hindurchgepasst. Nicht gerade verkehrsgerecht, aber die Kollegen waren ja in amtlicher Funktion unterwegs.

Ohnehin schienen auf der stillen Nebenstraße wenig Fußgänger unterwegs, ausgenommen ein Grüppchen, das sich neben den Fahrzeugen versammelt hatte und mit einer Mischung aus Neugier und Entsetzen die Vorgänge im Hinterhof des Imbisses verfolgte. Auch in Türen und Fenstern der umliegenden Wohnhäuser zeigten sich neugierige Gesichter. Der Parkplatz war mit Flatterband abgesperrt worden und wurde von einem uniformierten Kollegen bewacht.

Gräber drängelte sich durch den Pulk und erntete Gemurre und lautstarken Protest.

»Was soll das denn?« – »Eh, Mann! Hinten anstellen!« – »Das ist ja wohl eine Unverschämtheit! Hast du noch alle beisammen, du Döskopp?« – »Rüpel!«

»Herrschaften! Nur die Ruhe! Wir müssen hier arbeiten.«

Gräber hob die Hand über den Kopf und ließ deutlich sichtbar seine Dienstmarke baumeln.

Kühne hatte erwartet, dass er die Schaulustigen zur Ordnung rufen würde, doch sein Ton blieb umgänglich.

»Bitte halten Sie sich zu unserer Verfügung. Wir kommen gleich noch auf Sie zu.«

Der Schutzpolizist hatte Gräbers Worte gehört und hob beflissen das Flatterband, um ihn und Kühne durchzulassen.

»Danke, Kollege. KHK Gräber und Kommissarin Kühne vom Kriminaldienst Osnabrück.«

»Moin. Hauptmeister Schütte. Sie werden schon erwartet. Der Tote liegt drüben am Haus.«

Gräbers Blick folgte Schüttes diskretem Fingerzeig. Nicht weit von der rückwärtigen Eingangstür entfernt, aber noch auf dem unbefestigten Parkplatz, lag ein weiß umhülltes Bündel mit menschlichem Umriss. Es wurde je nach Blickrichtung von dem einzigen geparkten Wagen verdeckt, einem senffarbenen Simca Rancho mit Landkreis-Kennzeichen.

Nahe bei ihnen im Schatten der immergrünen Sträucher, die den Parkplatz zum hinteren Nachbargrundstück hin begrenzten, stand ein zivil gekleideter Mann mit aschfahlem Gesicht, der mit schnellen kurzen Zügen eine Zigarette rauchte.

»Ist das der PvD?«

»Nein. Der PvD heißt Clemens Meyer zu Bergste. Der ist gerade im Haus. Das hier ist Dr. Hurrelbrink«, meldete Schütte mit gedämpfter Stimme. »Er hat den Totenschein ausgestellt.«

»Das passt ja gut. Mit dem Mann muss ich sprechen.« Gräber winkte Kühne, ihm zu folgen.

»Herr Doktor? Gräber. Die Kollegin Kühne. Kriminaldienst Osnabrück. Wir werden die hiesigen Kollegen bei den Ermittlungen unterstützen. Was hat Ihre Untersuchung ergeben?«

Der Arzt zog noch einige Male nervös an seiner Zigarette. Dann warf er den verbliebenen Stummel zu Boden und trat ihn sorgfältig aus. Langsam entließ er den Rauch aus seiner Lunge. Dann räusperte er sich. »Ich muss Ihnen sagen, ich bin kein Rechtsmediziner. Ich habe den Tod festgestellt. Keine natürliche Todesursache, das steht einwandfrei fest.«

»Fremdverschulden?«

Die Stimme des Arztes wurde schwächer, zögerlicher. »So sagen Sie? – Ja, dessen können wir meiner Meinung nach gewiss sein. Dem Mann wurden Kopfwunden beigebracht, mit großer Wucht und nicht nur mit einem Hieb, sondern einer ganzen Abfolge ... Schädelfraktur, Halswirbelbrüche. Das überlebt niemand.«

Er griff in die Innentasche seines Trenchcoats und förderte eine Packung Lord Extra zutage, schüttelte eine Zigarette heraus und bot die geöffnete Schachtel mit zittrigen Fingern erst Kühne, dann Gräber an. »Wollen Sie auch?«

Beide verneinten.

Hurrelbrink entzündete seine Zigarette, nahm den ersten Zug, presste den Qualm tief in die Lungen und stieß ihn dann kraftvoll aus.

»Ich bin ein einfacher Hausarzt. Natürlich habe ich häufiger mit dem Tod zu tun. Menschen sterben, das liegt in der Natur der Dinge. Wer wüsste das besser als ein Mediziner? Aber ... diese Brutalität, die ich hier gesehen habe, diese ... diese grausame Tobsucht ... Da wollte jemand absichtlich töten ... Entschuldigung, aber das hat mich mehr mitgenommen, als ich erwartet hatte. Ich bin selbst überrascht.«

Er paffte erneut. Rücksichtsvoll blies er den gräulichen Rauch zur Seite, wo er einen Moment in der Morgensonne stehenblieb, ehe er sich langsam auflöste.

»Ich verstehe das, Herr Doktor. Auch wir werden immer wieder mit erschütternden Bildern konfrontiert. Es fällt niemandem leicht, darüber hinwegzugehen. Es hilft aber nichts, wir müssen unsere Arbeit machen. Sie können uns dabei unterstützen. Lässt sich etwas zum Todeszeitpunkt sagen?«

Der Arzt schüttelte seine Schultern als Ausdruck seines Unbehagens. »Wie gesagt, ich habe keine Erfahrung auf diesem Gebiet. Ich habe die Körper- und die Umgebungstemperatur genommen.«

»Das ist schon mal hilfreich.«

»Die Daten stehen im Protokoll Ihrer Kollegen. Ansonsten fühle ich mich dieser Sache nicht gewachsen, und ich möchte auch keinen Fehler begehen. Darum habe ich einen Studienfreund angerufen. Er hat sich auf rechtsmedizinische Verfahren spezialisiert und arbeitet in Oldenburg. Er wird uns unterstützen und ist unterwegs.«

Kühne sah, wie Gräbers Mundwinkel verrutschten.

»Die Benachrichtigung der Rechtsmedizin ist eigentlich Aufgabe des Staatsanwaltes. Bitte überlassen Sie das künftig uns«, mahnte er. Die Eigenmächtigkeit des Arztes missfiel ihm. Man hörte es ihm an.

»Ich weiß, das hat mein Studienkollege auch gesagt. In der Zukunft werde ich es beherzigen. Tut mir leid.«

»Nun gut, es ist geschehen, und wir sparen dadurch vielleicht ein bisschen Zeit. Wann wird Ihr Mann hier sein?«

»In spätestens einer Stunde, wenn der Verkehr nicht verrücktspielt.«

»Das warten wir ab und gucken, was wir zwischenzeitlich tun können.«

Mittlerweile waren zwei Männer hinter dem Rancho hervorgetreten. Einer trug Uniform mit dem silbernen Stern eines Polizeikommissars, der andere Stoffhose, Lederjacke, feste Schuhe. Gräber und Kühne gingen den beiden entgegen.

»Moin«, dröhnte der zivile Beamte in tiefstem Bass und hob grüßend das Klemmbrett, das er in der Linken hielt. »Ihr seid die Verstärkung aus der Großstadt?«

»Großstadt? Na ja ... Wenn wir mal in die Großstadt wollen, dann fahren wir nach Münster. KHK Gräber und die Kollegin

Kühne, beide aus Osnabrück. Wir hoffen, dass wir helfen können.«

»Da bin ich ganz sicher. Ich heiße Clemens Meyer zu Bergste.«

»Wrocklage«, meldete sein Begleiter knapp.

Meyer zu Bergste unterrichtete die Osnabrücker über die Personalien des Toten. »Gefunden haben ihn die Müllwerker. Befragung ist erfolgt, Zusammenfassung bei den Unterlagen. Ich habe die Jungs erst mal weiterfahren lassen. Wir kennen ihre Route. Wenn wir sie noch mal brauchen sollten, haben wir sie schnell wieder hier. Wir waren eben drinnen. Die Kasse steht offen und ist leer. Sieht nach Raubmord aus. Mit dem Doktor habt ihr schon gesprochen?«

Gräber nickte. »Dürfte ich mal die Temperaturwerte sehen?«

Meyer zu Bergste reichte ihm den Befundbericht.

»Habt ihr eine Henßge-Tabelle?«

»Klemmt unten dran.«

Gräber suchte die Werte, kreuzte sie im Nomogramm an und glich sie mit dem vom Arzt geschätzten Körpergewicht ab. Stirnrunzelnd schaute er auf seine Timex. »Sieben Stunden. Also Pi mal Daumen zwischen eins und drei in der Nacht.«

»Um ein Uhr ist hier Feierabend. Der Täter könnte einer der letzten Gäste gewesen sein.«

»Oder die Täter.« Sabine Kühne sah die Blicke der Männer auf sich gerichtet. »Vielleicht waren es mehrere.«

»Richtig. Das sollten wir in Betracht ziehen«, bestätigte Gräber. »Diese letzten Gäste müssen wir ausfindig machen. Vielleicht hat einer was gesehen. War der Tote eigentlich allein im Imbiss?«

»Er hatte Aushilfen und eine feste Mitarbeiterin. Ramona Beinecke.«

»Können Sie ihre Adresse beschaffen? Was ist mit den Zaungästen? Schon vernommen?« Er deutete mit dem Kinn auf die Schaulustigen hinter dem Flatterband.

»Noch nicht. Müssen wir noch machen.«

»Und das am besten gleich. Frau Kühne, übernehmen Sie das. Kollege Wrocklage, gehen Sie doch bitte mit. Und wenn Sie durch sind, erfassen Sie die Kennzeichen der abgestellten PKW. Bitte auch im weiteren Umfeld. Herr Wrocklage, Sie wissen doch sicher, wo man hier am besten parken kann.«

»Ja. Ich bin von hier. Geht klar.«

Sabine Kühne ahnte, warum Gräber ihr den älteren Schutzpolizisten zur Seite stellte. Seine Amtsuniform würde ihr zum nötigen Respekt verhelfen. Sie hatte schon erfahren müssen, dass Frauen im Polizeidienst, noch dazu in Zivil, nicht ernstgenommen wurden.

Kühne und das freche Früchtchen

Gräber und Meyer zu Bergste gingen zu dem Toten. Sie traten sacht auf und blieben auf Armlänge. Meyer zu Bergste hob das sterile Tuch, mit dem der Körper abgedeckt worden war. Die Hände auf die Knie gestützt, beugte sich Gräber hinab und besah sich den gesprengten und unnatürlich verdrehten Schädel, das kastanienrot verklebte Haar, die Blutspritzer und Knochensplitter. Der Spurendienst würde große Mühe haben, auf dem unbefestigten, mit Steinchen, Bröckchen und Glasscherben übersäten Grund entscheidende Partikel zu sichern.

Kurz dachte er daran, wie oft er schon ähnliche Szenerien gesehen hatte. Lösten die Spuren eines gewaltsamen Ablebens überhaupt noch etwas in ihm aus? Oder war ihm der Anblick schon zur Routine geworden?

Meyer zu Bergstes gutturale Stimme riss ihn aus seinen Gedanken. »Fotos haben wir«, meldete er beiläufig. »Sollen wir den Film hier entwickeln lassen oder wollen Sie ihn mitnehmen?«

Gräber überlegte kurz. »Lassen *Sie* ihn entwickeln und mir dann Abzüge zukommen. Wir werden uns hier wohl ein paar Tage einrichten müssen.«

Meyer zu Bergste leistete sich ein verhaltenes Lächeln. »Ich habe es kommen sehen. Im *Gasthof Herkenhoff* sind zwei Zimmer reserviert. Das liegt fast um die Ecke. Kein Luxushotel, aber ordentlich und sauber. Und das Wirtsehepaar ist sehr liebenswürdig und entgegenkommend.«

»Donnerwetter, das klappt ja wie am Schnürchen«, sagte Gräber anerkennend. Er richtete sich auf. »Übrigens, ich heiße Karl-Heinz.« Er reichte dem Kollegen die Hand.

»Freut mich. Ich bin Clemens.«

»Hier lassen wir alles, wie es ist, bis der Rechtsmediziner aus Oldenburg und der Spurendienst durch sind. Inzwischen gucke ich mir den Imbiss mal von drinnen an. Und mir wurde gesagt, im Haus wohnt noch jemand?«

»Das ist korrekt. Irmgard Holthaus. Sie wohnt in der oberen Etage. Eine ältere Dame. Sie ist momentan in ihrer Bewegungsfreiheit eingeschränkt, weil sie einen Oberschenkelhalsbruch erlitten hat.«

Gräber wollte eben eine Frage stellen, als er von der Einfahrt her eine lebhafte Frauenstimme hörte. »Moment noch«, sagte er und schritt eilig hinüber.

Eine junge Frau redete hitzig auf den Polizeimeister ein, der beide Hände zu einer beruhigenden Geste erhoben hatte und sie immer wieder zu unterbrechen versuchte.

»Guten Morgen«, sagte Gräber mit einer Spur von Schärfe in der Stimme. »Was ist denn los hier?«

»Die Dame möchte …«, setzte Schütte an, aber die Frau fiel ihm energisch ins Wort.

»Gut, dass Sie kommen. Sie haben hier ja wohl das Kommando?!«

»Wie man es nimmt«, antwortete Gräber zurückhaltend. »Worum geht es denn?«

»Ihr dickköpfiger Kollege hier will mich partout nicht durchlassen.«

»Genau das ist auch seine Aufgabe. Darf ich fragen, wer Sie sind? Was wollen Sie auf dem Gelände? Ist das Ihr Auto dort drüben?«

»Das Auto? Ach was. Ich will nicht auf das Gelände, sondern ins Haus. Ich bin Cordula Tettenborn. Meine Mutter wohnt hier, oben. Sie kann nicht laufen. Ich bringe ihr Lebensmittel und ihr Medikament.«

Zur Bekräftigung ihrer Worte reckte sie ein Einkaufsnetz in die Höhe. Wie eine Jagdbeute, fand Gräber. Er erkannte einen Kohlkopf, Obst, ein in roséfarbenes Papier eingewickeltes Päckchen, vermutlich Fleisch, eine Flasche Milch, eine braune Papiertüte von der Art, wie sie Gemüsehändler verwenden, obenauf eine Arzneischachtel.

»Das ist in Ordnung«, sagte Gräber zu Schütte gewandt.

»Ich wusste nicht ...«

»Keine Sorge, Sie haben alles richtig gemacht. Niemand darf auf den Parkplatz, ehe nicht alle Spuren gesichert sind. Dann kommen Sie mal, Frau Tettenborn.«

Er hob das Flatterband hoch genug, dass die nicht allzu hochgewachsene Frau ohne Weiteres durchschlüpfen konnte. Gräber lotste Cordula Tettenborn am Gartenstück entlang und zwischen der Hausmauer und dem Simca hindurch zum Hintereingang. Der Blick auf den Leichnam war ihr so die meiste Zeit verstellt. Zugleich bemühte er sich um einen pausenlosen Redefluss, um ihre Aufmerksamkeit abzulenken.

»Besuchen Sie Ihre Mutter denn jeden Morgen?«, erkundigte er sich.

»Seit sie gestürzt ist und den Knochen gebrochen hat, ja. Sobald die Kinder in der Schule sind.«

»Wie viele haben Sie denn?«

»Zwei. Die Kleine ist acht, der Junge wird elf.«

»Dann kommt er ja bald ins schwierige Alter.«

Sie seufzte leise. »Irgendwie sind meine beiden immer in einem schwierigen Alter.«

Gräber lächelte. Er hatte ähnliche Erfahrungen gemacht.

»Sind Sie berufstätig?«

»Sie meinen, ob ich ein eigenes Einkommen habe? Das nicht. Aber berufstätig bin ich trotzdem. Ich bin Hausfrau.

Also Erzieherin, Lehrerin, Hausaufgabenhilfe, Hauswirtschafterin, Buchhalterin, Chauffeurin. Manchmal auch Krankenschwester. Und noch so einiges.«

Gräber nickte. »Ich weiß, was Sie sagen wollen.«

Sie betraten die Treppe und wurden auf dem oberen Absatz bereits erwartet.

»Mama«, sagte Tettenborn vorwurfsvoll, »du sollst doch nicht herumlaufen.«

»Soll ich man wohl. De Doktor secht, ik bruke Bewegung, damit den Kreislauf in Gang blievt un die Muskeln nich slapp maken.«

»Aber du sollst damit warten, bis ich da bin. Was ist denn, wenn du umkippst? Es hört dich doch keiner ... Und sprich mal bitte Hochdeutsch. Wir haben Besuch.«

Die Mutter wischte durch die Luft, als wolle sie ein lästiges Insekt vertreiben. »Schnickschnack. Wer ist der feine junge Kerl hinter dir, der auf deinen Hintern guckt?«

»Mama!! Wie redest du denn wieder? Das ist ein Kommissar.« Sie drehte den Kopf. »Entschuldigen sie meine Mutter. Wie war noch mal Ihr Name?«

»Karl-Heinz Gräber. Ich bin aus Osnabrück herbeordert worden, um die hiesigen Kollegen zu unterstützen.«

Für gewöhnlich gab er seinen Vornamen vor Zeugen und Verdächtigen nicht an. Er wich von der Gewohnheit ab, um das Vertrauen der beiden Frauen zu gewinnen.

»Dann kommt mal in die Küche«, sagte Frau Holthaus einladend. Sie humpelte voraus. Die Tochter eilte fürsorglich an ihre Seite, sofort bereit, der Mutter stützend unter die Arme zu greifen. Gräber blieb ebenfalls wachsam, um notfalls zu helfen.

»Ich habe Kaffee aufgesetzt. Nehmen Sie auch einen, Herr Kommissar?«

»Gerne. Wenn Sie eine Tasse für mich übrig haben.«

»Aber klar doch, mein Bester. Für unser Frühstück nehmen wir uns Zeit. Da brauchen wir eine Kanne guten Kaffee. Kummt mol rinn in die gute Stube.«

Gräber nahm an der Frühstückstafel Platz.

»Setz dich, Mama. Ich mach schon«, sagte Cordula Tettenborn und trug ein drittes Gedeck auf. Es gab knuspriges Landbrot, frische Butter und selbstgemachte Erdbeer- und Johannisbeermarmelade, außerdem Honig.

»Wir frühstücken immer süß«, sagte Irmgard Holthaus. »Mögen Sie das? Ich kann auch schnell ein Rührei machen. Mit Speck. Oder wollen Sie Käse?«

Gräber hob abwehrend die Hand. »Vielen Dank, aber ich habe schon gefrühstückt.« Er klopfte auf die kleine Wölbung über seinem Gürtel. »Ich muss ein bisschen auf meine Linie achten. Sagt meine Frau. Die macht jetzt dieses Aerobic. Turnen mit Musik. Seitdem guckt sie mich immer so kritisch an. Für mich bitte nur einen Kaffee.«

Cordula Tettenborn goss ihm ein.

»Erobisch«, nörgelte ihre Mutter. »Das habe ich im Fernsehen gesehen. In der *Schaubude*. So'n neumodischen Kram. Wer ordentlich arbeitet, hat da doch gar keine Zeit für.«

Gräber bedankte sich für den Kaffee. Er nahm Milch und Zucker.

»Frau Holthaus, ich bin ja beruflich hier. Ich muss Ihnen ein paar Fragen stellen. Heute Nacht ist der Herr Semmler ums Leben gekommen. Er war ihr Pächter?«

Die alte Dame antwortete mit umflorter Stimme. »Ja. Was für ein Schicksal ... Der arme Mann. Ja. Der Ferdy war unser Pächter. Früher haben wir den Imbiss selber geführt. Vor fünf Jahren ist dann mein Mann gestorben. Ich wollte das dann nicht mehr, und meine Tochter auch nicht.«

Gräber glaubte, einen leisen Vorwurf hinter diesen Worten zu hören. Cordula Tettenborn machte eine knappe unwirsche

Bewegung mit dem Kopf, als sei ihr das Thema unangenehm. Sie sprach an Stelle ihrer Mutter weiter.

»Wir haben uns dann nach einem Pächter umgesehen. Ferdy Semmler schien uns geeignet. Er hatte Gastronomieerfahrung, und die Bankauskunft war in Ordnung.«

»Der junge Mann machte einen patenten Eindruck«, ergänzte ihre Mutter. »Und die Pacht reicht dicke für mich zum Leben. Da kann ich auch noch was an die Seite legen, für Cordula und meine Enkel. Ich brauche ja nicht mehr so viel.«

»Wissen Sie, ob Herr Semmler in irgendwelche Streitigkeiten verwickelt war? Gab es unten mal eine Auseinandersetzung? Vielleicht einen Polizeieinsatz?«

Die Frauen verneinten.

»Hatte er Schulden? Oder war jemand bei ihm verschuldet?«

Mutter und Tochter sahen sich an.

»Wüsst' ich nich'«, sagte die Ältere.

Ihre Tochter hob ratlos die Achseln. »Einen Deckel hat er nie gemacht. Da war er strikt. Immer gleich abkassiert.«

Das war nicht das, worauf Gräber hinauswollte, aber er beließ es dabei. Die beiden Frauen hatten offenbar keinen Einblick in Semmlers Geschäfte. Dem erfahrenen Kriminalisten war bewusst, dass dieser Eindruck auch täuschen konnte.

»Hat er vielleicht mal jemanden verärgert? Die Bedienung verweigert oder vor die Tür gesetzt?«

»Ich kann dazu nichts sagen. So viel hatte ich nicht mit ihm zu tun«, sagte Cordula Tettenborn. »Ich habe nur damals für Mama den Pachtvertrag mit ihm gemacht und hin und wieder für die Kinder Pommes bei ihm geholt. Mama, hast du was mitbekommen?«

Die Befragte schüttelte den Kopf. »Davon weet ik niks. Ich schlafe meistens schon, wenn es da unten richtig losgeht.«

»Haben Sie denn in der vergangenen Nacht etwas bemerkt? Ungewöhnliche Geräusche zum Beispiel?«

Die alte Dame dachte nach. »Ich war mal zur Toilette. Ich glaube, das war um vier Uhr herum. Da war alles ruhig. Ich habe aber auch nicht weiter nachgesehen. Erst als die Müllabfuhr kam ... Da habe ich gesehen, dass Ferdys Auto noch auf dem Hof stand. Ich hab noch überlegt, ob ich runtergehen und nachgucken soll. Aber mit dem Treppensteigen habe ich noch große Probleme. Meine Knochen ...« Sie klopfte schwach auf ihre Hüfte. »Dann kam auch schon die Polizei. Dieser nette Kollege von Ihnen hat gleich geklingelt und wollte wissen, ob es mir gutgeht. Einen Kaffee wollte er nicht.«

Gräber ließ es fürs Erste dabei bewenden. Er bedankte sich nochmals für den Kaffee und verabschiedete sich.

Cordula Tettenborn brachte ihn zur Tür.

»Vielleicht fällt Ihrer Mutter doch noch etwas ein. Auch wenn Sie glauben, es wäre nicht wichtig – geben Sie uns unbedingt Bescheid.«

Cordula Tettenborn versprach es.

Dann schloss sich die Tür hinter ihm.

Sabine Kühne ging mit energischen Schritten auf die Schaulustigen zu.

»Guten Morgen, bitte hören Sie mir einen Moment zu«, begann sie. »Ich bin Kommissarin Kühne von der Osnabrücker Kriminalpolizei. Ich müsste Ihnen ein paar Fragen stellen.«

In vorderster Reihe stand eine Gruppe von Jugendlichen in schulpflichtigem Alter. Einer nutzte freudig die Gelegenheit, um sich vor den Freunden in Szene zu setzen. »Guckt mal, ein Lehrling. Das Mäuschen darf schon Detektiv spielen.«

Geschmeidig setzte Kühne über das Flatterband und baute sich vor dem Jungen auf. »Hör mal zu, du Früchtchen.

Beamtenbeleidigung ist ein Straftatbestand. Das *Mäuschen* kann dir ratzfatz Handschellen anlegen und dich in eine Zelle sperren. Da behalten wir dich ein paar Tage. Kein Fernsehen, kein Kassettenrekorder, keine Comics. Deine Hausaufgaben kriegst du von uns. Und wir sammeln die auch wieder ein. Hättest du das gerne? Wir können das sehr schnell einrichten.«

Sie hatte ihre Handschellen aus dem Gürteletui gezogen und hielt sie dem vorlauten Bürschchen drohend vor das Gesicht.

Kleinlaut verneinte der Bengel.

»Wie? Noch mal. Ich habe dich nicht verstanden.«

»Nein«, sagte der Junge etwas lauter und mit hochroten Backen.

»Dann ist es ja gut. Wieso seid ihr nicht in der Schule?«

Der Frechdachs verstummte und machte eine bockige Miene. Ein anderer aus der Gruppe meldete sich zu Wort.

»Wir müssen heute erst zur Dritten. Sport fällt aus.«

»Ich hoffe mal, dass das stimmt. Ihr sagt mir jetzt alle eure Namen und Adressen, wo ihr zur Schule geht und seit wann ihr hier seid.«

Wrocklages Plusterbäckchen wabbelten leicht, als er ihr anerkennend zunickte. Während sie die Angaben der Jungen aufnahm, begann der Hauptmeister mit der Befragung der Erwachsenen. Wann sie gekommen waren, ob sie Personen, Fahrzeuge oder sonst etwas Ungewöhnliches bemerkt hätten. Ob gestern Abend noch jemand von ihnen im Imbiss gewesen sei. Auch er hielt gewissenhaft die Personalien der Anwesenden fest.

»Es sind aber auch schon welche gegangen«, meldete einer der Befragten eifrig. »Denen wurde es zu langweilig.«

»Kennen Sie die Namen der Leute?«

Der Mann konnte nur einige der Personen angeben, flüchtige Bekannte aus dem Ort. Andere ergänzten seine Aussage.

Die Schuljungen wollten sich schnell verdrücken, als Kühne alle Antworten von ihnen erhalten hatte, aber die Kommissarin hielt sie noch zurück. Sie holte eine Sofortbildkamera aus ihrer Umhängetasche und machte ein Foto, auf dem alle Jungs zu sehen waren.

»Nur für den Fall, dass ihr mich angelogen habt«, erklärte die junge Polizistin. »Und jetzt verzieht euch in die Schule. Aber ganz schnell!«

»Gute Idee, das mit der Kamera«, lobte der Polizeikommissar, als sie mit den ersten Befragungen durch waren und sich über ihre Ergebnisse austauschten. »Die Leute, die früher gegangen sind, müssen wir dann noch ermitteln.«

Sabine Kühne nickte. »Viel hat es ja nicht gebracht. Dann machen wir mal mit der Tür-zu-Tür-Befragung weiter.«

Wrocklage kommentierte mit einem betont leidvollen Seufzen. »Müssen wir wohl.«

»Wo beginnen wir?«

»Gleich hier.« Er deutete auf das gegenüberliegende Eckhaus. »Aus den nach hierhin gelegenen Fenstern hat man einen freien Blick auf den Imbissparkplatz. Vielleicht hat einer der Bewohner etwas mitbekommen. Da wohnt die Familie Krahnert.«

»Sie kennen sich?«

»Nun ja ... Aus dem Schützenverein. Wie man sich eben unter Schützenbrüdern so kennt. Man trinkt schon mal einen zusammen. Bei uns gehört sich das so.«

Mit einem vielsagenden Grinsen hob er ein unsichtbares Glas an die Lippen und machte eine Kippbewegung.

Zu den Straßen hin zog sich ein gepflegter, von einem Jägerzaun umschlossener Ziergarten um das Einfamilienhaus. Wrocklage entriegelte das niedrige Tor und ließ der jungen Kollegin galant den Vortritt.

Aufmerksam registrierte Sabine Kühne, dass sich die Gardine im Fenster zu ihrer Linken kaum merklich bewegte. Zur Haustür führten zwei Stufen hinauf. Es gab zwei Klingeln, an beiden stand der Name Krahnert. Kühne betätigte die untere.

Nur ein paar Atemzüge später wurde bereits geöffnet. Eine rundliche Frau, deren Kopfhaar von einer Dauerwelle in steife kleine Löckchen gezwungen worden war, sah ihnen erwartungsvoll entgegen.

»Alfred! Moin. Hab' mir schon gedacht, dass ihr pingeln kommt. Wollt ihr reinkommen? Kaffee is' noch da.«

Sabine Kühne kam dem Kollegen zuvor. »Vielen Dank für das Angebot, aber wir müssen gleich weiter. Wir hätten nur gern schnell eine Auskunft.«

»Wegen Ferdy drüben?«

»Richtig.«

»Was ist denn passiert? Ich guck' schon den ganzen Morgen aus dem Fenster, aber man kriegt ja gar nix mit. Eure Autos stehen so töffelig im Weg.«

Sabine Kühne amüsierte sich insgeheim über die offen eingestandene Neugier.

»Dem Herrn Semmler ist etwas zugestoßen. Wir müssen jetzt herausfinden, was da passiert ist.«

»Ach herrje. Hat er sich was getan?«

Polizeikommissar Wrocklage übernahm die Antwort. »Hedwig, ja ... Er ist leider verstorben.«

»Großer Gott! Nee ... Tatsächlich?«

»Doch. Das ist leider so.«

»Wann ist denn das passiert?«

»Irgendwann heute Nacht. Wir wissen es noch nicht so genau. Deswegen sind wir, meine Kollegin hier und ich, gerade unterwegs in der Nachbarschaft. Hast du vielleicht letzte Nacht was mitbekommen? Einen Streit oder so was?«

Hedwig Krahnert schüttelte den Kopf. Die Nachricht hatte ihr zugesetzt. Sie starrte hinüber zum Imbissparkplatz. Dann antwortete sie mit veränderter Stimme: »Nein. Ich habe ruhig geschlafen. Und Erwin auch.«

»Erwin ist ihr Mann«, erläuterte Wrocklage, an Kühne gewandt.

Die wollte es genauer wissen. »Wann sind Sie denn zu Bett, Frau Krahnert?«

»So ganz genau weiß ich das nicht. Lass mal überlegen ... Wir haben diese Serie geguckt, *Heimat*. Die ging bis zehn. Mein Mann hat noch in den Sport reingeguckt. Im ZDF. Ich bin schon ins Bett. War wohl um elf herum, da haben wir das Licht ausgemacht.«

»Sie und Ihr Mann?«

»Ja. Der Erwin. Der ist schon beim Film beinahe eingeschlafen. Aber bei der Bundesliga war er dann wieder wach.«

»Wenn ihm nachts was aufgefallen wäre, hätte er dir das doch bestimmt erzählt?«

»Natürlich. Hat er aber nicht. Der war heute Morgen so tranig wie immer.«

»Und eure Kinder? Wo waren die?«

»Die haben wir wie immer nach der *Tagesschau* ins Bett geschickt. Die Kleine liest dann oft noch ein bisschen. Die ist ganz verrückt nach Büchern. Der Älteste hört meistens Radio. Oder guckt in seine Comics.«

»Können wir die beiden sprechen?«

»Was denken Sie denn, Frau Kommissarin! Die sind natürlich in der Schule.«

»Und irgendwas Besonderes erzählt haben sie auch nicht? Heute Morgen beim Frühstück?«

»Nein. Der Junge frühstückt auch nicht. Der kommt ganz nach dem Vater: jeden Morgen zu spät in den Puschen. Der gönnt sich nur schnell einen Kaffee.«

Wrocklage druckste ein wenig herum. »Hedwig, ihr wart ja nicht so gut zu sprechen auf den Ferdy ...«

»Was war denn da?«, wollte Sabine Kühne wissen.

»Ach, das war wegen dem Parkplatz hinterm Haus. Bis spät abends fahren da die Autos an und wieder weg. Wir kriegen den ganzen Krach hier mit. Früher war da ein schöner Garten, wo jetzt die Autos parken. Da war noch Ruhe. Als Ferdy den Imbiss übernommen hat, hat er den Garten plattgemacht, damit die Kunden da halten können.«

»Hatte die Hausbesitzerin denn nichts dagegen?«

»Die? Ach was. Die Irmgard wollte sowieso nicht mehr im Garten arbeiten. Da hätte sie dann jemanden dafür bezahlen müssen. Stattdessen knöpft sie Ferdy noch ein bisschen mehr Pacht ab. Für sie doch ideal. Uns hat sie natürlich vorher nicht gefragt.«

»Und haben Sie sich in der Angelegenheit irgendwie einigen können?«

Hedwig Krahnert zog eine trotzige Schnute. »Nee. Wir haben mit dem Ferdy geredet. Aber der sacht, er braucht den Parkplatz. Sonst fahren die Leute woanders hin, zu dem Kollegen nach Bippen. Die Leute wollen nicht so weit laufen, meint er, sondern schnell ins Auto, solange das Essen noch warm ist.«

»Wollen Sie denn in der Sache noch etwas unternehmen?«

»Da waren wir noch am überlegen. Erwins Arbeitskollege meint, wir sollten mal zum Rechtsanwalt. Aber Erwin ist das eigentlich zu viel Wiggel. Wir wollten dann noch mal gucken, ob Freddy und Irmchen uns nicht neue Fenster bezahlen. Solche, die leise sind ...«

»Schalldicht, meinen Sie?«

»Ja, so heißt das, genau.«

»Hatten Sie mit Herrn Semmler schon über Ihre Pläne gesprochen?«

»Wenn, dann macht das mein Mann. Ich glaube aber nicht. Das hätte er mir doch erzählt.«

»Er war nicht zufällig gestern drüben, um das Problem zu lösen?«

»Sicher nicht. Nachmittags waren wir im Garten,« – sie deutete auf die zurückgeschnittenen Rhododendren und den frisch gemähten Rasen – »dann gab's Abendbrot. Dann Fernsehen. *Tagesschau* und dann der Film. Danach sind wir ins Bett. Habe ich doch schon gesagt.«

»Ja, das haben Sie. Dann wissen wir so weit ja auch erst mal Bescheid.« Ohne es recht zu bemerken, hatte sich Sabine Kühne der Sprechweise der beiden Einheimischen angepasst.

»Hedwig, tu uns einen Gefallen und frag mal die Kinder, wenn sie aus der Schule kommen, ob sie heute Nacht was Ungewöhnliches gehört oder gesehen haben. Ganz egal was. Ihr braucht deswegen keine Angst haben oder so. Wir sind nur dankbar für jede Hilfe.«

»Ja, natürlich. Ich muss ja sowieso mit denen reden. Ist wohl erst mal vorbei mit den Pommes.«

»Ja. Davon kannst du ausgehen. Wenn wat is', ruf uns an. Frag einfach nach mir. Wenn ich nicht da bin, sollen die Kollegen mir Bescheid geben, und ich klingele durch. Erwin soll auch noch mal überlegen.«

»Na sicher. Versprochen.«

»Dann sage ich mal: munter bleiben.«

»Ja, munter«, kam es leise zurück. Hedwig schloss die Tür.

Sabine Kühne deutete auf die beiden Klingeln. »Die Familie wohnt zu viert hier? Oder gibt es noch jemanden im Haus?«

»Nein, nur die vier. Die Kinder haben ihre Zimmer oben.«

Kühne zog noch einmal ihre Polaroid aus der Tasche. Sie ging ein paar Schritte auf den Rasen und schoss ein Foto aus der ungefähren Fensterperspektive.

Man konnte nie wissen.

»Ich brauche ein neues Notizbuch.« Anklagend hielt Wrocklage das seine in die Höhe.

»Ich auch bald.« Ein klein wenig traurig betrachtete Sabine Kühne die schöne, schwarz gebundene Moleskine-Kladde, die sie von ihrer Mutter am Wochenende vor ihrem ersten Arbeitstag geschenkt bekommen hatte. Notizbücher waren Verbrauchsmaterial. Das wurde ihr in diesem Moment erst vollends bewusst. Dieses würde sie als Souvenir behalten.

Sie hatten mit allen Anliegern der kleinen Nebenstraße gesprochen. Vorwiegend Hausfrauen, die ihre Männer zur Arbeit und die Kinder zur Schule geschickt hatten und sich zu dieser Zeit meist eine kleine Pause gönnten. Oder auch ältere Mitbürger, mit denen zu sprechen nicht immer ganz leicht war. Es gab Verständnisprobleme, allerlei Umständlichkeiten, bei einigen der Senioren hatte das Gehör nachgelassen.

Die Kommissarin und der Polizeikommissar trabten zurück zum Imbissparkplatz. Die Absperrung war für einen Leichenwagen geöffnet worden. Gerade wurde der Einmalsack mit dem Leichnam des Ermordeten durch die Hecköffnung geschoben.

Sabine Kühne biss verärgert die Zähne zusammen. Sie hätte die Leiche gern in Augenschein genommen. Die junge Kommissarin wollte endlich anwenden, was sie an der Polizeischule im Fach Kriminalistik gelernt hatte, nicht bloß Laufarbeit verrichten. Aber sie war die Neue beim Kriminaldienst. Anfängerin. Sie würde sich noch gedulden müssen.

Gräber verabschiedete gerade einen Herrn, der in der kleinen Runde aus Meyer zu Bergste und dem ihm altersmäßig gleichgestellten Dorfarzt Hurrelbrink durch seine elegante Kleidung auffiel.

»Vielen Dank, Herr Professor Rohloff, dass Sie sich herbemüht haben.«

»Nichts zu danken. Das liegt in der Natur der Sache. Der Staatsanwalt hat mich ohnehin herbestellt.« Er deutete auf den Pager an seinem Gürtel. »Ich war ihm nur ein wenig voraus. Und ich habe mich natürlich gefreut, meinen alten Studienkollegen Matthias mal wieder zu sehen.«

Der Dorfarzt hatte sich ein wenig von seiner Erschütterung erholt, vermochte sich sogar ein schmallippiges Lächeln abzuringen. »Hast du noch Zeit für einen Kaffee? Wir könnten alte Erinnerungen austauschen? Weißt du noch, wie wir das Skelett aus dem Präparierraum geklaut und in der Mensa an die Kasse gesetzt haben?«

Der Oldenburger Rechtsmediziner sah auf seine digitale Armbanduhr und hob bedauernd die Schultern. »Leider, leider ... Das geht nicht. Ich muss gleich zurück. Ich habe heute noch eine Sektion. Die habe ich vorhin verschoben, möchte sie aber heute noch erledigen, damit ich morgen Nachmittag euren Toten auf den Tisch nehmen kann. Die Herren hoffen sicher auf baldige Ergebnisse.«

»Je eher, desto besser«, bestätigte Gräber. »Sie wissen ja selbst – die ersten vierundzwanzig Stunden nach der Tat sind die wichtigsten.«

»Und Leichen beschaut man besser, solang sie frisch sind. In diesem Sinne muss ich Sie jetzt verlassen. Bis morgen also.«

»Ich begleite dich zum Wagen«, sagte Dr. Hurrelbrink. Die beiden spazierten davon.

Gräber bat Kühne und Wrocklage um ihren Bericht. Wesentliche Erkenntnisse hatten sie nicht gewonnen, nur allgemeine Aussagen und die Kennzeichen der umliegend geparkten Fahrzeuge sammeln können.

»Gut«, sagte Gräber. »Herr Wrocklage, würden Sie bitte die Überprüfung der Fahrzeughalter übernehmen? Frau Kühne schreibt später die Aussagen ins Reine. Mit den Krahnerts von gegenüber müssen wir uns noch einmal eingehender unterhalten. Es wäre nicht der erste ausgeartete Nachbarschaftsstreit.«

Wrocklage gab seinem Zweifel mit einem Räuspern Ausdruck. »Ich weiß nicht ... Ich kenne die Familie. Da ist bislang nichts vorgefallen. Und das geklaute Geld aus der Kasse? Das haben die doch nicht nötig.«

»Aber der Vater ist Schütze, oder?«, fragte Sabine Kühne.

Wrocklage verriet durch ein Knurren, dass er über diesen Einwurf der auswärtigen Anfängerin nicht erbaut war.

Gräber gab zu bedenken: »Das macht den Mann noch nicht zum Mörder. Die Schützenvereine gehören hier – wie sagt man? – zum gesellschaftlichen Leben.«

»Natürlich, das hatte ich auch gar nicht sagen wollen ...«

»Schon gut. Alle Hinweise sind mir sehr willkommen. Wir müssen zu diesem Zeitpunkt jedes Mosaiksteinchen aufnehmen. Vielleicht ergibt sich irgendwann ein Bild.«

Er sah sich um, prüfte seine Unterlagen, den Totenschein, das Tatblatt, den Befundbericht.

»Wir haben alles. Dann sind wir so weit fertig. Die Kollegen können abrücken. Fräulein Kühne, wir richten uns hier ab morgen für zunächst ein oder zwei Tage ein. Der Kollege Meyer zu Bergste hat uns in weiser Voraussicht zwei Zimmer besorgt.«

Der Polizeiführer hatte seinen Namen gehört und trat näher. »Wollt ihr euch vielleicht eure Herberge ansehen? Es ist nicht weit. Den Wagen könnt ihr stehen lassen.«

Unterwegs erkundigte sich Sabine Kühne nach den Erkenntnissen des Oldenburger Rechtsmediziners.

»Er hat noch mal die Temperaturen gemessen und konnte die Spanne, in der der Tod eingetreten sein muss, etwas eingrenzen«, berichtete Gräber. »Seiner Ansicht nach war es zwischen halb zwei und halb drei, sicher nicht später als drei Uhr.«

»Das hilft doch schon mal, wenn es um die Alibibewertung geht«, kommentierte Meyer zu Bergste.

Gräber zog vernehmlich Luft durch die Nase. »Wenn wir nur schon jemanden hätten, dessen Alibi wir prüfen müssen.«

Meyer zu Bergste wies ihnen den Weg zurück zur Hauptstraße, die sie überqueren und weiter liefen bis zur Antener Straße. Hier bogen sie ab und standen auch schon vor dem Haus Herkenhoff, einem typischen Dorfgasthof, wie Sabine Kühne feststellte.

Die Wirtin Lisbeth Herkenhoff freute sich über die Gäste und hieß sie herzlich willkommen.

Die Fremdenzimmer lagen im ersten Stock und waren für Sabine Kühnes Geschmack zu altdeutsch-barock eingerichtet. Aber für ein paar Tage konnte sie mit der pompösen, lichtraubenden Möblierung schon leben.

»Ist mal was anderes«, sagte sie später zu Gräber.

Eine Bitte aber hatte sie, und sie sprach Frau Herkenhoff daraufhin an. »Haben Sie vielleicht eine Schreibmaschine, die Sie uns ausborgen könnten?«

»Mein Mann hat eine. Er tippt damit immer die Tageskarte. Ich hole sie Ihnen sofort, damit ich es nicht vergesse.«

Sie brachte eine Brother Deluxe 250TR in glänzendem Lichtblau, eine hübsche kleine Reiseschreibmaschine. »Hier ist sie«, meldete sie stolz.

Sabine Kühne überspielte ihre Enttäuschung mit einem verbindlichen Dankeschön. Die Kommissarin hatte in Anbetracht der anstehenden Schreibarbeiten eine elektrische Büromaschine erhofft, die, zumal sie das Zehn-Finger-System beherrschte, ein flottes Tippen ermöglichte. Kleine mechanische Maschinen, das wusste sie aus leidvoller Erfahrung, sorgten schnell für Ermüdungserscheinungen und schmerzende Gelenke.

Sie brachte es beiläufig an, als sie wieder im Auto saßen und Richtung Osnabrück fuhren. Gräber hatte bestimmt, dass sie noch eine Nacht daheim verbringen und in Ruhe packen sollten, um am nächsten Tag die Zimmer in Berge zu beziehen. Dort hatten sie unter anderem zu entscheiden, mit welchen Zeugen sie noch einmal vertiefend sprechen und welchen möglichen Spuren sie nachgehen mussten.

Nach dem Essen würden sie aufbrechen. Am frühen Nachmittag war die Obduktion im rechtsmedizinischen Institut in Oldenburg angesetzt.

Sabine Kühne ließ sich von ihrem Vorgesetzten nicht vor ihrer Wohnung, sondern an der Iburger Straße kurz hinter der Eisenbahnbrücke vor dem blau gestrichenen Pavillon absetzen.

»Ein türkischer Imbiss?«, fragte Gräber mit Zweifel in der Stimme. »Und da kann man essen?«

»Sehr gut sogar«, erwiderte Kühne fröhlich und voller Vorfreude. »Sollten Sie mal probieren. Döner Kebab zum Beispiel. Das Fleisch kommt vom Lamm. Schmeckt wirklich lecker.«

Gräber war nicht überzeugt. »Ein andermal vielleicht. Meine Frau wartet sicher mit dem Abendessen.«

»Bis morgen dann«, rief Kühne noch, bevor sie den Wagenschlag zuwarf. Sie schob die schwere Plastikfolie beiseite, die den Imbiss vor Wind und Wetter schützte. Als ihr der appetitanregende Geruch vom Drehgrill entgegenschlug, merkte sie erst, wie hungrig sie war.

Sie hatte seit dem frühen Morgen nichts mehr gegessen.

Gräber spendet Trost

Am anderen Morgen brach Gräber nach einer kurzen Nacht frühzeitig auf. Mit Kommissarin Kühne hatte er vereinbart, dass er sie um halb acht vor ihrer Wohnung abholen würde.

Zuvor musste er noch hinaus zur Dienststelle an der Hannoverschen Straße. Auf der Wache waren die Schlüssel für den Dienstwagen hinterlegt, den er am Vortag beim Fahrdienst an der Augustenburger Straße bestellt hatte.

Bevor er fuhr, lief er noch über den Hof zur Braunschweiger Straße und stieg hinauf in die Räume der Kriminalkommissariate. Noch hatte keiner der Kollegen mit der Arbeit begonnen. Nur die Putzfrau war wie immer um diese Zeit zugange. Aus einem der Büros schrillte das Geheul eines kräftigen Staubsaugers. Gräber winkte freundlich.

Die Reinigungskraft nahm den Kommissar mit einem flüchtigen Seitenblick zur Kenntnis. Für sie eines von vielen bekannten, aber namenlosen Gesichtern aus einer anderen Welt. Gleichmütig widmete sie sich weiter ihrer Arbeit. Alles Sonstige kümmerte sie nicht. Sie schaute nicht einmal auf, als der Kommissar die Etage mit einem schweren Gewicht unter dem Arm und einer am Handgelenk baumelnden Plastiktüte wieder verließ.

Um zwanzig nach sieben drückte er den Klingelknopf neben dem Namen Kühne. Obwohl er zu früh dran war, ließ die junge Frau nicht lange auf sich warten. Sie wirkte ausgeschlafen, als sie ihrem Chef einen guten Morgen wünschte. Sie hatte eine mittelgroße Reisetasche und die gewohnte

Umhängetasche dabei. Zuvorkommend nahm er ihr das Gepäck ab und packte es neben seinen Reisekoffer in den Kofferraum.

»Ich habe Ihnen etwas mitgebracht«, sagte er geheimnisvoll.

»Was denn? Frühstück?«

»Nein. Dazu kommen wir vielleicht später noch. Schauen Sie mal auf den Rücksitz –«

Kühne tat, wie ihr geheißen, und sie musste grinsen. Der Hauptkommissar hatte eine elektrische Schreibmaschine inklusive Reservefarbbändern stiebitzt, eine schwarze Olivetti Praxis 35, hochwertig, für den Bürogebrauch gemacht, aber dank der praktischen Kunststoffabdeckung mit Tragegriff transportabel.

»Ein schönes Geschenk, danke.«

»Immer langsam. Die ist nur geborgt, für die Benutzung auf unserem Außenposten. Danach geht sie zurück in die Dienststelle.«

Sabine Kühne lächelte. »Das hatte ich mir schon gedacht. Da ist sie auch nützlicher als bei mir zu Hause.«

Sie mussten durch den Berufsverkehr, und es kam immer wieder zu Stockungen. Die Kommissarin hatte eine bequeme Haltung eingenommen. »Mich würde interessieren, was Sie zur Polizei gebracht hat. Darf ich das fragen?«

»Ich habe nichts dagegen. Da ist nichts Geheimnisvolles dran. Und ich muss gestehen, auch kein Idealismus dahinter. Ich wusste im letzten Schuljahr noch immer nicht so richtig, was ich werden wollte. Flugkapitän hätte mich interessiert, aber erstens waren meine Mathezensuren zu schlecht, und zweitens wusste ich nicht genau, wie man so etwas wird. Mein Vater machte mir die Hölle heiß, weil meine Schulkameraden schon alle eine Lehrstelle hatten. Er hatte Angst, ich kriege keine mehr ab.«

Er lachte leise bei dieser Erinnerung.

»Und dann habe ich in der Zeitung diese Anzeige gesehen. Ich habe den Text immer noch im Kopf. Verrückt, was man sich alles merkt –« Er begann zu deklamieren: »*Sind Sie ein gesunder, siebzehn bis fünfundzwanzig Jahre alter Mann? Suchen Sie einen interessanten Beruf fürs Leben? Erwarten Sie vielseitige Verwendung und wirtschaftliche Sicherheit? Dann bewerben Sie sich bei der Polizei des Landes Niedersachsen als Beamter.* Darauf konnten wir uns einigen, mein Vater und ich. Ihm gefiel die wirtschaftliche Sicherheit, mich interessierte die vielseitige Verwendung. Außerdem konnte man in der Ausbildung den Führerschein machen. Das war dann letztlich ausschlaggebend. Mein Vater wollte die Fahrstunden nicht bezahlen. Ich habe in den Ferien gejobbt, aber das reichte nicht. Das trug zur Entscheidung bei.«

»Haben Sie es später mal bereut?«

Gräber überlegte. »Eigentlich nicht. Das mit der vielseitigen Verwendung war ja nicht gelogen. Etwas geärgert habe ich mich, als etwas später lange Haare modern wurden. Wir durften nur so einen Militärschnitt tragen. Damit fiel man damals auf, wenn man um die Zwanzig war. Es wurde schon mal gestänkert. Aber das gab sich mit der Zeit. Und eine tolle Frau habe ich trotzdem kennengelernt.« Er lachte erneut, glücklich, wie es schien. »Und Sie?«

»Ich? Ach, ich habe mich immer schon gern mit Jungs geprügelt. Nein, im Ernst. Ich wollte keinen Beruf, der nur im Büro stattfindet. Detektiv spielen macht mir Spaß. Ich habe schon als Kind bei Krimis immer mitgerätselt. Beim Zugriffstraining konnte ich mich ziemlich gut behaupten. Wir waren nur zwei Frauen in der Ausbildung, unter meinen Mitschülern wurde viel gefrotzelt. Da haben dann einige den Kürzeren gezogen und hinterher ziemlich blöd aus der Wäsche geguckt, wenn sie nach einem Hüftwurf auf der Matte lagen.«

Lisbeth Herkenhoff, die Wirtin, hatte ihnen je zwei Schlüssel überlassen. Einer fürs Zimmer, der zweite für den Nachteingang auf der Rückseite des Gasthofes. So konnten sie jederzeit nach eigenem Gutdünken ein- und ausgehen.

Sie stellten zunächst nur ihr Gepäck in ihren Zimmern ab. Einrichten würden sie sich später. Gräber trug die Schreibmaschine in das rustikal eingerichtete Hinterzimmer der Gaststube und packte einen leeren Ordner, Schreibpapier, Farb- und Korrekturbänder, eine ausreichende Anzahl an Formularen auf einen der schweren Tische. Das Wirtsehepaar hatte ihnen erlaubt, den Raum tagsüber als provisorisches Büro zu nutzen. Spätestens um siebzehn Uhr mussten sie das Gesellschaftszimmer räumen. Dann öffnete die Gastwirtschaft, und meist wurden alle Räume gebraucht.

»Wir beginnen damit, dass wir ein Tätigkeitsbuch anlegen. Arbeiten Sie bitte Ihre gestrigen Notizen aus«, ordnete Gräber an.

Sabine Kühne richtete sich die Schreibmaschine ein. Gräber nannte ihr das achtzehnteilige Aktenzeichen, das auf jedem Dokument verzeichnet sein musste. NDS für Niedersachsen, dann die Dienststellen- und die Fallnummer, dazu Monat und Jahr.

Ihr Notizbuch lag aufgeschlagen neben der Schreibmaschine, und sie begann zu tippen.

Gräber heftete die bereits vorhandenen Unterlagen in den Ordner ein. »Sie kommen zurecht?«

Die junge Kommissarin nickte, ganz auf das A4-Blatt konzentriert, das sich langsam mit getippten Zeilen füllte.

»Dann werde ich mal versuchen, ob ich die Imbissangestellte antreffe, diese ...« – er sah in sein Notizbuch – »... Ramona Beinecke.«

Sabine Kühne kniff die Lippen zusammen. Sie wäre gerne mitgefahren.

Ramona Beinecke wohnte bei ihren Eltern an einer Nebenstraße des Fienenmoorwegs. Gräber hatte sein Kommen mit einem Anruf vom Gasthaustelefon aus angekündigt. Auf sein Klingeln hin öffnete eine junge Frau. Sie trug eine bequeme sportliche Hose über den Fellpantoffeln und einen grob gestrickten, sehr weiten blauen Pullover, der ihre linken Achsel bis hinunter zu den Oberarmmuskeln unbedeckt ließ.

Im ersten Moment wunderte sich Gräber, dass auf den nackten Schultern keine Träger der Unterkleidung zu sehen waren. Vielleicht trug sie keine?

Diese Gedanken kamen ungewollt und waren ihm unangenehm. Er drängte sie eilig beiseite, wies sich mit seiner Dienstmarke aus und nannte seinen Namen.

»Sind Sie Fräulein Beinecke? Mitarbeiterin von *Ferdy's Imbiss*?«

»Ja. Ramona Beinecke.« Die junge Frau sprach mit brüchiger Stimme. Die Nachricht vom gewaltsamen Tod ihres Chefs schien ihr zugesetzt zu haben. Sie wirkte unsicher, beinahe hilflos, und schien kurz davor, in Tränen auszubrechen.

»Dürfte ich vielleicht hineinkommen?«, fragte Gräber. »Ich müsste Ihnen ein paar Fragen stellen. Vielleicht machen wir das besser in einer privaten Umgebung.«

Er wies mit einer knappen Geste zu den Nachbarhäusern. Eine Frau streute in bedächtigem Tempo Mulch in die Beete ihres Vordergartens. Eine andere putzte ein bereits sauberes Fenster. Ein Rentner hatte begonnen, seinen Rasen zu mähen. Seit Gräbers Ankunft machte er Pause, genauso wie die Hobbygärtnerin nebenan, die sich auf den Stiel einer Harke stützte.

»Ja, natürlich. Treten Sie ein. Geradeaus bis ans Ende des Flurs.«

Die junge Frau bat den Kommissar in das elterliche Wohnzimmer, das mit einer hohen Schrankwand, breiten Polstersesseln und altdeutschem Mobiliar ausgestattet war und ziemlich überladen wirkte.

Er wartete, bis sie Platz genommen hatte, und setzte sich dann zu ihr. Mit gebührender Distanz, und doch so, dass er jede Reaktion ihrerseits erkennen konnte.

Ramona Beinecke zog ihre Beine und die Füße, die in bunten Socken steckten, auf die Sitzfläche und umschlang die Knie mit den Armen. Ihr Gesicht wurde von ihren wulstigen Pulloverärmeln halb verdeckt.

»Was passiert ist, wissen Sie ja schon. Ich darf Ihnen noch einmal mein Bedauern ausdrücken. So etwas ist keine schöne Erfahrung. Das weiß ich nur zu gut. Meine Aufgabe ist es nun, die Vorgänge des vorgestrigen Abends möglichst genau zu rekonstruieren. Dabei könnten Sie mir helfen. Wie geht es Ihnen denn? Sind Sie in einer passenden Verfassung?«

Sie schluckte schwer und grub die Schneidezähne in die Unterlippe. Dann nickte sie. »Gut.«

Gräber klappte sein Notizbuch auf. In der Stille war das Klicken deutlich zu hören, als er den Druckknopf seines Kugelschreibers betätigte.

»Sie haben abends im Imbiss gearbeitet. Von wann bis wann?«

»Ich habe ungefähr um Viertel vor vier angefangen. Mit den Vorbereitungen und so. Ab fünf hatten wir dann auf.«

»Verlief der Betrieb normal? Oder ist etwas Ungewöhnliches passiert? War ein Gast unzufrieden? Gab es Streit?«

»Nein. Nichts davon. Alles normal.«

»Hatten Sie Kunden, die Ihnen unbekannt waren?«

Ramona Beinecke dachte angestrengt nach, versuchte sich den Arbeitstag in Erinnerung zu rufen. »Ich weiß es nicht genau«, sagte sie kläglich.

»Das macht doch nichts. Sie müssen nicht auf jede Frage eine Antwort wissen ...«

Sie zog ruckartig die Schultern zurück und ließ die Knie zur Seite sinken. »Moment. Einer war da. Genau. Der letzte Gast. Ich glaube, der war vorher noch nie bei uns. Er kam mir jedenfalls nicht bekannt vor.«

Gräber wurde aufmerksam. »Der letzte Gast? Wann war das?«

»Kurz vor ein Uhr. Ich hatte schon mit dem Aufräumen angefangen. Der Chef wollte den Kunden aber noch bedienen. Er hat mich dann nach Hause geschickt, er wollte den Rest selber machen.«

»War das ungewöhnlich?«

»Nein, normal. Die angebrochene Stunde hätte er bezahlen müssen. Ferdy knausert aber gern. Dafür macht er dann auch schon mal selber sauber.«

»Kannten sich die beiden? Der Gast und Herr Semmler?«

»Glaub' nicht. Das sah nicht so aus.«

»Sie waren nicht dabei, als dieser letzte Gast gegangen ist?«

»Nö. Da war ich längst weg.«

»Wann waren Sie zu Hause?«

»Ich habe nicht auf die Uhr geguckt. Vielleicht so um halb zwei. Eher früher.«

»Hat Sie jemand heimkommen sehen? Ihre Eltern? Oder jemand von den Nachbarn?«

»Nachbarn weiß ich nicht. Aber meine Schwester war noch auf. Das kleine Gör hat wieder heimlich gelesen, obwohl sie längst schlafen sollte.«

»Wie alt ist Ihre Schwester?«

»Vierzehn.«

»Dann ist sie jetzt wohl in der Schule?«

»Ja, genau. Was ist heute – Donnerstag? Da hat sie bis kurz nach eins.«

»Ich verstehe. Können Sie den Mann, der von Herrn Semmler noch bedient wurde, vielleicht beschreiben? Hatte er besondere Merkmale?«

Die Befragte zuckte ratlos mit den Schultern. »Mir ist nichts aufgefallen. Normaler Typ halt. Kein Bierbauch. Schon älter.«

»Was heißt das in Jahren?«

»Na, so vierzig. Mindestens.«

Gräber konnte der Imbissverkäuferin noch ein paar vage Angaben entlocken. Viel war es nicht, sie hatte den Mann nur flüchtig wahrgenommen, ehe sie von Semmler in den Feierabend geschickt wurde.

»Würden Sie den Kunden wiedererkennen? Auf einem Foto oder persönlich?«

Wieder machte die junge Frau eine Pause. »Persönlich? Was bedeutet das? Müsste ich dann mit dem reden oder so?«

Gräber erkannte die anklingende Furcht in ihrer Stimme und versuchte, ihr die Angst zu nehmen. »Nein, nur keine Sorge. Wenn es dazu kommen sollte, sorgen wir dafür, das Sie sich nicht direkt begegnen. Und es ist ja auch überhaupt nicht gesagt, dass dieser Kunde etwas mit dem Verbrechen zu tun hat. Für uns ist er erst mal nur ein wichtiger Zeuge, der uns vielleicht bei der Aufklärung helfen kann. So wie Sie sagen, war er möglicherweise der Letzte, der Ihren Chef noch lebend gesehen hat.«

Bei diesen Worten konnte die junge Frau ein leises Schluchzen nicht mehr unterdrücken. Gräber holte ihr ein Glas Wasser, und es gelang ihm, sie ein wenig zu trösten. Aber er konnte nicht länger bleiben.

»Wann kommen denn Ihre Eltern zurück?«, fragt er mitfühlend.

»Meine Mutter kommt um kurz nach eins. Sie bedient in einem Bäckerladen, nur morgens.«

»Das ist gut. Vielleicht sollten Sie sich bis dahin noch ein wenig hinlegen und ausruhen ...«

Ramona Beinecke fuhr sich mit einem Kleenex über die Augen und versuchte ein zögerliches Lächeln. »Ja«, sagte sie tapfer. »Was anderes kann ich im Moment sowieso nicht tun.«

Dr. Rohloff obduziert

Am Morgen, als Gräber und Kühne aufgebrochen waren, hatte sich am östlichen Horizont kurz die Sonne blicken lassen. Das obere Viertel einer weißen Scheibe, umgeben von einem Flor durchmischter Pastelltöne in schwachem Gelborange, Blassrosa, verwaschenem Blau. Die Verheißung eines freundlichen Herbsttages.

Doch das Versprechen blieb unerfüllt. Ein anfangs hellgrauer, tief hängender Wolkenteppich hatte sich herangeschlichen, allmählich vor die Sonne geschoben und war im Laufe des Vormittags immer dunkler geworden.

Gräber murmelte verdrießlich vor sich hin, als er auf die Bundesstraße 68 Richtung Oldenburg fuhr. »Ich fürchte, es wird Regen geben. Ich hätte mir für unseren Ausflug besseres Wetter gewünscht.«

»Vielleicht klart es weiter nördlich ja noch auf.«

Sabine Kühnes Hoffnung blieb unerfüllt. Als sie auf die erst im April freigegebene Autobahn 29 wechselten, fielen die ersten Tropfen, und der Niederschlag wurde ständig dichter.

Gräber war schon einige Male im Institut für Rechtsmedizin in der Pappelallee gewesen, hatte aber im Regen Mühe, sich zurechtzufinden. Die Abfahrt lag hinter der Hunte-Überquerung, das war ihm in Erinnerung geblieben. Ihm fiel noch rechtzeitig ein, dass sich das Institut in der Nähe des Evangelischen Krankenhauses befand, und er folgte der Beschilderung zum Hospital. Am Ende der Ausfahrt Haarentor wusste er wieder, wie er zu fahren hatte.

Die Pappelallee war eine stille Nebenstraße, und sie machte ihrem Namen Ehre. Am Straßenrand und auf den angrenzenden Grundstücken gab es einen reichen Baumbestand.

»Im Sommer muss das hier schön sein, wenn alles grün ist«, sagte Sabine Kühne beeindruckt, als sie aus dem Wagen stiegen und eilig durch den Regen zum Institutseingang liefen.

Gräber gab ihr recht. Bei früheren Besuchen hatte das Viertel auf ihn wie eine grüne Lunge gewirkt.

»So eine Umgebung ist vermutlich auch gut fürs Gemüt, wenn man den ganzen Tag mit Leichen zu tun hat.«

»Das ist wahr. Darüber habe ich offen gestanden noch gar nicht nachgedacht.«

Im Eingangsbereich klopften sie sich die Regentropfen von der Kleidung und meldeten sich an. Dr. Rohloff wurde benachrichtigt und erschien nach kurzer Wartezeit, um sie in Empfang zu nehmen.

Sabine Kühne hatte den Rechtsmediziner am Vortag nur kurz gesehen. Sie fand ihren ersten Eindruck bestätigt. Rohloff legte offensichtlich Wert auf ein elegantes Äußeres. Seine Kleidung war nicht übertrieben förmlich, aber von gediegener Qualität und geschmackvoll zusammengestellt. Der braune Teint deutete auf einen kürzlichen Urlaub in sonnigen Breiten. Das grau melierte, nach hinten gekämmte Haar war perfekt geschnitten und wurde von einem Festiger in Form gehalten. Auf Frauen seines Alters würde dieser Mann vermutlich attraktiv wirken. Sabine Kühne musste unwillkürlich an ihre Mutter denken.

»Dr. Werschemöller lässt sich entschuldigen«, berichtete Rohloff. »Er musste kurzfristig vor Gericht für einen Kollegen einspringen.«

»Wir kommen sicher auch ohne ihn zurecht«, knarrte Gräber. Es war ihm anzuhören, dass ihn das Fernbleiben des Staatsanwaltes nicht traurig stimmte.

»Sie haben tatsächlich nur zwei Staatsanwälte für Mordsachen?«, erkundigte sich Rohloff.

»Das reicht uns«, bestätigte Gräber. »Osnabrück ist nicht Chicago. Oder Oldenburg –« Er grinste.

Rohloff lächelte höflich. »Sind Sie zum ersten Mal hier?«, fragte er, während sie den Korridor hinunterschritten.

»Nein«, erwiderte Gräber knapp.

»Ich schon«, ergänzte Kühne. Sie registrierte den skeptischen Seitenblick des Professors. Gewiss hatte er mit Neulingen schon unerfreuliche Erfahrungen gemacht.

»Uns liegen keine Informationen über Vorerkrankungen vor. Vorbeugend gehen wir aber davon aus. Ich muss sie daher bitten, medizinische Schutzkleidung anzulegen.«

Im Schleusenraum lag alles Nötige bereit. Hauben, Schürzen, Gesichtsmasken, Überschuhe.

»Die hätten wir früher gebrauchen können«, scherzte die Kommissarin. »Die halten doch bestimmt auch den Regen ab.«

Gräber grinste.

Dr. Rohloff sah sie befremdet an.

›Humor scheint nicht zu seinen Stärken zu gehören‹, sinnierte Sabine Kühne. Vielleicht berufsbedingt ...

Der Sektionsraum war kühl und gleißend hell erleuchtet. Kühne hob reflexartig die Hand, um ihre Augen zu schützen. Trotz Lufttauschanlage hatte sich ein schwacher Geruch chemischer Reinigungsmittel erhalten.

Sie wurden von drei weiteren Personen in voller Schutzmontur erwartet.

Dr. Rohloff übernahm die Vorstellung. »Rechtsmediziner Dr. Werremeyer, Herr Baulitz, unser Präparationsassistent, Frau Jestrembski, meine Assistentin – Kommissar Gräber und Fräulein Kühne vom Kriminaldienst Osnabrück.«

Dr. Werremeyer, der gesetzlich vorgeschriebene zweite Obduzent, nickte wortlos zur Begrüßung. Seine weite Schutzkleidung konnte das sich vorwölbende Bäuchlein nicht kaschieren. Er war von allen Anwesenden der Älteste. Sabine Kühne schätzte, dass er auf die Sechzig zuging. Oder sie sogar schon überschritten hatte.

Auch die medizinisch-technische Assistentin grüßte nur knapp. Sie war mit der Einrichtung ihrer Kamera beschäftigt, einer Nikon mit Ringblitz-Objektiv.

Der Präparator, ein junger Mann, dessen Studienabschluss noch nicht lange zurückliegen konnte, gebärdete sich lebhafter. »Guten Tag. Haben Sie gut hergefunden?«

»Ich musste erst ein paar Mal überlegen«, gestand Gräber. »Aber nachdem wir von der Autobahn runter waren, kam ich dann wieder zurecht.«

»Und Sie?«, wandte sich Baulitz an Sabine Kühne. »Zum ersten Mal dabei?«

Die Angesprochene nickte. »Ja. Meine Premiere sozusagen.«

»Oder auch Feuertaufe ...« Der junge Bursche versuchte sich an einem charmanten Lächeln. »Aber sagen Sie mal – sind Sie nicht zu attraktiv für diesen harten Beruf?«

Die Kommissarin blieb unbeeindruckt. »Jedenfalls bin ich hart genug für diesen attraktiven Beruf.«

»Oho! Schlagfertig ist sie auch noch ...«

Die Ärzte hatten mittlerweile ihr Sektionsbesteck bereitgelegt. Der verhüllte Leichnam wurde abgedeckt. Sabine Kühne griff unter ihre Schutzkleidung, holte ihre Polaroid-Kamera hervor und klappte die SX-70 auseinander.

Professor Werremeyer wurde aufmerksam. »Was haben Sie denn da vor, wenn ich fragen darf?«

»Ich möchte ein paar Sofortbilder vom Gesicht des Toten machen.«

»Das ist nicht nötig. Wir werden selbst alle Vorgänge fotografisch dokumentieren.« Er deutete auf die Assistentin, die gerade einen kleinen Schalter an der Kamera betätigte. Ein leises Pfeifen verriet, dass das unhandliche Blitzgerät Ladung aufnahm.

»Ich weiß. Aber ich brauche die Bilder für andere Zwecke. Und Sie fotografieren auf Film. Die Entwicklung dauert doch sicher einige Zeit. Mit der Polaroid habe ich die Fotos sofort in den Händen. Die sind uns von Nutzen, wenn wir Zeugen befragen müssen, ob sie den Mann in seinen letzten Stunden noch gesehen haben.«

»Das ist richtig«, sagte Gräber. »Die Fotos können uns unter Umständen kurzfristig voranbringen.«

Die Professoren sahen sich an. Dr. Rohloff zuckte gleichgültig mit den Achseln. »Na dann, meinetwegen«, sagte Werremeyer mit säuerlicher Miene.

Die Kommissarin machte eine Reihe von Bildern. Sie musste sich auf die Zehenspitzen stellen, um eine Frontalaufnahme anfertigen zu können. Beim ersten misslang ihr die Scharfeinstellung, es musste wiederholt werden. Dann schoss sie Halbprofile von beiden Seiten. Das Surren des Kameramotors, der die Fotos nach dem Belichten auswarf, tönte unnatürlich laut in der Stille des Sektionsraums.

Sie hatte diesen Mann dort, für die postmortale körperliche Untersuchung aufgebahrt auf der stählernen Ablage mit der grausam unverstellten Funktionalität, mit Organbecken, Ablauf, Spritzbrause, nie zuvor gesehen, auch nicht als Leiche. Bei ihrem Eintreffen war er abgedeckt gewesen, und als sie von ihrer Haus-zu-Haus-Runde mit Wrocklage zurückkehrte, hatten ihn die Bestattergehilfen bereits eingesargt.

»Wenn wir dann anfangen könnten ...«, drängte Werremeyer unwirsch.

»Natürlich. Ich bin so weit.«

Rohloff begann mit den Angaben für das Obduktionsprotokoll. Größe, Gewicht, äußere Erscheinung. Er suchte den

Körper nach Narben und äußeren Verletzungen ab, examinierte die Totenflecken.

»Alles erfasst?«, fragte er in Richtung seiner Assistentin. Die bestätigte. »Gut. Dann öffnen wir.«

Er griff zum Skalpell und nahm den T-Schnitt vor, einmal von Schulter zu Schulter und dann abwärts über die Länge des Torsos. Als er mit der Entnahme der Organe begann, blickten Gräber und Baulitz verstohlen zu Sabine Kühne. Sie erwarteten offenbar, dass der Magen der jungen Kommissarin rebellieren oder sie sogar zu Boden kippen würde.

Sie war sich selbst nicht sicher gewesen, ob sie den blutigen Anblick ertragen würde. Aber sie fühlte sich gut, sah interessiert zu, wie das Gewicht von Herz, Lungen, Leber, Milz und Nieren ermittelt wurde und wie Baulitz Gewebeproben für die histologische Untersuchung nahm.

Jeden Schritt sagte Rohloff vorher an, für das Protokoll und um dem Kollegen Werremeyer Gelegenheit zu etwaigen Korrekturen zu geben. Doch der Ältere beschränkte sich auf ein zustimmendes Nicken. Die beiden waren offenbar ein eingespieltes Team.

Dann wurde Kühne doch ein wenig flau zumute, als Rohloff, nachdem er die bereits fotografisch erfasste Kopfwunde eingehend untersucht hatte, zu einer Handsäge griff und mit dem Edelstahlinstrument die Schädeldecke zu öffnen begann. Sie wollte vor den Männern keinesfalls Schwäche zeigen, atmete langsam und tief und versuchte, die Präparation von der menschlichen Gestalt zu lösen. Dabei kam ihr zugute, dass ihr Semmler zu Lebzeiten nie begegnet war und dass sie ihn auch als Leichnam zuvor nicht gesehen hatte.

Nach der Vivisektion setzten sich alle Beteiligten in einem Besprechungszimmer zusammen. Der Obduktionsraum wurde routinemäßig freigemacht, damit ein Luftaustausch vorgenommen werden konnte. Die Schutzkleidung hatten sie in der Schleuse in die dafür vorgesehenen Behälter gegeben und anschließend gründlich die Hände gewaschen.

Gräber hatte eine Kopie des vorläufigen Obduktionsberichts bekommen. Die Ergebnisse der histologischen und toxikologischen Untersuchungen und die Fotos würden nachgereicht werden.

Rohloff gab noch einige Erläuterungen. »Der Verstorbene hat ein offenes Schädel-Hirn-Trauma erlitten. Wir konnten als Ursache stumpfe Gewalt ausmachen. In der Schädelpartie wurde zweimal zugeschlagen, mit einem Gegenstand von der Art eines Brecheisens oder dergleichen. Dann wurde einmal das Kinn getroffen, und es gibt eine Stichverletzung, die bis tief ins Hirngewebe vordrang. Die Folge waren schwere innere Blutungen, die allein bereits zum Tod geführt hätten. Ein weiterer Schlag traf den Halswirbel. Volkstümlich ausgedrückt: Der Täter hat dem Opfer das Genick gebrochen. Diese Verletzung wurde zuletzt zugefügt. Offenbar wollte der Verursacher sichergehen.«

Der Bericht des Professors enthielt eine Überraschung, mit der Gräber nicht gerechnet hatte. »Sie sagen, es gab Schlag- *und* Stichverletzungen? Also womöglich zwei Waffen, zwei Täter?«

»Mein lieber Herr Gräber, wir sind Wissenschaftler. Wir spekulieren nicht.«

Werremeyer meldete sich zu Wort. Seine Formulierungen waren genau bedacht. »Ich halte es für zulässig, wenn wir sagen, dass die Möglichkeit einer doppelten Täterschaft nicht ausgeschlossen werden kann.«

»Ich verstehe Ihre Zurückhaltung, Herr Professor«, sagte Gräber. »Aber haben Sie vielen Dank für die Erläuterung. In der polizeilichen Praxis müssen wir schon mal mit ungesicherten Hypothesen arbeiten, wenn wir unsere Fälle klären wollen.

Und wenn wir es mit mehreren Tätern zu tun haben, dann hat das unter anderem Auswirkungen auf die Frage nach dem Motiv.«

Diese Frage war nur eine von vielen, die Gräber und Kühne beschäftigten. Sie sprachen darüber auf der Rückfahrt, und anders als die Professoren erlaubten sich die beiden Kriminalisten alle erdenklichen Vermutungen. Sie spielten mögliche Tatverläufe durch, erörterten potenzielle Täter-Opfer-Konstellationen und Wenn-und-aber-Variationen, stellten Überlegungen zur Art der Tatwaffe und zu deren Verbleib an.

Sabine Kühne fand großes Vergnügen an diesen Knobeleien. Schon als Kind hatte sie gern Rätselaufgaben gelöst.

Nur eines behielt sie vorerst für sich. Seltsamerweise verfolgte sie der Gedanke, dass es in der Vergangenheit bereits eine Begegnung zwischen ihr und dem ermordeten Ferdy Semmler gegeben hatte.

Ihr Gedächtnis wollte ihr partout nicht verraten, wann und wo das gewesen sein mochte.

Die Kommissarin kann nicht schlafen

Das Abendessen im *Gasthof Herkenhoff* war ähnlich rustikal wie die Einrichtung. Die Speisekarte verzeichnete Schnitzel in mehreren Variationen, Kotelett, Zungenragout, Rinderschmorbraten und, ganz nach Gräbers Geschmack, Hirschbraten. Es war Jagdsaison in den umliegenden Revieren.

Sabine Kühne entschied sich für eine Ofenkartoffel mit Quark und einen Salat. Gräber hatte erwartet, dass die junge Kollegin Mineralwasser ordern würde, doch sie trank wie er ein großes Bier, das sie während des Essens leerte und dem sie noch ein kleines folgen ließ, ehe sie sich auf ihr Zimmer verabschiedete.

Bei der Arbeit trug sie nur wenig Make-up, das Abschminken nahm nicht viel Zeit in Anspruch. Sie steckte die Haare hoch und stieg in die Dusche, eine Kunststoffkabine, die nachträglich in das Zimmer gebaut worden war und es weiter verengte. Sie hatte das dringende Bedürfnis, vor dem Schlafengehen noch die tagsüber aufgenommenen Gerüche abspülen zu müssen. Vor allem die aus dem Oldenburger Obduktionsraum.

Sie fröstelte, als sie aus der fast kniehohen Wanne stieg. Die hölzernen Fensterrahmen wirkten authentisch und urig, aber sie hatten sich im Lauf vieler Jahre verzogen. Durch die Spalten drang spürbar kühle Nachtluft ins Zimmer. Eilig trocknete sie sich ab, schlüpfte in ihren Schlafanzug und in warme Socken und dann schnell unter die Decke.

Auf dem Vertiko stand ein kleiner Fernseher. Sie betätigte die Fernbedienung und schaltete durch die Programme. Eine Sendung über die bevorstehende US-Wahl im Ersten, eine Show mit Tony Marshall im Zweiten. Im Dritten lief ein Spielfilm über eine Country-Musikerin. Interessant, aber der Empfang war so schlecht, dass sie bald die Aus-Taste drückte.

Sie löschte das Licht und versuchte zu schlafen.

Es wollte ihr nicht gelingen.

Immer wieder wälzte sie sich von einer Seite auf die andere. Ihr Körper war erschöpft, aber sie konnte nicht abschalten. Die Bilder des bleichen Leichnams begleiteten sie, seit sie das rechtsmedizinische Institut verlassen hatten. Es war nicht der Anblick des toten Körpers. Der machte ihr keine Angst. Vielmehr kreisten ihre Gedanken noch immer um ihr Empfinden, dass sie Ferdinand Semmler irgendwann schon einmal über den Weg gelaufen war. Aber wann? Bei welcher Gelegenheit?

Sie setzte sich auf, schaltete das Nachttischlämpchen wieder ein und angelte sich ihre Umhängetasche. Die Polaroid-Aufnahmen aus dem Sektionssaal hatte sie in einem der Seitenfächer verwahrt. Sie zog sie heraus und fächerte sie vor sich auf der Bettdecke auf, sortierte sie mehrmals um. Wie das Blatt eines Kartenspiels.

Sie saß mit untergeschlagenen Beinen da und dachte nach.

Wenn ihre Erinnerung nicht trog und sie Semmler tatsächlich schon einmal begegnet war, dann jedenfalls nicht diesem fahlen, entseelten Gesicht mit den geschlossenen Augen, sondern einem Menschen mit lebendiger Gesichtsfarbe und gewöhnlicher Mimik. Sie bemühte ihre Fantasie, stellte sich Semmler mit ärgerlicher, trauriger, lachender Miene vor. Lachen? Plötzlich hatte sie eine Ahnung, ein Bild vor dem inneren Auge.

Sie fühlte ihr Herz schlagen.

An Schlaf war jetzt erst recht nicht mehr zu denken. Sie überlegte, ob sie Gräber zu Rate ziehen sollte. Aber es war spät, der Chef schlief sicher schon, und ein Gespräch mit ihm würde sie in der Sache nicht weiterbringen.

Kurzentschlossen sprang sie aus dem Bett, kramte Hose, Bluse, Pullover aus dem Koffer und war im Nu angekleidet. Während der Rückfahrt aus Oldenburg hatte sie am Steuer des Dienstwagens gesessen. Gräber hatte den Autoschlüssel nicht zurückgefordert. Das Bund befand sich noch in ihrer Jackentasche. Sie fischte es heraus, wog es einen Moment in der Hand, fragte sich, ob ihr Vorhaben angemessen war, ob sie es wirklich in die Tat umsetzen sollte.

›Besser, als die Nacht schlaflos im Hotel zu verbringen‹, dachte sie, schnappte sich die Hotelschlüssel und verließ leise ihr Zimmer.

An diesem späten Donnerstagabend waren zwischen Berge und Osnabrück nur wenige Fahrzeuge unterwegs. In den Ortsdurchfahrten hielt sich Sabine Kühne an die Geschwindigkeitsbegrenzung. Auf den Landstraßen lag sie zehn Prozent darüber. Manchmal auch zwanzig. Oder ein paar Tachostriche mehr ...

In Osnabrück gab es gleich hinter dem Ortsschild mehrere Tankstellen. Kühne fuhr eine an, um noch vor dem mitternächtlichen Geschäftsschluss nachzufüllen. Die Nadel der Anzeige näherte sich bereits der Reserve. Sie wusste nicht, ob sie die Ausgabe ersetzt bekommen würde. Die Frage musste sie später klären.

Immerhin, der Literpreis lag gerade bei einer Mark neunundzwanzig. Zwei Pfennige weniger als noch am vorherigen Wochenende. Sie tankte voll. Ihr Bargeld reichte nicht für den Betrag. Glücklicherweise hatte sie Eurocheques und Scheckkarte dabei.

Ohne weiteren Halt ging es in rascher Fahrt zur Hannoverschen Straße. Sie meldete sich bei den Kollegen von der Wache, erntete fragende Blicke, gab aber keine nähere Erklärung ab.

Noch war sie sich unsicher, ob sie richtig lag. Und sie wollte keinen späteren Spott provozieren.

Die sonst so betriebsamen Diensträume im Zweitgebäude lagen still und verlassen. Die Büros waren nicht verschlossen, ungehindert gelangte sie in Schonebecks Büro.

Die Fallakte *Schleuse* war schnell gefunden. Die Kommissarin packte den Ordner auf den Schreibtisch, entriegelte ihn und blätterte durch die ersten Seiten, an deren Anlage sie selbst noch beteiligt gewesen war.

Sie wusste, was sie suchte, und sie fand es. Das Foto, das ihr in Margaretha Thomaschewskis Wohnung aufgefallen war, und das sie mit Gräbers Zustimmung eingesteckt hatte.

Sie war ihrer Intuition gefolgt. Und sie hatte richtiggelegen.

Ihre Polaroid-Aufnahmen hatte sie mitgebracht und legte sie im Halbkreis neben das asservierte Gruppenfoto, das Margaretha Thomaschewski zu Lebzeiten in einem ausgelassenen Kreis mehrerer knapp bekleideter Frauen und zweier unverschämt grinsender Männer zeigte.

Er war jünger, hatte ein rosiges Gesicht und sehr viel volleres und längeres Haar.

Dennoch gab es für Sabine Kühne keinen Zweifel.

Einer der beiden Männer war Ferdinand Semmler.

Gräber verschluckt sich

Karl-Heinz Gräber sah nicht aus, als hätte er in der vorausgegangenen Nacht an Schlaflosigkeit gelitten. Einigermaßen gelaunt saß er am Frühstückstisch und ließ es sich schmecken. Es gab backofenwarmes Brot, mehrere Sorten Marmelade, mehrere Wurstsorten und Scheibenkäse. Zwei gekochte Eier warteten darauf, geköpft zu werden. Der gesamte Raum duftete nach frisch aufgebrühtem Kaffee.

»Die Erdbeermarmelade müssen Sie probieren«, empfahl er der jungen Kommissarin, als die den freien Stuhl auf der gegenüberliegenden Tischseite einnahm. Er musterte die Kollegin. »Schlecht geschlafen im fremden Bett? Ich glaube, Sie brauchen erst mal einen Kaffee.«

Sabine Kühne wusste, dass man ihr den nächtlichen Ausflug ansah. Früh am Morgen war sie ins Hotel zurückgekehrt, ins Bett gekrochen und irgendwann eingenickt. Sie hatte nur wenige Stunden und sehr unruhig geschlafen und sich nach dem Aufstehen nicht die Zeit genommen, ihr in Mitleidenschaft gezogenes Gesicht durch ein aufwändiges Make-up aufzuschniegeln.

»Waren Sie noch auf Piste gestern? Haben Sie das wilde Berger Nachtleben genossen«, frotzelte Gräber.

Kühnes Antwort überraschte ihn.

»War ich tatsächlich.« Sie goss sich einen Kaffee ein, nippte ein wenig, um die Temperatur zu prüfen, dann nahm sie einen großen Schluck. Und gleich noch einen zweiten.

Dann begann sie ihren Bericht.

Gräber verschluckte sich und hätte beinahe sein Brötchen ausgehustet, als er erfuhr, was die junge Kollegin über Nacht herausgefunden hatte.

»Das ist ja ein Ding!«, entfuhr es ihm, lauter als angebracht in dem kleinen Frühstücksraum, sodass sich andere Gäste, alle entweder vom Typ Handlungsreisender oder Fernfahrer, verwundert oder aber missbilligend nach ihm umblickten.

Gräber hob die Kaffeetasse an den Mund, als wolle er sich dahinter verstecken. Dann sprach er weiter: »Entschuldigen Sie, wenn ich Sie eine Zeit lang anschweige. Ich muss just ein wenig nachdenken.«

Kühne lächelte. »Macht nichts. Ich bin heute Morgen auch nicht sonderlich gesprächig. Warten wir ab, bis der Kaffee anschlägt.«

Sie trank und griff ruhig nach der Zeitung, die von anderen Gästen auf dem Nebentisch zurückgelassen worden war.

Ihr Brötchen mit Butter und der von Gräber empfohlenen Marmelade war noch nicht zur Hälfte aufgegessen, als Gräber kurz entschlossen seinen Rest Kaffee hinunterstürzte und aufstand.

»Wir fahren«, bestimmte er. »Wir sollten die Kollegen direkt persönlich informieren.«

Kühne schluckte. »Soll ich denn dann zusammenpacken? Brechen wir unsere Zelte hier ab?«

Gräber wog die Möglichkeiten ab. »Wir machen es so: Wir packen unsere persönlichen Dinge und die Ausrüstung ins Auto. Unsere Zimmer lasse ich bis auf Weiteres freihalten. Wir müssen uns mit Schonebeck und dem Staatsanwalt besprechen. Dann sehen wir weiter.«

Kühne erhob sich, das angebissene Brötchen und die noch halb volle Kaffeetasse zurücklassend.

»So schnell nun auch wieder nicht«, sagte Gräber mit gespielter Strenge. »Erst wird aufgegessen. Halb verhungert nutzen Sie mir nichts. Haben Sie die Wagenschlüssel dabei? Dann packe ich schon mal die Schreibmaschine ein.«

Sabine Kühne nahm sich noch die Zeit, die Zähne zu putzen. Ihre Tasche war rasch gepackt. Alles Übrige hatte Gräber bereits erledigt, als sie sich wieder zu ihm gesellte.

»Haben Sie alles? Die Polaroids?«

»Ja.« Sie klopfte auf ihre Umhängetasche. »Alles dabei. Allzeit bereit.«

»Ausgezeichnet. Dann starten wir. Ich fahre.«

Anders als in der Nacht herrschte viel Verkehr auf den Straßen. Immer wieder sah sich Gräber durch langsam fahrende LKW und Treckergespanne gezwungen, den Fuß vom Gas zu nehmen. Mit der morgendlichen Abgeklärtheit war es bald vorbei. Er schimpfte verdrießlich vor sich hin, wenn er wieder einmal hinter einem Sattelschlepper feststeckte und es keine Möglichkeit zum Überholen gab.

»Wäre schön, wenn unsere Zivilwagen einen *Kojak* hätten«, murrte er.

Kühne hatte den Begriff noch nie gehört. »Einen was?«

Die Frage dämpfte Gräbers Ärger. Er musste lächeln. »Die Alarmleuchten. Kennen Sie doch von den Streifenwagen. Bei den Zivilfahrzeugen können sie bei Bedarf mit einem starken Magneten aufs Dach gepflanzt werden.«

»Sicher, die kenne ich. Aber wieso heißen die *Kojak*?«

Gräber freute sich, den Lehrer geben zu können. »In den USA gehören die Dinger zur Grundausstattung der zivilen Einsatzfahrzeuge. Man sieht das häufig in Filmen oder Serien. Wir haben da immer neidvoll gestaunt. Kennen Sie *Einsatz in Manhattan*? Die Krimiserie mit dem Glatzkopf?«

Kühne verneinte.

»Der Glatzkopf heißt Kojak und leitet eine Einheit der New Yorker Polizei. Und man sieht gleich am Anfang vor jeder

Folge, wie er in voller Fahrt lässig eine Warnleuchte auf dem Dach seines Straßenkreuzers befestigt. Das ist mal ein Dienstwagen ... Na jedenfalls, irgendein Spaßvogel hat die Kreiselleuchten nach diesem Kojak benannt. Der Name ist hängengeblieben.«

Sabine Kühne prägte sich das Wort ein. Gräber hatte recht. Ein *Kojak* wäre nicht nur in diesem Moment sehr von Vorteil gewesen.

In Osnabrück steuerte Gräber ohne Umwege die Dienststelle an. Beim Aussteigen bemerkte Sabine Kühne, dass der Wagen schief zwischen den Markierungsstreifen stand. Das schlampige Einparken entsprach nicht Gräbers Art.

Ein Indiz, dass er keine Sekunde verlieren wollte.

Sie eilten hinauf in den zweiten Stock, wo ihnen Konrad Nieporte entgegenkam.

»Moin, Konrad. Weißt du, wo Ludwig steckt? Wir müssen ihn dringend sprechen.«

»Das ist schlecht jetzt. Er ist im Vernehmungsraum und nimmt sich noch mal den Sohn der Thomaschewski vor. Das wird noch eine Weile dauern.«

Gräber und Kühne sahen sich an.

»Zum Kriminaldirektor?«, fragte Kühne knapp.

»Ja.«

Nieporte blieb zurück und wunderte sich, dass sich der schwer zugängliche Kollege und die Neue so gut verstanden.

Als die beiden Kommissare eintraten, saß Kriminaldirektor Halgelage über einem Stapel von Beschaffungsformularen und stellte Etatkalkulationen an.

»Gräber! Und das Fräulein Kühne. Was tun Sie hier? Sie sollten doch in Berge sein und ermitteln.«

»Das haben wir getan. Und wir haben – genauer gesagt war's die Kollegin Kühne, Ehre wem Ehre gebührt –, eine unerwartete Spur gefunden, die unseren Fall mit dem der MoKo Schleuse verbindet.«

Halgelage rückte seine Brille gerade. »Da bin ich jetzt aber mal gespannt.«

»Fräulein Kühne, bitte. Die Polaroids. Berichten Sie.«

Für Sabine Kühne kam es unerwartet, dass der Chef ihr die Erläuterungen überließ, aber sie fasste sich rasch. Die Sofortbilder hatte sie griffbereit, zog sie hervor und legte dem Kriminaldirektor gegenüber dar, was sie in der Nacht zuvor entdeckt hatte.

»Warum kommen Sie damit zu mir? Sprechen Sie mit Schonebeck. Der Kollege muss informiert werden.«

»Schonebeck ist in einer Vernehmung. Wir möchten ihn nicht unterbrechen. Ich wollte aber keine Zeit verlieren und Sie schon einmal unterrichten.«

»Das ist etwas anderes. Eine korrekte Entscheidung. Gut gemacht, Fräulein Kühne.«

»Der Staatsanwalt muss auch Bescheid bekommen.«

»Ich übernehme das. Wir machen eine außerplanmäßige Lage.« Halgelage sah auf seine Uhr. »In einer Dreiviertelstunde. Ich frage bei Werschemöller an, ob er dazustoßen möchte.«

Halgelage erreichte den Staatsanwalt in seinem Büro am Kollegienwall. Die wenigen Worte des Kriminaldirektors genügten, um Werschemöller neugierig zu machen. »Ich springe ins Auto. Warten Sie auf mich. Ich bin gleich da«, hatte er gesagt.

Halgelage selbst leitete die Besprechung. Die MoKo Schleuse war beinahe vollzählig versammelt. Axel Spratte, der die MoKo Nachtbar leitete, hatte auf dem Gang von dem Treffen erfahren und sich gemeinsam mit Fitten Unverfehrt den Kollegen angeschlossen.

Als Sabine Kühne ihre Ausführungen beendet hatte, herrschte kurz Stille im Raum.

Schonebeck räusperte sich und ergriff das Wort. »Interessant. Ja, doch. Aber das bringt uns doch nicht weiter. Dann haben sich die Thomaschewski und der Semmler eben gekannt. Die arbeiten halt in derselben Branche. Soll das irgendwohin führen?«

Axel Spratte reagierte gereizt. »Ludwig, ich bitte dich. Das gibt eurem Fall doch eine ganz neue Wendung. Die Theorie vom Raubmord ist damit wohl endgültig vom Tisch. Oder habt ihr vielleicht inzwischen einen Verdächtigen? Oder eine Spur?«

»Wir sind noch an dem Sohn dran. Ich habe ihn gerade vernommen. Leider ergebnislos … Und an der Schwester, die den Sohn aufgezogen hat.«

»Was sind denn die konkreten Hinweise, dass die beiden als Täter in Frage kommen?«

»Der Junge hat seine Mutter gehasst.«

»Das tun andere Bengel auch … Das liegt am Alter.«

»Aber die sind nicht in einen Mord verwickelt. Wie sieht es denn überhaupt bei dir aus? Kümmere dich doch erst mal um deine Ermittlung. Oder gab es eine Verhaftung, von der ich nichts mitbekommen habe?«

Spratte hatte eine derbe Antwort parat, aber ein Krachen ließ alle im Raum zusammenfahren. Halgelage hatte mit voller Wucht auf die Tischplatte geschlagen.

»Sind wir jetzt hier im Kindergarten?«, donnerte er. »Schluss mit der kindischen Streiterei. Das führt doch nun zu rein gar nichts.« Seine Augen funkelten, als seine Blicke über die Runde wanderten und bei Schonebeck hängenblieben. Mit ruhigerer Stimme sagte er: »Natürlich zwingt uns die neue Erkenntnislage zu einer Revision unserer bisherigen Ermittlungen.«

Er benutzte den Plural, aber niemand zweifelte, dass er eigentlich Schonebeck ansprach. In den letzten Tagen wurde auf der Etage gemunkelt, dass er mit Schonebecks Leistungen keineswegs zufrieden war.

»Wir legen die Schleuse und Berge zusammen. Der Kollege Gräber ist mit beiden Fällen vertraut, er übernimmt die Leitung. Die Kollegen Kühne und Schonebeck arbeiten ihm zu. So auch der Rest der Gruppe, die ansonsten in der jetzigen Zusammensetzung erhalten bleibt. Vorläufig zumindest.«

»Aber ...« Schonebeck wollte widersprechen.

Ein drohender Blick Halgelages genügte, um jedes weitere Wort zu ersticken.

Spratte blieb völlig unbeeindruckt. »Bin ich eigentlich der Einzige, der hier ein Muster sieht? Bei allen drei Morden, mit denen wir gerade zu tun haben?«

»Worauf wollen Sie hinaus?«

»Wenn ich die Kollegin Kühne richtig verstanden habe, war die Thomaschewski früher in einer Bar tätig. Ich tippe mal, das Etablissement gehörte ganz oder zumindest teilweise zum Halbweltmilieu. Bei dem Puff meines toten Barbesitzers ist das ohne jeden Zweifel der Fall. Jetzt haben wir einen dritten Toten, der mit der Thomaschewski zumindest früher gut bekannt war, vielleicht im selben Betrieb tätig war. Also zu ihren Rotlichtzeiten.« Er hob die Hand und zählte demonstrativ an den Fingern ab: »Eins, zwei, drei Tote. Alle auf ähnliche Weise ermordet. Alle mit Verbindungen zum Milieu. Noch nicht endgültig abgesichert, ist mir klar, aber die Wahrscheinlichkeit scheint mir doch sehr hoch, dass es da einen Zusammenhang gibt.«

Halgelage sah den Staatsanwalt an. Der Jurist leitete das Verfahren und hatte ihr Vorgehen gegenüber seinen Vorgesetzten zu verantworten. Werschemöller nickte zustimmend in Sprattes Richtung.

»Ich stimme Herrn Spratte zu. Ich würde selbst einen ähnlichen Tatablauf bei zwei ansonsten unzusammenhängenden Morden erst einmal dem Zufall zuschreiben. Jetzt haben wir aber drei Morde, und dazu nachgewiesenermaßen eine Verbindung von zweien der Opfer. Herr Gräber und Frau Kühne, ich möchte Sie bitten, diese Spur weiterzuverfolgen. Herr Schonebeck kümmert sich weiterhin um die Familienverhältnisse. Um den Sohn und die Ziehmutter. Motiv, Alibis, ich will alles zügig auf dem Tisch haben. Der Fall hängt schon viel zu lange in der Schwebe.«

Sabine Kühne bemerkte den Wandel auf Gräbers Gesicht. Er sah aus, als ob er jeden Moment *Na also* sagen würde, hielt aber wohlweislich den Mund.

»Herr Spratte, Sie verfolgen wie gehabt die Spuren ihrer MoKo Nachtbar. Sie arbeiten aber von jetzt an eng verschränkt mit der neuen MoKo unter Herrn Gräber. Jede neue Information wird sofort weitergereicht. Die Aktenführer gleichen mindestens zweimal täglich ihre Einträge ab.«

»Sehr gerne.«

Gräber wandte sich an Nieporte. »Konrad, an dich habe ich die Bitte, dass du den Austausch mit den Kollegen in Bersenbrück übernimmst, die mit am Fall Semmler arbeiten. Die müssen gleich im Anschluss über den neuesten Stand informiert werden. Zuständig ist Oberkommissar Meyer zu Bergste. Der Bildbericht vom Erkennungsdienst und das amtliche Untersuchungsergebnis der Rechtsmedizin stehen noch aus. Außerdem suchen wir nach möglichen Zeugen, die am Tatabend im Imbiss waren oder sich in der Nähe aufgehalten haben. Und die Aussage der Imbissangestellten Ramona Beinecke – schreib mal mit: Berta, Emil, Ida, Nordpol, Emil, Cäsar, Kaufmann, Emil – muss noch protokolliert werden. Kommissarin Kühne gibt dir unser Tätigkeitsbuch. Ich wäre dir dankbar, wenn du es weiterführen würdest.«

Nieporte hob den Daumen zum Zeichen seiner Zusage.

Halgelage beendete die Besprechung, und die Kollegen verteilten sich wieder auf ihre Diensträume. Gräber und Kühne gingen Schonebeck aus dem Weg und setzten sich stattdessen mit Nieporte zusammen, der sie auf den aktuellen Stand brachte.

Viel hatte die MoKo nicht erreicht. Obwohl ein Raubmord nahezu ausgeschlossen war, hatte Schonebeck immer noch einige Kollegen in diese Richtung ermitteln lassen. Erwartungsgemäß ohne brauchbares Ergebnis.

Das Abpumpen der Schleuse hatte ebenfalls nichts erbracht, abgesehen von einem Haufen Müll und ein paar Schrottteilen. Blutspuren hatte es keine gegeben.

Die Vernehmung der Aushilfe Beate Wessel war unergiebig gewesen. Sie war am Tag der Tat und am vorherigen Samstag krankgeschrieben gewesen.

Der Sohn der Toten, Marc Thoma, wurde als Verdächtiger geführt, ebenso seine Ziehmutter Elisabetha Hoogstra, die Schwester der Toten. Schonebeck selbst, Vieregge und Linsebrink waren dieser Spur nachgegangen, hatten aber bislang nichts beibringen können, was auch nur ansatzweise für einen Haftbefehl ausgereicht hätte.

»Die Aussage von Frau Hoogstra ist in der Akte«, vermeldete Nieporte.

»In Ordnung«, sagte Gräber. »Ich schaue mir das an. Trotz der neuen Erkenntnisse dürfen wir andere Möglichkeiten natürlich nicht außer Acht lassen. Womöglich gibt es auch hier Zusammenhänge, die wir noch nicht kennen. Fräulein Kühne und ich betreiben inzwischen ein bisschen Vergangenheitsforschung.«

»Wie sollen wir vorgehen?«, wollte Sabine Kühne wissen.

Gräber verfiel wieder in die Rolle des Ausbilders. »Die Frage gebe ich zurück. Haben Sie eine Idee?«

Die Antwort ließ nicht lange auf sich warten. Kühne hatte längst darüber nachgedacht. »Ich würde als Erstes mit ihrem Ex-Mann sprechen. Dem Großkotz. Wachowiak.«

Gräber drohte ihr schalkhaft mit dem Finger. »Keine Beleidigungen. Das kann im Zuge des Verfahrens zu Problemen führen. Verteidiger lieben solche Fehlgriffe.«

»Tut mir leid«, sagte Kühne kleinlaut.

Nieporte gluckste. »Sie hat den Kerl aber recht gut beschrieben.«

»In der Sache hat sie jedenfalls recht«, schloss Gräber sich an. »Also los, gucken wir mal, ob Herr Wachowiak noch im Büro ist.«

»Sollten wir nicht vorher anrufen?«

»Nein. Ich möchte ihm eine Freude machen. Das wird ein Überraschungsbesuch.«

Wieder lachte Nieporte leise vor sich hin.

»Vorher machen wir aber noch einen Abstecher«, kündigte Gräber an.

»Wohin?«

»Zu den Kollegen von der Sitte.«

Das 2. Kommissariat, zuständig für Sittlichkeitsdelikte, war lange Zeit die einzige Dienststelle gewesen, in der auch Frauen tätig werden konnten. Kühne zog einen Flunsch. »Da wollte ich nun gerade nicht hin.«

»Keine Sorge«, tröstete Gräber. »Ich nehme Sie hinterher wieder mit.«

Wachowiak wird sentimental

Gräber hatte mehrere Kollegen und Kolleginnen der Sitte um sich versammelt und ließ das Foto aus Margaretha Thomaschewskis Wohnung und die Polaroids von dem ermordeten Ferdinand Semmler herumgehen in der Hoffnung, dass jemand Auskunft über die beiden geben konnte.

»Wann soll denn das gewesen sein?«, fragte Christel Sundermann.

»Wissen wir nicht genau. Das Foto ist leider nicht datiert.«

Sabine Kühne kam ein Gedanke. »Die Frau Thomaschewski hat ihren Sohn nach Marc Bolan benannt. Dem Sänger. Wann hatte der seine großen Hits? Vielleicht hilft das bei der zeitlichen Einordnung?«

»Marc Bolan? Von T. Rex? Die habe ich damals auch gern gehört. Tja, wann war das ...«

Wilfried Nüßmeier trat näher. Der stille Sachbearbeiter war bekannt für sein Datengedächtnis. Immer wieder forderten Kollegen ihn auf, sich bei der Quizsendung *Alles oder nichts* mit Max Schautzer zu bewerben. Wer alle Spielrunden überstand, und das trauten Nüßmeier alle zu, die ihn kannten, konnte achttausend Mark gewinnen.

Der Kandidat hatte jedes Mal bescheiden abgewunken. Das Rampenlicht sei nichts für ihn. Aber er half mit seinem umfassenden Wissen gerne aus. Natürlich auch in Fragen der Popgeschichte.

»Marc Bolan ist im September 1977 gestorben«, gab Nüßmeier an. »Die ursprüngliche Band war aber schon 1974 aufgelöst worden. Danach kamen nur noch Zweitbesetzungen mit häufigen Personalwechseln. Und abnehmendem Erfolg.«

Christel Sundermann warf einen bewundernden Blick über die Schulter. »Du bist einfach ein unerschöpflicher Fundus unnützen Wissens. Wenn man dich in seiner Nähe hat, braucht man keinen Brockhaus mehr.«

»So unnütz war das jetzt gar nicht. Zeitlich passt es«, urteilte Gräber. »Der Sohn wurde 1973 geboren. Nehmen wir mal an, das Foto wurde etwa in dieser Zeit geschossen. Dem Verhalten der Clique nach wohl noch vor der Schwangerschaft. Dann müsste das logischerweise Anfang der Siebziger gewesen sein.«

»Sieht mir auch von der Mode her ganz danach aus«, meinte Christel Sundermann. »Wobei – die Dirnenklamotten sind ja eher zeitlos. Aber ich muss passen. Ich war damals noch in der Ausbildung.«

Es gab einige Kollegen, die in den Siebzigern schon im Dienst waren. Sie sahen sich die Fotos eingehend an. Aber Gräber und Kühne ernteten nur verneinende Gesten, Kopfschütteln, Schulterzucken.

»Die beiden Kerle kommen mir zwar bekannt vor. Aber so sahen die damals ja alle aus«, meinte Nüßmeier. »Das macht es schwierig, denen nach all der Zeit noch die richtigen Personalien zuzuordnen.«

»Schade«, sagte Gräber enttäuscht. »Trotzdem vielen Dank, Kollegen.«

»Bei Wachowiak werden wir mehr Glück haben«, prophezeite Sabine Kühne, um Aufmunterung bemüht.

»Darauf hoffe ich sehr.«

Sie sträubte sich dagegen, aber Sabine Kühne konnte ihre Bewunderung für die prächtige Büroflucht der Immowa nicht ablegen. Imposante Räume, hohe Wände. Die junge Kommissarin geriet abermals ins Staunen.

Die Empfangsdame begegnete ihnen mit einem strahlenden Lächeln, das im selben Moment erstarrte, in dem sie die beiden Besucher erkannte.

»Ist Herr Wachowiak im Hause?«

»Nein ... ja ... aber Sie müssen einen Termin ...«

Gräber sprach ruhig, aber mit einem Nachdruck, der keinen Widerspruch duldete. »Gute Frau. Wir ermitteln mittlerweile in zwei unnatürlichen Todesfällen. Vielleicht dreien. Und uns ist sehr daran gelegen, dass es keine weiteren geben wird. Deshalb verzichten wir heute mal auf alle Fisimatenten. Melden Sie Herrn Wachowiak, dass wir gleich eintreten werden. Er soll seine Geheimunterlagen schon mal vom Tisch räumen.«

Damit wandte er sich ab. Die Empfangsdame griff hastig zum Telefonhörer und drückte einen Knopf am Gehäuse des Apparates.

Gräber war bereits an der Tür zu Wachowiaks Büro und pochte kräftig. Wie bei ihrem ersten Besuch wurden sie zunächst von Ulf Thorbecke begrüßt.

Gräber hatte an diesem Nachmittag keine Lust auf Spielchen. Er grüßte und schnitt Thorbecke kurzerhand das Wort ab, indem er den schlankwüchsigen Prokuristen einfach beiseiteschob.

Drinnen stand Lorenz Wachowiak neben einer weiteren Person über seinen Arbeitstisch gebeugt, auf dem ein Grundriss ausgebreitet war. Eher eine Skizze als eine ausgearbeitete Bauzeichnung.

Als er nähertrat, erkannte Gräber, dass es sich um den Plan eines gastronomischen Betriebes, vermutlich eines Restaurants, handelte. Wachowiak wandte sich um, erkennbar ungehalten über die Störung.

»Sie schon wieder! Was soll denn dieses ungeheuerliche Benehmen?«, beschwerte er sich. »Haben Sie den Mörder gefunden?«

»Wir sind ihm auf den Fersen. Damit wir vorankommen, brauchen wir kurzfristig ihre Mitarbeit.«

»Ich habe leider gar keine Zeit. Ich muss mit dem Herrn Edelkötter hier unsere Eröffnungsveranstaltung planen. Speisekarte, Sitzordnung und so weiter. Man muss ja disponieren können. Das duldet keinen Aufschub.«

»Einige Minuten wird es schon warten können. Wir haben eine dringende Frage zu klären. Hier und heute. Jetzt!«

Wachowiak gab ein aufgesetztes Seufzen von sich. »Meinetwegen.«

Er bat seinen Besucher, den er als Pächter des Restaurants im oberen Stockwerk der *Hanse-Etageria* vorstellte, draußen im Vorzimmer zu warten.

»Ich hoffe für Sie, dass es wichtig ist. Sonst hagelt es Beschwerden.«

»Glauben Sie mir, es ist wichtig. Wir sind nicht zu unserem Vergnügen unterwegs. Fräulein Kühne, zeigen Sie Herrn Wachowiak bitte die Fotos.«

Sabine Kühne kam der Aufforderung nach. Als Erstes legte sie das Gruppenfoto auf den Plan, der Wachowiaks Schreibtisch beinahe vollständig bedeckte.

Die nächsten Worte des Immobilienkönigs kamen überraschend weich. »Guck an, da ist sie ja, die Maggie.«

»Kennen Sie auch die übrigen Herrschaften auf diesem Foto?«

»Aber sicher. Das da ist der Ferdy Semmler, daneben der Rainer.«

»Rainer und wie weiter?«

»Fünfgeld.« Und beinahe ein wenig wehmütig: »Wir waren ein tolles Team damals ...«

Sabine Kühne war hellhörig geworden. »Fünfgeld? Der Barbesitzer?«

Wachowiak kehrte aus seinen Erinnerungen zurück. »Ja. Inzwischen hat er eine Bar in Lechtingen.«

»Hatte. Er ist verstorben. Haben Sie das nicht mitbekommen?« Auch Gräbers Misstrauen war geweckt.

Ulf Thorbecke, der im Raum geblieben war, trat vor und mischte sich ein. »Herr Wachowiak ist derzeit rund um die Uhr mit seinem Bauvorhaben und der Vorbereitung der Eröffnungsveranstaltung beschäftigt. Er kommt gar nicht mehr zum Zeitunglesen.«

Geistesgegenwärtig nahm Wachowiak den Ball auf. »Was? Der Rainer ist tot? Wie ist das passiert?«

»Er wurde ermordet. Genau wie Ferdinand Semmler, wie es scheint auch ein alter Kumpel von Ihnen, oder? Interessant, dass Sie alle drei Opfer der jüngsten Verbrechen kennen.«

»Kannten«, korrigierte Thorbecke eilig. »Das liegt viele Jahre zurück.«

»Gut. Dann herrscht also wenigstens in diesem Punkt Einvernehmen zwischen uns. Sie kannten Rainer Fünfgeld und Ferdinand Semmler. Jetzt wüssten wir gerne noch, woher.«

Wachowiaks Blicke wanderten zwischen Thorbecke und Gräber hin und her. Fragend dort, abschätzend hier. Sabine Kühne nahm an, dass der Unternehmer sich gern mit seinem Rechtsbeistand beraten hätte. Aber Gräber ließ ihn nicht aus seinen Fängen.

Sie wagte sich vor, unternahm einen Versuch. Begleitet von der Hoffnung, Gräber mit ihrer Eigenmächtigkeit nicht zu vergrätzen. »Was war denn das für eine Feier? Karneval? Oder ein Geburtstag?« Sie gab der Frage einen Klang, als sei sie ehrlich interessiert. »Es macht den Eindruck, als hätten Sie alle viel Spaß gehabt.«

Wachowiak schwieg, ganz in das Bild vertieft. Thorbecke wagte nicht, den Chef zu stören. Die Polizisten überließen ihm den Moment.

Kühne hatte schon nicht mehr mit einer Antwort gerechnet, als er nach einer Weile erwiderte: »Es war Silvester.« Seine Stimme hatte einen anderen Klang angenommen. Immer noch hart, doch weniger herrisch.

Leise fragte sie: »In welchem Jahr?«

»1971 auf '72. '71 war ein gutes Jahr gewesen. Darum waren wir alle bester Laune. Wir hatten sogar daran gedacht, einen zweiten Laden zu eröffnen. Das war eine Mordsfeier.« Seine Miene verdüsterte sich. »Ein klassischer Fall von zu früh gefreut.«

»Was ist denn passiert?«

Wachowiak sah auf. »Ihre Kollegen sind uns passiert. Wir hatten ein gutes Programm damals. Artistik, geschmackvollen Striptease. Und in den Pausen haben wir Filme gezeigt. Harmlose Nackedeistreifen. In Dänemark konnte man die frei kaufen. Ganz legal. Aber hier in Westdeutschland waren Sexfilme noch verboten. Ein Gast, der sich gegenüber unserer Bedienung schlecht benommen hatte und den wir deshalb rausgesetzt haben, hat uns aus Rache bei der Sittenpolizei angezeigt. Die kamen ab da so ziemlich jeden zweiten Abend.«

»Das war aber nicht hier in Osnabrück, oder?«

»Aber ja doch. Natürlich! Wir hatten den *Savoy Palast* gepachtet, an der Bohmter Straße. Ein erstklassiges Nachtlokal, mit einer Geschichte bis zurück in die Dreißigerjahre.«

Er griff in eine Schublade seines Schreibtischs und förderte ein ledernes Fotoalbum zutage, blätterte es auf und hielt es seinen Besuchern hin. Es zeigte einen schlichten weißen, kastenförmigen Zweckbau mit auffallend wenigen und noch dazu sehr kleinen Fenstern, der Sabine Kühne eher an einen Warenspeicher erinnerte. Nur die außen aufgebrachten Buchstaben verrieten, dass hinter der wenig einladenden kahlen Fassade Gastwirtschaften betrieben wurden. Die in meterhohen Lettern quer über die vordere Hälfte des Gebäudes gezogenen Worte *Savoy Palast* wirkten vor diesem Hintergrund wie ein Spottname. Das gleiche galt für die anderen Beschriftungen, das *Auto-Hotel* und, kleiner darunter, den *Grill-Room* und die *Tanz-Bar*.

»Ich weiß. Das Äußere täuscht. Nach dem Krieg war das Gebäude sehr eilig wieder aufgebaut worden. Leider nicht mehr so schön wie vor den Bombenschäden. Aber drinnen war alles erste Sahne. Da gab es einen Ballsaal, eine Nachtbar, ein Auto-Hotel nach Art der Motels in Amerika und ein Kino. Ins Kino ist später ein Supermarkt eingezogen. Aber in den Fünfzigern war das top hier. Da kamen sogar Gäste aus Bielefeld oder Münster und von noch weiter her, um sich zu amüsieren. Im großen Saal fanden Konzerte, Bälle und Boxkämpfe statt. Da war schwer was los, das kann ich Ihnen sagen.«

Er blätterte um und zeigte ein anderes Foto. Ein geräumiger Gastraum mit gedämpftem Licht, edel eingerichtet, mit Sitznischen und einer Bar im amerikanischen Stil, im Hintergrund eine kleine Bühne.

»Das war unser kleiner Palast«, erklärte Wachowiak mit hörbarem Stolz. »Aber Ihre damaligen Kollegen haben uns in den Ruin getrieben. Die Gäste blieben weg – wer will schon ständig von der Polizei kontrolliert werden? Gerade wenn man mal ein bisschen privates Vergnügen in diskretem Rahmen sucht.«

»Es waren andere Zeiten damals. Das Aufführen von pornographischen Filmen verstieß gegen das Gesetz«, warf Gräber ein.

»Ach was, pornographisch. FKK-Filme waren das. Als ob es nicht im Fernsehen auch schon nackte Weiber gegeben hätte

... Durchsichtige Blusen waren damals gang und gäbe. Und ein paar Jahre später haben alle Kinos der Stadt in den Spätvorstellungen irgendwelchen Schweinkram gezeigt. Filme, in denen es aber richtig zur Sache ging.« Er schüttelte sich demonstrativ und verzog das Gesicht zu einer angewiderten Grimasse.

»Bei uns kam es 1972 dann ganz schlimm. Ein britischer Soldat, der seine Rechnung nicht bezahlen wollte, hat unser Lokal in Brand gesetzt. Das ganze Gebäude brannte ab. Oben im Hotel wohnten Gastarbeiter. Die konnten sich gerade noch retten.«

»Ich erinnere mich«, sagte Gräber. »Die Brandruine stand lange Zeit leer.«

»Es gab Probleme mit der Versicherung. War ja Brandstiftung. Aber das war nicht mehr unser Bier. Wir haben unsere GmbH aufgelöst und jeder ist seiner eigenen Wege gegangen.«

»Ihr Sohn wurde aber doch in dieser Zeit geboren ...«

»Das ist richtig. Aber das war eher ... ein Ausrutscher. Von keinem von uns beiden so geplant. Hatte ich das nicht schon erwähnt? Marga und ich waren kein Paar. Nicht so richtig. Eher offen, das Ganze. Sie hat mir auch erst davon erzählt, als Marc schon geboren war. Das war im Mai im Jahr danach. Deswegen haben Marga und ihre Schwester den Jungen auch immer ihren *Maikäfer* genannt. Marga hatte Marc zu ihrer Schwester Elisabetha gegeben, weil sie meinte, dass er dort besser aufgehoben war. Elisabetha war verheiratet, hatte aber keine eigenen Kinder, und sie hat das wohl auch so gesehen. Oder vielleicht ging das sogar direkt von Elisabetha aus. Das weiß ich nicht so genau.«

»Welchen Beruf hat Frau Thomaschewski ausgeübt?«

»Bei uns im *Savoy* stand sie hinter der Bar und war für die Mädchen verantwortlich.«

»Mädchen?«

»Na, unsere Angestellten, die Serviererinnen, und auch für die Künstlerinnen, die bei uns zu Gast waren.«

»Und dann? Als sie die Stelle verloren hatte?«

»Nachdem Marc geboren war, hat sie sich selbstständig gemacht. Draußen auf'm Land, irgendwo hinter Belm. Ich bin nie dagewesen. Das war eine Schnapsidee. Sie hat das Lokal als *Thai-Bar* aufgezogen. Die Mädchen angeblich alle aus Thailand eingeflogen. Das stimmte natürlich nicht. Und dann der Name: *Tiki-Tuka-Bar*! Das konnte ja nur schiefgehen. Das klingt doch wie ein Kinderbuch. Thailändisch schon gar nicht. Ich spreche aus Erfahrung. Ich war schon mal in Pattaya.«

Beim Gedanken an seine Reiseerlebnisse schlüpfte seine Zunge aus dem Mund und fuhr genüsslich über seine Oberlippe.

»Wäre Ihnen etwas Besseres eingefallen?«

»Aber sicher. Ich hätte den Laden *Côte d'amour* genannt. Oder noch besser: *Schlupfloch*!« Er ließ ein speckiges Lachen hören. »Ich wette, das hätte funktioniert. – Thorbecke, schreib mal auf: *Schlupfloch*. Das können wir vielleicht noch mal verwenden.«

»Wissen Sie, wie es mit Frau Thomaschewski weiterging?«

»Die verschwand erst mal von der Bildfläche. Hier in der Szene wurde gemunkelt, sie würde in Ostwestfalen in einem Club arbeiten. Angeblich als Prostituierte. Ich weiß nicht, ob das stimmt. Damals hatte sie mal davon gesprochen, eine Pullover-Boutique zu eröffnen. Für mich war das Kokolores. Pullover kauft man im Herbst und im Winter. Was wollte sie denn in den anderen Monaten machen? Die Kosten für so ein Geschäft laufen doch weiter … Ein paar Jahre später war sie jedenfalls wieder hier und hat den Imbiss in Eversburg gekauft. Mit dem hat sie dann wohl mehr Glück gehabt als mit ihrer Bar. Scheint ganz gut gelaufen zu sein.«

»Hatten Sie dann wieder Kontakt?«

»Ja, natürlich, wegen Marc. Marga, Elisabetha und ich haben gemeinsam beschlossen, dass es das Beste für den Jungen wäre, wenn er in ein gutes Internat kommt. Ich trage die Kosten. Um alles andere sollten sich die Frauen kümmern.« Er hob die rechte Hand und spreizte die Finger. »Sehen Sie, ich bin jetzt verheiratet. Ich kann meiner Frau ja schlecht zumuten, dass sie sich um das Kind einer anderen kümmert.«

Kühne suchte nach Worten. Wachowiaks Erzählung hatte sie aufgewühlt, bei ihr Mitleid mit Marc Thoma geweckt. Der Junge hatte es offensichtlich nicht leicht gehabt.

»Wie ist es eigentlich mit Ihnen nach dem Brand weitergegangen?«, wollte Gräber wissen.

»Ein bisschen was hatte ich auf der hohen Kante. Ich hatte nebenher noch als Kaufmann gearbeitet. Im- und Export. Ich stand deshalb finanziell noch ganz gut da. Auf Gastronomie hatte ich aber keine Lust mehr. Das war mir zu unsicher. Darum bin ich ins Immobiliengeschäft umgestiegen. Erst als Teilhaber, dann selbstständig.« Er deutete auf seine Umgebung. »War ein kluger Entschluss«, resümierte er und verzog die Lippen zu einem selbstgefälligen Grinsen.

»Und Ihre ehemaligen Partner? Wie haben die weitergemacht?«

»Partner war nur der Rainer ...«

»Rainer Fünfgeld?«

»Genau. Er war auch Kaufmann. Wie ich. Der Semmler kam aus der Gastronomie. Der war als Geschäftsführer angestellt. Wir konnten ja nicht jeden Abend im Laden sein. Wie gesagt, ich hatte noch mein eigenes Geschäft. Den Semmler habe ich dann eine Weile aus den Augen verloren. Vor ein paar Jahren hat er sich mal wieder gemeldet. War längere Zeit im Ausland unterwegs gewesen. Er hat sich dann

Marga zum Vorbild genommen und sich auch einen Imbiss zugelegt. Irgendwo im Nordkreis ...«

»In Berge.«

»Das kann sein.«

»Haben Sie sich in jüngster Zeit mal gesprochen?«

»Nein. Warum sollten wir? Ich stecke schon seit Monaten bis über beide Ohren in meinem Bauprojekt. Sie glauben gar nicht, wie viel Arbeit mir das beschert. Man muss die Finanzierung sichern, endlos Genehmigungen und Angebote einholen, die Aufträge vergeben und den Handwerkern dauernd auf die Finger gucken. Die machen sonst Murks. Und wollen es hinterher nicht gewesen sein. Das dauert ewig, bis man die in Regress nehmen kann. Da ist besser, von vornherein ein Auge drauf zu haben. Nicht wahr, Ulf? Ist doch so?«

Der angesprochene Ulf Thorbecke nickte geflissentlich. »Das kann ich nur bestätigen. Herr Wachowiak macht dauernd Überstunden. Wir stehen auch immer noch unter Druck. Die Eröffnung rückt ständig näher. Wenn dann alle Fragen beantwortet sind, würden wir uns gern wieder unserer Planung zuwenden. Draußen wartet der Restaurantbesitzer, der sicher auch noch weitere Termine hat.«

»Gut«, sagte Gräber. »Dann belassen wir es fürs Erste dabei. Oder, Kollegin Kühne? Haben Sie noch etwas?«

»Nur eine Frage noch: Sie und Rainer Fünfgeld – sind Sie freundschaftlich auseinandergegangen? Hatten Sie nach der *Savoy*-Zeit noch Kontakt?«

»Wir hatten keine Probleme miteinander. Aber jeder ist seinen eigenen Weg gegangen. Rainer blieb im Bargeschäft. Das wissen Sie ja. Man ist sich gelegentlich noch über den Weg gelaufen. Mal in der Altstadt oder bei irgendeiner Veranstaltung. Einem Konzert oder so. Aber eigentlich verkehrten wir in verschiedenen Kreisen. Auf der Maiwoche haben wir mal ein Bier zusammen getrunken. Aber regelmäßig getroffen haben wir uns nicht mehr. Wir waren halt Geschäftspartner gewesen. Keine Freunde in dem Sinne.«

Gräber und Kühne erhoben sich. »Dann vielen Dank fürs Erste, dass Sie sich die Zeit genommen haben.«

»Musste ich ja wohl«, antwortete Wachowiak mit gequältem Lächeln. »Aber ich verstehe, dass Sie mit Ihrer Arbeit vorankommen wollen. Deshalb nichts für ungut. Und wenn Sie noch Fragen haben, rufen Sie an. Unsere Telefonnummern haben Sie?«

Gräber nickte.

Während sie die Treppe hinabstiegen, bezwangen beide ihr Redebedürfnis. Erst als sie wieder auf dem Gehsteig waren und sich etliche Meter von Wachowiaks Bürositz entfernt hatten, brach Gräber das Schweigen. »Was haben Sie für einen Eindruck?«

»Nicht zu fassen, wie der mit seinem Sohn umspringt und über dessen Mutter redet. Aber davon abgesehen – ich glaube, der Herr Wachowiak hat uns nicht alles erzählt.«

»Ganz meine Meinung. Da pieken wir noch einmal rein. Notfalls bis es wehtut.«

Kühne schluckt Staub

Sabine Kühne räusperte sich übertrieben laut, als sie einen Ösenhefter aufschlug und ihr eine dünne Staubwolke entgegenschlug. Sie pustete und wedelte die Partikel mit ihrem Notizbuch beiseite.
»Hier müsste auch mal die Putzfrau durchgeschickt werden«, empfahl sie.
»Besser nicht«, widersprach Gräber. »Das Material ist nicht für die Öffentlichkeit bestimmt. Aber wenn Sie mal Langeweile haben –«
»Ach, danke. Nein. Mir fallen auf Anhieb ein Dutzend bessere Beschäftigungen ein.«
»Dann also weiter durch die Staubwüste.«
»Unser Tal des Todes.«
Gräber wandte sich ab, um sein Grinsen zu verbergen.
Kommissarin Kühne arbeitete zum ersten Mal im *Papierladen*, wie das Aktenarchiv von den Kollegen spöttisch genannt wurde. Im kalten Licht der Neonbeleuchtung hatte ihr Gräber das Prinzip der Signaturen und das Ordnungsschema der Karteikästen erklärt. Auf einem abgewetzten Arbeitstisch lagen die Ordner und Schnellhefter, die unter dem Stichwort *Savoy Palast* verzeichnet gewesen waren.
Auch zu Fünfgeld, Rainer, hatten sie einen Eintrag entdeckt. Der verstorbene Barbesitzer war wegen *Duldens des Fahrens ohne erforderliche Fahrerlaubnis* vorbestraft gewesen. Das Gericht hatte ihn 1970 zu einer Geldstrafe in Höhe von einhundert D-Mark verurteilt.

»Nicht gerade ein Indiz für kriminelle Energie«, brummte Gräber. »Das können wir unter *Lappalie* ablegen. Aber in die Fallakte nehmen wir es trotzdem auf. Man weiß ja nicht, was noch auf uns zukommt –«

Sabine Kühne entdeckte noch mehr. In seiner Zeit als Geschäftsführer des *Savoy Palastes* war Ferdinand Semmler in eine Prügelei verwickelt gewesen. Gemeinsam mit einem Barkeeper hatte er einen Gast verdroschen, der sich geweigert hatte, die ihm in Rechnung gestellten Getränke eines Barmädchens zu bezahlen.

Das Opfer hatte Anzeige erstattet. Semmler wurde zu einer Geldstrafe in Höhe von dreitausend D-Mark, ersatzweise hundertfünfzig Tage Freiheitsentzug, verdonnert. Der Mittäter kam mit tausend D-Mark davon.

»Holla«, sagte Gräber. »Das Bürschchen war ja offenbar nicht ohne. Bin gespannt, was da noch alles ans Licht kommt.«

Am späten Nachmittag saß Sabine Kühne an der Schreibmaschine und fasste die gemeinsamen Notizen in übersichtlicher Form zusammen.

Lorenz Wachowiak hatte den *Savoy Palast* 1968 als Pächter übernommen. Der Saal- und Barbetrieb verfügte über eine Nachtkonzession. Damit durfte das Lokal bis fünf Uhr morgens geöffnet bleiben. Eine solche Sondergenehmigung war zu jener Zeit eine Seltenheit. Sie versprach beträchtliche Einnahmen und war bei Gastronomen entsprechend begehrt.

Als Betriebsführerin fungierte Wachowiaks damalige Ehefrau Jasmin. Das Beschäftigungsverhältnis endete mit der Scheidung des Paares Ende 1969. An ihrer Stelle stieg der im Melderegister als *Kaufmann* verzeichnete Rainer Fünfgeld in das Unternehmen ein.

Etwa zur gleichen Zeit wurde die Nachtbar gründlich renoviert und teilweise umgebaut. Gräber hatte die Angaben einem Antrag auf *Erteilung einer Singspielgenehmigung* entnommen. Die Eingabe war an das zuständige Ordnungs- und Gewerbeamt gerichtet gewesen und von dort in Kopie der Polizeiinspektion übermittelt worden mit der Bitte um Prüfung, welche Art von Vorführung im *Savoy Palast* dargeboten werde und welches Publikum dort verkehre.

Die Sachbearbeiter des 4. Kommissariats leisteten dem Folge und führten kurz nach der Wiedereröffnung eine Nachtkontrolle durch. Sie fanden, wie sie schrieben, ein *ordentlich geführtes* Lokal vor, äußerten aber zugleich Bedenken wegen der Striptease-Darbietungen, die ihren Worten nach *schärfer* ausfielen, als man es bislang in Osnabrück gewohnt gewesen war.

Auf nähere Angaben hatten sie schamhaft verzichtet. Das Programm stieß nach den Beobachtungen der Polizisten auf einen *nur mäßigen Publikumszuspruch*.

Bei einem späteren Besuch von Beamten des 2. Reviers hatte sich das Unterhaltungsangebot um die Aufführung *unzüchtiger Filme* erweitert, die eindeutig gegen das damalige Pornographieverbot verstießen und mitsamt den Super-8-Projektoren der Marke Elmo auf der Stelle beschlagnahmt wurden.

Der anschließend erstellte Polizeibericht beschrieb sehr unappetitliche Szenen, darunter mit sexuellen Handlungen verbundene Gewaltdarstellungen, die weit über das hinausgingen, was Wachowiak gegenüber Gräber und Kühne als »harmlose Nackedeistreifen« beschrieben hatte.

Ein entsprechendes Verfahren gegen die Betreiber wurde eingeleitet. Kritisch äußerten sich die Beamten über die Tätigkeit der Animierdamen in den hinter der Bühne befindlichen Separees, die, so hieß es im Bericht, bezeichnenderweise allesamt mit einer Couch ausgestattet waren. Das Publikum bestand den Beobachtungen der Fahnder zufolge vorwiegend aus männlichen Personen im Alter zwischen dreißig und sechzig Jahren, darunter viele zivil gekleidete Angehörige der britischen und niederländischen Militärkräfte, laut Einschätzung der Polizisten eher aus den unteren Rängen.

1971 häuften sich die polizeilichen Vermerke. Es gab den Verdacht, dass in der Nachtbar von angeblichen Bardamen Prostitution ausgeübt wurde. Nicht namentlich genannte Gewährsleute hatten den in Zivil auftretenden Beamten von Nepp an betrunkenen Gästen, möglicherweise Raub und Anstiftung zur Unzucht berichtet.

Der zuständige Beamte vermerkte abschließend, dass Geschädigte von einer Anzeige absahen und mögliche Zeugen zu keiner Aussage bereit waren – keine der ausschließlich männlichen Personen wollte mit dem Halbweltmilieu in Verbindung gebracht werden.

Zu Wachowiak fanden sich mehrere Mahnverfahren und Gerichtsbescheide – Steuerschulden, versäumte Krankenkassenabgaben, einbehaltene Gagen.

Offenbar war der *Savoy Palast* längst nicht so gut gelaufen, wie Wachowiak gegenüber Gräber und Kühne behauptet hatte. Auch die Einrichtung eines *Spielkasinos* in einem der Nebenräume brachte keinen wirtschaftlichen Erfolg. Als der *Savoy Palast* 1972 abbrannte, stand Wachowiak beim Stadtkämmerer, beim Finanzamt und privaten Gläubigern mit insgesamt fast hunderttausend D-Mark in der Kreide.

Der Brand wurde Gegenstand intensiver polizeilicher Ermittlungen. Demnach hatte sich ein britischer Armeeangehöriger, ein einfacher Soldat namens Daniel Pritchard, über eine überhöhte Rechnung beschwert.

Wie er später zu Protokoll gab, hatte er die Getränke mehrerer Animierdamen zahlen sollen, die er weder eingeladen noch mit denen er überhaupt Kontakt gehabt hatte. Es kam zu einem heftigen Streit. Fünfgeld und Semmler hatten ihm trotz lautstarken Protests die Brieftasche abgenommen und ihn vor die Tür gesetzt.

Soweit stimmten die Aussagen überein.

Semmler, Fünfgeld, Thomaschewski und Wachowiak, der zufällig anwesend war, weil er den Vermieter Jaschke zu einem Besuch des Bühnenprogramms eingeladen hatte, hatten darüber hinaus gegenüber den Brandermittlern angegeben, dass Pritchard kurz vor der Sperrstunde gegen fünf Uhr morgens zurückgekehrt sei. Das Lokal sei bereits leer gewesen, man habe den Eingang zugesperrt und mit den üblichen Aufräumarbeiten und dem Kassensturz begonnen. Das Lokal sei in diesen Minuten ohne Aufsicht gewesen.

Thomaschewski habe dann als Erste einen Brandgeruch wahrgenommen und Semmler zu Hilfe gerufen. Auf dem Weg in den Saal sei ihnen Pritchard entgegengestürmt, habe sie beiseitegestoßen und über die von innen unverschlossene Notausgangstreppe in Richtung Klushügel die Flucht ergriffen. Semmler habe ihm zunächst folgen wollen, dann aber bemerkt, dass im Separee Feuer ausgebrochen war und die Flammen sich bereits durch die Rückwand der Bühne fraßen.

Rainer Fünfgeld habe die Feuerwehr gerufen und die Bewohner der angrenzenden Gastarbeiterunterkunft alarmiert, Semmler einen Löschversuch unternommen, diesen aber aufgegeben, um bei der Evakuierung zu helfen.

Das Feuer konnte gelöscht werden, aber weite Bereiche des Gebäudes waren völlig zerstört. Den verantwortlichen Ermittlern gelang es später, im ausgebrannten Separee die Spuren eines Brandbeschleunigers zu sichern.

Daniel Pritchard wurde in Zusammenarbeit mit der britischen Militärpolizei festgenommen und zur zuständigen Militärgerichtsbarkeit nach Detmold überstellt.

Den Vorwurf der Brandstiftung bestritt er vehement und bezichtigte die Zeugen in wütenden Attacken der Lüge. Dem

Richter missfiel Pritchards aufsässiges Verhalten, das in seinen Augen einem Soldaten Ihrer Majestät nicht anstand. Er reagierte erwartungsgemäß höchst ungnädig. Der Pflichtverteidiger kapitulierte. Pritchard wurde zu zehn Jahren Haft verurteilt und unehrenhaft aus der Armee entlassen. Seine Gefängnisstrafe saß er in England ab.

In all der Zeit beteuerte er steif und fest, die Tat nicht begangen zu haben.

Sabine Kühne prüfte ihre Zusammenfassung der Aktenstudien, entdeckte drei Tippfehler und merzte sie mit Hilfe eines Tipp-Ex-Streifens aus. Anschließend reichte sie die Seiten an Gräber weiter, der sie sorgfältig durchlas, ehe er sie abzeichnete.

»Der Bericht ist sehr präzise und gut geschrieben«, sagte er. »Alles Wichtige ist enthalten. Gefällt mir. Schade nur, dass dieser Semmler tot ist. Er hätte einen erstklassigen Verdächtigen abgegeben.«

»Kommt er nicht immer noch in Frage? Er hätte die Thomaschewski und Fünfgeld ermorden können und ist dann selbst Opfer von jemand anderem geworden.«

Gräber wiegte den Kopf. »Gewiss. Vorstellbar ist das. Aber was sollte sein Motiv gewesen sein? Was hatte er gegen die beiden? Inwiefern hätte er von deren Tod profitiert?«

»Vielleicht ein Verbrechen aus Hass?«, schlug Kühne vor.

»Gibt es Hinweise, die diesen Verdacht untermauern?«

»Die Art der Tötungen?«, mutmaßte Kühne. »Aber in jedem Fall könnten wir doch von der Möglichkeit ausgehen und im Zuge unserer Ermittlungen nach Belegen suchen.«

»Ich habe nichts dagegen. Mit Wachowiak möchte ich auch noch einmal sprechen. Wir haben aber auch einen neuen Mann auf dem Spielfeld –«

»Der Engländer? Pritchard?«

»Ganz genau. Er wurde zu zehn Jahren verurteilt. Das heißt, er müsste inzwischen wieder auf freiem Fuß sein. Der Mann interessiert mich; ich möchte gern Genaueres wissen. Fragen Sie doch mal bei der Special Investigation Branch der hiesigen britischen Militärpolizei an, ob die uns helfen können. Vielleicht findet sich sogar jemand, der sich noch an den Fall vor zwölf Jahren erinnern kann.«

»All right, Boss.«

»Ich sehe schon – es wird keine Verständigungsschwierigkeiten geben.«

Mrs. Pritchard beschimpft die Polizei

»Wir fahren«, rief Mark Atkinson dem Wachhabenden zu. »Du weißt schon – die Anfrage von der Militärpolizei.«
Der Police Inspector nickte. Er war zugegen gewesen, als Atkinson und Gailbraith bei der morgendlichen Besprechung den Auftrag bekamen, sich nach dem Verbleib eines Ex-Soldaten umzuhören. Der unehrenhaft entlassene Daniel Pritchard hatte in Ihrer Majestät Gefängnis in Manchester eingesessen. Ein Akt der Gnade, denn seine Familie wohnte im dreißig Meilen entfernten Buxton. Eine einstündige Bahnfahrt entfernt, sodass man ihn besuchen konnte, ohne übernachten zu müssen. Pritchards Anwalt hatte eine entsprechende Eingabe gemacht. Der Richter hatte ihr stattgegeben.
Pritchard waren wegen guter Führung vierzehn Monate erlassen worden. Seither war er bei seiner Mutter in Buxton gemeldet. Kollegen von einem Posten der Militärpolizei in Westdeutschland hatten die Derbyshire Police gebeten, diese Angabe zu überprüfen.
Ian Gailbraith war schon vorausgegangen. Nach einigen diesigen und regnerischen Tagen mit kalten Nächten schien erstmals wieder die Sonne auf die Hügel Derbyshires. Gailbraith stand lässig an den Rover gelehnt. Er hatte die Augen geschlossen und genoss die warmen Strahlen. Hin und wieder ließ er ein wohliges Knurren hören.
»Ich glaube ja nicht an Wiedergeburt«, sagte Atkinson. »Aber wenn es sie gibt, warst du in einem früheren Leben eine Katze.«

Gailbraith richtete sich langsam auf und drehte sich zu Atkinson um. »Ein Kater, mein Lieber. Aber gut beobachtet. Kater fangen Nagetiere, ich Verbrecher.«

»Kater sind manchmal läufig, du –«

»Sag es nicht!« Gailbraith mimte Empörung und drohte spielerisch mit dem Finger. »Wage es ja nicht.«

Atkinson tat so, als stecke er einen Schlüssel in seinen Mund, drehe ihn um und werfe ihn in die Rabatten. Ganz konnte er das Flachsen aber doch nicht lassen. »Miauu«, machte er, mit schmachtender Kopfstimme.

Gailbraith wusste eine passende Antwort. »Ist ja schon gut, mein Hübscher. Ich gebe dir ein Schüsselchen Milch, und dann bringe ich dich gleich zurück ins Tierheim.«

»Dann bin ich ja beruhigt. Wollen wir dann mal?«

»Meinetwegen könnten wir schon weg sein. Ich warte nur auf dich!«

Atkinson klemmte sich hinter das Steuer und lauschte dem tiefen Schnurren des Achtzylinders. »Musik in meinen Ohren«, freute er sich.

Langsam, nach spielenden Kindern Ausschau haltend, rollte er die Silverlands hinunter, hinüber zur A515.

Sie hatten keine Eile, wollten im Gegenteil vermeiden, früher als unbedingt nötig wieder auf der Dienststelle einzutrudeln, wo vielleicht unangenehmere Dinge auf sie warteten.

In dem Punkt war er sich mit Gailbraith einig, ohne dass es ausgesprochen werden musste. Sein Partner lümmelte auf dem Beifahrersitz und hielt nach hübschen Touristinnen Ausschau. Am Opernhaus wurden unterhalb des Jugendstilvordachs gerade Plakate für ein Gastspiel angeschlagen. Die Freunde musikalischer Lustspiele durften sich auf eine Aufführung von *Trial by Jury* freuen, dem Bühnen-Evergreen von Gilbert und Sullivan. Atkinson kannte das Stück und begann zu singen: *A Nice Dilemma We Have Here*.

Gailbraith verzog das Gesicht. »O nein! Furchtbar.«

Mit gespieltem Entsetzen drehte er eilig das Radio an und ließ es lärmen. Tina Turner brachte Atkinson mit *What's Love Got to Do With It* zum Schweigen.

Die Manchester Road wurde von eleganten Anwesen gesäumt, bürgerliche Sandsteinburgen aus viktorianischer Zeit, viele davon mit altem Baumbestand, geschwungener Auffahrt und ausgedehntem Garten.

Die Pritchards aber gehörten nicht zu den Privilegierten, die sich solchen Luxus leisten konnten. Sie wohnten in einer Nebenstraße der Manchester Road, einer gleich hinter der Kreuzung zur Devonshire Road gelegenen kurzen Sackgasse mit schlichten Reihenhäusern, von denen viele einen vernachlässigten Eindruck machten.

Die Gasse war eng. Darum und um die Familie Pritchard nicht unnötig der Neugier der Nachbarn auszusetzen, parkte Atkinson den Streifenwagen um die Ecke auf der Devonshire Road.

Die Sackgasse war nur unzureichend befestigt und voller Schlaglöcher. In ihnen hatte sich Regenwasser angesammelt, dessen Oberfläche das strahlende Azurblau des Himmels spiegelte und im schräg einfallenden Sonnenlicht gleißend schillerte. Zur Hauptstraße hin wurden der schmale Vorgarten des gesuchten Häuschens, die untere Fensterreihe und der Hauseingang durch ein blickdichtes geflochtenes und schon ziemlich verwittertes Holzspalier verdeckt.

Mit wenigen Schritten waren die beiden Constables an der Haustür. Atkinson betätigte die Klingel. Drinnen rührte sich nichts.

»Vielleicht gibt es zur anderen Seite hin einen Garten?«, spekulierte Gailbraith.

»Glaube ich eher nicht. Da beginnen doch schon die Grundstücke der Devonshire Road.«

Atkinson drückte dreimal hintereinander auf den Knopf. Aus der Wohnung drang ein kratziges Schnarren nach draußen. Offenbar war die Glocke defekt.

Die uniformierten Polizisten standen einen Moment lang unschlüssig im Eingangsbereich.

Gailbraith wollte eben zum Aufbruch auffordern, als sich drinnen doch noch etwas regte. Schleppende Schritte näherten sich, dann wurde die Tür geöffnet.

Vor ihnen stand eine kleine, zerbrechlich wirkende Frau im Rentenalter. Sie sah die Besucher aus tief in den Höhlen liegenden Augen an. Die geschwollenen Tränensäcke verrieten den geschulten Beobachtern, dass die alte Dame häufig weinte. Die hohlen Wangen verstärkten den kränklichen Eindruck. Atkinson glaubte, den stechenden Geruch von Alkohol wahrzunehmen. Ihre Ausdrucksweise und ihr leichtes Lallen ließ vermuten, dass das Odeur nicht von einem Putzmittel stammte.

Gailbraith zückte sein Polizeinotizbuch und trug Ort und Uhrzeit ein, um darunter alles Weitere zu protokollieren.

»Was wollen Sie?«, fragte die Frau in abweisendem Ton, ohne zu grüßen.

»Guten Morgen. Mein Name ist Atkinson. Das ist mein Kollege Gailbraith. Sprechen wir mit Mrs. Pritchard?«

»Ja. Aber Mrs. Pritchard spricht nicht mit Ihnen.«

Sie war im Begriff, die Türe zuzuziehen. Es bereitete Atkinson keine Mühe, sie mit ein wenig Gegendruck daran zu hindern.

»Entschuldigung, Mrs. Pritchard, wir benötigen nur eine Auskunft. Bitte helfen Sie uns weiter. Dann sind wir auch schnell wieder weg.«

»Auskunft? Ihr wollt doch meinem Sohn wieder etwas anhängen. Er hat fast zehn Jahre unschuldig im Gefängnis verbracht, und jetzt steht ihr schon wieder vor der Tür.«

»Gute Frau, davon kann überhaupt nicht die Rede sein. Wir sind nur gebeten worden, festzustellen, wo sich Ihr Sohn gerade aufhält. Können Sie uns das sagen? Wohnt er noch hier?«

»Natürlich wohnt er noch hier«, giftete sie. »Wo soll er denn sonst hin? Eine Arbeit findet er nicht als Vorbestrafter, und ohne Arbeit kriegt er keine Wohnung. Das habt ihr gut hingekriegt. Bloody flatfoots ...«

»Na, na. Jetzt lassen wir es aber mal gut sein«, mischte sich Gailbraith ein. »Wir hatten weder mit Ihrem Sohn noch mit Ihnen jemals zu schaffen. Ich weiß nicht, was Ihr Sohn getan oder nicht getan hat. Ich möchte für den Augenblick nur wissen, wo er im Moment gerade steckt. Wenn Sie freundlicherweise mit der Sprache herausrücken würden, könnten Sie ruckzuck zurück zu Ihrem Schna... – zu Ihrem Frühstück, und wir könnten uns wichtigeren Pflichten zuwenden.«

Eleanor Pritchard lag eine bissige Antwort auf der Zunge, das sah man ihr an. Stattdessen schickte das schmächtige Persönchen einen langen verächtlichen Blick hinauf zu den Constables, die sie um einiges überragten. »In Gottes Namen. Ja, mein Sohn lebt hier unter meinem Dach und nein, er ist nicht zu Hause. Er ist an die Küste gefahren, um sich dort nach Arbeit umzusehen. Was bleibt ihm schon übrig? Vielleicht kann er zur See fahren oder auf eine Ölbohrinsel. In jedem Fall werde ich ihn wieder auf lange Zeit nicht zu Gesicht bekommen.«

Ihr Tonfall änderte sich. Ihre Stimme verlor an Kraft, wurde traurig. »Ich bin eine alte Frau. Lange habe ich nicht mehr zu leben. Es wäre schön gewesen, mein einziges Kind in meinen letzten Tagen um mich zu haben. Aber daran ist nicht zu denken.« Sie wurde wieder energischer. »Schuld haben diese verdammten Deutschen! Diese Verbrecher erzählen freche Lügen über meinen Sohn, und die deutsche Polizei verhaftet ihn. Und unsere Armee tut nichts dagegen, sondern hilft auch noch mit und wirft meinen armen Jungen ins Gefängnis. Wenn er jetzt mal was verdient, nehmen sie ihm das meiste gleich wieder weg, weil das Ausgleichsamt das Geld wiederhaben will, das es damals diesem deutschen Gesindel als Wiedergutmachung ausbezahlt hat.«

»Mrs. Pritchard, mein Kollege und ich wissen nichts von dieser alten Geschichte –«

»Dann kümmern Sie sich doch vielleicht mal darum. Alle haben gelogen damals. Mein Sohn ist kein Brandstifter. Er hatte sich nie etwas zuschulden kommen lassen. Wollte es in der Armee zu etwas bringen. Aber alle haben ihn im Stich gelassen. Die Vorgesetzten, die Kameraden.« Sie spuckte den beiden Polizisten vor die Füße. »Rule Britannia? Drauf geschissen.«

Rüde Worte aus dem Mund einer zarten Greisin. Atkinson musste unwillkürlich an den unverschämten Humor von Monty Python's Flying Circus denken. Nur meinte es Mrs. Pritchard bitterernst.

Gewiss hatte sie schon lange nicht mehr gelacht.

Gailbraith war spürbar aufgebracht und wollte etwas entgegnen. Atkinson zupfte an seiner Jacke. Der Kollege verstand. Er schwieg und schrieb weiter in sein Notizbuch.

»Mrs. Pritchard«, begann Atkinson geduldig. »Wenn Sie uns nicht sagen, wo sich Ihr Sohn aufhält, dann werden wir eine Fahndung herausgeben müssen, und das bringt ihn möglicherweise in neue Schwierigkeiten. Bei der Jobsuche dürfte es jedenfalls nicht hilfreich sein. Sagen Sie's uns jetzt bitte, und es bleibt unter uns und alles ist gut.«

Die innerlich zutiefst verletzte alte Frau dachte über die Worte des Polizisten nach. Dann kam sie zu einem Entschluss.

»Er ist an der Ostküste. In der Gegend um Harwich. Da kennt er jemanden aus der Armeezeit. Der hat ihm angeboten, ihn aufzunehmen, damit er sich nach einer Anstellung umgucken kann, ohne ein teures Hotel bezahlen zu müssen.«

»Kennen Sie den Namen des Armeekumpels? Die Adresse?«

»Ich weiß nicht mehr. Daniel hat mir den Namen mal gesagt. Ich glaube – Marshall. Oder Mitchell. Ja, so hieß er. Danny hat ihn *Mitch* genannt. Aber mit richtigem Vornamen heißt er Ray.«

»Und die Adresse?«

»Die habe ich nicht. Danny hatte sie selbst nicht. Dieser Ray wollte ihn am Bahnhof abholen und ihn dann mit zu sich nach Hause nehmen. Seine Kinder haben eigene Wohnungen, und Danny kann im ehemaligen Zimmer des Sohnes schlafen. So hat er es mir erzählt.«

»Vielen Dank, Mrs. Pritchard. Das genügt uns schon. Alles Gute für Sie. Und für Ihren Sohn.«

»Ach, gehen Sie doch zum Teufel.«

Gailbraith nahm seinen Helm ab, wischte mit den Fingern über die Stirn und schnappte heftig nach Luft, als sie zurück zu ihrem Streifenwagen gingen. »Mein Gott, hatte die eine Fahne. So früh am Tag! Und was für ein böses Maul.«

»Sie ist unglücklich. Das Leben hat ihr sichtlich übel mitgespielt.«

»Gleich das ganze Leben? Wohl eher ihr Sohn – wenn er die Finger von den Streichhölzern gelassen hätte ...«

»Wir wissen nicht, was damals in Deutschland vorgefallen ist. Und außerdem – er hat seine Strafe verbüßt. Damit kann man es auch mal gut sein lassen. Er will arbeiten, er will eine Wohnung. Daran ist doch nichts Schlimmes.«

»Hast ja recht«, knurrte Gailbraith. »Wenn das denn alles so stimmt, was sie uns aufgetischt hat. Glaubst du, dass der Knabe rüber an die Ostküste fährt, ohne die Adresse seines Gastgebers zu kennen?«

»In der Tat, das kam mir auch seltsam vor.«

»Und warum die Ostküste? Der Bergbau wird ja bestreikt, aber rund um Liverpool und Nord-Wales gibt es sicher auch Arbeitsmöglichkeiten. Da wäre er seiner Mutter viel näher. Könnte unter Umständen sogar nach der Arbeit zu ihr nach Hause fahren. Mit der Bahn, wenn er kein Auto hat.«

Sie waren beim Fahrzeug angelangt. Galbraith nutzte die Kühlerhaube als Unterlage für sein Notizbuch, zog vorschriftsgemäß eine Linie unter seinen Aufzeichnungen und setzte seine Unterschrift darunter.

Sie stiegen ein. Dieses Mal übernahm Gailbraith das Steuer. Er ließ einen aus Richtung der Jugendherberge kommenden perlweißen alten Mercedes mit Linkslenkung vorbei. Durch das offene Seitenfenster erspähte er einen jungen Fahrer mit langen Haaren und ein hübsches Mädchen auf dem Beifahrersitz. Er warf einen prüfenden Blick auf das Kennzeichen und wunderte sich. Deutsche Urlauber verirrten sich eher selten in den Peak District. Hippies schon gar nicht. Er erwog, das Fahrzeug anzuhalten.

Atkinson unterbrach seine Gedanken. »Was machen wir denn jetzt? Geben wir das so an die RedCaps in Deutschland? Oder versuchen wir rauszukriegen, wo dieser Bursche abgeblieben ist?«

Sie fuhren am Devonshire Royal Hospital, dem Gebäude mit der markanten hohen Kuppel, vorbei, hinunter in die Innenstadt. Der deutsche Mercedes bog ab in Richtung Manchester. Gailbraith ließ das Pärchen fahren und beantwortete Atkinsons Frage.

»Ich hatte das schon so verstanden, dass die genau wissen wollen, wo Pritchard steckt. Lass uns den Chef fragen, wie wir weiter vorgehen sollen. Der hat ja mit unseren Jungs in Deutschland gesprochen.«

McCormick führt ein Ferngespräch

Geoffrey McCormick saß in seinem Büro in der Dienststelle der S.I.B. und blätterte enttäuscht in der Akte, die er per Telebilddienst von der Derbyshire Police in Buxton erhalten hatte. Ratlos schaute er zum Fenster hinaus in Richtung Römereschstraße, wo sich wie so häufig der Autoverkehr staute.

Die Ampelanlage des unbeschrankten Bahnübergangs war auf Rot umgesprungen. Die korallenrote Diesellok kam aus Richtung Stadt. Der Lokführer setzte das Tempo herab und kreuzte die vielbefahrene Straße im Schritttempo. Eine lange Reihe von Güterwaggons zog vorüber, geschlossene und offene, Flachwagen, auch Kesselwagen, die man hinüber zum Ölhafen rangieren würde, während die übrigen sicherlich für die Ladestelle am Zweigkanal bestimmt waren.

Lustlos richtete er seine Aufmerksamkeit wieder auf den Bericht aus Derbyshire. Unabgeschlossen, wie er mit Verärgerung festgestellt hatte.

Ein Police Sergeant namens Mark Atkinson hatte die Papiere ausgestellt. Demnach hatten die Kollegen mit der Mutter von Daniel Pritchard gesprochen, dessen Verbleib ermittelt werden sollte.

Das Schreiben endete mit der Mitteilung, dass Pritchard zwecks Arbeitssuche nach Harwich gereist sei. Für weitere Auskünfte möge man sich an die dortigen Behörden wenden.

McCormick hatte sich das Ganze einfacher vorgestellt. Aber mit diesem unzureichenden Ergebnis mochte er die deutschen Kollegen nicht abspeisen. Eine weitere schriftliche Anfrage auf dem üblichen Dienstweg würde erneut einige Zeit in Anspruch nehmen.

McCormick beschloss, einen Versuch zu wagen, um rascher an die gewünschten Angaben zu gelangen. Entschlossen griff er zum Hörer und ließ sich von der britischen Telefonauskunft die Rufnummer der Kriminalpolizei in Harwich geben.

Er hatte Glück. Der dortige Beamte war in seiner Militärzeit selbst in Deutschland stationiert gewesen und geriet ins Plaudern, als McCormick sein Anliegen vorbrachte. Es kam zu einem längeren Erfahrungsaustausch – Anekdoten über das Kasernenleben, Erinnerungen an gewagte Streiche und unfähige Vorgesetzte, an seltsame Gewohnheiten der Deutschen wie das undisziplinierte Gedrängel beim Einsteigen in Busse und Züge, an Missgeschicke im Rechtsverkehr und Frauenbekanntschaften, das gute Bier.

McCormick hatte Spaß an diesen Erzählungen, lenkte aber nach einem Blick auf die Bürouhr das Gespräch schließlich wieder zurück auf den Grund seines Anrufs. Detective Inspector Cronley aus Harwich versprach, ein paar Erkundigungen einzuziehen.

McCormick rechnete nicht damit, in absehbarer Zeit aus Harwich zu hören. Mittags traf er sich mit seinem Freund Andrew Delaney zum Lunch und berichtete ihm vom Stand der Ermittlungen.

»Da haben es sich die Herrschaften in Buxton aber ziemlich leicht gemacht«, spöttelte Delaney.

»So ist es. Damit bleibt die Arbeit wieder an mir hängen. Den Deutschen ist ja mit dieser halben Auskunft nicht geholfen.«

»Kaum. Aber dein Ehrgeiz ist geweckt, vermute ich ...«

»Stimmt«, räumte McCormick lächelnd ein. »Außerdem habe ich selbst Interesse an dem Fall. Wenn einer unserer Landsleute darin verwickelt ist, dann muss ich das schnellstens wissen.«

»Ich auch, mein Lieber, ich auch. Eine private und dienstliche Bitte: Halte mich auf dem Laufenden. Und wenn ich was tun kann, sag Bescheid.«

Andrew Delaney war ebenso überrascht wie vorher Geoffrey McCormick, als der schon am späteren Nachmittag desselben Tages mit Neuigkeiten aufwarten konnte. D. I. Cronley in Harwich hatte schnelle und gute Arbeit geleistet.

»Famos. Dann hat es sich doch gelohnt, dass du nachgehakt hast, Geoff«, sagte Delaney, als er von Cronleys Ermittlungsergebnissen erfuhr.

Daniel Pritchard war nicht erst in jüngster Zeit nach Harwich gereist, wie seine Mutter den Kollegen weisgemacht hatte. Ihr Sohn lebte dort schon beinahe ein Jahr. Er hatte als Einweiser bei der Fährgesellschaft gearbeitet, die Harwich mit dem dänischen Esbjerg verband.

Die ersten Tage hatte Pritchard tatsächlich bei seinem früheren Militärkameraden Ray Mitchell verbracht, sich aber binnen weniger Wochen ein eigenes Quartier gesucht. Wo das war, konnte Mitchell nicht sagen. Nach Pritchards Auszug war der Kontakt wieder abgebrochen, wie Mitchell leicht säuerlich erklärt hatte.

Bei der Fährgesellschaft hatte Cronley in Erfahrung gebracht, dass Pritchard zehn Monate dort gearbeitet und dann gekündigt hatte. Man erinnerte sich auch deswegen gut an ihn, weil er sich seinen Lohn in bar auszahlen ließ. Überweisungen und Schecks wies er zurück.

Für Mitarbeiter in Festanstellung sehr ungewöhnlich. Aber das Unternehmen besaß ein mit Bargeld bestücktes Lohnbüro für Hilfskräfte und Gelegenheitsarbeiter. Das hatte sich Pritchard zunutze gemacht.

»Als hätte er vermeiden wollen, dass seine Kontobewegungen etwas über ihn verraten«, spekulierte Delaney, als McCormick diesen Teil von Cronleys Bericht wiedergab.

»Den Eindruck könnte man gewinnen. Zumal Pritchard dann tatsächlich spurlos verschwand. Nach Angaben der Reederei hat er gekündigt, ist in Dänemark von Bord gegangen und hat seither nichts mehr von sich hören lassen.«

»Jetzt wird es aber wirklich interessant –«

»Eben. Damit kommt der MI6 ins Spiel. Könnt ihr mal eure Kontakte nach Dänemark spielen lassen und vorfühlen, ob sie etwas über den Verbleib unseres Kandidaten wissen?«

Delaney hatte ohne zu zögern zugesagt. Jetzt war es an ihm, zu versprechen, dass er etwaige Neuigkeiten umgehend weiterreichen würde.

Kühne tischt auf

Kommissarin Sabine Kühne war allein im großen Besprechungsraum und maulte leise vor sich in. »Als nächstes wird dann wohl auch noch ein roter Teppich ausgerollt –«

Erschrocken fuhr sie zusammen, als sie unverhofft eine Antwort erhielt.

»Aber ich bitte Sie – so eine große Nummer bin ich doch nun auch wieder nicht. Das ist wirklich nicht nötig.«

Oberkommissar Torben Meinecke hatte die Kollegin durch die offene Tür erspäht und war unbemerkt eingetreten. Er verströmte gute Laune und schenkte ihr ein lausbubenhaftes Lächeln.

»Sie waren natürlich nicht gemeint«, erwiderte Kühne, während sie die weiße Papiertischdecke auseinanderfaltete, die sie auf Weisung des Kriminaldirektors besorgt hatte.

Den schnippischen Ton hatte sie absichtlich angeschlagen. Im Stillen aber freute sie sich über die Anwesenheit Meineckes.

Auch darüber, dass er sich von ihren patzigen Worten nicht vertreiben ließ.

»Kann ich vielleicht helfen?«, fragte er freundlich.

»Danke, es geht schon.«

Meinecke ignorierte die Zurückweisung. Er trat heran, griff nach den Zipfeln und half ihr, das Tischtuch auszubreiten.

»Wer hat denn Geburtstag? Sie?«, fragte er fröhlich.

»Leider nicht. Wir erwarten britische Kollegen zum Informationsaustausch. Und der Kriminaldirektor hält es für angebracht, dass der Sitzungsraum ein wenig hergerichtet wird. Rate mal, wen er damit beauftragt hat?«

»Ich verstehe. – Aber Sie haben mich gerade geduzt.«

»Tatsächlich? Verzeihung. War keine Absicht. Das muss mir so rausgerutscht sein. Ich bin sauer, weil ich hier das Dienstmädchen spielen muss. Wenn ich das gewollt hätte, hätte ich Hauswirtschaft studiert.«

»Schon gut. Aber wir können gerne dabei bleiben. Wir sind ja Kollegen.« Er streckte seine Hand über den Tisch. »Ich bin Torben.«

»Sabine. Freut mich.«

»Mich auch, Sabine. Ruft man dich gelegentlich Bine?«

Sie ballte drohend die Fäuste. Ihre Augen blitzten. »Lass es bleiben, wenn dir deine Zähne lieb sind.«

Lachend hob er beide Arme zum Zeichen der Kapitulation. »In Ordnung, in Ordnung. Ich hab's begriffen.«

Sie stellte die Kuchenplatte auf den Tisch, die Halgelage von der Bäckerei *Schnotten-Meyer* mitgebracht hatte.

»Hm, sieht lecker aus. Bekommen die Limeys Tee oder Kaffee?«

»Ich stelle beides bereit«, sagte sie und wies auf die vier entsprechend beschrifteten Warmhaltekannen, die sie auf der Fensterbank geparkt hatte.

Nach einer kleinen Pause fragte Meinecke: »Nehmen wir mal an, heute wäre tatsächlich dein Geburtstag – was würdest du dir wünschen?«

»Ein Paar Rollerskates«, antwortete sie ohne Zögern. »Aus blauem Leder. Aber die sind ein bisschen teuer. Um die hundertsiebzig Mark. Eine Platte ist auch gut. Kennst du U2? Eine irische Band.«

»Klar. Hab' schon von denen gehört.«

»Die haben eine neue Platte. *The Unforgettable Fire*. Ist gerade rausgekommen.«

Meinecke setzte zu einer Antwort an, aber jemand kam ihm zuvor.

»Wie sieht es hier aus, Fräulein Kühne? Alles fertig? – Meinecke? Warum lungern Sie hier herum? Haben Sie nichts zu tun?«

Kriminaldirektor Halgelage stand in der Tür. Sein harter Blick weckte bei Meinecke Phantomschmerzen. Ihm stieg eine schwache Röte ins Gesicht.

Sabine Kühne bemerkte es und fand es sehr sympathisch.

»Ich habe nur eben der Kollegin beim Ausbreiten der Tischdecke geholfen. Ich muss jetzt aber auch schon weiter. Die Arbeit ruft.«

»Danke für die Hilfe«, warf Kühne ihm hinterher. »Den Rest schaffe ich alleine.«

Meinecke hatte sich eilig davongemacht. Der Kriminaldirektor sah sich prüfend um, zupfte an der Tischdecke, rückte eine Kuchengabel gerade.

»Getränke stehen auch bereit ... Sehr schön, Fräulein Kühne. Gut, dass wir eine Frau im Haus haben. Dann können unsere Gäste ja kommen.«

Halgelage und Schonebeck, Gräber und Kühne erwarteten die Abordnung des britischen Militärs am Eingang. Auch Axel Spratte von der MoKo Nachtbar war hinzugebeten worden. Halgelage begrüßte Sergeant Matt O'Herlihy, Staff Sergeant Geoffrey McCormick und den Verbindungsoffizier Sean Abernathy.

Abernathy trug einen Karton, den er dem Kriminaldirektor mit verschmitzter Miene feierlich überreichte. »Wir haben Ihnen ein kleines Geschenk mitgebracht.«

Halgelage öffnete es gleich an Ort und Stelle. Aus mehreren Schichten Seidenpapier förderte er einen britischen Polizeihelm zutage.

»Wie man mir sagte, sammeln Sie Uniformbestandteile aus aller Welt?«

»Absolut richtig!«, rief der Kriminaldirektor mit aufrichtiger Freude.

»Das ist ein Originalhelm, wie ihn unsere Kollegen in London tragen –«

»Die Bobbies?«

»Ganz genau. Dieser zeigt noch die herkömmliche Machart, aus Kork. Die neueren Modelle sind aus Plastik. Wir nennen ihn einen *custodian helmet*.«

»Was bedeutet das?«

Abernathy musste einen Moment überlegen und sah McCormick, der ebenfalls recht gut Deutsch sprach, fragend an.

Sabine Kühne half aus. »Vielleicht so viel wie *Wachtmeister-Helm*?«

Abernathy nickte ihr zu. »Ich glaube, Sie können das sagen. Sie sind die Sekretärin?«

»Das ist Kommissarin Kühne«, sagte Gräber schnell, Halgelages versäumte Vorstellung nachholend. »Wir arbeiten zusammen an dem Fall, bei dem wir Ihre Hilfe benötigen.«

»Pardon, Miss Kühne«, sagte Abernathy. »Das war sehr dumm von mir.«

Halgelage, noch immer ganz gefesselt von seinem neuen Polizeihelm, widerstand mühsam der Versuchung, die Kopfbedeckung aufzusetzen und bat die Gäste nach oben in den Konferenzraum.

Kühne bot Tee und Kaffee an. Wie erwartet entschieden sich die Briten für Tee und die deutschen Kollegen für Kaffee.

»Ich hoffe, der Tee schmeckt Ihnen«, sagte Sabine Kühne. »Wir haben da ja keine so lange Tradition wie Sie im Vereinigten Königreich.«

»Oh«, sagte Abernathy liebenswürdig, »auch auf der Insel können Sie schlechten Tee bekommen. Ich könnte Ihnen da was erzählen ...« Er nahm einen Schluck. »Aber an Ihrem gibt es nichts auszusetzen. Ganz vorzüglich.«

Die beiden anderen Briten nickten. Aus Höflichkeit, wie Sabine Kühne vermutete.

Die deutsche Polizei bewies Gastfreundlichkeit, aber aus der Runde wurde kein gemütliches Kaffee- und Teekränzchen. Nach einigen Minuten unverbindlicher Plaudereien kam Geoffrey McCormick zur Sache. Gräber und Kühne hörten aufmerksam zu. Halgelage ebenfalls, obwohl sein Blick immer wieder von dem Bobby-Helm und dem daran angebrachten blitzblanken Abzeichen, dem Brunswick Star, angezogen wurde, der hell schimmernd das mittlerweile eingeschaltete Deckenlicht reflektierte.

»Wir haben auf Ihre Anfrage hin versucht, den Verbleib von Daniel Pritchard zu ermitteln. Das erwies sich als schwieriger, als wir erwartet hatten. Für seine Versicherungsnummer und Postsendungen hatte er die Adresse seiner Mutter in Buxton angegeben –«

»Verzeihen Sie – wo liegt das?«

»In Derbyshire. Nicht weit von Ihrer Partnerstadt Derby entfernt, im Peak District. Eine schöne Gegend ... Mrs. Pritchard hat gegenüber unseren dortigen Kollegen den Eindruck erweckt, dass der Sohn bei ihr lebe und nur kurz zum Zwecke der Arbeitssuche verreist sei. Das wäre sein gutes Recht gewesen. Er ist ja wieder ein freier Mann. Bei weiteren Nachforschungen stellte sich aber heraus, dass er in Harwich an der Ostküste ansässig geworden war und dort auch einer Arbeit nachging.«

»Also hat er ein bürgerliches Leben begonnen«, sagte Gräber enttäuscht.

»Auf den ersten Blick ja. Aber bei genauerer Prüfung sieht es anders aus. Die Arbeit bei der Fährgesellschaft hat er nämlich vor einigen Wochen aufgegeben. Nach Auskunft der

Reederei ist er im dänischen Fährhafen Esbjerg von Bord gegangen. Seltsam für einen britischen Staatsbürger. Das kam uns merkwürdig vor, und wir sind dem weiter nachgegangen. Bei den dänischen Behörden konnten wir dann in Erfahrung bringen, dass Pritchard Anfang September die Grenze nach Westdeutschland überschritten hat. Danach verliert sich seine Spur.«

Die deutschen Kriminalisten sahen sich an. Sie schwiegen. Der bedeutungsschwere Ausdruck auf ihren Gesichtern sagte genug.

McCormick hatte zwei Fallakten angelegt. Einen internen *Investigation Report*, der als *vertraulich* eingestuft war, weil er Informationen aus Kreisen des Auslandsgeheimdienstes enthielt. Nicht einmal alle Armeeangehörigen wussten, dass der MI6 eine Dependance in Osnabrück unterhielt. Die deutschen Behörden schon gar nicht. Die Eingeweihten waren verpflichtet, Außenstehenden gegenüber Stillschweigen zu bewahren, um Spionageaktionen und Konflikten mit der deutschen Regierung vorzubeugen. Deshalb gab es einen zweiten Bericht nur für die deutsche Polizei, in dem die Ermittlungsergebnisse zusammengefasst worden waren, ohne deren Herkunft zu nennen.

Eine Kopie davon hatte McCormick vor sich liegen. Er hob sie auf und blickte in die Runde. »Diese Papiere sind für Sie. Wem darf ich sie geben?«

Halgelage und Gräber streckten gleichzeitig die Hände aus.

Der Kriminaldirektor stutzte, dann macht er einen Rückzieher.

»Kollege Gräber, bitte. Sie leiten die Ermittlungen. Verschaffen Sie sich ein Bild von den Erkenntnissen unserer Kollegen.« An die Briten gewandt fuhr er fort: »Ich muss mich ganz herzlich bedanken. Außerordentlich, was Sie in dieser Kürze geleistet haben. Respekt, meine Herren. Wir wissen das sehr zu schätzen. Lassen Sie uns unbedingt wissen, wenn wir uns mal revanchieren können. Wir stehen zu Ihrer Verfügung.«

Die drei Armeeangehörigen nickten. »Sie müssen sich nicht bedanken. Wenn einer unserer Staatsangehörigen hier bei Ihnen in eine Straftat verwickelt ist, dann ist es auch in unserem Interesse, darüber Bescheid zu wissen. Wenn Sie erlauben, würde ich gern um den Gefallen bitten, dass Sie uns informieren, wenn sich Pritchard tatsächlich in Osnabrück eines Verbrechens schuldig gemacht hat. Oder noch machen sollte.«

»Liebe Freunde und Kollegen – das versteht sich. Das machen wir natürlich«, versprach Halgelage eifrig.

Gräber reagierte weniger überschwänglich als der Kriminaldirektor, aber auch er äußerte Anerkennung über die eingehenden Recherchen der britischen Ermittler.

Sabine Kühne hatte Kopien der von den Briten überbrachten Akte anfertigen müssen. Halgelage hatte eine verlangt, eine ging mit der Bitte um Genehmigung eines Fahndungsaufrufs an den Staatsanwalt, eine blieb zur weiteren Bearbeitung beim Aktenführer.

Gräber wollte seine noch in den nächsten Stunden durchlesen, obwohl er sein tägliches Arbeitspensum bereits überschritten hatte. Kühne schickte er nach Hause. »Morgen bei der Frühbesprechung werde ich die Kollegen unterrichten. Bis dahin ruhen Sie sich aus. Es kommt wieder eine Menge Arbeit auf uns zu. Aber es geht voran.«

Jaschke verliert das Bewusstsein

Durch einen trüben Dunst sah er Linien schmaler Lichtbänder, die unter ihm vorüberzogen. Irgendwo hin, ins Endlose. Wo war er eigentlich? Was hielt ihn in der Schwebe?

Seine Ohren mussten verstopft sein. Er hörte Stimmen, aber ganz gedämpft, wie durch gepolsterte Wände.

Langsam wurden sie klarer, und ebenso sein Augenlicht. In zähem Fluss kehrte sein Bewusstsein zurück. Ein leichter Schwindel überkam ihn, als er bemerkte, dass er keineswegs nach unten sah. Die Lichtstreifen waren Lampenkästen. Er lag auf dem Rücken in einem Rollbett und wurde einen Flur entlanggeschoben.

Die Umgebung wurde deutlicher, und er erkannte die Stimme der Person, die rechts nebenher lief und seine Hand hielt.

Viktoria, seine Frau. Sie weinte.

Er ächzte leise und sagte mit schwacher Stimme: »Du musst doch nicht weinen, Vicky.«

Sie lachte unter ihren Tränen, als sie ihn sprechen hörte. »Er ist wach«, sagte sie zu irgendjemandem, den er nicht sehen konnte.

»Das ist gut«, lautete die knappe Antwort. »Sie müssen aber jetzt zurückbleiben. Im Behandlungsraum haben Angehörige keinen Zutritt.«

Sie drückte noch einmal fest seine Hand, dann ließ sie los. Das Rollbett wurde durch eine breite, metallisch glänzende Tür geschoben, die sich von selbst hinter ihnen schloss. Menschen in weißen Kitteln warteten schon.

»Guten Abend«, grüßte eine freundliche Männerstimme. »Ich bin Dr. Tahmasebi. Sie haben eine Platzwunde am Kopf, die genäht werden muss. Keine Angst, das wird nicht wehtun. Sie bekommen von mir eine Spritze zur örtlichen Betäubung. Vorher wird Schwester Angela die Stelle rasieren.«

»Aber bitte nicht zu viel – ich habe sowieso nur noch so wenig Haare.«

»Ich mache nur das Nötigste«, beruhigte ihn die Krankenschwester.

Einige Minuten später begann die kleine Operation. Der Dämmer hatte ihn wieder eingefangen, und er versank in einer dunklen Wolke. Er spürte die Stiche der Operationsnadel und wollte dem Arzt sagen, dass die Betäubung noch nicht wirkte. Aber er war zu müde und so schmerzhaft war es nicht ...

Er schlief wieder ein.

Viktoria Jaschke hatte ihren Mann im Krankenwagen zur Notaufnahme der Städtischen Kliniken am Rißmüllerplatz begleitet. Zum Glück herrschte wenig Verkehr, es war schnell gegangen. Die beiden Schutzpolizisten trafen die elegant gekleidete Frau im Wartebereich an. Sie tupfte sich Augen und Wangen ab. Die Sanitäter hatten die Wache informiert.

»Wie geht es Ihrem Mann?«, fragte Wachtmeister Korte.

»Er war eben bei Bewusstsein, aber nicht ganz da. Er hat wohl eine Gehirnerschütterung.« Sie deutete den Flur hinunter. »Er wird gerade genäht.«

»Das klingt doch ganz ermutigend. Es wird bestimmt alles wieder gut.« Er zückte ein Notizbuch. »Können Sie uns inzwischen sagen, was passiert ist?«

»Ich war gar nicht dabei. Wir wohnen draußen am Stadtrand, am Heger Holz. Mein Mann ist wie jeden Abend mit dem Hund raus. Meist geht er noch eine Runde um den

Rubbenbruchsee, wenn das Wetter einigermaßen ist. Ich war zu Hause und habe gelesen. Dann kam einer unserer Nachbarn und hat Sturm geklingelt. Er sagte nur, dass mein Mann überfallen worden sei und dass er einen Krankenwagen gerufen habe. Ich habe mir meine Jacke gepackt und bin mit raus. Mein Mann lag auf dem Uferweg und blutete am Kopf. Unser Nachbar hat den Krankenwagen zu der Stelle gelotst. Dann bin ich mit eingestiegen und wir sind hierhergefahren.«

»Dann bräuchten wir auch den Namen des Nachbarn.«

Viktoria Jaschke nannte Namen und Adresse.

»Wo war eigentlich der Hund?«, erkundigte sich der zweite Beamte.

»Gary?« Viktoria Jaschkes Gedanken waren nur bei ihrem Mann gewesen. Den Hund hatte sie völlig vergessen. »Der muss weggelaufen sein. Oder vielleicht weiß Dietrich etwas. Unser Nachbar ...«

Eduard Jaschke blieb vier Tage im Krankenhaus. Er hatte eine Gehirnerschütterung erlitten und eine Kopfwunde, die gut versorgt worden war und rasch heilte. Am zweiten Tag hatte sich sein Zustand schon so weit verbessert, dass er die Fragen der beiden Polizisten beantworten konnte, die zuvor bereits die Aussage seiner Frau aufgenommen hatten.

In deren Bericht hieß es später:

Am Dienstag, dem 16. Oktober 1984, unternahm der Geschädigte laut eigener Aussage abends gegen achtzehn Uhr einen Spaziergang mit seinem Hund. Er sei am Kaffeehaus Barenteich vorbeigelaufen und habe zunächst ein Stück dem Waldweg folgen wollen. Nach vielleicht fünfzig Metern habe er außerhalb seines Blickfeldes ein heftiges Knacken, vermutlich brechende Zweige, vernommen. Bevor er sich habe umsehen können, habe ihn von hinten ein heftiger Schlag am Hinterkopf getroffen. Er verlor das Bewusstsein und kam erst in der Unfallstelle wieder zu sich. Für die Richtigkeit: Gez. POM Korte. PM Dörffler.

Neben dem Bericht des Geschädigten gab es eine Zeugenaussage. Ein Nachbar des Ehepaares Jaschke, Dietrich Tappe, hatte einen Dauerlauf um den Rubbenbruchsee unternommen und war gerade vom Uferweg in den Waldweg gewechselt, der ihn zurück auf die Straße Barenteich geführt hätte, als er aus der Ferne sah, dass sein Nachbar hinterrücks niedergeschlagen wurde. Er beschleunigte sein Tempo und begann zu brüllen. Aufgeschreckt ließ der Täter von seinem Tun ab und flüchtete querfeldein in das Waldgebiet. Seine Waffe nahm er mit.

Es war Tappe nicht möglich gewesen, den Angreifer näher zu beschreiben. Der Angriff erfolgte seiner Schilderung zufolge mit einem hölzernen Schläger, einem »Knüppel«, wie er sich ausdrückte. Vielleicht ein Sportgerät, wie es im Baseball oder Cricket Verwendung finde.

Am Morgen der Entlassung fragte die Schwester den Patienten Jaschke, ob er eine Krankschreibung benötige.

Ein feines Lächeln umspielte seine Lippen, als er erklärte: »Nein, ist nicht nötig. Ich bin freier Unternehmer und niemandem Rechenschaft schuldig.«

Schonebeck geht ein Licht auf

Wie ein vom langen Weg ermatteter Wanderer stieg Schonebeck langsam die Treppe hinauf, die Aufmerksamkeit vollends auf einige A4-Bögen gerichtet, in denen er im Gehen blätterte.

»Na!«, sagte Vieregge, der auf dem Absatz beinahe mit Schonebeck zusammengeprallt wäre.

Der sah geistesabwesend auf.

»Was denn?«, fauchte er. Dann widmete er sich wieder den Berichtsformularen, wobei seine Blicke immer wieder mal an bestimmten Passagen haften blieben.

Er ging in sein Büro, stöberte in seinem Adressbuch und führte ein sehr langes Telefonat.

Wenig später lief er einige Male unschlüssig im Korridor auf und ab. Schließlich gab er sich einen Ruck und klopfte an den Rahmen von Gräbers Tür, die offen stand.

»Schonebeck! Was gibt's?«

Sabine Kühne war schon früher aufgefallen, dass Gräber den Kollegen seit einiger Zeit nicht mehr mit Vornamen anredete. Das Zerwürfnis war noch lange nicht gekittet.

»Ich habe da vielleicht was, was für uns wichtig sein könnte. Gerade im aktuellen Polizeibericht entdeckt.«

Wenig erbaut, weil er mit einem neuen Beleg für Schonebecks Raubmordtheorie rechnete, sagte Gräber ohne spürbares Interesse: »Lass hören.«

»Am Rubbenbruchsee ist ein Spaziergänger überfallen worden. Die Tatmerkmale sind unseren Mordfällen nicht unähnlich. Abends aufgelauert, mit einem Knüppel auf den Kopf geschlagen. Stumpfer Gegenstand. Der Täter wurde aber gestört. Das Opfer kam mit einer Kopfverletzung davon. Eine Aussage haben die Kollegen schon aufgenommen. Eine Identifizierung des Täters liegt nicht vor.«

»Klingt mir aber eher nach einer zufälligen Tatverwandtschaft ...«

»Ich dachte mir schon, dass du das sagen würdest. Ich wäre auch nicht damit angekommen, aber es gibt eine Verbindung zu unserer Ermittlung.«

»Und das wäre?«

»Das Opfer ist Eduard Jaschke.«

»Der Geschäftspartner von Lorenz Wachowiak?«

»Exakt. Ebenfalls im Immobiliengeschäft. Einmal das. Aber pass auf, da ist noch mehr: Ihm gehörte früher der *Savoy Palast*. Wachowiak und Fünfgeld waren seine Pächter.«

Gräber schob mit einem Ruck seinen Stuhl zurück. »Donnerlittchen! *Der* Jaschke?«

»Definitiv. Ich habe einen früheren Kollegen angerufen, mittlerweile im Ruhestand. Der kennt Jaschke noch als den *schönen Eddy*. War Ende der Sechziger wohl eine stadtbekannte Szenegröße. Flotte Autos, teure Partys, ständig neue Freundinnen. Damals war er hauptberuflich Sohn. Der Senior hat selbst das Hotel, die Tankstelle und einen Imbiss betrieben. Der Rest war gut verpachtet. Als der alte Herr starb, hat der *schöne Eddy* alles geerbt. Von der Arbeit hat er die Finger gelassen, sondern auch den Rest verpachtet und sich außer um die Zahlungseingänge wohl um nichts mehr gekümmert. Man munkelte von Problemen mit dem Finanzamt. Das Haus vergammelte, es gab Ärger mit den Mietern, und die waren dann am Ende weg. Im Hotel hat er Fremdarbeiter untergebracht, zu mehreren in kleine Zimmer eingepfercht. Und dann gab es noch die Nachtbar. Wachowiak, Fünfgeld und er kannten sich. Die bildeten wohl eine Art lockere Clique. Angeblich hat Jaschke mit Osnabrücks *Jeunesse dorée* so manche Party im *Savoy Palast* gefeiert. Und da soll es nicht jugendfrei zugegangen sein.«

»Das kann ich mir denken. Aber heute ist er ganz dicke im Immobiliengeschäft? Wie kam das denn?«

»Diese Brandstiftung durch den englischen Soldaten hat ihm aus der Patsche geholfen. Das Gerichtsverfahren hätte hier stattfinden können, wurde aber den Briten überlassen. Nach dem NATO-Truppenstatut geht das. Das Urteil kennt ihr ja. Der Soldat wurde zu zehn Jahren und zu finanzieller Wiedergutmachung verurteilt. Er sitzt drüben in England ein. Die Wiedergutmachung hat irgend so eine Tommy-Behörde übernommen.«

»Ich weiß. Eine Art Ausgleichsamt. Die schießen das Geld vor, holen es sich aber wieder. Auch Pritchard zahlt bei denen seine Schulden ab.«

»Na, herzlichen Glühstrumpf. Der kommt doch im Leben auf keinen grünen Zweig mehr. Jedenfalls hat sich unser Herr Jaschke mit den Zahlungen aus England gesundgestoßen. Und ist dann vernünftiger geworden. Er hat geschickt investiert, unter anderem in Grundstücke, die dann für die Stadtsanierung benötigt wurden. Das soll nicht ganz sauber gelaufen sein, aber es hat sich so recht keiner darum gekümmert. Die hatten alle genug mit den Protesten gegen die Abrissaktionen zu tun.«

»Daran erinnere ich mich gut. Ich war selbst im Einsatz damals. Das war auf Seiten der Stadt aber auch nicht astrein. Trotz Aufschiebeverfügung haben sie vollendete Tatsachen geschaffen und einen historischen Altbau in der Innenstadt plattgemacht. Da fragt man sich dann doch schon mal, ob man wirklich auf der richtigen Seite steht –. Aber das sind olle Kamellen.«

Sabine Kühne hatte interessiert zugehört. »Das passt doch aber genau ins Bild«, bemerkte sie. »Die bisherigen Tötungsfälle scheinen alle mit dem *Savoy Palast* in Verbindung zu stehen. Und jetzt also auch der Angriff auf diesen Jaschke. Mit einer Schlagwaffe, so wie bei den anderen, und wieder ein Bezug zum *Savoy*. Der Jaschke tauchte auch in den Gerichtsprotokollen auf, der hat damals im Prozess als Belastungszeuge ausgesagt. Und wenn er dann noch von dem Brand profitiert hat ...«

Schonebeck nickte. »Es müsste doch mit dem Teufel zugehen, wenn das alles Zufall wäre.«

Während er aufstand und seine Jacke vom Garderobenhaken fischte, sagte Gräber. »Wenn ihr richtig liegt, ist noch einer übrig von der Bande: unser Freund Wachowiak. Wir sollten ihm also ganz schnell einen Besuch abstatten. Fräulein Kühne, kommen Sie?«

Gräber ist unerwünscht

»Das kommt gar nicht in Frage«, sagte Lorenz Wachowiak entschieden, verärgert darüber, dass er schon wieder Polizei im Haus hatte. Und wie immer waren die Beamten ohne Terminabsprache gekommen. Dieses Mal sogar zu dritt. Es wurde immer schöner ... Er nahm sich vor, bei nächster Gelegenheit mit dem Polizeipräsidenten zu sprechen.

Gräber hatte, von Kühne und Schonebeck flankiert, den Geschäftsmann mit vorsichtigen Worten unterrichtet, dass möglicherweise Gefahr für sein Leben drohe. Der Hauptkommissar war nur so weit in die Details gegangen, wie sie die Motive des möglichen Attentäters betrafen. Wachowiak musste verstehen, dass Pritchard es ernst meinte, sofern sie mit ihrer Befürchtung richtig lagen.

»Die Fahndung nach dem Mann ist eingeleitet«, hatte Gräber berichtet, »auch in England und in Dänemark. Aber vorerst müssen Sie Vorsicht walten lassen. Wir gehen von der höchsten Gefährdungslage aus. Deshalb möchten wir Ihnen Personenschutz anbieten. Wir brauchen Ihren Terminkalender, damit wir uns vorbereiten können. Aber alle unnötigen öffentlichen Auftritte sollten Sie in nächster Zeit wenn irgend möglich absagen.«

Doch Wachowiak lehnte die polizeilichen Schutzmaßnahmen kategorisch ab. »Brauche ich nicht«, wetterte er. »Ich habe eigene Leute. Zu meiner Unternehmensgruppe gehört die Norddeutsche Wach- und Schutzgesellschaft. Die passen schon auf mich auf.«

»Verzeihen Sie, dass ich das sage, aber private Sicherheitsleute sind Laien und für solche Fälle nicht ausgebildet. Wir können Experten vom Landeskriminalamt hinzuziehen. Die Kollegen analysieren die Gefahrenlage und legen geeignete Maßnahmen fest.«

»Nichts da. Sie haben meine Entscheidung gehört. Ich hole mir ein paar kräftige Exemplare von unseren Jungs. Die werden mit jedem Angreifer fertig. Ich bin kein kleiner Imbissbesitzer. Dieser Lump kommt mit seinem Knüppel gar nicht an mich ran.«

Auch Kühne und Schonebeck versuchten ihn umzustimmen, aber sie bissen auf Granit. Die Rechtslage erlaubte ihnen nicht, Wachowiak ihre Hilfe aufzuzwingen.

Thorbecke hatte sich während des Gesprächs stirnrunzelnd im Hintergrund gehalten, mit der Zeit aber einen Sinneswandel vollzogen.

Nachdem die Polizisten gegangen waren, redete er mit besorgter Miene auf Wachowiak ein, bis der aus der Haut fuhr.

»Schluss jetzt damit«, brüllte er. »Ich will nicht den ganzen Tag Bullen um mich herum haben. Das weißt du! Wie soll ich denn da noch Geschäfte machen? Das ist jetzt mein letztes Wort: Wir nehmen unsere Jungs und basta!«

Zurück auf der Kriminalwache setzte Gräber eine kleine Lagebesprechung an und unterrichtete die Kollegen über die neuesten Entwicklungen.

»Wachowiak will unseren Beistand nicht«, erklärte er. »Der private Bereich ist damit für uns tabu.« Er ließ ein durchtriebenes Lächeln sehen. »Es steht uns aber frei, seine öffentlichen Auftritte zu verfolgen. Wir brauchen also seine Termine. Kühne, Vieregge und Linsebrink, ihr lasst alles andere stehen und liegen und setzt euch sofort dadran. Guckt die Zeitungen durch und den städtischen Veranstaltungskalender, auch die alternativen Blätter, *Stadtblatt* und so. Fragt unauffällig herum, Verkehrsverein, Einzelhandelsverband. Alles, was euch einfällt. Erstellt eine kalendarische Aufstellung. Und dann gucken wir, wo wir uns unter die Gäste mischen können. Ich hoffe, ihr habt alle anständige Klamotten.«

Warten auf Wachowiak

Er erkannte das Gesicht sofort wieder. Es war feister als früher, wohlgenährt. Die hängenden Hamsterbacken erinnerten an die Lefzen eines Bernhardiners. Der Unterkiefer ruhte auf dem fleischigen Kragen eines üppigen Doppelkinns. Wie bei jemandem, der gut zu essen und zu trinken pflegt. Sein Teint war immer noch tiefbraun. Wohl nicht mehr von der Höhensonne wie früher, sondern Ergebnis exklusiver Fernreisen.

Augenscheinlich führte dieser Mensch ein gutes Leben.

Der Mann, der Lorenz Wachowiak unauffällig beobachtete, kannte den Immobilienunternehmer noch als schlanken Mittdreißiger, der angestrengt die Mode und das lässige Gehabe der aus bunten Illustrierten bekannten damaligen Jetset-Playboys imitierte. In der Öffentlichkeit gab er sich als erfolgreicher Gastronom mit dem Flair eines Angehörigen der High Society. In seiner Nachtbar erfuhr man ihn als großspurig und gewaltbereit.

Ganz anders dann vor Gericht. Er sah Wachowiak noch vor sich, wie er in den Gerichtssaal gekommen war. Mondäner Anzug, dunkel, mit ausgestellten Hosen und breitem Gürtel, am Jackett große Knöpfe. Tintenblaues Hemd, breite Krawatte, beige, mit dünnen dunklen Schrägstreifen. Goldkettchen an den Handgelenken. An den Füßen Stiefeletten, an den Außenseiten verziert mit kleinen Schnallen, die bei jedem Schritt leise klimperten.

Bereitwillig hatte er die Fragen des Staatsanwalts, des Verteidigers, des Richters beantwortet. Ernsthaft und selbstsicher, manchmal, an passender Stelle, mit einem gewinnenden, fast scheuen Lächeln. Dann und wann tat er so, als müsse er sein Gedächtnis bemühen, aber insgesamt war er ein Zeuge, wie ihn sich Strafverfolger wünschen. Präzise und auskunftsbereit. Andere Zeugen, die Barchefin, der *Geschäftsführer*, der Hausbesitzer, stützten, was Wachowiak ausgesagt hatte. Sämtliche Lügen.

Pritchard hatte den *Savoy Palast* mit einem Kameraden aufgesucht. Der Freund verschwand in einem Separee und kam nicht wieder.

Pritchard wurde die Zeit zu lang. Er wollte gehen und bat um die Rechnung. Bei dem Betrag konnte es sich nur um einen Irrtum handeln. Auf seine Beschwerde hin wurde die Barchefin herbeigeholt. Er habe auch die Getränke der Animierdame zu bezahlen, wurde ihm erklärt. Das sei so üblich. Hausregel.

Pritchard, ein einfacher Soldat mit kleinem Sold, weigerte sich.

Im Nu war es mit der Freundlichkeit der Barmädchen vorbei. Sie mussten ein lautloses Zeichen gegeben haben, denn plötzlich rannten drei Männer ins Lokal und fielen über ihn her.

Ihre Namen sollte er erst durch die Anklageschrift erfahren. Wachowiak, Fünfgeld, Semmler. Der Angriff kam überraschend, und sie waren in der Übermacht.

Pritchard versuchte sich zu wehren. Er hatte keine Chance.

Gewaltsam wurde ihm alles Geld abgenommen. Dann warf man ihn hinaus, trat noch auf ihn ein, als er auf dem Trottoir lag.

Die Männer verstanden ihr Geschäft. Er war nicht schwer verletzt und hatte keine offenen Wunden. Da er kein Geld mehr hatte, schleppte er sich zu Fuß bis hinaus zu den

Roberts Barracks. Fast zwei Stunden brauchte er dafür. Erst am frühen Morgen erreichte er die Pforte.

Er konnte später kein Alibi vorweisen, als er von der Polizei der Brandstiftung beschuldigt wurde.

Er tastete nach der Waffe in seiner Parkatasche. Nach der Haftentlassung war ihm schnell aufgefallen, dass Parkas aus der Mode gekommen waren. Als er in den frühen Siebzigern nach Westdeutschland kam, sah man sie überall. Besonders hervortun konnte man sich mit originalen Armee-Parkas. Es gab sie in den US-Warenshops. Ebenso wie Stiefel, Koppel, Feldtaschen, die dann von den Jugendlichen bemalt wurden, mit dem Konterfei Che Guevaras oder den Namen damals angesagter Rockgruppen. Led Zeppelin, Ten Years After, Humble Pie, If, Deep Purple, Black Sabbath. Jimi Hendrix durfte nicht fehlen.

Manche Kameraden in der Truppe verdienten sich eine Kleinigkeit, indem ihnen gelegentlich Ausrüstungsgegenstände *verlorengingen*, die dann in den Gebrauchtläden oder auf Flohmärkten wieder auftauchten.

Die halbautomatische Česká zbrojovka ČZ 75 hatte er in einer Hafenkneipe in Harwich gekauft, nachdem er auf den Tipp eines Kollegen hin einige Male dort gewesen war und das Vertrauen der Leute gewonnen hatte. Erst hatte ihm der Verkäufer eine abgegriffene FN Browning HP andrehen wollen. Deren Schlitten hatte Spiel, und die Raste, die das Magazin halten sollte, war ausgeleiert. Pritchard schlug die Pistole einmal mit halber Kraft in den linken Handteller, und das Magazin rutschte heraus.

Das Ding hatte nur noch Schrottwert. Er hatte das betrügerische Würstchen beim Hosenbund gepackt und ihm das Schießeisen unsanft in die Unterhose geschoben, bis er zappelnd und jaulend Ersatz versprach.

Nicht mit ihm. Mit Waffen kannte er sich aus. Den Job hatte er gelernt. Dafür war die Armee schließlich da.

Sein Plan sah vor, nach dem Abmustern in Dänemark an Land zu gehen. Dort erschien es ihm möglich, die zwanzig Zentimeter lange und fast ein Kilo schwere Česká durch den Zoll zu bringen.

Er behielt seinen Schutzhelm auf und ließ die Öljacke an. Hafenarbeiter wurden von den Grenzbeamten meistens durchgewunken. Er trottete mit schweren Schritten auf die Schranke zu, wie nach einem langen schweren Arbeitstag. Im Vorbeigehen hob er müde die Hand zum Gruß und zuckelte einfach durch.

Das Wetter kam ihm zugute. Es war regnerisch, und von See her peitschten immer wieder heftige Böen über das Hafengelände.

Es klappte. Die Beamten bemühten sich nicht einmal aus ihrer gläsernen Kanzel, nickten ihm nur kurz von drinnen zu. Die weite Arbeitsjacke tarnte den Umriss der Pistole, die darunter fallsicher im Futter seines nur hüftlangen Marinemantels steckte.

Hinter einem Supermarkt zog er sich zwischen den mit Altpapier gefüllten Rollbehältern um. In normaler Straßenkleidung wanderte er weiter zu einem Autohof, den er vorher auf der Karte ausgemacht hatte. Auf dem Rastplatz fragte er nach LKW-Fahrern, die nach Westdeutschland fuhren. Ein freundlicher Trucker, der Milchprodukte transportierte, freute sich über ein wenig Gesellschaft. An der Grenzstation musste er seinen Ausweis zeigen. Ansonsten blieb er unbehelligt. Die Zöllner hielten ihn für den Beifahrer und konzentrierten sich auf die Transportpapiere.

Einige Stunden später war er in Hamburg. Hier leistete er sich ein billiges Zimmer. Am nächsten Tag ging es weiter, wieder per Anhalter, Richtung Osnabrück.

Zu dumm, dass ihm Jaschke entgangen war. Vielleicht ergab sich noch eine andere Gelegenheit. Aber Wachowiak war ihm vorerst wichtiger. Der Drahtzieher von damals, der ihm sein Leben geraubt hatte, sollte seiner Strafe auf gar keinen Fall entkommen.

Und eine so günstige Gelegenheit wie heute würde sich so bald nicht wieder bieten.

Lange hatte er den Geschäftsmann ausgespäht, hatte ihn eigentlich, wie die anderen, zu Tode prügeln wollen, so wie sie ihn damals verprügelt hatten. Semmler hatte obendrein die eigene Klinge zu spüren bekommen, die in der Spüle gelegen hatte.

Aber an Wachowiak war schwer heranzukommen. Der Geldsack war nur selten zu Fuß unterwegs, ließ sich selbst über kurze Strecken in seinem Protzauto chauffieren, und ständig liebedienerte jemand um ihn herum.

Gut also, dass die Česká zur Hand war. Fünfzehn Schuss, neun Millimeter, fünfzig Meter Reichweite. Solide Wertarbeit. Mit ihrer Hilfe würde er den Dreckskerl zur Strecke bringen.

Was danach kam, war ihm egal.

Empfangskomitee für Juhnke

Wachowiak hatte Anweisung gegeben, auf dem Bahnsteig einen roten Teppich auszurollen. Der Schreibtisch erzitterte unter seiner niederkrachenden Faust, als ihm mitgeteilt wurde, dass die Bahnhofsleitung die Bitte abgelehnt hatte.

Das Aus- und Einrollen des Teppichs, so lautete die Begründung, würde sich störend auf den laufenden Betrieb auswirken. Zudem wurden Sicherheitsbedenken geäußert und die komplizierte Haftungsfrage im Falle eines Schadens angeführt.

»Kleinkarierte Korinthenkacker«, tobte er in einer solchen Lautstärke, dass selbst die Angestellten im Nebenzimmer die Köpfe zwischen die Schultern zogen. »Aufgeblasene Wichtigtuer. Wenn die auf den Lokus gehen, dann scheißen die Vorschriften und Auflagen! Damit können sie sich dann den Arsch abwischen. Typisch Provinz. Ich wette, in Frankfurt oder München hätte uns der Bürgermeister persönlich den Teppich hingelegt. Aber bei der Eröffnung sind natürlich alle zur Stelle und drängeln sich in die vorderste Reihe ...«

Es war zwecklos, ihm die unterschiedlichen Zuständigkeiten klarmachen zu wollen. Thorbecke versuchte es gar nicht erst.

Am Freitagmorgen schickte Wachowiak einen Mitarbeiter voraus, um festzustellen, auf welcher Höhe des Bahnsteigs Juhnkes Waggon halten würde.

Der Bahnhof befand sich in Sichtweite zum Sitz der Immowa, aber es war eine Frage des Prestiges, sich öffentlich mit der Firmenlimousine sehen zu lassen.

Darum bestieg er um sechzehn Uhr in Begleitung Thorbeckes und eines Leibwächters seinen Bentley Mulsanne, mit dem er zum Bahnhof fahren und später Harald Juhnke zum Hotel chauffieren wollte. Zwei weitere Leibwächter folgten in einem eigenen Wagen.

Wachowiak hatte eine Zimmerflucht im *Hohenzollern* reservieren lassen. Buchstäblich das erste Haus am Platze, nobel. Die gehobene Herberge lag dem Bahnhof unmittelbar gegenüber. Dennoch kam es Wachowiak gar nicht in den Sinn, den populären Entertainer die wenigen Meter zu Fuß zurücklegen zu lassen.

Er wies den Chauffeur an, die große Kurve anzufahren, wo eigentlich nur zum Ein- und Aussteigen gehalten werden durfte.

»Soll ich einmal ums Karree fahren oder irgendwo parken?«, wollte der Fahrer wissen.

»Blödsinn«, schnauzte Wachowiak. »Wir sind doch quasi in städtischem Auftrag unterwegs. Wenn es Probleme mit Politessen gibt, sagen Sie den Mäuschen, sie sollen sich an die Oberbürgermeisterin wenden. Die finden sie an meiner grünen Seite.« Er lachte hämisch.

Auf dem Bahnsteig nahm er in dem Bereich Aufstellung, wo Juhnke laut den Erkenntnissen seines Mitarbeiters aussteigen würde. Thorbecke hielt einen gewaltigen Blumenstrauß im Arm, den er dem Chef im passenden Moment anreichen würde.

Oberbürgermeisterin Fricke war bereits angelangt und hatte Wachowiak mit Blick auf die anwesenden Pressefotografen herzlich begrüßt. Sie ließ sich die Gelegenheit nicht entgehen, den prominenten Gast der Stadt persönlich willkommen zu heißen und an seiner Seite abgelichtet zu werden. Immerhin hatte der Norddeutsche Rundfunk sogar ein Fernsehteam geschickt. Am nächsten Tag war noch ein

Termin im Rathaus geplant, wo sich Juhnke in das Goldene Buch eintragen sollte.

Zum Begrüßungskomitee gehörten noch der Pressesekretär der Oberbürgermeisterin und die Fraktionsvorsitzenden der Ratsparteien.

Für Lokalpolitiker waren Personenschützer nicht vorgesehen. Wachowiak dagegen ließ sich stolz von seinen drei Leibwächtern flankieren. Argwöhnisch musterten sie die wartenden Reisenden. Obwohl der Termin nicht offiziell bekannt gegeben worden war, hatten sich Schaulustige, durch die Anwesenheit des Kamerateams und der Oberbürgermeisterin aufmerksam geworden, auf dem Bahnsteig eingefunden.

Ein etwas abseits stehender Mann erregte die Aufmerksamkeit des Sicherheitsmannes Haller, eines ehemaligen Bundeswehrsoldaten. Die verdächtige Person schien auf einen Zug zu warten, hatte aber kein Gepäck dabei. Der Mann trug einen Trenchcoat. Er hatte die Arme vor der Brust verschränkt, sodass der Mantelstoff gerafft wurde und eng anlag. Haller glaubte, den Umriss eines Pistolenholsters zu erkennen. Er machte seine beiden Kollegen auf das Individuum aufmerksam und schlenderte langsam hinüber, um den Mann genauer in Augenschein zu nehmen.

In der Ferne ertönte das leise Rumpeln eines Güterzuges. Eine Durchfahrt auf dem Außengleis.

Aus den Lautsprechern erklang eine Frauenstimme. »Auf Gleis vierzehn läuft ein der Intercity aus Berlin. Planmäßige Weiterfahrt um sechzehn Uhr neununddreißig Richtung Amsterdam über Rheine, Hengelo, Amersfoort ...«

Haller bedeutete seinen Kollegen, dass sie bei Wachowiak bleiben sollten, während er auf den Verdächtigen achtgeben wollte.

Das Brummen der einfahrenden Diesellok und das rhythmische Poltern der Güterwaggons betäubte die Ohren der

Umstehenden, sodass die meisten den Schuss nicht hörten, der Wachowiak zu Fall brachte.

»Ich werde mich im Hintergrund halten«, hatte Gräber bei der Einsatzbesprechung gesagt. »Das Gleiche gilt für Schonebeck und Kommissarin Kühne. Wachowiak kennt uns. Ich möchte vermeiden, dass er sich wegen unserer Anwesenheit lautstark beschwert und damit unerwünschte Aufmerksamkeit auf uns zieht.«

Die Bahnpolizei sollte die geplanten Maßnahmen unterstützen. Ein Kollege war gekommen und über den Stand der Ermittlungen und die Gefahrenlage unterrichtet worden.

»Bislang hatten wir ein wiederkehrendes Muster. Der Täter lauerte seinen Opfern nachts auf, wenn es keine Zeugen gab, und erschlug sie mit einem stumpfen Gegenstand. Ein Anschlag auf dem Bahnhof würde nicht zu den bisherigen Tatmerkmalen passen. Heller Tag, viel Öffentlichkeit, Passanten, die eingreifen könnten. Trotzdem – wir dürfen keinesfalls davon ausgehen, dass der Täter deshalb von einem Anschlag absehen wird. Das potenzielle Opfer befindet sich dort in einer exponierten Situation. Das könnte Pritchard, sofern er tatsächlich unser Mann ist, ausnutzen wollen. Ihm bieten sich mehrere Möglichkeiten. Eine Annäherung auf dem Bahnsteig oder ein Schuss aus der näheren oder weiteren Umgebung, eventuell mit einem Gewehr. Pritchard war Soldat. Er kennt sich mit Waffen bestens aus.«

Die Bahnpolizei übernahm die Sicherung im Gebäude und auf bahneigenem Gelände. Die Beamten des Kriminaldienstes erhielten überall Zutritt. Alle Beteiligten wurden mit Sprechfunkgeräten ausgestattet.

Kühne geht ins Rennen

Für Kühne und sich hatte Gräber den Güterbahnsteig als Standort ausgewählt. Wachowiak würde sie dort kaum ausmachen, und die Rampe der Gepäck- und Expressgutabfertigung gewährte einen guten Überblick über das Geschehen, wenngleich sie zu weit entfernt waren, um eingreifen zu können.

Vieregge, Linsebrink und Nieporte mischten sich unter die Reisenden auf Bahnsteig vierzehn, wo der Intercity aus Berlin einlaufen würde.

Schonebeck bezog Posten auf der Fußgängerbrücke, die am Ende der Bahnsteige die Gleisanlage überquerte. Da ein Fernglas zu auffällig gewesen wäre, hatte er eine Spiegelreflexkamera mit starkem Teleobjektiv besorgt, durch das er das Geschehen auf den Bahnsteigen nah heranholen konnte.

Jenseits des letzten Gleises auf der Nordseite der Bahnanlage gab es eine steile Böschung und darüber eine alte Bunkeranlage mit glatten Betonwänden. Es hätte der Talente eines erfahrenen Bergsteigers bedurft, um sich dort abzuseilen. Und man wäre den Menschen unten auf den Bahnsteigen sofort aufgefallen. Trotzdem sah Schonebeck mit Hilfe der Telelinse genau hin, suchte Quadratmeter um Quadratmeter ab. Wie erwartet, war niemand zu entdecken.

Der Osnabrücker Hauptbahnhof ist ein Kreuzbahnhof. Die West-Ost-Strecken befinden sich auf der unteren Ebene und werden unter den höher gelegenen Nord-Süd-Strecken hindurchgeführt. Der Gleisarbeiter mit Schutzhelm und Warnweste, der in der tunnelartigen Unterführung erschien und mit einem schweren Schraubenschlüssel einige Gleismuttern nachzog, fiel zunächst niemandem auf. Alle Aufmerksamkeit von Wachowiaks Leibwächtern und die der Zivilpolizisten galt den Menschen auf den Bahnsteigen. Ihre Augen tasteten die Leiber ab, sie suchten nach den Konturen versteckter Waffen, achteten darauf, wie und wohin die Wartenden sich bewegten.

Als der Güterzug über das Durchfahrtgleis rollte, knackte es in den Sprechfunkgeräten. Einer der Bahnpolizisten meldete sich. »Was macht denn dieser Idiot da auf den Gleisen? Ist der lebensmüde? Kann den mal jemand wegjagen?«

Gräbers Instinkt sprang an. Er wusste sofort, dass der gefürchtete Moment gekommen war und griff eilig zum Funkgerät.

Zu spät. Der Mann zwischen den Gleisen war nahe genug herangekommen. Er ließ den Schraubenschlüssel fallen, zog eine Pistole und schoss noch aus derselben Bewegung. Wachowiak brach getroffen zusammen.

»Schnappt ihn, verdammt!«, brüllte Gräber. Nicht ins Funkgerät, sondern aus vollem Hals über die Bahnsteige. Vieregge und Linsebrink waren am nächsten dran und jagten los. Auch der Schütze hatte sich in Bewegung gesetzt, er rannte weg vom Bahnhof, an dem langsam durchfahrenden Güterzug entlang.

Sie waren etwa vierzig Meter vom Geschehen entfernt, aber Sabine Kühne hatte einen scharfen Blick. »Es ist der Engländer!«, rief sie. »Pritchard!«

Gräber erkannte, was der Mann vorhatte. Er hatte einen idealen Zeitpunkt gewählt.

Der Güterzug bestand aus Trichter- und Tankwagen sowie unbeladenen Flachwagen. Auf einen von ihnen hatte es

Pritchard abgesehen. Er legte einen Spurt ein, war für einige Momente schneller als der Zug. Er überholte einen der geschlossenen Waggons, dann war er auf einer Höhe mit dem Flachwagen. Gräber konnte förmlich sehen, wie Pritchard alle Kräfte zusammennahm und aus vollem Lauf auf den Wagen hechtete. Er landete auf der Seite, rollte sich ab, blieb kurz liegen. Dann richtete er sich auf, drehte sich zu den Polizisten um und zeigte ihnen höhnisch den ausgestreckten Mittelfinger.

Der Rest des Zuges bestand aus geschlossenen Waggons und Tankwagen. Die Tankwagen besaßen schmale Metallleitern, die nach oben zu den Verschlusskappen führten. Gräber war kurz in Versuchung, über die Gleise zu rennen und den Versuch zu wagen, auf eine dieser Leitern aufzuspringen.

Er kam noch rechtzeitig zur Besinnung. Die Leitern begannen ein gutes Stück oberhalb der Bahnsteigkante. Die Gefahr war zu groß, dass er abrutschte. Wenn das geschah, würde er unweigerlich auf die Schienen und unter die stählernen Räder geraten, vielleicht die Beine verlieren. Oder das Leben

»Zum Wagen«, schrie er.

Kühne war ihm schon ein paar Schritte voraus. Er hetzte hinterher, während er sich erneut das Funkgerät schnappte und keuchend die Zentrale anrief.

»Brücke für Einsatzleiter ... Einsatz am Hauptbahnhof. Schuss auf Zivilperson. Eine Person verletzt. RTW wird benötigt. Der Täter ist auf einen Güterzug aufgesprungen. Der bewegt sich Richtung Hasetor-Bahnhof. Haben wir jemanden in der Nähe? Der Täter sitzt auf einem Flachwagen. Könnt ihr versuchen, ihn zu fassen? Oder auf den Zug aufzuspringen und dranzubleiben?«

Ein Wagen des zweiten Reviers meldete sich. »Zentrale und Einsatzleiter für Paula 22! Wir stehen direkt vor dem Bahnhof. Wir gehen rauf.«

»Wir sind jetzt im Auto und unterwegs«, meldete Gräber noch.

Kühne hatte das Steuer übernommen und gab Gas. Zwischen den Bahnhöfen lag nur ein guter Kilometer. Sie erwies sich als geschickte Pilotin. Obwohl ohne Blaulicht, dafür permanent hupend, schaffte sie die Strecke in knapp drei Minuten.

Nicht schnell genug. Sie waren fast am Ziel angelangt, als sich die Schutzpolizisten meldeten.

»Wir haben den Zug knapp verpasst, fahren aber hinterher. Er verlässt die Hauptstrecke und fährt Richtung Hafen. Alle Strecken enden da. Da könnten wir ihn noch kriegen.«

»Gib Gas, Mädchen. Das versuchen wir.«

Gräber lotste Kühne unter der Bahnbrücke hindurch auf die Hansastraße, die anfangs parallel zur Strecke der Hafenbahn verlief. Es gab eine Weiche in Richtung Betonwerk und, die Hansastraße kreuzend, auf die Betriebsfläche einer Eisenschmiede. Dort öffnete sich das Gelände, und sie hätten den Zug sehr gut stellen können. Doch der nahm die Strecke durch den Hafen, zwischen Industrieanlagen, Speditionen und Großhandelshäusern hindurch, wo sich keine Möglichkeit zum Zugriff bot.

Sie bogen nach links ins Industriegebiet ab.

»Mit Vollgas bis ans Ende, zur Römereschstraße«, befahl Gräber. »Vielleicht können wir ihn dort abfangen. Ich hoffe, er springt nicht unterwegs irgendwo ab. Verfluchte Kiste ...«

Kühne trat das Pedal durch.

»Am Ende dann links. Dann fahren wir direkt auf den Bahnübergang zu.« Er meldete sich erneut über Funk und gab der Zentrale seinen Standort durch. »Können wir den Lokführer irgendwie erreichen? Haben die Funk im Führerhaus? Wenn ja – er soll unbedingt durchfahren bis zur Römereschstraße und dort anhalten. Und er soll sein Führerhaus verriegeln, wenn das geht, und sich wegducken. Wir brauchen nicht auch noch eine Geiselnahme. Und gebt der britischen Militärpolizei Bescheid. Der Zug ist gleich bei den Kasernen. Direkt neben deren Wache!«

Pritchard lachte leise in sich hinein. Der Güterzug hatte nicht zu seinem Plan gehört, aber besser hätte er es nicht treffen können.

Dann allerdings musste er mit Schrecken feststellen, dass der Zug nicht über die Fernstrecke Richtung Rheine fuhr, sondern den Abzweig hinunter zum Hafen nahm. Dort gab es keine Durchfahrtmöglichkeit, nur Blindgleise. Der Zug würde auf dem Stadtgebiet bleiben.

Nervös dachte Pritchard daran, zwischen den Industrieanlagen abzuspringen. Aber hier wurde gearbeitet, auf den Höfen der Speditionen herrschte Hochbetrieb. Man würde ihn vermutlich schnell entdecken.

Außerdem kannte er sich in diesem Gewerbegebiet nicht aus. Anders im nördlichen Bereich des Hafens, der an das Kasernengelände grenzte. Hier war er früher stationiert gewesen, und er hatte den Bereich erkundet, als er Margaretha Thomaschewskis Bestrafung plante, die ihn wie die anderen entgegen der Wahrheit der Brandstiftung beschuldigt hatte.

Er fasste neuen Mut. Jenseits der Römereschstraße näherten sich die Gleise dem Kanalufer.

Vielleicht eine Fluchtmöglichkeit. Auf einem Schiff oder LKW.

Zumindest konnte er sich dort erst einmal verstecken.

Matt O'Herlihy nahm ab, als auf der Wache der Militärpolizei das Telefon klingelte. Hastig, aber präzise gab der deutsche Kollege die Sachlage durch.

»Verstanden«, sagte der Sergeant, während er bereits nach seinem Koppel mit der Pistolentasche griff. »Mitkommen! Schnell! Waffe mitnehmen!«, rief er dem zweiten Wachbeamten zu, lief bereits hinaus und stoppte kurz vor McCormicks Diensttimmer. »Pritchard ist hierher unterwegs! Er sitzt auf einem Güterzug. Kommen Sie?«

Ohne weitere Erklärung stürmte er aus dem Gebäude und an den erstaunten Wachleuten am Tor vorbei auf die Straße, im Schlepptau einen weiteren RedCap, etwas dahinter in Zivilkleidung der S.I.B.-Polizist McCormick, der im Laufen seine Browning schussbereit machte.

»Was ist los?«, rief einer der Posten alarmiert, während er seine Waffe hochriss.

»Wir machen das!«, schrie McCormick zurück. »Ihr bleibt auf Posten!«

Vor dem Überqueren der Römereschstraße verlangsamte der Zug bis auf Schritttempo, mitten auf dem Übergang blieb er ganz stehen. Pritchard war der plötzliche Stopp nicht geheuer. Es war wohl besser, sich davonzumachen. Er rollte sich über die Kante der Ladefläche und ließ sich auf die Füße fallen. Lief los in Richtung Kanalbrücke. Nur wenige Schritte, dann stoppte er abrupt.

Vor sich sah er zwei Militärpolizisten in Uniform, begleitet von einem Zivilisten. Ein deutscher Polizist? Alle drei hielten Dienstwaffen in Händen und schrien zu ihm herüber. Auf der anderen Seite des Zuges kam ein Wagen aus einer Seitenstraße geschossen, ein Opel. Er hielt mit quietschenden Reifen. Die Militärpolizisten hoben ihre Waffen. Auch der Zivilist hatte eine Pistole in der Hand. Eine Browning. Also vermutlich S.I.B.

»Legen Sie Ihre Waffe auf den Boden«, wurde auf Englisch gebrüllt. »Nehmen Sie die Hände über den Kopf und drehen Sie sich um.«

Pritchard sah sich um und prüfte die Lage. Vom Zug, der ihm Deckung geboten hätte, hatte er sich zu weit entfernt, um ihren Kugeln entgehen zu können.

Wie dumm war er gewesen. Er hätte zur anderen Seite abspringen sollen ...

›Schade‹, dachte er. Für einen Moment hatte es doch tatsächlich so ausgesehen, als hätte er ausnahmsweise einmal Glück im Leben. ›Aber gut, dann eben nicht. Zurück zu Plan A.‹

Auch Rufe in deutscher Sprache wurden jetzt laut und mischten sich mit den Befehlen seiner Landsleute.

»Geben Sie auf!«

»Die Waffe weg!!«

»Leckt mich!«, brüllte Pritchard. »Ich gehe nicht mehr in den Knast! Verschwindet!«

Er hob die Česká und stützte seinen rechten Arm, als wolle er schießen.

Auf die Militärpolizisten war Verlass.

Sie feuerten zuerst.

Werschemöller grollt

Wortlos und mit ernster Miene blätterte der junge Staatsanwalt durch die Fallakte. Unter halb gesenkten Lidern verdrehte Kriminaldirektor Halgelage die Augen.

Er wusste, dass Werschemöller die Berichte längst gelesen hatte.

›Lächerlich‹, dachte er. ›Wir praktizieren diese Tricks schon seit Jahren. Und dieser junge Dachs glaubt, uns damit beeindrucken zu können?‹

Gräber und Schonebeck warteten schweigend. Halgelage hatte seinen Besucherstuhl nahe an Werschemöllers Schreibtisch gerückt. Die beiden Ermittler standen einige Schritte hinter ihm.

Karl-Heinz Gräber sah aus dem Fenster. Unten flog wie ein kleines Gespenst eine vom stürmischen Herbstwind getriebene aufgeplusterte leere Plastiktüte über den Bürgersteig.

Halgelage ergriff als Erster das Wort. »Wenn wir dann könnten ... Auf mich wartet noch sehr viel Arbeit.«

Werschemöller blickte auf. »Wir haben es hier mit einer sehr heiklen Sachlage zu tun. Die kann man nicht im Vorübergehen erledigen.«

»Das liegt mir fern. Aber sofern Sie noch Zeit für die Lektüre benötigen, könnten wir uns vielleicht vertagen?«

Werschemöller demonstrierte seine Verärgerung, indem er den Aktendeckel vernehmlich zuklappte. Er verzichtete auf weitere Umschweife.

»Im Fall der Tötung des britischen Staatsbürgers David Pritchard werde ich nach Absprache mit dem Oberstaatsanwalt kein Verfahren eröffnen. Der Tote und der Schütze sind Briten. Wir überlassen die Ermittlungen gemäß NATO-Statut den britischen Militärbehörden.«

Er suchte in den Gesichtern der Anwesenden nach Reaktionen, aber deren Mienen ließen nicht erkennen, wie sie zu der Entscheidung standen. »Gewichtiger ist der Mord an dem Unternehmer Lorenz Wachowiak. Das öffentliche Aufsehen dürfte Ihnen allen nicht entgangen sein. Ich habe Ihre Berichte gelesen und die zufällig entstandenen Filmaufnahmen des Norddeutschen Rundfunks gesichtet. Ich kann aber noch immer nicht nachvollziehen, wie das geschehen konnte. Die Polizei war mit mehreren Beamten vor Ort. Ich bitte um eine Erklärung.«

Gräber rutschte vor und räusperte sich, als ob er antworten wolle. Mit einer scharfen Handbewegung gebot ihm Halgelage zu schweigen. Er ergriff selbst das Wort.

»Erst einmal: Lorenz Wachowiak hat nicht nur ausdrücklich auf Personenschutz verzichtet, er hat sich auch jede Anwesenheit von Polizisten auf dem Bahnsteig verbeten. Wir hielten es trotzdem für angebracht, tätig zu werden, konnten dies aber nur unauffällig und mit kleiner Besetzung tun. Zwei Beamte hielten sich in Wachowiaks Nähe auf, drei weitere in einigem Abstand. Wachowiak wurde von seinen eigenen Leuten abgeschirmt.«

»Trotzdem wurde er erschossen ...«

»Bedauerlicherweise ja. Der Täter hatte sich als Gleisarbeiter verkleidet und kam aus der Unterführung unter den oberen Bahnsteigen. Die Kontrolle des Bahnhofsgeländes oblag den Kollegen von der Bahnpolizei ...«

»Das ist richtig«, sagte Gräber. »Trotzdem war es auch mein Fehler. Ich hätte diesen Bereich absuchen lassen müssen.«

Halgelage fuhr ärgerlich mit der Rechten durch die Luft. »Das ist nicht korrekt. Erstens waren Sie gar nicht zuständig. Zweitens hätten Sie den Täter mit hoher Wahrscheinlichkeit nicht gefunden. Der hatte sich bestens vorbereitet und war gewiss auch auf Kontrollen eingestellt. Schauen Sie in die Akte, den Bericht der Briten. Die haben einen gestohlenen Bahnausweis bei dem Mann gefunden.«

»Gut, gut, gut«, unterbrach der Staatsanwalt. »Hätten Sie etwas tun können, wenn Wachowiak die Schutzmaßnahmen nicht abgelehnt hätte?«

Die drei Polizisten sahen sich an. Halgelage nickte Gräber zu. »Kollege Gräber – Sie können die Lage am besten beurteilen.«

»Entschuldigung«, meldete sich Schonebeck. »Wenn Sie erlauben ... Ich stand mit einem Teleobjektiv auf der Humboldtbrücke und habe die Abläufe von oben sehr genau verfolgen können.«

»Dann bitte«, forderte der Staatsanwalt ihn auf.

»Unsere Kollegen konnten nicht so tätig werden, wie es angebracht gewesen wäre. Sie mussten sich hinter Wachowiaks Rücken aufhalten. Sonst wären sie aufgefallen, und das hätte sicher einen Eklat gegeben. Wachowiak ist ... war bekannt für seine cholerischen Anfälle.«

Der Staatsanwalt seufzte. »Da ist was Wahres dran –«

»Seine eigenen Leute haben ihn nur nach hinten abgeschirmt. Einer von den Männern wollte sich schützend vor ihn stellen, aber Wachowiak hat ihn beschimpft und beiseite geschoben. Er wollte wohl, dass man ihn vom Zug aus gleich sehen konnte und dass die Fotografen ihn gut im Bild hatten. Die Ankunft des Zuges war ja vom Bahnhofssprecher schon durchgegeben worden.«

»Also hatte er selbst schuld?«

»Das war mein Eindruck von der Lage. Die Situation verdankte sich seinen Anweisungen.«

Werschemöller knurrte vor sich hin und blätterte wieder im Ordner, ohne freilich irgendetwas zu lesen. »Also gut. Wir können den Mann ja nicht wieder lebendig machen. Ich schließe die Akte ab. Und dann müssen wir sehen, wie wir das für die Öffentlichkeit formulieren. Ich muss mich mit der Pressestelle zusammensetzen. Von Ihnen gibt keiner einen Kommentar ab, weder öffentlich noch in privaten Kreisen. Haben Sie das verstanden?«

Die Männer bejahten.

»Gut, dann gehen Sie. Die Besprechung ist beendet.«

Zwei Tage später saßen Kühne und Gräber in ihrem Büro. Gräber hatte die Tageszeitung mitgebracht, schlug die Lokalseiten auf und zeigte sie der jungen Kollegin, die sich gerade in einen neuen Fall einarbeiten wollte.

»Wir sind aus dem Schneider. Wir haben alles richtig gemacht. So steht es jedenfalls in der Zeitung.«

Kühne klang bedrückt. »Haben wir das denn wirklich?«

Gräbers Antwort kam erst nach einer kleinen Pause. »Ehrlich gesagt: ich weiß es selbst nicht. Das ist so eine Situation, wo man sich hinterher dauernd irgendwelche Gedanken macht. Was wäre, wenn ... Wir hätten dies machen können, wir hätten jenes machen sollen. Warum haben wir nicht ... Wir sind aber keine Hellseher und wissen gar nicht, ob es wirklich was geändert hätte.«

»Wie geht man jetzt damit um?«

»Jeder anders, nach meiner Erfahrung. Manche gehen unbekümmert darüber hinweg. Anderen bleibt es noch eine Weile auf der Seele liegen.« Er hatte langsam und mit belegter Stimme gesprochen. Die nächsten Worte klangen munterer.

»Sie sollten sich damit überhaupt nicht belasten. Sie hatten mit der Einsatzplanung nichts zu tun, sie hatten keinerlei Befugnisse. Sie sollten es nicht verdrängen, aber sich davon auch nicht lähmen lassen. Sie stehen am Anfang Ihrer Karriere. Nehmen Sie es als Lektion, als wichtige Erfahrung. Vielleicht werden Sie in einigen Jahren selbst einmal eine Kommission leiten. Vielleicht als erste Frau in unserer Dienststelle.«

Jetzt lächelte er hintergründig. Er dachte an einige seiner Kollegen. »Das würde ich gerne noch erleben.«

ENDE

Glossar

Alles oder nichts – Deutsche Adaption der US-Ratesendung *The $ 64.000 Dollar Question*. Abgefragt wurde Wissen aus einem Themenfeld eigener Wahl, aber auf hohem Niveau. In Deutschland erstmals 1956 und mit wechselndem Moderatoren bis 1968 im Programm.

Bananas – Vom WDR für das Erste produzierte Unterhaltungssendung, abwechselnd zusammengesetzt aus Auftritten nationaler und internationaler Musiker und Nonsenseinlagen sowie Sketchen und Slapstickszenen, die meist in die Auftritte hineingeblendet wurden. Zu den Mitwirkenden gehörten Olivia Pascal, Frank Zander, Herbert Fux, Hans Herbert (Böhrs), Gerd Leienbach.

BFBS Germany – 1945 aufgebaut, versorgte der Radio- und Fernsehsender British Forces Broadcasting System die in Westdeutschland stationierten Truppen mit englischsprachigen Programmen. Wegen der aktuellen Musikauswahl und nächtlicher Spezialsendungen wie *Rodigan's Rockers* (Ska, Reggae) oder *John Peel* (Avantgarde, Indie) wurde der UKW-Rundfunksender auch von deutschen Jugendlichen gern gehört. Wortprogramme stammten häufig von der BBC, so die mehrmals täglich ausgestrahlte Radio-Soap *The Archers*. Neben dem Hörfunk- gab es auch ein englischsprachiges Fernsehprogramm.

Browning Hi-Power – Halbautomatische Neun-Millimeter-Pistole. Als Browning L9A1 bis 2014 Standard-Handfeuerwaffe der britischen Armee.

Buxton – Marktflecken im Dreieck Manchester, Sheffield, Derby, gelegen im landschaftlich reizvollen Peak District. Im 18. und 19. Jahrhundert wegen seiner Heilquellen beliebt.

Viele Gebäude zeugen noch von dieser Ära. Lohnenswert: Eine Wanderung über den früheren Damm der aufgegebenen Bahnstrecke in Richtung Derby.

Česká zbrojovka ČZ 75 – Robuste halbautomatische Neun-Millimeter-Pistole aus tschechischer Herstellung, speziell für den Einsatz im Polizei- und Militärbereich entwickelt. Auch als Nachbau weit verbreitet und in Varianten für verschiedene Zwecke erhältlich.

Einsatz in Manhattan – 1973-1978 produzierte US-Fernsehserie um den griechischstämmigen New Yorker Police Lieutenant Theo Kojak (Telly Savalas). Der Originaltitel lautete schlicht *Kojak*. Die Serie entstand als Fortsetzung des TV-Films *The Marcus-Nelson Murders*, der auf einem realen Fall basierte. Ab 1985 erfolgte eine Wiederaufnahme in Form einer Reihe mit TV-Filmen.

Emskopp – Regionale Bezeichnung für die Eingeborenen des Emslands. Je nach Sprecherabsicht beleidigend, häufiger aber liebevoll gemeint.

Eurocheque – Bei ordnungsgemäß ausgestellten Eurocheques garantierten die Banken bei Vorlage der zugehörigen Scheckkarte europaweit die Auszahlung von bis zu dreihundert D-Mark je Scheck. Für den Empfänger somit ein sicheres Zahlungsmittel.

Graf Yoster gibt sich die Ehre – Ab 1967 für die Vorabendprogramme der ARD produzierte Krimiserie mit Lukas Ammann und Wolfgang Völz als *Johann*. In Nebenrollen sah man u. a. die B-Movie-Größen Howard Vernon und Herbert Fux, auch Anton Diffring, Margit Saad, Erika Remberg. In Folge 36 gab es ein Crossover: Konrad Georg gab ein Gastspiel in seiner Rolle als Titelfigur der Serie *Kommissar Freytag*.

Juhnke, Harald (1929-2005) – Vielseitig begabter Schauspieler, Entertainer, populärer TV-Moderator. Bedingt durch seine Alkoholkrankheit von Boulevardschlagzeilen begleitet.

MI6 – Großbritanniens Auslandsgeheimdienst. Das inländische Pendant ist der MI5.
Monty Python's Flying Circus - 1969-1974 ausgestrahlte innovative britische TV-Comedy, bei der nicht auf eine abschließende Pointe abgezielt, sondern eine surreale, absurde Stimmung ungebrochen durchgehalten und mit provokanten Inhalten gefüllt wurde. Der WDR ließ zwei deutschsprachige Episoden produzieren.
Nankivell, Richard – Ehemaliger Radiomoderator beim BFBS Germany, der seine Programme mit exquisitem Nonsens, verschmitzten Anspielungen und selbstproduzierten Blödelsongs würzte. Spitzname: *Nankers the Old Horse*. Von 1992 bis zu seiner Pensionierung war er für das nordenglische BBC Radio Cumbria tätig.
Pager – Mobiler Funkmeldeempfänger in Zigarettenschachtelgröße, der telefonisch abgeschickte Nachrichten empfangen konnte. Quasi der Vorläufer der SMS. Besonders im Katastrophenschutz verbreitet, weil bei Überlastung der Mobilfunknetze weiterhin einsatzfähig.
Polaroid SX-70 – Die erste Spiegelreflex-Sofortbildkamera. Über ein Spiegelsystem sahen die Nutzer das Motiv exakt so, wie es auf den Film gebannt wurde. Die Kamera konnte zusammengeklappt werden, war dann nur noch dreiundvierzig Millimeter hoch und damit sehr kompakt. Für die SX-70 wurde ein eigener Film mit einer markanten Farbcharakteristik entwickelt, die auch unter Künstlern Anklang fand. Spätere Modelle verfügten über ein Autofokus-System.
PvD – Polizeiführer vom Dienst.
Radley, Clive – Geboren 13.5.1944. Erfolgreicher Cricket-Spieler und -Trainer. Für seine Verdienst um den Sport 2008 zum *Member of the Order of the British Empire* ernannt.
Raumpatrouille – Die phantastischen Abenteuer des Raumschiffes Orion – Siebenteilige deutsche Science-Ficti-

on-Serie aus dem Jahr 1966. Die schlichten Trickeffekte wurden später belächelt, waren aber zur Entstehungszeit auf den damaligen Schwarzweißfernsehern sehr wirkungsvoll. Die Besatzung des Raumschiffs war international besetzt – zu Zeiten des Kalten Krieges pure Utopie, die erst 1994 mit dem Shuttle-Mir-Programm Realität wurde.

RedCaps – Spitzname für Angehörige der britischen Militärpolizei. Nimmt Bezug auf die roten Dienstmützen, die sie von anderen Truppeneinheiten unterscheiden.

Rheinarmee – British Army of the Rhine war bis 1994 die Sammelbezeichnung für alle in Westdeutschland stationierten, eng in die NATO-Verteidigungsstrategie eingebundenen britischen Einheiten.

Die seltsamen Methoden des Franz-Josef Wanninger – Für das Vorabendprogramm der ARD produzierte deutsche Krimiserie mit viel Münchner Lokalkolorit, ausgestrahlt 1965 bis 1970 und mit neuen Folgen von 1978 bis 1982. In den Hauptrollen agierten die Volksschauspieler Beppo Brem und Maxl Graf.

Special Investigation Branch (S.I.B.) – Innerhalb der britischen Royal Military Police für Kriminalermittlungen zuständig. Anders als die RedCaps dürfen die S.I.B.-Angehörigen in zivil tätig werden.

Stichkanal – Der vierzehneinhalb Kilometer lange Stichkanal, auch Zweigkanal genannt, verbindet den Osnabrücker Hafen mit dem Mittellandkanal. Die Wasserstraßen treffen sich bei Bramsche. Zwei Schleusen sind nötig, um die Schiffe auf das Höhenniveau Osnabrücks zu bringen.

Tante Anna – Einst eine vielbesuchte Ausflugsgaststätte an der Hollager Schleuse (siehe **Stichkanal**), die vom Betreiber zum Bedauern vieler aufgegeben wurde.

Zweigkanal – siehe Stichkanal.

Beachten Sie die folgenden Seiten:

Frank Winter
Whisky für die Engel
Schottland-Krimi mit Rezepten
Mord und Nachschlag 18

ISBN 978-3-946938-32-3
Broschur
303 Seiten
16,90 €

Alastair Carnegie, Master Blender bei McVicar and Whitelaw in Glasgow, kann sein Glück nicht fassen:

Er erhält eine Probe des legendären MacRitchie-Whiskys, der über hundert Jahre unter dem ewigen Eis der Antarktis ruhte, und kreiert diesen neu. Zwei Wochen vor der Premiere des Scotch wird er von einem Unbekannten erpresst. Carnegies Ruf steht auf dem Spiel, aber auch das Überleben der Firma, denn die edle Spirituose, der Whisky für die Engel, soll ihr aus der finanziellen Talsohle helfen.

Ein Paradefall für Angus Thinnson MacDonald, der seinem alten Freund nur zu gerne unter die Arme greift. Mit seinem Detektivkollegen Alberto Vitiello fährt er nach Pitlochry, in die Highlands, wo Carnegie Urlaub macht. Doch wer ist der Täter? Ein Neider aus der Branche, der neurotische Hotelkoch, ein skurriler Arzt oder …?

Den beiden Ermittlern rauchen ob der vielen Verdächtigen bald die Köpfe. Mit Hilfe einiger Scotch bewahren sie die Ruhe und ermitteln beständig weiter. Doch die Uhr tickt und der Präsentationstermin für den Jahrhundertwhisky rückt immer näher …

Frank Winter
Currys für Connaisseure
Schottland-Krimi mit Rezepten
Mord und Nachschlag 28

ISBN 978-3-946938-34-7
Broschur
302 Seiten
16,90 €

Aadi Panicker, Selfmademan aus Mumbai, ist Inhaber eines Gourmet-Imperiums. Seine hochwertigen Chutneys, Soßen und Pickles sind in Edinburghs Delikatessgeschäften und guten Kaufhäusern zu finden. Pathia-Soße begründete seinen Reichtum und deshalb hängt er abgöttisch an ihr. Dann taucht ein Unhold auf und manipuliert die Soße. Seine Tochter, deren Hochzeit nun verschoben wird, leidet mit ihm. Heimlich bittet sie Angus MacDonald um Hilfe.

Dem wird der Fall bald zu unübersichtlich und zum ersten Mal schwindet ihm die Lust zu ermitteln. Seinem Co-Detektiv Alberto Vitiello geht es ebenso. Beide Detektive könnten sich nun ihrer alltäglichen Arbeit widmen, wären da nicht der Geist in Vitiellos Guest House und die Ernährungsberaterin Miss Armour, die mit ihrer entzückenden Tochter Thomasina bei MacDonald wohnt. Sie macht ihn ausgesprochen eifersüchtig und könnte sogar in den Fall verwickelt sein. Scharfe Currys und angedrohte Leibesübungen tun ein Übriges, um unseren Feinschmecker gehörig ins Schwitzen zu bringen. Ein schottischer Gin zu Zeiten bringt Linderung!

Frank Winter
Süffiger Single Malt für MacDonald
Schottland-Krimi mit Rezepten
Mord und Nachschlag 30

ISBN 978-3-946938-41-5
Broschur
276 Seiten
16,90 €

Eines weiß Angus MacDonald genau: Zwölfjähriger Auchentoshan (sprich »Oken-to-schen«, was seine Mitmenschen partout nicht lernen wollen!) sollte anders riechen und schmecken. Glen Garioch (sprich Glen Gierie!), 12 Jahre, ebenso. Nicht zu reden von 25-jährigem Auchentoshan, und so geht es weiter! Schneller als ihm lieb ist, findet sich der bekannte Edinburgher Gourmet und Foodjournalist bei den Sammlern seltener Whiskys. Solche Menschen berappen beträchtliche Summen, um an die Objekte ihrer Begierde zu gelangen.

MacDonald ermittelt unter anderem in der Whisky-Bar des luxuriösen Balmoral-Hotels, in der Scotch Malt Whisky Society, der Auchentoshan-Destillerie und in einem Auktionshaus.

Zum ersten Mal muss er ohne seinen Dottore Watson, Guest-House-Besitzer Alberto Vitiello, auskommen. Warum dieser seine Hilfe verweigert, bleibt rätselhaft. Gibt es private Gründe oder steckt sein Freund mit den Gaunern unter einer Decke? In die ermittlerische Lücke springt Emma Anderson, eine junge Frau, die sich auch privat für den Gourmet interessiert.

Epubli, 160 S., 7,99 Euro. Auch als E-Book
ISBN-10 : 3745091477
ISBN-13 : 978-3745091472

Über das Buch

Der Kurzroman *Die Nacht mit dem Holenkerl* basiert auf einer niedersächsischen Legende um eine Schreckensgestalt, die nächtens einsamen Wanderern auflauerte. Die Sage wurde in die Gegenwart versetzt und mit Anleihen bei Krimi und Science Fiction zeitgemäß ausgeschmückt.
Die Hauptfiguren, vier Studierende auf dem Weg zu einer Halloweenparty, geraten in den Wirkungsbereich eines modernen *Holenkerls*.
Es ist die Geschichte einer langen Nacht voller Schrecknisse, von Mut, Einfallsreichtum und schicksalhaften Verkettungen. Und die Geschichte einer ausgeklügelten blutigen Rache …
Alle Ereignisse und Personen sind frei erfunden.

Im Oktober 2019 *Buch des Monats* der Stadtbibliothek Osna-brück. Aus der Begründung:

»Harald Kellers köstlicher Horror-Psycho-SciFi-Mythen-Thriller bietet auf nur gut 120 Seiten skurrile Einfälle, Action und überraschende Wendungen, wofür andere Krimiautoren Hunderte von Seiten inklusive viel Leerlauf brauchen. Man liest das in einem Rutsch weg. (…)«

Harald Keller
Die Geschichte
der Talkshow
in Deutschland

S. Fischer Verlag, Taschenbuch, 480 Seiten,
25,00 Euro
ISBN-10: 359618357X
ISBN-13: 978-3596183579

Pressestimmen

»Harald Keller hat die erste Geschichte der Talkshow in Deutschland (Fischer-Verlag) geschrieben und ist dafür mit einer staunenswerten Hingabe in die Archive und Redaktionskeller gestiegen und hat sich Hunderte von Sendungen angeschaut oder wenigstens – soweit vorhanden – deren Wortprotokolle studiert. (...) Die Arbeit hat ihm, so ist zu hoffen, mehr als nur ein Fischer-Taschenbuch, sondern mindestens die Promotion zum Dr. phil.tv eingetragen.«
(Willi Winkler, „Süddeutsche Zeitung")

»Die Lektüre des stattlichen Bandes ist auf jeden Fall anregender als die meisten heutigen Sendungen in jenem Format, dessen Geschichte er beschreibt.«
(Ernst Horst, „Frankfurter Allgemeine Zeitung")